新潮文庫

満月の道

流転の海 第七部

宮本 輝著

JN150550

新潮社版

10595

満月の道

流転の海 第七部

第一章

「中古車のハゴロモ」を大阪市福島区鷺洲に開業してからの一年三ヵ月のあいだに、松坂熊吾は、商品である中古車を展示する場所を十台分に増やしたが、さらに五、六台分の土地が必要だと考え、ふたりの社員に、早くこの近辺に見つけてくるようにと再度命じた。

「年内に目途をつけるんじゃ。ここから半径十キロ以内。売り物を野ざらしにはできんけん、波板で屋根だけは付けにゃあいけん。その工事の期間を計算に入れたら、ことし中に見つけにゃあ間に合わん。あと一ヵ月とちょっとしかないぞ。ハゴロモへの納車を待っちょる客や業者が、自分の中古車の置き場に困って、他の中古車屋に売ってしまうぞ」

十一月の寒風のなかで売り物の車体を洗っている佐田雄二郎はまだ二十二歳で、エアー・ブローカーの関京三の紹介で、ことしの二月にハゴロモの社員となり、先月やっと運転免許証を取得したばかりだった。

事務職として雇った玉木則之は四十五歳で、戦地の満州で右膝に大怪我を負い、敗戦の三ヵ月前に兵役免除となって帰国してから郷里の広島で療養中に原子爆弾の被害者となった。

身を寄せていた親戚（しんせき）の家は、爆心地から五キロ東の青果店だったが、原爆の熱風で焼けて、家族六人のうち四人が死んだ。しかし裏の井戸に入って底の掃除をしていた玉木は額の火傷（やけど）だけで助かったのだ。

知人の口ききで大阪中央市場の青果卸店に職を得たのは昭和二十六年で、以来、独身のまま真面目（まじめ）に勤めてきたが、ネフローゼという腎臓（じんぞう）の病気にかかって、早朝からの労働が困難となり、簿記の学校に通って二級の資格を取ったころ、ハゴロモの事務所に貼（は）られた事務員募集の紙を見て入ってきた。

熊吾は、電話番と帳簿の整理をしてくれる女事務員でよかったのだが、玉木則之が簿記二級資格を持っていたのと、穏やかで篤実（とくじつ）そうな人柄が気に入って、九月の初めに正式に採用したのだ。

「こんなにいっぺんに儲（もう）かってええのかと心配になるくらいです」

十月だけの決算表を見せながら、玉木は言い、机の上に大阪市の北側の地図を載せた。三ヵ所に赤鉛筆で印が入れてあった。

大淀（おおよど）区にひとつ。西区にひとつ。此花（このはな）区にひとつ。

「儲かるのは結構なことじゃ。何が心配なんじゃ」

熊吾はそう言い返し、この三ヵ所の候補地は近いうちに見に行くつもりだが、その際にはお前もついてくるようにと小声で指示した。

玉木の右膝の半月板という部分には一センチほどの歪んだ砲弾のかけらが刺さったままで、そこには細かな筋や腱や神経が張り巡らされているために手術は難しく、いまのところ摘出不可能なのだ。

膝に、自分で工夫して考案した革の特殊なサポーターを強く巻いておけば、松葉杖なしでもなんとか歩けるが、歩行の速度は遅くて、熊吾はあまり玉木に遠出をさせたくなかった。

しかし、それならば若くて元気な佐田雄二郎を同行させればいいのだが、佐田はあまりに機転がきかない。思慮も浅く、ハゴロモでの仕事をほんの腰掛けとしか考えていないふしが感じられて、熊吾は、大事なことはまかせられない人間だと割り切ってしまっていた。

「きょうは十一月十一日かァ。まだ十二月になっちょらんのに。寒いのお」

熊吾は外套を持ち、ソフト帽をかぶりながら言った。

「年が明けたら昭和三十七年。一九六二年ですねェ。東京オリンピックまで、あとたったの二年になってしまいます。あと二年とちょっとで、ほんまに東京でオリンピックなんかできますんやろか」

と玉木は言い、地図をたたむと佐田の洗車の手伝いを始めた。

熊吾は事務所から出て、歩道に立つと、柳田元雄との約束の時間に遅れないために、東のほうからやって来たタクシーを停めた。

「堂島大橋の手前まで行ってくれ。近うて悪いのお。歩いて十二、三分のとこじゃが、急いどるんじゃ」

タクシー料金よりも多いチップを運転手の制服の胸ポケットに突っ込み、熊吾は煙草(たばこ)を吸った。

「大将、お願いがおますねんけど……」

という言葉でタクシーの運転手を見ると、シンエー・タクシーの福島西通り営業所に常駐している辰巳(たつみ)という男だった。

「なんじゃ、これはシンエー・タクシーか。急いじょったからわからんかった」

と熊吾は言った。

「中津の済生会病院まで迎えに来てくれっちゅう電話で行って、そのお客と動けん病人さんを阪急の園田駅の近くまで運んで、そろそろ昼飯やけど、先に買い物をせんとあかんなァと思いながら、薬局を探してうろうろ走ってたら、松坂の大将が立ってはって、手をあげてくれたから、そうや、大将に頼んでみよと思いまして」

「わしに頼みっちゅうのは何じゃ。金は貸さんぞ。千円くらいなら貸してもええがのお」

「金を貸してくれて頼むほうがらくですなァ。やっぱり、やめときます」

「そうか、そう思うならやめとくことじゃ」

「ハゴロモ、えらい繁盛ですなァ。やっぱり、松坂の大将は、目のつけどころがええ」

「寒い夜に道に出て、空のタクシーを見つけるよりも、電話一本でタクシーを呼べるようにするっちゅうことを考えた柳田社長の先見の明のほうが、目のつけどころがええぞ。目論見どおり、そういう客が増えてきたけんのぉ」


　ことしの六月にトヨタ自動車が発売した大衆車「パブリカ」の販売代理店権を、十数社の競合にせり勝って獲得した柳田は、シンエー・モータープールから南へ歩いて五分の、あみだ池筋沿いに「トヨタ・パブリカ大阪北」を開業し、モータープール内の北東側に、パブリカ専門の修理工場と、そこで働く若い従業員たちのための寮を造ったのだ。

　これまで、天王寺区のシンエー・タクシーの社屋内を居場所としていた柳田は、それ以来、ショールームを兼ねた二階建ての「パブリカ大阪北」の社屋を自分の拠点と定めたので、頻繁にモータープールへとやって来るようになった。運転手付きの高級車を、常時、シンエー・モータープール内に待機させておくのが最も利便だったからだ。

　熊吾は、「中古車のハゴロモ」を開業してまもなくに、自分が中古車販売店を営み始めたことを柳田元雄に話したが、その際、商売に目途がたつまで、あと少しのあいだ、シンエー・モータープールの二階を住まいとさせてもらいたいと頼み、柳田もそれを了承してくれていた。

　だから、今朝、柳田から電話がかかってきて、相談したいことがあるので、昼の一時半に「パブリカ大阪北」に来てくれと言われたとき、熊吾は、いよいよ自分たち一家もモータープールの二階から出て行くときが来たようだと考えた。相談とは、たぶんそのことであろう、と。

　シンエー・モータープール内の西側の建物に熊吾一家の住まいと柳田商会の独身社員たちの寮があり、さらに北東側の元校舎に「パブリカ大阪北」の修理工場と寮を設けたので、夜の十一時門限という規則はたちまち崩れてしまい、仕事を終えたあと遊びに行っていた社員たちは、夜中の一時、二時に帰って来て、門のところで房江を呼ぶ。そのたびに、房江は起きて、正門をあけに行かなければならない。

　それはあまりに酷だということで、柳田商会の社員たちにも、「パブリカ大阪北」の社員たちにも、夜の十一時以降は裏門から出入りしてもらうことにして、それぞれ共通の鍵を幾つか作り、各自で持ってもらったが、酔って帰って来て、鍵をかけ忘れたり、門をあけっぱなしのままにしてしまう者が多くて、何の意味も為さなかった。

　熊吾は、柳田商会の最も年長な社員と、「パブリカ大阪北」の寮長を呼び、ここを管理している者の身にもなってみろときつく叱って、十一時門限厳守を徹底させようとしたが、それは長くはつづかなかった。

神経過敏な房江は、やがて不眠症に陥って、市販されているブロバリンという睡眠薬を服まないと眠れなくなっていたのだ。

もうひとつ困ったことも生じていた。柳田商会の社員が寝起きする部屋は、伸仁のために拡げた六畳の部屋の南側で、あいだにかつての女学校の教室があるにしても、夜になるとテレビをつけっぱなしにしたまま、花札やトランプなどに興じる声が響く。

それがうるさくて、伸仁は夜になると階下の事務所に避難するようになった。

熊吾が商売を始めて、朝以外はモータープールにいなくなったのをいいことに、いつのまにか見知らぬエアー・ブローカーたちが我が物顔にやって来るようになり、自分たちの事務所として使い始めたので、伸仁は事務所にもいられなくなってしまった。

夕方の忙しい時分には、熊吾に代わって、出入りする車の誘導などをしてくれるので、しばらく黙認していたが、そのうち、使った電話代は払わなくなり、市外通話も無断でかけまくり、房江を「おばはん」よばわりして茶を淹れてくれと命じる者もあらわれたのだ。

彼等は柳田商会の得意客であり、デコボコ・コンビの黒木博光と関京三とは同じエアー・ブローカー仲間で、シンエー・モータープールの立地の良さと敷地の広さに以前から目をつけていたのだ。

なかには、ならず者と大差のない性分の者もいて、このままではシンエー・モータープールに車を預けている客を失なうことになると思い、熊吾はことしの夏の終わりごろに、全員ここに寄りついてはならぬと言い渡した。

車に乗って入って来たら、たとえ一分であろうとも駐車料を払わせるという文章をしたためた紙を事務所に貼り、黒木と関の立ち入りも禁じた。

デコボコ・コンビとのあいだでどんな話し合いがあったのか熊吾は知らないが、それ以後、エアー・ブローカーは姿を消した。デコボコ・コンビは熊吾に詫びを入れ、自分たちだけはなんとか出入りを許可してくれと頼み込んできた。その礼として、朝夕の忙しい時間帯には、モータープールの管理人としての仕事をする、と。

だが、先月あたりから、黒木と関以外のエアー・ブローカーが、ひとりふたりと再びモータープールの事務所に戻って来つつあった。

俺は柳田との約束は果たした。このあたりが潮時だ。房江の睡眠時間は平均すると四、五時間で、もうこれ以上は心身がもたない。伸仁も来年の春には高校生になる。大学受験に向けて本腰を入れて勉強をしなければならない。早急に家を探さなければならぬ。ハゴロモの近くで借家がみつかればいいのだが……。

熊吾が考えにひたっていると、運転手は堂島大橋が見えてきたあたりで速度を落とし、四つに折り畳んだ新聞を手渡した。

その大きな広告で宣伝しているものを買って来てくれと娘に頼まれた。薬局があると
そこで車を停めようと思うのだが、どうにも買いにくい。そこに薬局がある。この広告
の商品を買ってきてはくれないか。
運転手の言葉で、熊吾は新聞をひろげた。
「40年間お待たせしました！」
という大きなキャッチフレーズの横に長方形の箱の写真があった。
「アンネ？　何じゃ、これは」
「女が毎月使うもんですねん。娘に頼まれたんやけど、これを買いに入るのん、どうも
恥しいて」
「ナプキンじゃろう。なんで恥しいんじゃ」
「食堂で口を拭くのに使うやつとは違いますねん」
熊吾は広告の下段に印刷されている文章を読んだ。
――欧米では四十年前から……、そしていまでは八十五パーセントのご婦人が、この
タイプの製品を愛用している。ところが三千万の日本女性は、この面では古めかしい明
治以来の方法だけしか提供されておらず、知らぬまに40年間も遅れていたわけだ。――
熊吾は、これがどういう商品かがわかって、
「わしがお前の代わりに買うのか？　なんでわしに白羽の矢を立てたんじゃ。わしも恥

しいぞ。娘さんが自分で買たらええじゃろう」

と言った。

「娘、ノブちゃんとおんなじ中三でして、恥しいんですやろ。母親がおったら、買いに行ってくれるんやけど、去年の夏に亡くしまして、親ひとり子ひとりになってしもて……。このアンネっちゅうのん、きょう全国一斉発売ですねん」

「なんで、わしなんじゃ。お前の娘が使うんじゃろう。お前が買え」

「松坂の大将がその顔で、アンネ一箱くれっちゅうたら迫力おまっせ」

笑いながら熊吾はうしろから運転手の頭を小突き、一箱でいいのかと念を押して、薬局へ入り、

「40年間お待たせしました、っちゅうのを一箱くれ」

と言った。

十箱ほどがガラスケースの上に並べられていた。そうか、この分野でも、日本は欧米と四十年間もの遅れがあったのか、と思った。

房江にはもう必要がなくなったが、こんなものが日本で売られるようになったと見せてやろう。熊吾は、もう一箱買って、それを紙の袋に入れてもらい、タクシーに戻った。

「えらいすんまへん。肩の荷がおりました」

そう言って、運転手は車を発進させた。

「パブリカ大阪北」のショールームの二階に社長室があり、その隣の事務所には営業部員たちのそれぞれの販売台数が棒グラフにして大きく貼り出されてあった。

　ふたつある応接室ではなく社長室に通されると、熊吾は柳田が電話を切るのを立って待っていた。柳田の頭髪はほんの数ヵ月のあいだにほとんど白くなってしまっていたが、顔の色艶は良く、肉の薄い頬は赤かった。

　誰かと電話で話しながら、柳田はソファに坐るよう身ぶりで示し、パブリカの宣伝用パンフレットを熊吾に差し出した。

　それと同じものを何度も目にしていたので、まだいちども運転したことはなかったが、パブリカという七〇〇ccの、空冷式水平対向2気筒のエンジンの騒音や震動の大きさは予測がついた。

　柳田元雄は電話を切ると、ハゴロモは質のいい中古車を揃えて、良心的な価格とアフターサーヴィスで評判がいいから、さぞかし儲かっていることだろうと言った。

「同業者が増えてきまして、仕入れが大変です。そこへエアー・ブローカーが割り込んできますけん、ええ中古車が売りに出ちょると聞くと奪い合いです」

　柳田は熊吾の言葉に頷き返し、松坂さんも忙しくなってモータープールの管理をつづけるのは難しいであろうと水を向けてきた。

「モータープールという商売に迷惑をかけるようになってしまいました。私ども一家もなんとか食べていける目途もたちましたし、新しい管理人にバトンタッチしたほうがええと思うちょります。柳田社長のご意向どおりにしますけん、いついつまでに引き払えとご遠慮なく期日を決めてください」

と熊吾は言った。

「相談というのはそのことでなァ。あともう一年、モータープールの面倒を見てもらえんかなァ。その代わりに、柳田商会から社員をひとりモータープールに専従させるということでどうやろ。そうしたら、忙しい時間帯に松坂さんがモータープールにおらんでもええやろ。奥さんの負担もかなり減ると思うんやが」

そう言って、柳田は、次の管理人にと考えていた夫婦が、いまの勤めをあと一年つづけたいと申し出たのだとつづけた。

ことし四十九歳になる夫婦は岡山の農協の職員で、柳田と郷里が同じということで、定年後の再就職の世話を頼まれていた。しかし、農協で働き始めたのが人よりも遅くて、あと一年勤めないと年金に大きな差がつくと知った。それならば老後の年金額を増やすために五十歳の定年まで働いたほうがはるかに得だということになったらしい。

自動車なんか運転したこともない男で、免許証を取得するための時間も必要だ。

客の大事な自動車を預かるモータープールという商売に、どこの馬の骨かわからない人間を使うわけにはいかない。ましてシンエー・モータープールは大阪市内で最も大きくて、預かっている自動車の数も多い。
その男は、自分が大阪で商売を始めるときに、わずかではあったが資金を用立ててくれた人の末弟で、ひとり娘が大阪に嫁いで、去年、女の子を産んだ。夫婦にとっても初孫で、農協を退職したら孫にいつでも逢えるところで暮らしたいと思っていたので、シンエー・モータープールの管理人という仕事を打診したら、すっかりその気になってしまって、この柳田に礼を言うために夫婦でわざわざ訪ねてきたくらいだ。老後の年金をあてにするのは当然だし、たった一年で大きな差が生じるのなら、定年まで勤めさせたほうがいい。こっちの勝手な都合だが、もうあと一年、モータープールの管理をやってはもらえないか。

柳田にそう頼まれると、熊吾は無下には断われなかった。ほとんど路頭に迷う状態だった自分たち家族が今日を迎えられたのは柳田のお陰なのだ。

しかし、房江はモータープールの管理人を辞めて、ハゴロモの近くの一軒家に移り住む日を楽しみにして、近辺の周旋屋を訪ねて借家探しを始めた。

熊吾は房江の落胆を想像し、柳田元雄に現在のモータープールの状況を正直に話して聞かせた。

ちょっとでも隙を見せるとエアー・ブローカーの巣窟となりかねないこと。柳田商会の社員たちも「パブリカ大阪北」の社員たちも門限を守らなくて、そのために房江が疲れ切っていること……。

「これは私ら夫婦が我儘で言うちょるのじゃありません。人さまの自動車を預かっちょるかぎりは、夜中の一時や二時に帰って来る若い連中がちゃんと二ヵ所の出入口に鍵をかけたかどうかを確認せんままに寝てしまうわけにはいきません。それがあんたらの仕事ではないかと言われるかもしれませんが、私の家内はもう限界です」

「そうかァ、そんな遅うまで遊んでるやつがおるのかァ」

「みんな若いですけん、しょうがないといやあしょうがないんですが」

「いや、しょうがないことはないなァ。あそこは寮や。寮には規則というもんがある。門限を守らんやつは出て行ってもらおう。自分でアパートでも借りたらええんや」

　柳田はそう言って、社員たちに門限を守るようにさせたら、あと一年引き受けてくれるかと訊いた。

「私もお礼奉公をさせてもらわにゃあいけませんけん。柳田商会の誰をモータープール専従にするおつもりですか」

「田岡はどうかな。去年、高校を卒業した子や。わしの知り合いに頼まれて柳田商会で雇うたんやが、本人は勉強して大学へ行きたがってるそうや。モータープールの事務所で夜は受験勉強ができるやろ」

　話は決まったと思い、熊吾は話題を変えてパブリカの売れ行きについて訊いた。

「爆発的に売れると踏んでたが、出足はぞっとするくらい悪かったんや」

と柳田は言ったが、それ以上は語らなかった。

熊吾が帰ろうとすると、

「来月、入院して胃を半分切り取る手術を受ける。これは内緒や」

と柳田は言った。

「資金繰り、資金繰り、資金繰り、で胃に穴があいた。桜橋に柳田ビルを建てるのと、『パブリカ大阪北』の創設が重なって、借金まみれや。松坂さん、どうやって金を儲けて、どうやって資金を作るかは、役員も社員も考えよらん。どいつもこいつも、あてにならん」

きつい表情でそう小声でつづけながら、柳田は窓のところに立てかけてあったゴルフの道具を握って、それを軽く振った。

熊吾はゴルフの道具というものを実際に見たのは初めてだった。

「これでボールをぶったたくんですか」

「それが当たれへんのや。そやけど、ちゃんと当たったら気持ええでェ。仕事のことも何もかも忘れられるのは、わしにはゴルフだけや」

熊吾は、猟はつづけているのかと訊こうとしてやめた。海老原(えびはら)太一の話題に移ってしまいそうな気がしたのだ。

まだ十代にしか見えない女事務員が熱いほうじ茶を淹れて持って来てくれたので、熊吾は、シンエー・タクシーからも柳田商会からも「パブリカ大阪北」にはひとりも社員を送り込まなかったのはなぜかを柳田に訊いてみた。そして、ほうじ茶を飲んだ。

柳田はそれにもひとことも答えず、

「息子さん、大きなったなァ。もうお父さんよりも背が高いんとちがうか？」

と訊いた。

「追い抜かれたかもしれませんなァ。きょうにでも背くらべをしてみましょう」

熊吾はそう言って、ほうじ茶を飲み、柳田元雄にもいい番頭がいないのだなと思った。

熊吾が社長室から出て行きかけると、柳田は、パブリカが発売当初売れ行きが悪かったのは、軽量化をはかるあまり、高級感を失くしてしまって、セダン一台が三十八万九千円という価格に見合わない代物として客に受け取られたからだと言った。

しかし、トヨタ自動車の打つ手は早くて、高級感を出すために幾つかの改良をした。価格を据え置いての改良は効を奏したが、それによって苦しんだのは各パーツを製作する下請け会社だという。

「下請けの値を叩きに叩くのは、欧米では当たり前のマネージメントで、これから日本でも大企業経営の常套手段になるそうやが、首を吊る町工場の経営者も増えるやろうなァ。町工場が生き残るためには、安い労働力の確保しかない。そやから、ことしの春から地方の中卒者を乗せた集団就職の列車が満員になったんや。来年はもっと増える。再来年にはもっともっと増えるなァ」

戦後に再会したときの柳田元雄とはまったく異なる能面のような顔を見つめて一礼し、熊吾は「パブリカ大阪北」を辞して、シンエー・モータープールへと歩いて行った。

柳田の胃潰瘍は、医者が嘘をついているのではないと熊吾は感じた。亀井周一郎は診察を受けたときすでに手遅れの胃癌だったが、医者も亀井の妻もしばらくは胃潰瘍と嘘をついた。しかし、柳田の胃潰瘍は本当だ。あの顔は、死の病を得た人間のそれではない。

そう思いながらモータープールの正門の前まで来て、シンエー・タクシーの福島西通り営業所の窓から笑顔を向けている神田三郎に気づくと、熊吾は営業所のなかに入って行った。

神田は、ことしの春も志望する大学の受験に失敗して、働きながら勉強をつづけていた。私立大学には合格したのだが、国公立の大学でないと入学金も授業料も払えないので、来年三十歳になるというのに、もう一年浪人生活をすると決めたのだ。

「たまには体操をしたり、風やお天道さまに当たったりせにゃあいけんぞ」

と神田に言い、熊吾は千円札を二枚、机の上に置いた。

「それに、たまには滋養のあるものも食え。出前のきつねうどんや木ノ葉丼ばっかりやと栄養失調になって、頭の回転も悪うなる」

神田は二枚の千円札を持って椅子から立ち上がり、顔を赤くさせて、熊吾に返そうとした。

「何回もこんなことをしていただいては申し訳ありません」

「ええんじゃ。こうやっていっぺん出したものを引っ込められるか。やるとは言うちょらん。出世したら、まとめて返してくれ。出世払いっちゅうやつじゃ。神田さんはどうも大器晩成型のようじゃけん、出世したころには、わしは生きちょるかどうかわからん。わしがこの世におらんようになったころに出世したら、伸仁に返してやってくれ」

熊吾はそう言って、千円札二枚を神田三郎のワイシャツの胸ポケットにねじ込みながら、ガラス窓からモータープールの事務所の様子をさぐった。

関京三が電話で話をしているだけで、他には誰もいなかった。

福島西通りの交差点のほうから伸仁が包装紙に包まれた長方形の重そうなものをかかえて走って来ると、営業所のなかへ飛び込むように入ってきた。

「やっと届いたでェ」

神田にそう言ってから、熊吾に気づいて、伸仁は困ったような表情で包装紙に包まれているものを隠そうとした。その伸仁の目が自分のそれよりも少し高いところにあるのを確かめると、

「わしに見られとうないもんは何じゃ」

と訊いた。包装紙には大阪駅前の大きな書店の名が印刷してあった。どうやら本のようだが、かなりぶ厚くて大きい。雑誌の類ではないし、参考書でもない。こいつ、まさか「江戸期の春画全集」などというものを買ってきたのではあるまいな。そこに「夫婦生活」なんかが挟んであったら、父親としてはどう対処すべきなのか……。


熊吾はそう思いながら、包装紙の中身を見せろと促した。

二冊の画集だった。一冊は「ゴッホ」。もう一冊は「岸田劉生」。

ゴッホの画集は前から欲しかったのだが、日本の画家では岸田劉生もすばらしいと神田さんに教えられて、学校の図書館で見たら、いっぺんに好きになったので、二冊を本屋で予約しておいたのだと伸仁は言った。

「高い画集じゃのお」

値段を見て、熊吾がそう言うと、

「すみません。ぼくが余計なことを教えてしもて……。まさかノブちゃんが岸田劉生の画集まで買うなんて思いませんでしてん」

神田は、あと二、三年で完全に禿げてしまうのではないかと思える頭部まで赤くさせて熊吾に謝った。

「ご禁制の枕絵でのうてよかった」

熊吾は言い、シンエー・タクシーの営業所を出るとモータープールの事務所へ行き、他のエアー・ブローカーがいないのを見届けて、二階へあがった。

廊下を箒で掃いていた房江は、ジンベエの様子がおかしいのだと言いながら階段のところへ急ぎ足でやって来た。腹這いになり、熊吾を見あげてしっぽを振ってはいたが、たしかにジンベエは元気がなかった。腹をさわると、いつもより熱かった。

朝から何も食べようとしないし、一歩も歩こうとしない。足の裏の柔かい部分が痛いらしく、ちょっと触れるだけでかぼそい鳴き声をあげる。

その房江の説明に、何か鋭利なものを踏んで、そこから黴菌でも入ったのかもしれないと言い、熊吾は房江の背を押して座敷にあがった。

「柳田さんに相談があるっちゅうて呼ばれてのお」

櫓炬燵に脚を入れて煙草に火をつけてから、熊吾は、柳田元雄との話の内容を房江に聞かせた。

「もう一年、ここに？」

幾分落胆の表情で言い、房江は漆塗りの大きな和卓の上に拡げてあった印刷物を見やった。大淀区にある周旋屋から貰ってきた借家物件の間取り図だった。

「それは断わられへんねェ」

房江の言葉で、熊吾は少し気がらくになった。モータープールの管理人という責任の重い仕事を果たすために、房江が四六時中神経を張りつめさせていることを熊吾は充分にわかっていた。給料を貰い、家賃も光熱費も水道代も払うことなく、伸仁を蘭月(らんげつ)ビルのタネの家から引き取って、一家で暮らせるようになったのは、ひとえに柳田元雄のお陰なのだから、モータープール内のことは松坂熊吾の妻である自分にすべて責任がある。房江はそう心に期して、千二百坪の敷地内の清掃を毎日ひとりでやりつづけてきたのだ。

だから、もう疲れ切ってしまっていたところへ、「パブリカ大阪北」の修理工場と社員寮が同居するようになり、夫は中古車販売業を始めてほとんどモータープールの仕事にまで手が廻らなくなって、房江の負担は二倍にも三倍にも増えた。

それと同時に、二社の若い社員たちの門限破りが始まり、昼間は見知らぬエアー・ブローカーたちの我が物顔での居坐りもつづいた。

房江が、モータープールでの仕事に幕を降ろして、いちにちでも早くどこかの借家へ引っ越したがるのは当然だ。ハゴロモの近くに適当な借家さえ見つかれば、もういつでもモータープールから出て行ける。そう思っていた矢先の柳田の頼みは、房江をひどく落胆させるに違いない。

熊吾は、それを想像するだけで気が重くなっていたので、意外に明るい笑顔で房江が「あと一年間」を受け入れてくれたことが嬉(うれ)しかった。

「もう一年間、家賃も電気やガスや水道代も要らんねんねェ。そのぶんは全部預金するわ」

と言い、房江が周旋屋で貰ったものをゴミ箱に捨てたとき、伸仁が階段を駆けのぼって来て、鞄から一枚の用紙を出した。

「クラス中のやつらに笑われたでェ」

そう言って、伸仁は用紙を房江に突き出した。

来年、高校に進学するにあたって、これまでの成績の総合評価とともに、保護者にも幾つかの確認事項があり、そのなかに生徒本人の短所と長所を書く欄もあった。

それは房江が書いたのだが、生徒には見られないように封に糊をして担任の教師に提出することになっていた。

きょう授業を終えて帰りかけたとき、教師が笑いながら伸仁を呼び、お前のお母さんは、お前の短所を十一も書いたのに、長所はひとつだけだったと言って、それを読みあげた。

伸仁は熊吾にそう説明し、房江が書いた短所を声に出して読んだ。

「短気。我儘。忍耐力がない。好き嫌いが多い。早寝早起きが苦手。落ち着きがない。食べ方が遅い。手先が無器用。慌て者。整理整頓が苦手。猫舌」

途中から熊吾は笑いが止まらなくなり、口の周りにニキビを作っている伸仁を見つめた。

「猫舌も短所か？　落ち着きがないと書いたんやから、慌て者まで書かんでもええやろ？　ようこれだけ自分の子供の悪いことばっかり書けるなァ。そやのに、長所はひとつだけ」

「長所は何じゃ？」

と熊吾は笑いながら訊いた。

「すなお」

「それだけか？」

困ったように洗濯物にアイロンをかけ始めた房江の顔を覗き込んで、熊吾は訊いた。

「みんなの前で読みあげるなんて……。それやったら封を糊づけさせんでもええのにねェ」

「なんぼ親の公平な評価やっちゅうても、伸仁にも、もうひとつやふたつ、長所があるじゃろう。優しい、とか、情に厚い、とか」

「そんな、親の欲目みたいなこと書かれへん。人間、すなおがいちばんやろ？」

「うん、そのとおりじゃ。人間にとって大事なところを長所のいちばんにあげたんじゃけん、あとは書かんでもええんじゃ」

そう言って、熊吾は伸仁の手から用紙を取り、房江の書いた字を見た。誤字のない、

楷書と行書の中間くらいに崩した丁寧なペン文字に感心し、

「お前、字が上手になったのお。これはびっくりしたぞ」

と言った。お世辞ではなく、本気でそう思ったのだ。

「お母ちゃんの字のことは、いまはええねん。ぼくの短所十一個と長所一個だけという、この数字のあまりのひらきについて、詳しく説明してもらいたいねん」

と房江に詰め寄り、伸仁はアイロンのコンセントを抜いた。

「長所もぎょうさんあるでェ。いますぐには思い浮かべへんけど」

と笑いをこらえながら房江は言った。

階段の中途あたりから誰かの声が聞こえた気がして、熊吾は座敷から廊下へと出た。そろそろハゴロモへ戻らなければならない時間でもあったのだ。

紺色のブレザー・ジャケットに赤いネクタイをしめた二十歳になるかならないかの背の高い青年がいて、田岡勝己というものだと名乗り、

「柳田社長に、きょうからモータープールでの勤務を命じられたものです」

と言った。面長な色白の顔のなかの目がつぶらで、それが青年を誠実ではあってもひどく気弱そうに見せていた。

「夜は大学受験の勉強をするそうじゃが、八時を過ぎたら出入りする車も少のうなるし、事務所に人もおらんようになるけん、自由に使うてくれたらええんじゃ」

熊吾は、そう田岡勝己に言い、房江と伸仁を呼んでから事務所へと行った。関京三に田岡を紹介し、モータープールでの仕事を教えてやってくれと頼んだ。

そのあいだに、房江と伸仁が階段をおりて来た。

田岡は柳田商会の社員で独身ではあったが、天満橋の近くの叔母の家に下宿しているという。

しかし、モータープールで働くとなると二階の寮に引っ越したほうが何かと便利なので、今夜、自分の荷物をここに運んで来たい。荷物といっても蒲団と少しの着換えくらいのものなので、軽トラック一台で済んでしまう。一時間ほど借りられる軽トラックはないだろうか。

田岡は、房江と伸仁に初対面の挨拶をしてから、熊吾にそう言った。

「いますぐやったら、あの車を使うてもよろしおまっせ」

と言って、関は自分の商売用の車のキーを渡した。弁天町のブローカーから仕入れて、一ヵ月たっても買い手のつかない旧式フォードのピックアップ型だった。

左ハンドルの外車は運転したことがないがと自信なさそうに言い、田岡はフォードの運転席に坐り、エンジンをかけようとした。大きく咳込むような音をたてるばかりで、エンジンはかからなかった。伸仁は走って行って、チョークを半分ほど引いてからキーを廻せばいいと田岡に教えた。

「ノブちゃん、途中でエンストしたらあかんから、一緒に行ったったってんか」

と関が事務所の引き戸から顔を出して言った。

「なんであいつが、あのボロ車のエンジンの癖を知っとるんじゃ」

旧式のフォードがモータープールから出て右折して行くのを見ながら、熊吾は関京三にきつい目を向けて言った。

モータープールの最も忙しい時間に、たとえ猫の手を借りたいときでも、決して伸仁に車を運転させないとシンエー・タクシーの常務に約束したかぎりは、それを破るわけにはいかないのだ。

関は聞こえないふりをして詰め将棋の本に見入った。

もうじき四時だ。購入した三台の中古車が四時半にハゴロモに運ばれてくる。そのうちの二台は買い手がついていて、客は六時ごろに取りに来る。

熊吾は房江に小声でそう伝え、歩いてハゴロモへと向かった。正門を出たところで、両手に今夜の食材の入っている買い物籠(かご)を持った、房江よりも五つ歳上(としうえ)の女とすれちがった。

柳田商会の寮で暮らす社員たちの食事を作るために雇われた賄(まかな)い婦だった。

会社が負担する食費があまりに少なくて、これではろくなものが作れないとしょっちゅう房江相手に愚痴をこぼすらしいが、房江に言わせると、心のこもっていない手抜き料理ばかりで、寮で暮らす独身社員たちは仕方なくそれを食べるしかないが、給料を貰って二、三日のあいだは、伸仁の部屋と二十畳ほどの寮の部屋とに挟まれる格好で設けられた社員食堂に足を踏み入れる者はいない。

みんな近所の食堂で自前で晩飯を食べるのだ。

あれでは柳田商会の社員たちが可哀相だから、何か材料があれば自分が一品か二品作ってやろうかと思ったりするが、寮の食堂の冷蔵庫はほとんど空の状態で、きっと余ったものは肉でも野菜でも自分の家に持って帰っているにちがいない。泥棒とおんなじだ。

よほど腹が立つのか、房江はよく熊吾にそう言うのだが、つまらない争い事が起きるのを嫌って、最近では見て見ぬふりをすることに決めたらしい。

熊吾は福島西通りの交差点を渡り、阪神電車と国鉄が並行してふたつの「あかずの踏切り」を作っているところまで行くと、ことしの夏に店を閉めた寿司屋の「銀二郎」の二階を見た。

物干し場に並んでいた幾つかの鉢植えもなかった。「銀二郎」の主人は、曾祖父の代からの蜜柑山を売り、その金を元手に千日前に貸店舗を借りたのだ。

まだ通勤ラッシュの時間ではなかったので、熊吾はふたつの「あかずの踏切り」で立ち止まることなくミコタ通りの手前までやって来て、あの女の子はきょうも俺を見て嬉しそうに笑うだろうかと思い、そこから二十メートルほど先の聖天通り商店街へと向かった。

聖天通りを西へ歩くと、少し広い道に出る。そこを渡って鷺洲商店街をさらに西へ行くと淀川大橋のほうから歌島橋のほうへとつながる大通りへと出て、もうそこから「中古車のハゴロモ」までは歩いて二、三分だ。

熊吾は、いつもミコタ通りを抜けて鷺洲商店街への道を行く。理由はない。一年三ヵ月のあいだに自然に習慣となってしまった道筋だが、おとといまで、ミコタ通りでは新しい電柱の設置工事が行われていたので、この十日間ほどは聖天通りを通ったのだが、商店と商店に挟まれた小さな二階屋の窓辺に三歳くらいの女の子がいて、熊吾を見ると笑いかけてくる。その笑顔があまりに可愛(かわい)らしくて、この子は家の前を通る人すべてに愛嬌(あいきょう)をふりまいているのだろうかと、通り過ぎてからそっと観察してみたが、どうもそうではなさそうで、笑顔を送る相手は俺だけのようだと知って、以来、熊吾はその女の子のことが気になっていた。

きのうも、おとといも、その子の家の窓は閉まっていて、顔を合わすことはできなかった。きょうはどうだろうか。また俺だけに笑みを注いでくるだろうか。もしそうだとすれば、なぜだろう。

熊吾は、女の子の家が近づいて来ると、玄関の横の格子窓(こうしまど)があいているかどうかを確かめた。きょうは寒いから閉めているだろうと思ったが、それは細くあいていた。

商店街を行き交う人々を見るのが楽しいのか、女の子は格子窓に両手を添えて外のほうに顔を向けていたが、熊吾に気づくと笑顔を向けた。待ちわびていた親が帰って来たときのような笑顔だった。

「お嬢ちゃんは、いつもここで何をしちょるのかのお」

と熊吾は格子窓に近寄って、女の子に話しかけた。

はにかんで、いったん逃げるように部屋の奥に走って行ったが、すぐに戻って来て、指を三本立てた。

「ほう、三歳か……」

熊吾は笑い、名前を訊いた。すうちゃんと答えたので、

「わしはクマじゃ」

と言い、玄関に掛けられている古い表札を見た。色褪(いろあ)せた細い墨文字は老眼鏡をかけなければ読めなかった。

「松野(まつの)すうちゃんか。きれいな目をしちょる。千両まなこっちゅうやつじゃ。すうちゃんは正しくは何というんじゃ？　すで始まるけん、すみこさんかな？」

女の子は頷き返した。

見も知らぬ通りがかりの、来年の二月には六十五歳になる男が、可愛らしい三歳の幼女に話しかけていると、怪しい変態野郎と疑われてはいけないと思いながらも、

「なんで、すうちゃんは、このクマにだけそんなに笑顔を向けてくれるんじゃ？」

そう熊吾は問いかけながら、何気なく自分のうしろを通り過ぎて行く一組の男女に目をやった。足早に鷺洲のほうへと歩を進めながら、口論していたからだ。

うしろ姿しか見えなかったし、ふたりはすぐに聖天通りから出て行ってしまったが、熊吾は、女の声も歩き方も、西条あけみこと森井博美(ひろみ)に似ていたと思った。

似ていたどころではない。まさしく博美の声と歩き方だが、少し年齢が離れているようだし、いくら何でもあんなに所帯やつれしているはずはない。こめかみから側頭部にかけてひどい火傷(やけど)を負ったが、髪で隠せるし、よく見ないとわからないくらいに誤魔化せる特殊な化粧品もあると博美は言っていた。

一流のミュージック・ホールで一世を風靡(ふうび)したダンサーだ。舞台化粧とカツラと照明で、火傷によるケロイドをわからなくして、博美は再びダンサーの世界へ戻ったはずだ。たとえ、一流どころからは去らねばならなくなったとしても、二流どころ三流どころでなら充分に通用するだろう。博美にはダンサー以外に生きる道はないのだ。

熊吾は、これまでもときおり森井博美を思い出したりはしたが、いつもそう考えることで、多少は自分にも落ち度があったかもしれない縁日での事故や、長崎での出来事を忘れようとしてきたのだ。

熊吾は幼女に笑顔で手を振り、ハゴロモに向かって歩きだしたが、足は自然に早くなっていた。たぶん人ちがいであろうが、それをはっきりと確かめたいという思いもあった。

聖天通りを出て左右に視線を向けたが、男女の姿はなかった。

なぜか安堵（あんど）の気持を抱いて、熊吾は腕時計を見た。四時を少し廻っていた。そのまま急ぎ足で鷺洲商店街に入った瞬間、熊吾は慌てて菓子屋の店内へと身を隠し、ガラス戸からさっきの男女が立ち止まって口論をつづけている様子を窺（うかが）った。

右の側頭部からこめかみへと誰もが奇異に感じるほどに頭髪をへばりつかせるように垂らしていても、腰の位置の高さと、ロシア人を曾祖父に持つ彫りの深い顔立ちは、森井博美に間違いなかった。

「これをくれ」

熊吾は棚に並べてあるチョコレートやキャラメルの箱を三、四個適当につかむと、菓子屋の主人に言った。

博美は男を突き飛ばすようにして路地を左に曲がった。電器屋とカメラ店のあいだにある、幅二メートルほどの路地には、左右に二階建ての安アパートが並んでいる。

男が緩慢な足取りで博美のあとをついて行くのを見ながら、熊吾は菓子屋の主人に、釣り銭を早くくれとせかした。

「一万円札では……。千円札はお持ちやおまへんか」

熊吾はズボンのポケットから何枚かの紙幣を出し、千円札を一枚渡した。

釣り銭を受け取り、買った菓子を手に持ったまま、熊吾は電器屋の角から顔の半分を出して路地をのぞいた。博美も男もいなかった。どこかのアパートに入ったのは確実だったが、それがどこなのか探す気はなかった。

なんだあの所帯やつれは。関の孫六兼元の名刀を海老原太一に土下座までして買ってもらった金をあのまま博美に渡してしまえばよかった。火傷跡の手術費にといったんは受け取っておきながら、あいつはそれを俺に返してから別れたのだ。

あのとき博美は二十八歳だったから、いまは三十三歳だ。だがどう見ても四十前の、貧乏臭い女としか思えない風情だった。

博美がハゴロモから歩いて五分もかからないところに住んでいたとは……。

熊吾はそう思い、場所をカメラ店の前に移して、しばらくショーウィンドウのなかをながめ、ハゴロモへと歩きだした。

ひっきりなしにかかって来る客からの電話の応対をしたり、納車された中古車の点検や売買契約書に印鑑を捺したりしているうちに、熊吾の心のなかから森井博美のことは消えていった。

この五年間に博美に何が起こっていようと、いまどうやって生活をしていようと、もう俺とは関係のないことだ。

そう片づけてしまって、繁雑な事務仕事を終えて一服していると、通りの向かい側の川井荒物店の前に立って、熊吾を見つめて何度もお辞儀をしている男がいた。木俣(きまた)敬二だった。

「また来やがった。おい、佐田、そこの青桐(あおぎり)を引っこ抜いてしまえ。あの木があるかぎり、あいつの月にいちどの墓参りは永遠につづくぞ」

伝票の数字と毎日の金の出入りを確認していた玉木則之は、その熊吾の言葉に笑い返しながら、

「さっきからずうっとあそこで大将が気づいてくれるのを待ってはりますねん」

と言った。

「子供みたいなやつじゃのお。あいつは確か大正八年の生まれじゃ。いま幾つじゃ」

「ことしは昭和三十六年ですから……」

玉木は紙に数字を書いて計算し、

「四十二歳です」

と言ってから、自分と三つちがいだから計算するまでもなかったと苦笑した。

「川井のおっちゃんも笑うちょるぞ」

荒物屋の帳場からこちらに視線を向けている川井浩までが熊吾にお辞儀をした。

まあそう邪険にせず、この変てこりんなやつに墓参りをさせてやってくれ。

川井の笑顔がそう言っていると感じて、熊吾は日が暮れてしまった道に出て、木俣敬二に手招きをした。

いつも訪ねて来るたびに、木俣は自分の工場で製造したチョコレートをみやげに持参する。西区の木津川沿いにある「キマタ製菓」は、ケーキ用のコーティング・チョコレートを専門に造っているが、たまに気が向くと、カカオ豆を多めに使った上等のチョコレートを造るという。それは商売用ではなく、小学校の教師をしている妻のためのもので、同じものを熊吾にも持って来るのだ。

木俣は、遠廻りして信号を渡ってハゴロモの事務所に入って来ると、

「またお邪魔させていただきます」

と熊吾の機嫌を探るような表情で言った。

「お邪魔もお邪魔も、お前くらいお邪魔なやつはおらん。わしは今夜にでも、あの青桐を引っこ抜くことに決めたぞ。こんどこそ本気じゃ」

木俣が来るたびに同じことを言っている自分が癪にさわってきて、熊吾はみやげのチョコレートが入れてある缶を指先で何度も突ついた。

「そんなえげつないことをしはる人やおまへん。私は、松坂熊吾というお方をよう存知あげてます」

と木俣は言った。

「なんで、お前がわしのことをよう存知あげちょるんじゃ。糖尿病のわしにこんな甘いチョコレートを持って来るやつが、わしのことをよう存知あげちょるんなら、それはわしの命をじわじわと縮めようっちゅう策略じゃ」

「まあ、大将のお相手は、恒例の墓参りをしてからということで」

「誰が相手をしてくれと頼んだ。何が『恒例の』じゃ。お前がいつのまにか勝手に恒例にしてしもうたんじゃ」

　言っているうちに熊吾もおかしくなってきて、言葉に笑いが混じってしまった。玉木も笑いをこらえることで指が震えるらしく、算盤（そろばん）を弾（はじ）くのをやめた。

　洗車を終えた佐田雄二郎が事務所に戻って来たので、熊吾はチョコレートを勧めた。缶は「キマタ製菓」のものではなく「モロゾフ」と書かれてあった。

　昭和初期に神戸で起業した「モロゾフ」という洋菓子屋が、ロシア革命後の社会主義化を嫌って亡命してきたモロゾフ家と別の経営者との共同で設立した会社であることは熊吾も知っていた。

　そのモロゾフというメーカー名を目にした瞬間、熊吾は、博美につれられて行った長崎市のロシア人墓地の静まりかえっていたさまを思い出した。それと同時に、マカール・サモイロフというロシア人の名も浮かび出た。森井博美の曾祖父の名だった。

　線香の煙が事務所に流れてきたので、熊吾は振り返った。佐田が裏窓をあけて、一本の青桐のうしろで手を合わせている木俣を見ていた。

もう帰るようにと玉木と佐田に言ってから、熊吾は自分が何か忘れ物をしているのに気づいた。何かを忘れたが、それが何なのか思い出せない。

事務机の上を片づけながら、

「ノブちゃんの学校の前の道を十分ほど北へ行ったところに、マネキンを造る工場があったんですけど、そこがつぶれまして、いま新しい借主を探してるそうです。ちょうど帰り道の途中ですので、これから見て来ます」

と玉木は言った。

「建物を壊してもええのか？　元マネキン工場となると、壊す費用は馬鹿にならんぞ」

熊吾の言葉に、それらも考慮に入れて、家主と話をしてみるが、とにかく見てからでないと判断のつけようがないので、と玉木は応じ返して、サドルの位置を極端に低くした自転車にまたがった。

戦地での負傷でまっすぐに伸びなくなった右膝をかばうための工夫だった。

「関西大倉学園の北？　マネキン工場なんかあったかのお」

「小さな薬屋のところを右に入って、ほんの二十メートルくらいです。倉庫として使ってたとこも含めると四十坪で、それなら車を十台くらいは置けるんやないかと思うんです」

「薬屋……。そうじゃ、わしはきょう薬屋で買うたものをどこかに置き忘れたんじゃ」

そう言って、熊吾は自分の膝を叩いた。

玉木と佐田が帰ってしまうと、裏窓をしめてから、熊吾はシンエー・モータープールに電話をかけた。まさか、あのアンネ・ナプキンなるものを柳田元雄の社長室に置き忘れたのではあるまいなと案じた。袋の中身を見たら、柳田はびっくりするだろうし、俺もいささかきまりが悪い。

そう思って呼び出し音を聞いていると、電話には房江が出た。

熊吾は、シンエー・タクシーの運転手とのやりとりを説明し、薬屋の袋がモータープールの事務所か二階の座敷にないかと訊いた。

二階の階段の手すりにあったので、何だろうと中身を出して、誰がこんなものをここに置いたのかと不思議だったのだと言って、房江は笑った。モータープール内でこれを必要とする者はひとりもいないはずだから、と。

「お前に見せてやろうと思うて買うたんじゃ。欧米に遅れること四十年にして、やっと日本の女にも近代が訪れたっちゅうふれこみじゃけんのお」

あの大きな広告は十月に自分も目にして、いったいどんなものなのだろうと興味があったのだと笑ってから房江は声を落とし、

「ジンベエ、只事（ただごと）やないわ。犬猫病院で診てもらわなあかんということになって、ノブ

がジンベエを毛布でくるんで抱いて、いま田岡さんの運転する車で病院に行ってん」

とつづけた。ジンベエは黄色の液体を何度も吐いたという。

「ムクはどうなんじゃ」

「ムクは元気や。いつもどおり食欲旺盛(おうせい)や」

熊吾が電話を切ると同時に木俣敬二は事務所に入って来て、

「線香が立ち消えるまで、ここにおらしてもろてもよろしおまっか？」

と訊いた。

背も高いし、いかつい体つきだが、よく見ると人の好(よ)さそうな優しい顔立ちだなとあらためて思い、熊吾は、チョコレートを造る商売は儲(もう)かっているのかと話しかけた。

「同業者が増えてきましてて苦戦してます。名古屋で戦後すぐに会社をおこした業者が大阪や神戸に販売網を拡(ひろ)げてきまして。うちは私ひとりでやってますので、昔からのお得意さんとこを廻るので精一杯です。うちも営業員を二、三人使うたら、いまの得意先を減らさんようにはできるつもりですけど、私、人を雇いとうないんです。金が廻ってるときはええんですけど、ちょっと資金繰りが苦しいなると、給料を払うのに難儀します。二、三回、そういう時代があって、そのたびに、真面目(まじめ)に働いてくれてた社員に辞めてもらいました。もうあんなつらいことはこりごりです。馘(くび)にされる社員にも家族がおますし、それを知ってて馘にせんならん私もつらいですよってに」

熊吾が淹れてやった茶を飲むと、木俣は、いちど私にご馳走させてくれないか、今夜はいかがかと訊いた。

「お前にご馳走になったら、来月も再来月も、ずうっと永遠に、月にいっぺん、ここに墓参りに来るのを認めることになるけんのお。首を吊った女への償いの気持はわからんではないが、物事にはきりをつけにゃあいけんときがあるぞ。墓参りは、きょうで最後にせえ」

熊吾が言うと、木俣は湯呑み茶碗を持ったままうなだれていたが、

「私が殺したのは女だけやおまへんねん。お腹には私の子供がおったんです」

と涙声でつぶやいた。

「子をおろしてくれと頼んだのはお前じゃろう。おろすっちゅうのは殺すっちゅうことじゃ。女が首を吊らんでも、お腹の子は殺されるはめになったんじゃ」

「いろんないきさつがおましたんです」

「当たり前じゃ。いろんないきさつがあっての人生じゃ。お前と女のいきさつなんか聞きとうもない」

そう言いながらも、もしかしたらよほどの坊っちゃん育ちなのかもしれない木俣の、優しい気弱そうな表情や物腰には好感が抱けて、熊吾は今夜いちどつきあってやろうかと思い始めた。

電話が鳴った。受話器を取ると、伸仁が、ジンベエが死んだと言ったきり黙り込み、それから泣き始めた。

「死んだ？　病院へ行ったんやないのか。泣いちょらんで、ちゃんと説明せえ」

熊吾はそう怒鳴ったが、しばらく伸仁の嗚咽(おえつ)だけが聞こえたあと、田岡が代わった。

玉川町の犬猫病院に行くと、獣医は、肝臓がウィルスに冒されていて、この病気にかかると十匹のうち九匹は助からないし、いまの獣医学ではどうしようもないので、治療しても無駄だと言った。

それで仕方なく、ジンベエを抱いて帰る途中、車のなかで死んだ。ずっとノブちゃんに抱かれていたのだが、いつ息を引き取ったのか、ノブちゃんにもわからなかった。福島西通りの交差点まで帰って来たところで気づいたのだ。

田岡勝己はそう説明した。

「ジンベエの体、まだ温かいです」

「モータープールに来た日にお世話をおかけして申し訳ないですなァ。ジンベエを埋める場所をモータープールのどこかに探せと伸仁に言うてください。スコップを用意しとけ、と」

熊吾は電話を切り、急用ができたと木俣に言って、事務所と車置き場の戸閉まりをして、鷺洲商店街を通らず、大通りのほうを歩きだした。万一、森井博美とでくわしてはいけないと考えたのだ。

モータープールの南東側の高い塀の前にイチョウの木が二本生えている。あそこにジンベエを埋めてやろう。

そう決めて、熊吾がモータープールに帰り着くと、ジンベエの遺体は白いシーツにくるまれて講堂のなかに置かれていた。シーツから顔だけ出しているジンベエを房江が撫でていて、田岡がスコップを持って立っていた。

伸仁はどこにいるのかと熊吾は房江に訊いた。押し入れのなかに閉じ籠もって泣きつづけているという。

「自分が育てた犬なんじゃ。閉じたままの目をあけてやったのも伸仁じゃろう。最後まで世話をしてやれと言うてこい。土を掘るのも伸仁の役目じゃ」

熊吾は二階の座敷の押し入れのなかにまで聞こえるほどの声で言ったが、伸仁は出てこなかった。

「それでも男か！」

熊吾が二階にあがろうとするのを房江が止めた。

「隠れて泣いてるねん。泣き顔を見られるのがいちばん恥しい年頃やから」

哀願するような表情で熊吾の外套の袖をつかんで房江はそう言った。

熊吾は二本のイチョウの木のあいだにジンベエを抱いて行き、外套を脱ぐと、スコップで土を掘った。スコップの先が固い石に当たるたびに、田岡は跪いて、それを手で取り除いた。

「土って、冷たいですね」

穴を掘り始めたときからジンベエの埋葬を終える三十分ほどのあいだに田岡勝己が口にしたのはそのひとことだけだった。この青年はまだ二十歳だが、いろんな苦労を味わってきたようだなと熊吾は思った。


元マネキン工場だった土地と建物を借りて、そこに十台の中古車を並べたのは十二月一日だった。

一階はコンクリートの床なので、中古車を置くにはうってつけだったし、出入口にはシャッターが付いていて、上げ降ろしも滑らかで、なかから鍵をかけることもできた。

シャッターを降ろしているときは高さ一メートルほどの裏木戸から出入りするようになっている。

熊吾は、こころやすくなった看板屋の主人から、建物の庇の上に「中古車のハゴロモ大淀営業所」という看板を取り付けたので見に来てくれと電話で頼まれ、鷺洲の事務所から徒歩で新しい営業所へと歩いて行った。

関西大倉学園の前に来ると、ちょうど下校時で、大勢の中学生や高校生が校門から出て来ていた。

しばらく立ち止まって伸仁が出てこないものかと待ったが、最近は授業が終わると竹の棒をバット代わりにして柔かいゴムボールで野球をするのだと言っていたのを思い出し、熊吾はハゴロモの大淀営業所へと歩きだした。

「お父ちゃん」

と呼ぶ声で振り返ると、職員室や図書館や売店のある古い三階建ての建物のてっぺんで伸仁が手を振っていた。

そのガラス窓のところから姿が消えると、すぐに伸仁は校門を走り出て来て、きょうはあそこのガラス磨きの当番なのだと言った。

「それなら、ちゃんときれいに磨かにゃあいけんじゃろう」

「もう終わった。なんぼ磨いても、あれ以上にきれいにはなれへんし、いつまでもあそこにおったら高校生のガラの悪いやつらに殴られるねん」

「なんで殴られるんじゃ」

「あそこは高校生が煙草を吸うとこやねん。煙草の吸殻だらけで、窓はあけられへんようになってるから、煙草の匂いで五分もおられへん」

「お前はまだ吸うちゃあいけんぞ。体が出来上がっちょらせんけん、成長が止まってしまう」

「煙草なんか吸えへん」

そう言って、伸仁は熊吾と並んで歩きだした。

「きょうは野球はせんのか」

熊吾の問いに、ラグビー部員が試合形式の練習をするので、きょうは他の者は校庭を使えないのだと伸仁は言った。

「この学校の校庭は狭いけんのお。都会の私学じゃけん、しょうがないが、野球部なんかはどこで練習しとるんじゃ」

「そこの公園を四時から六時まで貸してもろてんねん」

伸仁は学校の北側を指さした。

熊吾は、こいつはこの二十日ほどでさらに背が伸びたのではないかと思い、立ち止まって背比べをした。

うしろからやって来た同級生らしき少年に、どのくらいの差があるか見てくれと頼み、伸仁は熊吾と並んで起立の姿勢をとった。

脚を揃えて、顎を引いて、と少年は指示し、

「おっちゃんのほうが二センチほど低い」

と言った。

伸仁は少年にサンキューと言って手を振ると、熊吾の肩に手を置いた。その勝ち誇っ

たような顔を見て、熊吾はハゴロモの大淀営業所へと歩を進めながら、

「背が低いっちゅうのと、学歴がないっちゅうのが、男の最大の劣等感なんじゃ。男の二大劣等感というてもええ。わしらの世代では、わしの身長は平均じゃけん、若いころ、そのことで劣等感を持ったことはないが、学歴に関しては、この歳になっても、劣等感がある。尋常高等小学校しか出とらんけんのお。ジンベエが死んだ夜、お前はパブリカ大阪北の修理工とふたりで土を掘り返して、ジンベエを包んであるシーツを取って、最後の別れをしちょったが、あの子はどういう子じゃ？」

と言った。

夜中にこっそりと土を掘り返していたのを父親が知っていたことによほど驚いたらしく、伸仁は顔をこわばらせて黙り込んだ。

「あの子は、お前よりひとつ年上じゃが、あれ以上は背が伸びん。骨格や筋肉が出来上がってしもうちょる。金の卵なんて言われて、中学を卒業してすぐに能登の農家から集団就職列車に乗って大阪へ出て来たんじゃ。夢を抱いて列車に乗ったかもしれんが、大阪駅に着いて、あのパブリカ大阪北の修理工場の二階の寮に入った途端に、そんな夢なんか吹っ飛んでいったことじゃろう。お前は、そういうことをちゃんとわかっとらにゃあいけんぞ」

ハゴロモの大淀営業所への道を曲がりながら、

「トクちゃんは百五十二センチしかあらへんねん。お父さんも、ふたりのお兄さんも、だいたいおんなじくらいの身長やて言うてたわ。そやけど、肩幅なんか、ぼくの倍ほど広いし、腕の筋肉なんかごっついでェ」

と伸仁は言った。

「あの晩、なんで夜中の二時に、トクちゃんもお前と一緒に土を掘っちょったんじゃ」

熊吾は、営業所の前に立っている看板屋の主人に向かって片方の腕を軽くあげながら、そう訊いた。

腹が減って眠れず、二階の社員食堂にご飯でも残っていないかと探していると、窓から懐中電灯の明かりが見えた。何だろうと様子を窺うとノブちゃんがスコップで土を掘り始めた。

母親が自分で縫って送ってくれたどてらを着て、修理工場のフェンスを乗り越えて、懐中電灯の明かりに近づいて行くと、ノブちゃんの横にいたムクが唸(うな)り声をあげた。ムクが人に向かって唸り声をあげるのを見たのは初めてだったので、慌てて工場内に逃げかけたが、ノブちゃんの住まいには何か食べるものがあるはずだと思い、ムクをなだめながら戻って来た。

トクちゃんこと「水沼徳(みずぬまとく)」はそう説明したという。

「ぼくもびっくりしたでェ。懐中電灯の明かりだけを見てスコップで土を掘ってて、トクちゃんが側に来てたことなんか気ィつけへんかったから、ムクの唸り声で、わっと叫んでフェンスのほうへ逃げよったときは、ぼくもスコップを放り投げて事務所のほうへ逃げてん」

　伸仁はそう言い、トクちゃんとふたりでジンベエの頭や顔を撫でてお別れをしたあと、モータープールの事務所のガスストーブで湯を沸かし、田岡さんが机の抽斗に入れておいたインスタント・ラーメンを食べさせてやったのだとつづけた。

「そのインスタント・ラーメン、田岡さんにちゃんと返しとかにゃあいけんぞ」

　熊吾はそう言って、看板屋の主人と建物の二階にあがった。看板の右側が少し高い気がしたのだ。

　元マネキン工場の二階は、マネキンの最後の仕上げのために塗料をスプレーする場所に使われていたので、木の床は何色もの斑模様になっている。

　看板の右側を少し下げて、取り付け部分のボルトをしめ直し、

「この二階で三、四人が暮らせまっせ」

と看板屋の主人は言った。夜なべ仕事をしたマネキン屋の従業員は、ここに蒲団を敷いてざこ寝することが多かったそうだ、と。

　売り物の中古車が十台収納できればそれでよかったので、熊吾は二階を使うつもりはなかった。しかし客と商談をしたり、せめて茶でも出すための場所は必要だが、二階は

いささか広すぎる。ここに応接用のテーブルと椅子を置いても殺風景で、なんだか寂しい。せっかく買う気になっている客の気持に水をさしかねない。

　そう考えて、接客用のテーブルと椅子は一階の、中古車を五台ずつ二列に並べている狭い空間に置いたのだ。

　なるほど、この二階をふたつに分けて、片方に玉木則之が住んだらいいではないか。玉木がいま借りている六畳一間のアパートの家賃がどのくらいかは知らないが、ここに住めばかなりの節約になる。

　熊吾はそう思い、階下に降りると、三日前に取り付けた電話機の前に行った。ハゴロモの鷺洲店に電話をかけ、熊吾は自分の考えを玉木則之に伝えた。

「ガス代を払え、水道代を払え、電気代を払え、なんてケチなことは言わんぞ」

「そうさせていただけたら、こんなにありがたいことはありません」

　と玉木は言った。

　中古車のボンネットをあけたり、エンジンをかけたりしていた伸仁が、トヨタ・クラウンの運転席から身ぶりでエンジンの音を聞くよう促していた。

　熊吾は、いまからこっちへ来いと玉木に言って電話を切り、前列の真ん中に置いてあるトヨタ・クラウンの助手席に坐った。三年前の型で、走行距離は五万八千キロ。ダッシュボードの開閉が滑らかではないが、いちども事故を起こしていない良質な中古車だった。

「リングにひびが入ってるわ」

と伸仁は言った。

「リング？　シリンダーのリングか？　これはもう買い手がついちょるんじゃぞ」

伸仁はアクセルを強く踏み、耳を澄ましながら熊吾を見た。

かすかではあったが、エンジン音にカランカランという音が混じっていた。エンジンをふかすのをやめるとその音は消えてしまう。

もういっぺん、もういっぺん、と熊吾は伸仁にアクセルを踏ませた。

「うん、間違いないのお。リングのどれかが割れかけちょる。これは客には売れん。リングの取り替えは大変じゃ。エンジンの本体を降ろしてシリンダーを外して、分解して、新しいリングを嵌め込むなら、新車を買うたほうがましじゃ。お前、ようわかったのお」

このクラウンを買うと決めた客に電話するために助手席を出ながら、熊吾は伸仁の耳の良さに感心してそう言った。

耳の良さだけではない。自動車の機械全体についてかなりの知識がなければ、このシリンダー・リングのわずかなひびに気づくことはないのだ。

「トクちゃんが、車の修理を担当してて、これとおんなじ音に気がついてん。ぼくをその車の運転席に坐らせてアクセルを踏まして教えてくれてん」

　と伸仁は言った。

「それはパプリカか？」

「クラウンや。これよりもっと新しい型やけどタクシー上がり。工場長さんが、トクちゃんをテストしたんや。自動車という機械の修理も、まず勘ありきや、って」

　熊吾は、客に電話をかけ、理由を説明して謝罪すると、もっと良質のクラウンを見つけてくるから、少し時間を頂戴したいと頼んだ。客は了承してくれたが、年内に手に入らないのなら他の中古車店で買うと言った。

　熊吾は電話を切り、

「そのとおりじゃ。まず勘ありきじゃ。勘だけに振り廻されるのは近代的じゃあらせんがのお」

　と言い、ズボンのポケットから千円札を一枚出し、それを伸仁に渡した。

「今晩、トクちゃんの仕事が終わったら、喜多八のとんかつをご馳走してやれ。いちばん上等のをじゃぞ」

「えっ！　ぼくも食べてええのん？」

　嬉しそうに訊いたが、すでに伸仁は千円札をポケットに入れて走り出していた。

「どこへ行くんじゃ」

「家に帰るねん。トクちゃんに言うとかんと社員食堂で晩ご飯を食べてしまうやろ」

熊吾は、十二月に入ったばかりの晴れたり曇ったりしている空の下に出て、修理工場の寮の社員食堂で出される食事を思い浮かべた。

わずかではあっても、食費として給料から引かれる社員食堂の品々は、薄い味噌汁に塩鮭や塩鯖の焼き物、厚揚げの煮物といったものばかりで、大きなふたつの釜のなかには古米で炊かれた飯だけが山ほど入っている。

ことしの中卒男子の初任給は平均で七千五百円だという。そこから寮の食費を引かれ、各種の保険料も差し引かれると、手取りは五千円弱といったところであろう。その五千円に満たない手取り額のなかから、半分、あるいは大半を郷里の親に送っている少年少女たちがたくさんいるのだ。

熊吾はそう思い、道の真ん中に立って、「中古車のハゴロモ　大淀営業所」の看板を見ながら、

「もっとええものを腹一杯食べさせてやれんのか」

とつぶやいた。

せめてそのくらいのことを満たしてやらなければ、集団就職列車に詰め込まれて、いなかから都会へ物のように運ばれて来た子供たちが、いつどう歪んで曲がって道を踏み外していくかわからないではないか、と思ったのだ。

早朝からのあまりの忙しさに、さすがに疲れて、熊吾は鷺洲の事務所のソファに横になり、壁に掛けてあるカレンダーを見た。

きょうの日付が丸で囲んである。十二月十六日土曜日。亀井周一郎の一周忌なのだ。亀井は、熊吾と伸仁が病院に見舞った八月十五日から約四ヵ月生きていた。医者の予想よりも寿命を長らえたことになるが、夫人に言わせれば、まるで苦しむための最期の数週間だったらしい。

亀井の体を蝕んだ癌は、胆嚢、肝臓、膵臓、膀胱までも冒し、最後は脳にも移ったという。

何があっても、きょうは亀井周一郎の一周忌法要に参列し、宝塚市の花屋敷というところにある墓苑にも行って墓参りするつもりで、喪服を持って出たのだが、二トントラックを五台、至急に揃えてくれという註文が入り、質のいい中古トラックを探して堺市や岸和田市まで足を伸ばしているうちに法要の時間に間に合わなくなり、その由を亀井夫人に伝えるために電話をかけた。

出てきたのがホンギだったので、熊吾はびっくりした。

法要の手伝いに来たのはわかるが、日本語が苦手なホンギは、決して電話には出ないからだ。

カメイ機工におけるホンギの仕事は夜中の倉庫とその周辺の警備だが、工場で残業をしている社員から業務用の電話がかかってくる。社内間の連絡で、意味さえ通じればいいのだから、日本語が下手でも電話にくらい出てくれと何度頼まれても、ホンギは鳴りつづけている電話機を無視するという。

ホンギは、奥さんは二時間ほど前に亀井家の菩提寺へ行ったので、もうそろそろ墓苑に向かったころであろうと言った。

「お前が電話に出るとは珍しいのお」

熊吾の言葉に、きょうはこの逆瀬川の家には誰もおらず、寺ではなく家に来て焼香してくれた人が持参した香典がたくさんあって、奥さんがそれを持って行くわけにはいかないので、自分は留守番を兼ねてその金を預かっているのだと説明した。電話が鳴った瞬間に、これは松坂の大将からだとわかったので受話器を取ったのだ、と。

あしたかあさってには必ずお墓参りに行くと伝えてくれとホンギに頼み、熊吾は岸和田市内の三軒の中古車ディーラーを訪ね、そのあと生野区の運送店に行き、さらに吹田市、高槻市と廻って、なんとか五台の二トントラックを調達して、さっき戻って来たのだ。

「車の運転のでけへんぼくは、こんなときは役立たずで……」

と玉木則之は帳簿に細いペンで数字を記入しながら言った。

役立たずは、二十二歳で体も元気な佐田雄二郎だと口にしかけたが、それをかろうじて喉元で抑えた。佐田は、熊吾からの電話による指示で、電車に乗って岸和田のディーラーのところへ行っている。熊吾が買った二トントラックに乗って帰って来るのは七時ごろになるはずだった。

トラックを急遽五台調達するために、社長が大阪中を駆けずり廻っているというのに、あいつはなぜ自分も一緒に動こうとはしないのか。

それどころか、社長がなぜ、お前はああしろこうしろと指示しないかの理由を考えようともしないのだ。

仕事は自分で作れ、と社長が無言で命じていることがわからないのだ。

育てるのは難しいが、切るのは簡単だ。縁あってハゴロモの社員になったのだ。育ててやらねばなるまい。

熊吾はソファにあお向けに寝そべったままそう考えていると、生野区の運送店で買った二台のトラックがやって来た。

運んで来てくれた若い運転手に礼として煙草を五箱ずつ渡し、熊吾は何度も労をねぎらう言葉を口にした。その間に、玉木は運転手のために茶を淹れた。

運転手が帰ってしまってから、玉木は帳簿を熊吾に見せた。ことしの四月一日から九月三十日までの決算だった。

「いちおうここで半期の締めということになります」

出た金、入った金、すべての経費、それらの損益の合計が読みやすいペン字で記載されてあった。

「目標の五倍の儲けです。税金がドーンと来ますねェ」

「税金かァ……。自分で商売をして税金を払うのは、終戦後初めてじゃ。戦後、ちょっと儲けた時期もあったが、税金のことなんか忘れちょった。税務署も来なんだぞ」

「池田内閣が所得倍増って花火を打ち上げて、ほんまに世の中はそれに向かって動きだしてますけど、つまりは国家の税収も倍増させるっちゅうことですから、これから税務署員は大蔵省に尻を叩かれて必死に税金を取りまくるでしょうねェ」

玉木の言葉で、なるほど、一ヵ月ほど前にこいつが、ちょっと儲け過ぎだと言ったのは、そういう意味だったのかと熊吾は思った。

ソファから身を起こし、窓の外に目をやって、

「あっというまに真っ暗になったのお。師走の中旬じゃけんのお」

と言いながら、熊吾は腕時計を見た。六時を少し過ぎていた。

「社長が帰って来はるちょっと前に、ノブちゃんが来はりました」

と玉木は言った。

そのとき初めて、熊吾は玉木則之の瞼がいつもよりも腫れぼったくなっているのに気

づいた。

電話の横に置いてあるメモ帳をめくり、

「京都のモリヤチュウシンさんから電話があったそうです。お帰りになったら電話をいただけないかっちゅうて、自分の電話番号を教えてくれたそうです」

モリヤチュウシン？　誰だ、それは……。

熊吾が考えていると、玉木則之は、ノブちゃんは看板屋の仕事場に畳を敷いた柔道の道場で「体落とし」の練習ばかりつづけているそうだと笑顔で言った。

「なかなか切れのええ技で、初段クラスのおとなを投げ飛ばすんやて看板屋のご主人が感心してました」

「投げられてくれちょるんじゃ。投げられるっちゅうのも大事な稽古のひとつじゃけんのお」

そう言いながら、それにしても伸仁の道場通いはよくつづいているなと思った。富山にいたころ、半年間ほど高岡道場で柔道を習ったから、受け身くらいは出来るようになっていたのであろうが、看板屋の作業場での週に二回の稽古はいちども休んだことがない。

飽きっぽい伸仁が一年以上も稽古に通いつづけるには何か理由があるにちがいない。きっと、ぶん投げてやりたい相手がいるのだ。あの池内兄弟なのであろうか……。

熊吾は、もういつでも仕事を終えて帰っていいと玉木則之に言い、モリヤチュウシンというカタ仮名の文字を見ながら煙草に火をつけた。

そうだ、伸仁に初めて能を観(み)せた日に、能楽堂で逢(あ)った人物だと熊吾は思いだした。

「羽衣」が終わり、次の演目が始まるまでのあいだ、能楽堂の入口近くに並んでいる椅子に腰かけて熊吾が煙草を吸っていると、隣に坐っていたおない歳(どし)くらいの小柄な男が、自分の上着やズボンのポケットを探りつづけたので、たぶん煙草を忘れてきたのであろうと思い、煙草の箱を差し出して、これでよければ一本いかがと声をかけた。

男は恐縮しながらも、熊吾から煙草を貰(もら)い、それをうまそうに吸って、伸仁に話しかけた。

歳は幾つか、とか、能は好きか、とか、次の演目はあまりに抽象的過ぎて、世阿弥(ぜあみ)の作のなかでは下(げ)だ、とか。

熊吾は、自分は息子に「井筒」を観せたかったのだが、それを次に演じる時期がいつなのかまだわからないというので、とりあえず「羽衣」を先に観せておこうと考えてつれて来たのだと説明した。

それから、熊吾と男とは「井筒」についてのお互いの解釈を披露しあって、妙に意気投合してしまい、次の演目を観ないまま能楽堂を一緒に出て、近くの蕎麦(そば)屋で酒を飲み、出汁(だし)巻(まき)玉子とざる蕎麦を食べた。

男は自分の名刺を出し、能関係者には知り合いが多いので「井筒」を演るという情報を耳にしたらチケットを二枚お送りしようと言った。熊吾は、シンエー・モータープール管理人の名刺を渡した。

男の名刺には「螺鈿工芸師　守屋忠臣」と印刷されてあった。

螺鈿というのがいかなるものであるかは知っていたが、ただ知っているだけで詳しくはわからなかったので、熊吾は初対面の人に専門的知識を教えてもらうなどとは失礼だと考えて、あえて守屋忠臣の仕事には触れないようにした。

熊吾親子と守屋忠臣は、蕎麦を食べ終わると蕎麦屋を出たところで別れた。

自分の頭には、モリヤタダオミという氏名が刻印されてしまっていたので、モリヤチユウシンでは思い出せなかったのだなと思いながら、メモ帳に書かれている電話番号のダイヤルを廻した。「井筒」を演る日が決まったのだなと思った。

若い女が電話に出て来て、しばらく待っていると守屋忠臣の少しかすれたような声が聞こえた。

「井筒」でなくて申し訳ないが、今後滅多に演じられなくなるであろう貴重な古典芸能の会が京都の寺の本堂で催されることに決まったので、松坂さんとご子息をお招きしたいと思ったのだと守屋は悠長なくらいゆっくりとした喋り方で言った。

「ほう、それはわざわざご丁寧にありがとうございます」

そう言って、熊吾は守屋の次の言葉を待った。

「能とちがいますねん。琵琶です。琵琶の弾き語りによる『平家物語』です。あんな長いもんを全部やってたら五日も六日もかかりますが、前半の聞かせどころ、途中の大事な場面、それから『断絶平家』の最後のところ、とヤマ場を三つに分けまして、途中はかなり省略した解説をプロのアナウンサーが朗読するという趣向です。そやから、始まるのが昼の一時半で、終わるのが三時半です。それやったら松坂さんのご子息はんも、なんとかもちこたえられるんやないかと」

熊吾は、もちこたえられるという言い方がおかしくて、笑いながら礼を言い、それはいつかと訊いた。

「十二月二十四日の日曜日です。世の中はジングルベルですが、松坂さんのご子息はんには『祇園精舎の鐘のこえ、諸行無常のひびきあり』もええんやないかと思いまして。ただ会場になるお寺は小そうて、本堂にストーブなんか置けませんので寒いです。座蒲団は各自持参。思いっきり厚着をしてきてもらわなあきません」

クリスマス・イブで日曜日か。柔道の稽古日でもない。熊吾は、もし伸仁がいやがっても、無理矢理つれて行くぞと決めた。琵琶の奏者による平家物語の弾き語りなど滅多に聴けるものではないと思ったのだ。

熊吾は、守屋忠臣に、寺の名と住所を教えてもらい、もういちど礼を述べて電話を切った。

モータープールに電話をかけ、友だちの家に行こうと自転車にまたがったところだという伸仁に、守屋の言葉を伝えて、

「これは命令じゃ。二十四日の日曜日は、何があろうと平家物語の弾き語りを聴きに行くぞ」

と熊吾は言った。

「二十四日はトクちゃんと映画を観に行くねん。お母ちゃんが、トクちゃんと一緒に行っといでってお金をくれてん。トクちゃん、もうすごう喜んで、夜、寝られへんくらい楽しみにしてるねん」

ひどく不満そうに言い、伸仁はそれきり黙り込んだ。

「トクちゃんもつれて行ってやる。一生で何度も観れるもんじゃあらせんぞ。映画なんて、いつでも観れる。その代わり、帰りにトクちゃんにもうまいすき焼きをご馳走してやる」

それでも返事はなかったので、熊吾は伸仁のふくれっつらを想像し、

「首に縄をかけてもつれて行くぞ」

と言った。

電話を切り、事務机の上の帳簿を金庫にしまうと、熊吾は佐田雄二郎がトラックを運

転して帰って来るのを待った。

二十分ほどたって、トラックがハゴロモの前に停まったが、それは佐田ではなく丸尾千代麿(ちよまろ)だった。

ぶあついセーターの上に作業衣を着た千代麿は、藁(わら)を巻いた大きな塩鮭を持って事務所に入って来ると、

「これ、お歳暮です。新潟直送。さっき大阪駅に大量に届いたのを、百貨店に納品してきまして、そのうちの一匹を大将にと思うて」

と張りのある声で言った。

血色がいいというよりも赤ら顔になっていて、二ヵ月前に逢ったときよりも太っている。

「お前、血圧をはかってもらえ」

熊吾の言葉に笑みを返し、

「高いって言われましてん。塩分を控えなあかんて」

と答えて、千代麿はソファに坐った。

「みんな元気か？」

「うちの家族はみな元気です」

わざわざ「うちの家族」と言うのは、やはり麻衣子(まいこ)に何か起こっていて、それが千代

麿にもわかったのだなと熊吾は思った。

伸仁がクレオを籠に入れて余部鉄橋へ行き、そこでクレオを放したあと城崎駅に戻ったあの日以来、麻衣子とは連絡がとれないままになっていた。

房江は心配して、いちど城崎へ行ってやったらどうかと言うのだが、ハゴロモが予想をはるかに超えて繁盛して身動きがとれないのと、麻衣子は麻衣子で好きに生きていくしかないではないかというあきらめの気持もあって、熊吾は麻衣子が自分から相談を持ち込んでくるまではあえて放っておこうと決めたのだ。

「ちよ熊にはしばらく休業するっちゅう紙が貼ってありました」

と言って、千代麿はガスストーブに両手をかざした。

「城崎に行ったのか」

「雪の降る前にと思うて、十一月の末に。行きも帰りも雪は降りまへんでしたけど、途中の道のあちこちが凍ってて、えらい目に遭いました。タイヤがスリップして円山川の土手から車が半分落ちましてなァ。大阪の十一月の末とはえらい違いです。早朝は道が凍りよるんですなァ」

「麻衣子とは逢えたのか」

千代麿はかぶりを振った。

円山川の畔のあの二階屋も鍵がかかっていて、人の気配がないので隣の住人に訊いてみたら、去年の十月に引っ越したというので家主を訪ねたところ、毎月の家賃は払ってくれていて、またあの家に戻って来るとのことだった。

いったい麻衣子の身に何が起こっているのかと、にわかに不安に襲われたが、ちよ熊の周辺の人々も知らないというので、仕方なく帰路につくしかなかった。

千代麿はそう説明してから、大きく溜息をついて短く刈った頭髪をかきむしり、

「きょうの朝、麻衣子ちゃんから電話がかかってきまして……」

と言った。

「どこからじゃ」

「城崎です」

「要点をさっさと言わんか！」

そう熊吾に大声で怒鳴られ、

「麻衣子ちゃん、ことしの五月に女の子を産んでましてん」

と言った。

どうせまた男絡みで、生来の勝ち気を発揮しているのであろうことはわかっていたが、子供を産んでしまうまで行方をくらましていたのか。父親は誰なのだ。これからどうやってその子を育てていくのだ……。

熊吾は、少々伸びすぎた口髭を掌で何度もこすり、伸仁が去年の五月に城崎に行った

ときのことを千代麿に話して聞かせた。

「子供の父親が誰か、だいたいの見当はつくが、それは周りのお節介者の考えで、存外なやつが父親じゃっちゅうような気がするぞ。麻衣子も、場数を踏んできたけんのお。そのうえ、周栄文の娘じゃ。大陸の血にしてみれば、城崎なんか、ちっぽけな点じゃ」

「場数を踏んできたって、どういうことでっか？　麻衣子ちゃんは、一回結婚に失敗しただけでんがな」

熊吾はそれには何も答えず、ガスストーブの火を消した。

第二章

　世の中はさして大きな事件もなく昭和三十七年を迎えて五日たったが、房江の左目の横の腫れと青痣はまだ消えていなかった。

　正月休みで近江八幡市の実家に帰省していた田岡勝己は、きのうの夜に柳田商会の寮に戻って来て、七時前から、ところどころ薄い氷の張っているモータープール内で白い息を吐きながら、仕事に出て行く数十台の自動車の誘導を始めた。

　ほとんどの会社や商店もきょうが仕事始めのようで、正門前の歩道には勤め先に急ぐ人々の往来が多くて、モータープールから出て行こうとする自動車が数珠つなぎになっていた。

　これは田岡ひとりでは無理だと思い、房江は熊吾の朝食の用意だけして、一時間ほど正門前で交通整理を手伝ってから二階の住まいに戻った。

　まだ冬休み中の伸仁は、隣の六畳の部屋で寝ていたが、熊吾に叱られて、蒲団をかぶったまま服を着始めた。

「さっさと蒲団から出て服を着るんじゃ。お前は女郎屋の息子か！」

熊吾に怒鳴られて、やっと蒲団から出た伸仁は、セーターもズボンも靴下も乱れなく身に付けてしまっていた。

よくもこんな器用なことができるもんだと感心しながらも、女郎屋の息子などという言い方はやめてもらいたいと口にしかけて、房江はご飯を頬張っている夫の背をにらんだ。

伸仁の心配そうな視線を感じて、喉元まで出た言葉を抑え、房江は、ハゴロモの仕事始めにふたりの社員をつれて西宮の戎神社に初詣に行く夫の用意をした。

ハンカチとチリ紙。煙草とマッチ。それに、きのうの夜に作っておいた巻き寿司。

戎神社の正月の催事は十日だが、混雑を避けて、熊吾は五日に行くことにしたのだ。その日は切り分けていない巻き寿司にかぶりついて食べるのがならわしなので、竹皮のなかに三本の長い巻き寿司を並べて包んでおいた。

寒いからと蒲団をかぶって横になったまま服を着たくせに、伸仁はいつも風の通りの強い階段横の洗面台で、相も変わらず時間をかけて丹念に歯を磨き始めた。

朝食を終え、茶を服みながら、熊吾は卓袱台の上に置いてあった腕時計を見つめ、それを手に取って二、三度振り、ネジを巻いてから、

「とうとう壊れよった」

と言った。

「昭和十五年に神戸の時計屋で買うて以来、いっぺんも故障せんかったんじゃが……。二十年以上も使うてきたんじゃ。もう寿命かのお」

房江は聞こえないふりをして廊下に出ると、空を見あげたり、指で唇をめくるようにして自分の歯を見つめたりしながら、まだ歯ブラシを動かしつづけている伸仁の尻を軽く叩いた。

「ノブも急がなあかんねんで。最初の城崎行きに乗り遅れたら、また夜中に大阪駅から歩いて帰ってこなあかんようになるやろ」

生返事をして口をすすぎ、それからニキビを治すという石鹸で顔を洗うと、伸仁は食卓の前に行った。

「娘の父親は誰か。これからどうするつもりなのか。これだけは正直に言うてくれと、麻衣子にこのわしの伝言を伝えるんじゃぞ」

と熊吾は言った。

「何にも喋れへんかったらどうすんのん？」

「麻衣子は、お前にならば、自分の考えを正直に言う」

「なんで？」

「なんでかわからんが、これまでも、わしに直接言えんことは、お前に言うっちゅう作戦を使うてきよった」

父親の言葉に合点がいかない表情で伸仁は朝食をとり始めた。

房江は伸仁の頬や口元を見つめ、

「ニキビはきれいに消えてしもてるで。もうあの石鹸で何回も洗わんでもええのに」

と言った。そして、洗濯物を籠に入れながら、熊吾が出かけてしまうのを待った。

今夜は遅くなるかもしれないので先に寝てしまえ。熊吾は言って、マフラーを巻き、厚手の外套を着ると、ソフト帽をかぶって急ぎ足でハゴロモへと向かった。

房江は、夫には内緒にしてあった麻衣子への出産祝いの品を押し入れから出し、さらにその下に隠しておいた熨斗袋も持って、伸仁の前に置いた。

「これ、麻衣子ちゃんに私からのお祝いや。お父ちゃんには内緒やで」

その房江の言葉に小さく頷き返し、自分は大晦日が大嫌いだと伸仁は言った。

大晦日の夜、除夜の鐘が鳴り始めるころになると必ず夫婦げんかが始まる。

どうしてお母ちゃんは、これを言ったら必ずお父ちゃんが怒るとわかっていることを口にしてしまうのか。

それさえ口にしなければ、お父ちゃんは怒って物を投げつけたり殴ったりしないのだ。

そのことはお母ちゃんにもちゃんとわかっているではないか。

それなのに、わざと怒らすように、まるでけんかを売るように、お父ちゃんが最も嫌う言葉を言ってしまうのは酒のせいだ。

だから自分は、お母ちゃんが酒を飲むのが嫌いなのだ。お母ちゃんが酒を飲みだすと、ああ、またお父ちゃんが怒ってお母ちゃんを殴りはしまいかと不安で不安で胸が苦しくなる。

お願いだから、もう酒はやめてくれ。

伸仁はきつい目で房江をにらみつけるようにして、そんな意味の言葉をまくしたてた。なんだ、それは。悪いのはすべて私だというのか。お前は男だから父親の味方をするのだ。

夕方から飲み始めて、延々と世情を論じ、政治を論じ、テレビを観ながらも、この役者は大根だとか、この女優はいつも脇役ばかりだが、じつは主役の女優よりも頭も良くて演技力もあるとか、いつになったら終わるのかとうんざりするほどの講釈がつづく。もうそうなると、私は落ちつかなくて、洗い物を済ませて卓袱台の上をきれいにしてしまいたくて、そのことに気もそぞろになり、こんな夫の演説につきあうには、こっちも酒を飲むしかないと思ってしまう。酒を飲むと気が大きくなって、片づけ物なんか、あしたの朝でいい、くらいの気持になれるのだ。

お父さんが必ず怒ること？

私はひとことでも商売に関する自分の考えを述べてはいけないというのか。儲かったからといって新たな別の商売に手をひろげず、地道に一段ずつのぼっていこうと妻の考えを口にして何が悪い。

だが、それを少し言っただけで、にわかにあの人の機嫌は悪くなり、お互い会話は縺れ始めて、いつのまにか売り言葉に買い言葉になっていく。

お父さんが必ず怒る言葉？

それならばお前は、お母さんにもそれがあるとは考えないのか？

私は、少しでも自分の生い立ちや、学校に行けなかったことで身につかなかった幾つかの欠点に触れられると腹が立つのだ。

だから、話がそこのところに及んだり、暗に小馬鹿にされたような言葉が出た瞬間、かっとなって、お父さんが必ず怒る言葉を口にしてしまう。怒らせてやろうと思いながらだ。「それやったら、そんな頭のええ女学校出の人と結婚したらよかったのに」と。

唇を震わせて、涙ぐみながら房江は言い、城崎へ行く伸仁にジャンパーとマフラーを放り投げた。

しばらく房江を見つめてから、伸仁は麻衣子への祝いの品を持ち、熨斗袋をジャンパーのポケットに入れると階段を駆け降りて行った。

火鉢の火に炭を足し、房江は、あっと声をあげて伸仁のあとを追った。豊岡あたりから日本海側にかけては豪雪地帯だということをいまごろ思い出したのだ。

伸仁は学校に行くときのズックの運動靴を履いて行った。それ以外の靴は持っていないからだが、あれでは雪道で濡れてしまう。厚い布地に沁み込んだ冷たい水は靴下も濡らすだろう。

城崎にどれほどの雪が積っているのかわからないが、ズックの運動靴を履いて歩いている者などいないに違いない。

富山に住んでいたとき、子供たちのほとんどが冬はゴム長を履いていた。伸仁もそうだった。

下駄箱のなかを探したがゴム長はなかった。雨の日にモータープールの仕事を手伝うとき、伸仁は父親のゴム長を履いている。あれはどこだ。そうだ、事務所の机の下だ。

房江は事務所へ行き、ゴム長を引っぱり出して新聞紙に包むと、バス停へと走ったがバスは出たあとだった。

モータープールの事務所に戻ると、不破建設の林田信正が手を真っ赤にさせて黒塗りの社長車を洗っていた。

林田は、房江が持っているゴム長を見ながら新年の挨拶をしてから、

「ノブちゃん、こんな早ようから、どこかへお使いですか？」

と訊いた。

「城崎まで」

「城崎？　えらいまた遠いとこまで。あのへんはごっつい雪ですよ」

「うん、そうやねん。雪のことをきれいさっぱり忘れてしもて、あの子、運動靴で行ってしもて……。慌てであとを追いかけてんけど、もうバスは出たあとで」

その房江の言葉に、

「そらあかんわ。下手したら足の指が凍傷になってしまいますよ」

と言い返しながら、林田は洗車をやめ、社長車に乗ってエンジンをかけた。バスの先廻りをして、ノブちゃんにゴム長を渡してやるという。

林田の運転する車が出て行くと、講堂のなかでバッテリーがあがってしまった軽トラックを運転手と一緒に別のバッテリーを使ってエンジンをかけ終えた田岡が戻って来た。田岡はこれから伸仁の部屋と柳田商会の寮のあいだにある食堂でやっと朝食をとるのだ。

朝食といっても、賄い婦が前日に食パンと牛乳を用意しておくだけで、寮に住む者たちがそれを各自トースターで焼いて食べるのだ。キャラメルのように銀紙で包まれた小さなマーガリンが一個ずつ皿の上に置かれていて、牛乳壜は電気冷蔵庫に入れてある。

田岡は事務所のガスストーブで暖を取ってから、講堂の階段を使わずに、モータープールの裏門のところから二階へと通じる階段で食堂へと向かいかけて、煉瓦敷きの通路で仕事をしている佐古田と何か話を始めた。

事務所の掃除を始めた房江の耳に、佐古田の笑い声が聞こえた。佐古田は、田岡とだけは冗談を言い合って屈託なく笑うが、あれはなぜだろう。他の柳田商会の社員たちも、シンエー・タクシーの運転手たちも、パブリカ大阪北の修理工たちも、みな佐古田には腫れ物に触れるように接して、用向きを伝えるだけで、冗談どころか世間話すら敬遠しているのに。

房江はそう思い、チリ取りと箒を持ち、掃除をしているふりをして佐古田の作業場に近づいて行き、ふたりの会話に耳をそばだてた。

「こんなんで寒いなんて言うとったら、満州の冬では三日ともたんで」

ふたつのサイズの異なるスパナを器用に使って何層にも重なったサスペンションの鋼板を外しながら佐古田は言った。

「この上から二枚目のは、もう使いもんになれへんのんとちゃいますのん？」

そう訊きながら、田岡は車体の下を覗き込んだ。

「おう、ようわかるようになってきよったがな。この二枚目のがいかれとんねん。そやけどサスペンションのバネ板を一枚だけ取り替えるのは、もう時代遅れや。金と時間の無駄や。ひと昔前は、そんなこと簡単にやってまう連中がおったけどなァ」

「佐古田さんならできますやろ？」

「当たり前じゃ。朝飯前や」

「あっ、ぼくまだ朝飯前でした」

「こら！　うまいこと逃げようとしとるなァ」

佐古田はまた赤ら顔を大きく崩して笑い、階段を駆けのぼって行く田岡勝己を見やったあと、笑顔のまま舌打ちをして作業をつづけた。

笑うとこんなに可愛らしい顔になるのだと思い、箒を動かす手を止めて、房江は佐古田の顔を見つめた。

その視線を感じたらしく、佐古田がにらみ返してきたので、あけましておめでとうございますと房江は言って笑みを向けた。

「十二月三十一日の次は一月一日や。何が明けたわけでもあらへん。年が変わって何がめでたいねん」

いつもの、鬼瓦に西日が当たっているような表情に戻って佐古田は言った。

「ここは冬はほんまに寒うて底冷えがしますねェ」

「冬は寒いもんや。わしのせいやないで」

これは駄目だ。私が何を言っても機嫌を悪くさせるだけだ。

そう思いながらもなんだかおかしくて、笑いをこらえて、

「熱いお茶を淹れましょうか」

と房江は言った。

「飲みたなったら、事務所へ行って自分で淹れまっさ」

とうとうこらえきれなくなって、房江は立ったまま顔を伏せて笑った。自分の肩が小刻みに揺れているのを感じた。

「おちょくっとったら、奥さんもこのボロ車と一緒に解体してまうでェ」

きつい口調でそう言われ、すみませんと小声で謝り、事務所へ引き返しかけてそっと振り返ると、佐古田もタイヤに顔を隠すようにして笑っていた。

林田が帰って来て、桜橋のバス停でノブちゃんにゴム長を渡すことができたと言い、再び洗車を始めた。

「頑張ろう！　頑張ろう！　ベストを尽くそう！」

という大勢の若い男たちの声がパブリカ大阪北の修理工場のほうから聞こえた。仕事始めの始業式を兼ねた朝礼が終わったのだなと思い、わずかな期間に、このモータープール内は大きく変化して、開業当時のあののんびりした雰囲気はどこにもないと房江はあらためて感慨にひたった。

修理工場の寮には十二人の若者が寝起きし、パブリカ大阪北の営業マンや事務員たちがしょっちゅう出たり入ったりしている。

自分たちの住まいのある西側の元校舎では、柳田商会の独身社員たちが十人暮らすようになった。

修理工場で働く青年で名前を知っているのは六人だ。柳田商会の十人は、やっと最近、全員の顔と名前が一致するようになった。

　ひとりやふたりは、酒癖が悪かったり、乱暴者だったり、粗暴で下品な振る舞いをする者がいても不思議ではないが、柳田商会の十人は、会社での躾が行き届いているといえばいいのか、みんな気性が穏やかというのか、礼儀正しくて、周りに迷惑をかけたりしない。社長からのお達しが出てからは門限も守るようになった。

　それは、柳田元雄に柳田商会の社員として雇われた青年のほとんどが何等かの縁故関係にあるということと関係しているのかもしれない。

　石井という寮長役の三十二歳の青年は、柳田元雄の従妹の子らしいし、森崎という三十歳の青年は柳田の妻の甥だという。

　松本という入社二年目の青年も、柳田の遠縁の息子で、寺松という二十八歳と二十一歳の兄弟も、柳田の叔母の従弟の子なのだ。

　彼等はみんな岡山から柳田元雄を頼って大阪に出て来たのだ。

　とすれば、佐古田も柳田元雄と縁故関係にあるのだろうか。もしかしたら、田岡勝己もそうなのかもしれない。

　そんなことを考えながらひととおりの掃除を終えた房江は、最近の夫に以前の気性の荒さが甦ってきたのはなぜだろうと、ガスストーブに両手をかざしながら考えた。

　船津橋の平華楼を閉めて富山へ行ってからというものは、やることなすこと失敗だらけで、これからの自分の片腕として信頼していた男に有り金のすべてを持ち逃げされて関西中古車業連合会の設立は破綻せざるを得なくなり、多くの賛同者に迷惑をかけて信用は失墜した。

ほとんど一文無しとなったあげく、夫は六十歳になり、収入の道はなく、妻を小料理屋の賄い婦として働かさなければならないありさまとなった。

どうあっても父と母と暮らしたいと泣いてせがむ伸仁を富山から大阪へと帰させたが、尼崎のタネに預けるしか手がなくて、よりにもよってあの蘭月ビルの住人のなかに放り込むことになってしまった。

夫はあのころ、もうこうなったらタクシーの運転手にでもなろうか、それとも生命保険の勧誘員にでもなろうかと本気で言ったものだ。

新聞の求人広告を隈なく見ても、六十歳の、手に何の職もない男を雇ってくれそうなところはひとつもなかった。

なんとかしなければと苦慮していたとき、F女学院跡地が売りに出ていると知り、モータープールという商売を思いつき、それを柳田元雄に持ち込んだ。

管理人の給料と、月極契約による歩合給で、とにかくモータープール業を軌道に乗せろと柳田は松坂熊吾一家に生活の道をひらいてくれた。

あれは伸仁が小学六年生になるころだったから四年ほど前ということになる。

千二百坪もの広い敷地を月極契約の自動車で満杯に近い状態にするのは、松坂熊吾の口八丁手八丁の営業方法でなければ為し得なかったであろうが、夫の手を替え品を替えの努力は、妻の自分も舌を巻くほどだった。

だが、柳田元雄にとっては、熊吾は使いにくい男だ。かつては関西の中古車部品業界を牛耳っていた熊吾は、自転車一台にわずかな中古部品を積んで売り歩き、日銭を稼いでいた柳田にとって、いまは立場が大きく逆転したといっても決してありがたい存在ではないからだ。

柳田が熊吾にシンエー・モータープールを託す際に言った「恩返し」という言葉は決して嘘ではない。その柳田の恩返しに私は生涯感謝しつづける。

だが、柳田が五年間と期間を区切ったのは、そのあいだに生活の道をみつけてくれという意味以外に、五年後には松坂熊吾と縁を切りたいという意志も示したのだ。

昔のことを思えば当然であろう。

柳田元雄も、いわば行商人から今日を為した男だ。松坂熊吾という人間をよく知っている。モータープールの管理人でよしとして、その仕事を忠実に勤めつづけられる男ではない。柳田にとっては、松坂熊吾の存在そのものが重苦しくなってくる。いや、必ずそうなるときが来る。

その証拠に、シンエー・モータープールの開業に向けて熊吾が本格的に動きだしたとき、自動車を預けることを決めた客のほとんどが、熊吾を経営者と勘違いして、社長と呼んだ。

熊吾の名刺にはちゃんと「管理人」と印刷してあったし、熊吾は、自分が経営者だなどとはひとことも言わなかった。それなのに、周りは勝手に、この人が大阪でいちばん大きなモータープールの社長だと思い込んでしまったのだ。

モータープール担当を任じられたシンエー・タクシーの常務は、客が熊吾を社長と呼ぶのを何度も耳にしている。

そのたびに、熊吾は、自分は社長ではなく管理人だと言ったが、たぶんそのことは尾ひれ背びれが付いて柳田の耳に入ったであろう。

ただの管理人だと言っても、周りの目には、千二百坪の大駐車場の社長に見えるのだから仕方がない。

シンエー・モータープールの開業から二年が過ぎたころ、私は熊吾に、小規模の中古車販売店をやってみてはどうかと提案した。私の考えはたぶん一蹴されるだろうと思っていたが、夫はその気になってくれた。

その気になると夫の動きは早い。あっというまに店舗をみつけてきて、戦前からのつきあいの中古車業者の好意で、すぐに三台の中古車も揃えた。それは十日ほどで売れてしまった。

わずか一年ほどで常時八台の中古車を右から左へと売る商いにひろげて、人もふたり雇わなければならなくなり、当初の目論見の五倍の収入が月々入るようになった。

夫に未来がひらけて、同時に人間にも勢いが出てきた。南宇和から再び大阪に戻ってからは不如意なことばかりで、夫の本来の気性が萎れていたのを、私は「角が取れて、人間が丸くなった」と喜んでいたのだ。

だがそうではなかった。商売が繁盛して儲かり始めて、勢いを取り戻すと、荒い気性も息を吹き返して、「わしはお前を二度と殴ったりはせん」という殊勝な誓いなんかきれいさっぱり忘れてしまったのだ。きっとそうに違いない。

房江はそう考えることにして、私は酒を断とうと決めた。

伸仁があれほどいやがっているのだ。以前の私の酒は暗かったそうだが、最近は飲むとやたらと気が大きくなって、何に対しても、「来るなら来い」という心持になる。だから、必ず怒るとわかっていて、そんなに何にもわからない私を女房にしているよりも、もっと頭のいい女と一緒になればいいではないかと夫に言ってしまうのだ。

伸仁の言うとおりだ。酒のせいだ。私は酒をやめる。

そう決心すると、なんだか気分が晴れてきて、房江はハゴロモの大淀営業所を見に行きたくなった。まだ行ったことがなかったのだ。

田岡が戻って来たので、先に洗濯をしようと房江は裏門の横の広い便所へと行きかけ

ると、丈の長過ぎる白いつなぎの作業服を着た水沼徳仁が塀に沿った細道のほうからやって来て、

「ノブちゃん、いますか？」

と訊いた。

遠いところまで使いに行ってもらったので、今夜遅くなると房江が言うと、京都の螺鈿細工の人の電話番号を知りたいのだとトクちゃんはガスバーナーで車体の一部を焼き切る作業をしている佐古田から身を隠すようにしてささやいた。

京都のどこかのお寺で琵琶奏者による平家物語の弾き語りを聴いた日、伸仁は何枚かのパンフレットを貰って帰って来たが、そのなかにたしか螺鈿細工に関するものも混じっていたなと房江は思い、トクちゃんを手招きして階段をのぼった。

それは伸仁の勉強机の上の、乱雑にちらばっている教科書やノートに混じっていた。「守屋忠臣の近作」という四枚折りのパンフレットには、住所と工房の電話番号も小さく印刷されてあった。

トクちゃんは、それを作業着の胸ポケットに入れてあるメモ帳に書き写した。

「うちのお父ちゃんに無理矢理つれて行かれて迷惑やったやろ？」

房江の言葉に、平家物語はさっぱりわからなかったが、帰りにご馳走してもらったすき焼きがあまりにもおいしくて、二人前も食べたし、そのあと守屋さんの家で、いろん

な螺鈿細工を見せてもらって、作品集を二冊借りてきたとトクちゃんは言った。

「おいしいすき焼きやってねえ」

「ぼく、すき焼きっちゅうのを生まれて初めて食べました。もうこれで死んでもええ思うくらいでした」

房江は笑いながら、木俣敬二が作った板チョコレートを箱から出して、それをちり紙で丁寧に包んでから、トクちゃんの作業服の胸ポケットに入れてやった。

去年の十二月二十四日に、京都で琵琶の弾き語りを聴いたあと、夜の十時近くに帰宅した伸仁は、平家物語については難しくてよくわからなかったがおもしろかったと言い、それよりも守屋忠臣さんの家で見せてもらった琵琶や重箱や硯箱や帯留に施されている螺鈿細工の美しさにびっくりしたと少し興奮ぎみに語ってくれたのだ。

トクちゃんは、ぼくの何倍も夢中になってしまって、守屋さんがいま製作中の箪笥に顔をすりつけるようにして見入って、いつまでもそこから離れなかった。

大磯というところに家を新築中の大金持が特別に守屋さんに註文してきた箪笥で、そこに蒔絵と螺鈿で浦島太郎が亀に乗って竜宮城へと向かっているさまが細工されている。箪笥の下半分は竜宮城で、おと姫さまや、たくさんの魚の化身たちが楽しそうに踊っている。

その竜宮城は、蒔絵と螺鈿だけでなく、鼈甲と、琥珀という石も使うそうだが、まだ完成していない。漆塗りの箪笥の下側に嵌め込む鼈甲も琥珀も、それぞれ別の名人級の職人が担当して、守屋忠臣との共同作業ということになるのだ。

守屋さんが工房と呼んでいる仕事場には大小さまざまな幾種類もの貝殻が並べてある。これは白蝶貝、これは夜光貝、これは黒蝶貝とひとつひとつ説明してくれてから、守屋さんは室町時代から伝わる螺鈿細工の絵図帳も見せてくれた。

古い和紙で綴られた厚さ三センチほどの絵図帳は十三冊あった。

お父ちゃんは七時に道頓堀で河内モーターの社長さんたちと逢わなければならなかったが、トクちゃんがあまりにその絵図帳に夢中になっていたのと、守屋さんがそれをとても喜んで、次から次へと絵図帳に筆で描かれてある絵や図柄について説明をつづけるので、

「お前、トクちゃんの気が済むまでつきおうてやれ」

と言って先に帰って行った。トクちゃんひとりでは京都の北野天満宮に近い守屋さんの家から大阪の福島区までちゃんと戻れるかどうか心配だったのだ。

ぼくとトクちゃんは八時過ぎまで絵図帳に見入り、そのあとお菓子をご馳走になって、北野天満宮からバスに乗り、阪急電車の四条河原町まで行き、いまやっと家に帰り着いたのだ……。

房江はあの夜の伸仁の話を思い浮かべ、

「漆塗りで、螺鈿とか蒔絵とか、琥珀や鼈甲までも使うてある浦島太郎と竜宮城の絵柄の簞笥なんて、おばちゃんには想像もつけへんわ」

　とトクちゃんに言った。

　きょうは仕事始めで、急ぎの修理もさっき終わったので、このあとは自由にしていいと工場長の許しが出た。守屋先生は、また見たくなったらいつでも遠慮せず遊びに来なさいと言ってくれたので、これから京都へ行こうと思う。行き方はもうわかっている。でも、守屋先生にも都合があるだろうから、電話で都合を訊いてからにする。

　その言葉で、市外電話はモータープールの事務所の電話を使ったらいいと言って、房江はトクちゃんと一緒に階段を降りた。

　房江が田岡に簡単に理由を説明すると、

「能登にかけるんとちがいますから。ぼくの家には電話なんかないし」

　トクちゃんは遠慮ぎみに言った。

「ああ、どうぞどうぞ。修理工場の寮にいてるやつのなかに、夜中にこっそりとモータープールの事務所で長距離電話を申し込むのがふたりいてるねん。それも一時間も長話をしよる。ひとりは熊本市に。もうひとりは広島や。電話局の請求書を見たら、どっちも夜中の二時か三時ごろにかけてるねん」

　と言い、田岡は受話器を耳にあてがい、電話局に自分で申し込んだ。

熊本と広島という地名で誰なのかわかったようだったが、それには触れず、トクちゃんは電話局からの電話を待った。

「いつ、どこにかけたか、ちゃんとわかるのん？」

房江は、城崎に何度もかけたが、その電話に麻衣子がいちども出なかったから電話代の請求書には記載されなかったのだと知った。

目をむくほどの電話代だったので電話局に間違いではないのかと文句を言いに行ったら通話記録というのを見せてくれたのだと田岡は言った。自分が疑われるのは心外だから、と。

「はい。いまから行きます」

守屋と手短かに話をすると、トクちゃんは電話を切り、電話代を払おうとしたが、田岡は、京都市内に一分しかかけていないのだからと笑顔で言って、受け取ろうとはしなかった。

礼を言い、トクちゃんはモータープールの真ん中を走って寮へと戻って行った。

夕食をとると、夜の七時に房江は事務所に降りて、あとは自分が留守番をするので、仕事を終えるようにと田岡勝己に言い、椅子に腰かけて、便箋と封筒を事務机の上に置いた。

ペン習字を通信教育で習うようになって、いまは最後の草書体の練習を重ねている。

それもあと三回の添削指導を受けたら、修了証書が貰えるのだ。

月にいちど郵送されてくる添削指導は、房江がプリント用紙に書いて送ったものに、赤いインクで、ここは真っすぐに、とか、ここはもう少し大きくはねて、とか書いてくれているだけでなく、心のこもった感想も添えられている。

――とにかく基本の型を手に覚えさせることです。うまい下手ではありません。松坂さんは最近、うまく書こうとしすぎている気がします。筆順、はね、横の線はすべて少し右上がりに揃える。この三つが、手が勝手に動いて、そのように書けるというようになるまで練習して下さい。いまの松坂さんのペン字は、最初に当会に送られて来た字とは天地雲泥の差です。その上達ぶりは、当会会員のなかでも五指に入るものです。残りのコース、どうか頑張って、修了証書を得て下さい。――

昼の三時に郵便受けに入っていた房江宛の封筒には、添削指導のプリントと一緒に、そう書かれた一枚の便箋も入っていた。房江は嬉しくて、修了証書を貰えるまで頑張ろうと思ったのだ。

最近、房江は、もう長いこと音信不通になっている御影の直子やその子供たちが気になっていたし、北海道の白川家に嫁いですぐに夫を亡くし、そのまま夫と先妻とのあいだに生まれたふたりの子を育てている美津子の近況も知りたかった。

このふたりの姪は、どちらも房江の姉の子で、周りが気味が悪いと笑うほどに房江と顔立ちが似ている。

直子は気が強くて、言いたいことを歯にきぬ着せずに口にするが、美津子は自分の感情をほとんど表に出さず、いつも控えめだ。

死んだ姉とは歳が離れていたので、ふたりの姪は房江とは六、七歳ほどしか歳が違わず、熊吾が御影に家を買ってからは、家が近いこともあって、ほとんど一緒に暮らしているのと同じような時期が長かった。

直子は、伸仁が産まれる際、陣痛が始まってから出産までの長い時間、ずっと側についていてくれた。

難産ののちにやっと産まれた伸仁を見た瞬間、

「ちっちゃな赤ちゃんやなァ」

と心配そうに言った直子の言葉は、いまでも鮮明に思い出すことができる。

房江は、まず直子に、自分たちの近況と、伸仁が父親の背丈を追い越したことを伝え、そして、そちらの近況も知らせてくれとしたため、シンエー・モータープールの電話番号を最後に書いた。

美津子にも自分たち一家の近況を知らせ、そちらがどんな生活をしているのか、葉書でもいいので知らせてくれれば嬉しいと書いた。

ペン習字の型を守って、丁寧にしたためたので、二通の手紙を封筒に入れたときには十時前になっていた。

予定どおりの列車に伸仁が乗っていたら、もう帰り着くころなのにと少し案じながら、封筒に切手を貼ると、房江は手紙を投函するために福島西通りの交差点の東側にあるポストまで行き、しばらくバス停のところで伸仁を待った。

あの雨の夜に、びしょ濡れになって大阪駅から歩いて帰って来たのだ。ひとりで餘部駅まで行き、自分が育てたクレオと永遠の別れをしたあと、男と家のなかでふたりきりの時をすごしている麻衣子を城崎大橋の下で待ちつづけ、とうとう逢えないまま、最後の京都行きの急行列車に乗って帰路についたのだ。

城崎大橋で待ちつづけていたとき、伸仁は何を感じ、何を考えていたのであろう。

房江はそう思いながら、大阪駅からやっとやって来た大阪港行きのバスから伸仁が降りてはこないかと見つめたが、初老の婦人がひとり降車しただけだった。

夫が行けばいいではないか。なぜ中学三年生の息子に行かせるのだ。

あまりの寒さで、次のバスを待つのが耐えられなくなり、房江はモータープールの事務所に戻り、雪の城崎で芯から冷え切ってしまったであろう伸仁のために湯タンポの用意をしておこうと思った。

ガスストーブの上にヤカンを載せて湯を沸かすことを熊吾は固く禁じていて、事務所の壁には大きな筆文字で「ストーブで湯を沸かすことを禁ず」と書いて貼ってあったが、房江はヤカンに水を入れるために洗車場の水道の蛇口をひねった。凍っていて、水は雨の滴のようにしたたたるだけだった。

やっとヤカンに水が一杯になったころ、ゴム長を履いた伸仁が帰って来た。

トクちゃんが一緒だったので、どこかで待ち合わせでもしていたのかと房江は考えたが、そんなはずはあるまいと思い直し、

「晩ご飯は、どこかで食べたんやろ？」

と伸仁に訊いた。

事務所のストーブでトクちゃんと並んで暖を取りながら、

「城崎の駅でカニ弁当を買うつもりやってんけど、売り切れてしもててん」

と伸仁は言った。

「城崎は、やっぱり雪やったんやろ？」

「雪どころやあれへん。吹雪や。一メートルくらい積もってたでェ。駅から麻衣子ちゃんの家までの道、もの凄い風で、こごえ死ぬかと思たわ」

十一時の門限まであと十分ほどだと言い、トクちゃんは、モータープールの正門から修理工場の寮へと帰って行った。十一時門限厳守のお達しが出てから、モータープールの敷地とパブリカ大阪北の修理工場とを隔てる金網に取り付けられた大きな出入口は夜には鍵がかけられるようになり、社員たちは北側の細い路地のほうにある通用口を使う

しかなくなったのだ。

「まだなんにも食べてないのん？」

「麻衣子ちゃんの家で、三時ごろにお餅を焼いて食べた。そやけど、お腹が減った」

「麻衣子ちゃんは、ほんまに赤ちゃんを産んでたん？」

「当たり前やろ。赤ちゃんが産まれたから産まれたと千代麿のおっちゃんに電話してきたんやろ？」

「やっぱり、女の子やったんか？」

「当たり前やん、女の子が産まれたって本人が言うたんやから。女の子にきまってるがな。なんで、男の子て嘘つかなあかんねんな」

それは確かにそうだが、なにもそんなにえらそうに邪険に答えなくてもいいではないか。なんだそのえらそうな口のきき方は。

房江は少し腹が立ったが、何かありあわせのもので晩ご飯の用意をしてやらねばと二階へあがった。

味噌汁を温め、玉子焼きを作り、糠床から大根の浅漬けを取り出して、それを部屋の外にある洗い場で洗いながら、最近ますます生意気になっていく伸仁のちょっとした物言いが父親そっくりなときがあると思った。

この数ヵ月というもの、いち日も休まず、講堂の太い柱に柔道着の帯を巻きつけて技の練習を繰り返している。見るたびに、いつも同じ技で、訊くと面倒臭そうに「体落とし」という技だと答える。

誰かと決闘するためにひたすらその技を磨いているといった真剣さで、ケンカで勝つことが目的で柔道を習っているのなら、もう辞めさせたいと房江は夫に言ったが、あの池内兄弟をぶん投げてしまいたいのであろうと、まるでその日を楽しみにしているかのように笑う夫の顔を見ると、男の子なのだから、そのくらいの根性はあってもいいかという気にもなる。

櫓炬燵(やぐらごたつ)に両脚を突っ込んで遅い晩ご飯を食べている伸仁に、どうしてトクちゃんと一緒に帰って来たのか、大阪駅のどこかで待ち合わせでもしていたのかと房江は訊いた。

改札口を出て、バス停への道を歩いていると、阪急百貨店のほうからの信号を渡ってきたトクちゃんに声をかけられたのだと伸仁は言った。夜遅くに、そんなところにトクちゃんがいたのでびっくりした、と。

「トクちゃんは、螺鈿細工ていうもんに、よっぽど興味を持ったんやなァ」

二膳(ぜん)目のご飯をよそってやりながら、房江は言った。麻衣子と赤ん坊のこと、子の父親が誰で、これからどうするつもりなのかということをまず先に知りたかったが、房江のなかには、麻衣子に対する怒りとあきらめの気持があって、勝手に好きに生きていけばいいと突き放してしまいかけてもいたのだ。

だが、夫はそうもいかないのであろう。周栄文という深い友情を結んだ中国人との約束を果たすために、麻衣子と最初の夫との離婚に介入して、城崎の浦辺ヨネに麻衣子の身を託したが、それが結果的には、結婚もせずに子供を産むことにつながってしまった。父親代わりとなって周栄文から預かった娘だが、戦後の騒乱期には何もしてやることができず、世の中が少し落ち着いてからは自身の困窮で他人の子の面倒を見る余裕などなかったのだ。

それは致し方のなかったことだとはいえ、夫にしてみれば、せめて麻衣子に、まっとうな男と所帯を持たせ、平穏な家庭を築かせることで約束を果たしたいと考えて、女としてあぶなっかしいところのある麻衣子を大阪という都会からひととき離れさせたのだ。だが私も女だから、麻衣子という女が進んで行きそうな道筋のだいたいの見当はついていた。

あの器量、あの気性……、たとえ松坂熊吾という人間が金沢に訪ねて来なくとも、料亭の御曹司とは別れたであろうし、大阪であろうと京都であろうと城崎であろうと、どこで暮らそうとも、同じことをやったはずなのだ。

房江はそう考えながら、階下の事務所へ行き、円筒型のガスストーブの上で蒸気を噴きあげているアルミのヤカンを持って部屋に戻り、湯タンポの栓をあけた。

大根の浅漬けを音をたてて噛(か)み、

「トクちゃん、螺鈿工芸師になりとうて、守屋さんのとこで働かせてほしいって頼みに行ったんやてェ」

　と伸仁は言った。

「へえ、自動車修理工になるのを辞めてか？」

「うん。仕事をしてても、守屋さんとこで見た簞笥とか重箱とか琵琶とかが頭に浮かんで、どうにもなれへんねんてェ」

「つまり、守屋忠臣ていう人間国宝の螺鈿工芸師に弟子入りしたいってことか？」

「うん。いま守屋さんとこにはふたりのお弟子さんがいてはるねん。ふたりとも、もう四十歳を越えてはるけど、まだまだ修業中の身で、螺鈿工芸師としては半人前以下で、守屋さんの家の二階で暮らしてはるねん。一人前になって、造ったものが売れるようになるには、あと二十年かかる。そのくらい厳しい世界やってお父ちゃんが言うてたわ」

「弟子入りをお願いして、守屋さんはトクちゃんにどう言いはったんや？」

「自動車修理の勉強に励んで、いなかのご両親に早ようらくをさせてあげなさい、って。うちは十年間は無給や。一銭の給料も払わん。あんたの毎月の給料の半分、三千円を、能登のご両親がどれほどあてになさってるかをよく考えてみなさい、って。その守屋さんの言葉で、風船がシューッと音を立ててしぼんだような気がしたって、トクちゃんがバスのなかで言うてたわ」

房江は櫓炬燵のなかに両脚を入れて、炬燵台の上の食器を片づけた。伸仁の靴下が房江のふくらはぎに触れた。それは濡れていた。

一メートルの積雪の道を歩いたのだから、ゴム長を履いていても雪片は入ってきたのであろうと思い、房江は早く靴下を脱ぐようにと促して、湯タンポに湯を入れた。

部屋の南側の壁を幅三尺取り壊し、六畳の広さの別部屋を造ったが、障子や襖で仕切られているわけではないし、さらにその向こうの柳田商会の社員のための食堂とはベニヤ板一枚の、押せば倒れてしまいそうな壁を取り付けただけだった。そのために伸仁の部屋はとりわけ寒いのだ。

女学校が大火に襲われたとき、消防車からの大量の水が屋根も床も濡らしたし、延焼をくい止めようとする消防士たちの懸命の作業が、古い木造校舎のあちこちを傷めて、窓枠は歪み、床板には穴があき、壁は破れた。モータープールの南西側の校舎の元教室に住むと決まったとき、熊吾は棟梁の刈田喜久夫に頼んで応急修理をしてもらったが、隣の教室の一部に伸仁の部屋を造ることまで考えに入れていなかった。

だから、いま伸仁は、かつてムクがジンベエたちを産んだ場所に蒲団を敷いて寝ていることになる。

木の床に直接畳を敷いただけなので、伸仁はときおり、床板の裂け目や崩落したところから階下の風が吹きあがってくる音で目が醒めたり、気味の悪い夢を見るという。

伸仁の部屋になんとかガスストーブを置いてやれないだろうかと思いながら、房江は蒲団を敷き、古い毛布でくるんだ湯タンポを入れた。

去年の暮に買った少し大きめのパジャマの上からセーターを着て、伸仁はラジオのスイッチを入れ、それを枕元に置くと、部屋の外の洗面台で歯を磨きながら、ムクの首輪から鎖を外した。

房江は慌てて階下へ降り、正門を閉めた。正門から外へ出ようと走って来たムクに、

「お父ちゃんのわからん子供はもう産まんとってや」

と言い、事務所のストーブを消した。シンエー・タクシーの営業所で受験勉強をしている神田三郎が房江を見て丁寧に頭を下げた。その神田の頭上では、少額の金を賭けて花札に興じている運転手たちの声が響いていた。

麻衣子は女の赤ん坊に「栄子」と名づけた。顔を真っ赤にしてよく泣く子だ。金沢の母親の家で出産し、身の振り方を考えたあげく、もういちど「ちよ熊」をやってみようと決めた。子供の父親とはお金を貰って別れた。

最初からその男との結婚なんか考えてはいなかった。

男は和田山の大きな家具屋の次男だが、訳があって結婚を機に城崎で暮らすようになり、前回の選挙で町会議員になったのだが、麻衣子が妊娠したころに、家業を継いでい

た兄が病気で死んだ。

麻衣子とのことは城崎どころか、和田山の町でも知られていたので、本人は次の選挙では落選すると見切りをつけ、兄に代わって家業を継ぐことにして一家で実家へ戻った。男は、栄子が十八歳になるまで毎月養育費を払うという念書を、自分の父親を保証人として書いた。

しかし、それには、今後いっさいの連絡を絶つこと、子の父親の名を決して口外しないこと、という条件が付いている。

麻衣子は承諾し、その条件を厳守するという念書を書いて判を捺(お)した。そして、それとは別に手切れ金も受け取り、相手がすでに用意してきた領収書に署名捺印(なついん)した。念書を取り交わす際には相手側の弁護士も同席していた。――

房江は、伸仁の高校の入学式から帰ると、着物から普段着に着替えながら、無駄なところのない、要点だけをまとめたわかりやすい報告を思い出し、あらためて感心した。

それは、大雪の城崎から帰った翌朝に、伸仁が熊吾と朝食をとりながら語ったのだが、まるで報告書を声に出して読んでいるようで、これがあのひ弱な、ひとりでは何もできなかった子であろうかと驚きつつも、父親の気性をよく知っているので、いかに簡略に要点だけを伝えるかを帰りの列車のなかで紙にでも書いて何度も復唱して覚えておいたのであろうと房江は思ったのだ。

だが、伸仁が城崎に着ていった服のなかには筆記具はなにひとつ入っていなかった。洗濯をしようと、朝食のあと、伸仁がきのう着ていたズボンのポケットのなかのものを出し、ジャンパーのポケットも調べたが、ハンカチとちり紙とキャラメルの包み紙しか出てこなかったのだ。

房江は、伸仁の勉強机の前に造った窓をあけ、机の上にひらいたままになっている岸田劉生の画集に目をやった。左側のページには何の変哲もない土の坂道を描いた絵があり、右側のページは、その絵についての文章で埋められている。すべての漢字にはふり仮名がふられていない。

読めない漢字は自分で調べたらしく、伸仁はその横に鉛筆で「ぐしょう」とか「はたん」とかのふり仮名を自分でつけていた。

学校の勉強なんかせずに、こんなものばっかり読んでいる。絵描きにでもなるつもりなのか。三年後には大学受験が待ち受けているというのに……。

きょうは四月二日。授業は九日からだ。私学というところは休みが多いのだな。

そう思いながら、机の上のものに触れたことがわからないように気をつけて、伸仁のノートをめくってみた。数学用のノートで、最初の数ページには、授業で習ったことや、数字とアルファベットの混じった式などが書かれていたが、途中からは「神秘」とか「渚」とか「女体」とかの漢字が並んでいる。

かと考えた。

「なんや、これ」

とつぶやき、房江は、数学は神秘な女体のようなものであると教師が言ったのだろうかと考えた。

「渚」……。これは何と読むのだろう。

房江は、新聞に折り込まれていたチラシにその字を書き写し、エプロンのポケットに入れた。

田岡勝己が階段をあがって来て、

「奥さんに書留郵便が届いてます。判子が要るそうです」

と言った。

「私に?」

「はい、松坂房江さんにです。大きな封筒です。速達の書留です」

何事だろうと思いながら、房江は階段の上から洗車場のところで自転車にまたがったまま待っている郵便局員を見て、判を持って急いで階段をおりて行った。

大きな封筒は、折れないようになかに固いボール紙のようなものが入っているようだった。表には「修了証書在中」というスタンプが捺してあった。

「あっ、来た」

と声に出し、誰もいない事務所へ入ると、ハサミで封を切った。

──松坂房江殿　貴方は当会に依るペン習字修得の全コースを優秀な成績で修了されました。その長年の地道な努力を讃え、当コース全課程修了を証します。──

なんという立派な修了証書であろう。こんなものを貰ったのは生まれて初めてだ。

そう思い、修了証書を封筒に戻そうとしたが、房江は手が震えて、うまく戻せなかった。顔も火照っていた。

これに皺でも作ったら大変だと思い、封筒にしまわないまま二階へあがって行くと、階段を降りて来た田岡がどうしたのかといった表情で房江を見つめた。その田岡の顔で、房江は自分が涙ぐんでしまっているのに気づいた。

房江は笑顔で修了証書を見せた。そして、手が震えて、封筒のなかに戻せないのだと言った。

「うわァ、ついにやりましたねェ。おめでとうございます。文化勲章でも、こんな立派な賞状とはちがいますよ。凄い賞状やなァ」

「田岡さん、文化勲章の賞状、見たことあるのん？」

「ありません」

笑いながら言って、田岡は大きな修了証書を慎重に封筒のなかに入れてくれた。

房江はエプロンのポケットから「渚」という漢字を書き写したチラシの裏を田岡に見せ、これは何と読むのかと訊いた。

「なぎさ、です」

「なぎさ？　海のなぎさ？」

田岡は、そうだと答え、電話が鳴ったので事務所へと階段を走り降りていった。

「神秘、渚、女体。なんやろ……」

数学の授業のためのノートではあったが、伸仁はそこに国語の書き取り試験に出る漢字を何度も書いたのであろう。

房江はそう思い、部屋の畳に正坐（せいざ）して、修了証書を封筒から出すと、あらためて見入った。

額に入れて、壁の天井に近いところに飾りたかったが、そんなこれみよがしなことは嫌いだし、ペン習字の全課程修了など、世間では取るに足らないもので、何か難しい資格を得たわけではない。

そう考えると、房江は筒状の賞状入れというのがあるが、あれを買って来て、大切にしまっておこうと決めた。

もうじき伸仁は帰って来るだろうが、玉子とハムのサンドイッチを作っておいて、私は梅田の百貨店に行こう。そして、賞状入れを買ってから老舗（しにせ）の鰻（うなぎ）屋で鰻重を食べよう。日本酒も一合か二合……。自分へのお祝いだ。

房江はそう思い、サンドイッチを作り始めた。正月の五日に断酒を自ら誓ったが、五日しか守れなかった。伸仁が寝入ってしまうのを待って、モータープールの事務所の奥の、もう誰も使わなくなった古い金属製の工具箱に隠したウィスキーの壜を出し、ほとんど毎夜、房江は明かりを消した事務所で飲むようになっていた。

熊吾は週に一、二度は帰宅が夜中の一時を廻るときがある。そんな夜は事務所での盗み酒は我慢するしかないのだ。

房江は、さっきのチラシの裏に書いた「渚」という漢字を消しゴムで消し、梅田の百貨店に買い物に行って来る、帰りは夕方になる、と書いて、それを朱塗りの漆の和卓に置き、桐の箪笥のいちばん下段の抽斗をあけた。

その桐の上等の箪笥は、熊吾と結婚するときに買ったもので、最下段には自分の下着だけをしまってある。

房江は、その下着類の下に、大きめの紙袋を隠している。モータープールでの生活が始まって以来、少しずつ貯めてきたへそくりだ。

熊吾は、財布を持っているくせに、釣り銭はほとんどみな上着やズボンのポケットに突っ込む癖があり、しかもどのポケットに百円札を何枚しまったかを忘れてしまう。

どうせ忘れているのだからと、房江はそれらをこっそり自分のものにして、貯金してきたのだ。

ハゴロモの商売が予想をはるかに超えた収入をもたらすようになると、熊吾が着て出かけた背広や外套などのポケットに突っ込まれたままの紙幣の額も増えた。財布の中身まで増えたので、そこから五百円札や千円札を二、三枚抜いても気づかれない。

房江にとっては、それは自分のためのへそくりではないのだ。突然にまとまった金が必要になる事態が生じたときに、はい、どうぞと夫に差し出せるようにと考えてのものだった。

その封筒から五百円札と千円札を一枚ずつ抜き出し、房江が財布に入れると同時に伸仁が高校の新しい制帽と制服姿で帰って来た。

「ああ、危なかった。もうちょっとでへそくりがばれるとこやったわ」

と胸のなかで言い、チラシの裏を伸仁に見せた。

「何を買うのん？」

伸仁に訊かれて、房江は外出着に着替えながら、その卓上の大きな封筒の中身を見てくれと笑顔で促した。

「うわァ」

と驚きの声をあげて、伸仁は修了証書に長いこと見入ってから、

「お祝いをせんとあかんわ。これは快挙や」

と言った。

「うん、そやから、梅田で買い物をしたらおいしい鰻重を食べようと思てんねん」

「ぼくもつれてって」

「ノブにはサンドイッチを作ってしもた」

「それは晩ご飯にするから、ぼくにも鰻重食べさせてんか」

「あかん。お母ちゃんはひとりでお祝いをしたいねん。自分で自分に『おめでとう』と言うて、自分で自分を褒めてやりたいねん」

「お酒も飲むつもりやねんな。ぼくが一緒やったら飲まれへんもんな」

すっかり読まれているではないか。房江は妙に感心してしまって、

「きょうだけはええやろ？　お父ちゃんのいてるときに飲むんちゃうから、お父ちゃんがいちばん嫌う言葉も口にせんで済むし。夕方、帰って来る時分には醒めてしもてるわ」

「お銚子一本だけやで。そのかわりに、ぼくもつれてってや」

「ノブにじいっと見張られてたら、せっかくの三ヵ月ぶりのお酒もおいしないわ」

そう言いながらも、房江は制服を着たままの伸仁と梅田の百貨店へ行き、筒型の賞状入れを買ってから、曾根崎小学校の南側にある鰻屋に入った。

店には竹製の籠に桜の切り枝が活けてあった。花は満開だった。

枝を切って活けると桜の蕾は一気に咲いてしまうのかと房江は思い、これも自分への

お祝いのような気がした。

ぬる燗（かん）の酒を楽しんでいると、伸仁が十円くれと言った。ハゴロモに電話をかけるという。

「お父ちゃんにもお祝いをさせよう」

「お父ちゃんをここへ呼ぶのん？」

伸仁は首を横に振り、お祝いに万年筆を買ってくれと頼むのだと言い、十円玉を持つと鰻屋から出て行った。

房江はその隙（すき）に一本目の銚子を空にして、二本目を急いで持って来てくれと中年の従業員に頼んだ。冷やでもいいから、と。

二本目が運ばれてきて二、三分後に戻って来た伸仁は、

「ほう、やり通しよったかァ。えらいやつじゃって感心してたで」

と言い、上等の万年筆を買ってやるが、舶来のはやめておけ、という熊吾の言葉を伝えた。

日本字は日本製の万年筆がいちばん適している。ペン先を日本字用に研磨してあるからだ。舶来のは、アルファベットを横に書くのに適するように作られている。

夫が言ったという言葉を伸仁から聞きながら、房江は二本目の銚子の酒を盃（さかずき）についだ。

「それ二本目やろ」

と伸仁は機嫌の悪そうな顔で言った。さっきのお銚子よりも量が多くなっている、と。やっぱり、お前なんかつれて来るのではなかった。ひとりでお祝いをして、鰻重を食べたら、映画を観ようと思っていたが、そんなに監視されていたら楽しくもなんともない。鰻重を食べて、万年筆を買ったら、もう帰る。

房江は本気で怒って、そう言った。

お父ちゃんに買ってもらわなくとも、万年筆なら百本でも二百本でも買えるだけのへそくりがあるのだ、と思いながら。

鰻重を食べ、もういちど百貨店に戻って文具売り場で万年筆を買うと二時になっていた。

最近売り出された女性用の万年筆を女店員が勧めてくれて、そのなかから自分に合うものはどれかと何度も試し書きしたので時間がかかったのだ。

梅田新道のほうへ歩き始めると、伸仁は、もうこんな時間から封切り館で映画を観るのは勿体ないと言った。

房江はいま封切り中の喜劇映画の二本立てを観たかったが、それだとモータープールに戻るのは六時を廻ってしまうなと思った。映画の途中で帰るのはたしかに勿体ない、と。

何年か前の外国の名画ばかり上映している映画館が阪急百貨店の裏側にある。封切り館の半分の値段だから、途中で出ても惜しくない。

伸仁はそう言って、房江の手を引っ張って、来た道を戻って行った。

小さな映画館で、平日だというのに客は多かった。

伸仁はふたり分の空席をみつけ、すばしっこくそこに坐(すわ)った。

三本立ての洋画のうちの一本が終わりかけていた。どこの国なのかわからない平原のなかのいなか道を、荷車に人間や家財道具を満載して進んでいるシーンがスクリーンに映し出されていた。

その荷車の前にも後にも、さまざまな楽器や大きな旗を持った人々が、なんだか楽しそうに歩いている。ジプシーの旅芸人であろうかと思ったが、房江はジプシーが何なのかは知らなかった。

犬もいる。猫もいる。ロバもいる。老人も子供もいる。みんな貧しそうだが、風の強い大平原の土の道にあって、その一団だけが幸福なにぎわいのなかにある。

画面に映る人間たちは、みなひどい苦労を重ねてきたことが房江にはわかった。だが、いまはなぜかみな楽しそうだ。何があったのだろう。こんな楽しそうな行列、いや行進は、何によってもたらされたのであろう。私も、あの行進に入れてもらって、暖かそうな日差しの大平原をにぎやかに歩いてみたい。

房江は、映画のほんの短いシーンに心が強く吸い寄せられたのは初めてだった。

この映画の題は何というのだろう。主人公らしい髪の長い女優の名は何だろう。

そう思ったとき、映画は終わった。館内に明かりが点き、観客のざわめきが始まり、
映画館から出て行く人たちや、便所に行く人たちが立ちあがった。

房江は、もう他の映画を観たくなかった。いまのシーンだけを心に深く残しておきたかったのだ。

「私、帰らなあかんわ」

と房江は伸仁に言った。

「大事な用事を忘れてたわ」

「いま入ったばっかりやでェ。次はチャップリンの映画やのに」

「ノブはゆっくりと観ていき。私は帰らなあかんわ」

「大事な用事て、なに？」

モータープールに月極で自動車を預けたいという新規のお客さんが来るのを忘れていた。田岡さんはまだそんな新規契約の事務手続きのことには慣れていない。

房江はそう言って映画館から出ると、百貨店で買ったものを大事に持って人混みのなかをバス停へと急ぎ足で歩いた。

外国映画の最後のほんの一場面だけが、あまりにも強く心に刻まれてしまって、房江は、ジプシーの旅芸人たちらしい人々の行列と、荷を引くロバまでが楽しそうに笑って

いるかのようだった表情を思い描きながら、阪急百貨店の東側にある信号を渡った。

せめてあの映画の題名くらいは確かめておくべきだったが、それは夜にでも伸仁に訊けばいいし、楽しい幸福なラストシーンに至るまでには、きっとつらくて不幸な物語が繰りひろげられたに違いないだろうから、そんなものは観たくはない。

ただ老人たちも女たちも、脂ぎった髭面の中年男たちも、幼い子たちも、荷車に揺られながら母親の乳を吸っていた赤ん坊たちも、犬や猫も、行列に加わっていた生きとし生けるものが、何かとても楽しい場所へと向かって仲良く旅を始めたシーンだけを忘れないでおこう。

房江はそう思い、自分がなぜこんなにも題名もわからない古い外国映画の短い一シーンに強く感動したのかが不思議で、まだ二合の酒の心地良い酔いのなかにいるせいだと考えた。

ペン習字の修了証書を貰えたことの歓びはきっと誰にも想像もつかないほどに、私にとっては大きかったのだ。

伸仁も夫も、田岡勝己までもが、自分のことのように歓んでくれた。夫は、私にお祝いとして高価な万年筆を買ってくれた。

その嬉しさが、いま何を目にしても、私に幸福なものと感じさせるのかもしれない。

房江はあれこれと自分の心理状態を分析しながら、阪急百貨店の前から、大きな交差点の斜め向かいにある曾根崎警察署のほうを見た。

そこでいったん立ち止まり、道を渡ったところにある阪神百貨店の地下の食料品売り場でおいしい魚を買って帰ろうかと思った。阪神百貨店はこの二、三年のあいだに、食料品売り場に力を入れて、町の市場では売っていないものも並べてあると誰かから聞いた。ワッフルという外国の菓子も客の目の前で焼いて売るらしい。

モータープールの近くのおでん屋の奥さんは、正月のおせち用に甘鯛(あまだい)の昆布(こぶ)〆(じ)めを奮発して買ったが、瀬戸内海のどこかから運ばれて来たとは思えないほどおいしかったという。

そのとき、ノドグロの一夜干しというのが五切れ売っていて、店員があまりに勧めるので一切れだけ買ったが、あんなにおいしい魚の干物を食べたのは初めてだったとも話してくれた。

そのどちらかがきょうも売っていたら買って帰ろう。夫はどちらも好物なのだ。

房江が阪神百貨店への道を渡ろうと歩きだしたとき、

「ノブちゃんのおばちゃん」

とうしろから呼ばれた。

薄緑色の春物のワンピースを着た美しい女が笑顔で立っていた。

道行く人がみな振り返るほどの美貌(びぼう)で、服と同じ色のハイヒールと、腰に巻きつけた金色の鎖は派手なのに、それらは下卑ても浮きあがってもいなくて、ファッション・モデルか女優かと思わせる華やかさを加味させていた。

その若い女が津久田咲子であることに気づくのに、房江は少し時間がかかった。

「いやァ、きれいになりはって……。咲子ちゃんやてすぐにはわかれへんかったわ」

と房江は言い、歩道へと戻った。

「おばちゃんも、ちょっとふっくらしはって、若返りはったわ。ノブちゃんのおばちゃんやて思たけど、間違いやったらあかんから、しばらくうしろから歩きながら確かめててん」

と津久田咲子は笑顔で言った。

「咲子ちゃんはお幾つになりはったん？　高校はもう卒業しはったんやねェ」

まだ二十歳にはなっていないはずだと思いながらも、十代の女の子のあどけなさを見つけだすのは難しいほどに、その抜きん出た美貌には妖艶(ようえん)さもあったので、房江はそう訊いてみた。

ことし神戸の私立高校を卒業して、この会社に就職したのだ。十九歳だ。

津久田咲子はハンドバッグから名刺入れを出し、女性用の名刺を房江に渡した。

「光鵬興業株式会社　秘書課　桜井峰子(さくらいみねこ)」

と刷られてあった。

「桜井峰子？」

父親があんな大事件を起こしてしまったあと、誰かの世話で私立高校に入ったとは聞いていたが、その誰かの養女にでもなったのだろうか。しかし、それならば、咲子を峰子に変えることはあるまい。

房江はそう思って訊いたのだが、ためらいなく理由を説明しはじめた咲子の目に、虚無的でもなく、世を拗ねて捨て鉢になっているのでもない、けれどもなんとなく挑みかかってくるような光を感じて怖くなった。

津久田という姓ではもう生きられない。というよりも、生きたくない。蘭月ビルの住人だけでなく、尼崎時代の知り合いには自分たち一家のことを知る者は多い。

それで桜井と姓を変えたが、咲子のままだと「サクラが咲いた」みたいなふざけた姓名になって、水商売の女の源氏名みたいなので、名前も変えてしまったのだ。

津久田咲子のその言葉に頷き返し、お兄さんはいまどうしているのかと房江は訊いた。もう関わりたくない一家ではあったが、勉学優秀だった咲子の兄が弁護士の試験に合格したのかどうかは知りたかった。

「大学三年生のときに司法試験に通ってしもて、いまは大学に行きながら淀屋橋の法律事務所でアルバイトをしてるそうやけど、もう長いこと逢うてないねん。お兄ちゃんも、何もかもと縁を切りたいんやと思うわ」

ああ、そうとしか応じ返せなくて、春の暖かい日の下で房江は、

「桜はまだ三分咲きくらいやねェ」

と言った。他に言葉が浮かばなかったのだ。

「もしまたどこかで逢うようなことがあったら、桜井さんと呼ばなあかんねェ」

「ノブちゃんは、もう高校生になったん？」

と咲子は訊いた。

「うん、きょうから高校生や。きのうは日曜日やったから、きょうが入学式やってん」

「高校生になったノブちゃんをからこうてみたいわ」

そう笑顔で言い、津久田咲子はスカートの裾を大きくひるがえらせるほどの勢いで踵を返し、阪急百貨店の東側への道を去って行った。

すれちがった勤め人風の男三人が、歩を止めて咲子を見ながら何か囁き合っていた。

あの子は母親とは不仲だった。それどころか、お互いに男を惹きつけずにはおかない女同士だったのだ。

父親は刑務所からはもう出られないかもしれない。前科があるのに、あれほどの事件を起こしたのだ。死刑の判決が下されなかったのは、暴力団の下っ端を殺した理由が衝動的な計画性のないもので、並河照美を半身不随にし、小学生の首のつけ根を出刃包丁で突き刺したとはいえ、ふたりは死ななかったからだと蘭月ビルの住人も言っていた。

咲子が家族のなかで唯一可愛がっていた盲目の香根も死んでしまった。可愛がっていたといっても、目の見えない妹への肉親の情に過ぎなかったのかもしれない。

そうでなければ、昼ごろからは釜のなかのようになる夏の蘭月ビルの二階に、ろくな食べ物も与えずに放置しておくはずがない。

兄も家族とは縁を切りたいらしい。大学在学中に司法試験に合格してしまう秀才なのだ。自分の将来に災いしかもたらさない家族と無関係になりたいと考えるのは当然であろう。

津久田咲子という本名を捨てて、これからは桜井峰子として生きていくのか。好きにすればいいが、津久田咲子であることからは決して逃げられないのだ。新町の花街の「まち川」で女将代理として働いていたとき、私はそんな女をいやというほど見てきた。彼女たちの行く末はみな絵に描いたように似かよっている。どんなに姓名を変えても、本性は変わりようがなく、どこへどう逃げても自分の影は離れない。

津久田咲子から桜井峰子へ？　不幸な子だ。あの美しさが、あの子をこれからもっと不幸にしていくことであろう……。

房江は、痛々しいものを見る思いで、津久田咲子が百貨店の角を曲がって姿を消してしまうまで、交差点の信号機の下にたたずんでいた。

北朝鮮からの手紙が届くのも、もうすっかりあきらめてしまってはいたが、午後の三時過ぎに自転車でやって来る郵便局員の姿を見ると、房江は、もしかしたらとモータープールの門の横にある郵便受けを見に行ってしまう。

四月七日のいいお天気の午後、房江が郵便受けのところへと歩いているとカイ塗料店の桑野忠治が二トントラックを運転して帰って来た。神崎大橋の大手塗料メーカーに註文した特殊なペンキがまだ出来上がらないので、工場で待っていても仕方がないと思い、モータープールで時間待ちするつもりで帰って来たという。

郵便受けのなかには一通の手紙が入っていた。北海道旭川市の白川美津子から房江宛に送られてきたものだった。

房江が手紙を投函したあと、御影の直子からは電話がかかってきて、自分の近況やら子供たちのことについて相変わらずの早口で教えてくれたが、何をそんなに急いでいるのか、他のことは話題にせず一方的に切ってしまった。

ああ、美津子はこうやってちゃんと返事の手紙を書いてくれた。姉妹なのに、あの無愛想な直子と、なぜこうも違うのであろう。

房江がそう思いながら、手紙をエプロンのポケットに入れて、二階の自分たちの住まいへ行きかけると、洗車場で田岡と冗談を言い合って笑っていた桑野忠治が、

「一時間ほど花見をしませんか？」

と誘った。

「花見？」

「きょうが盛りですよ。昼前に靫公園の前を通ったら満開でした。もう散り始めてましたから、きょうのうちに見とかんと、あしたは雨やそうです」

「クワちゃんはお仕事はええのん？」

「塗料を五本のドラム缶に入れ終わるのが五時ごろですねん。特殊なペンキで新製品やから、出庫のときに工場の責任者が立ち合うそうで、ぼくが確かにカイ塗料店の社員やという証明書を持って来いって。いまみんな出払って、店にいてるのは社長の奥さんだけで、証明書を書いてくれる人がいてませんねん。そやから、一時間くらいは時間が取れます」

「花見なんて、長いことしてないわァ。つれてってくれるんやったら嬉しいわ」

「ほな行きましょう」

房江は慌てて二階にあがり、エプロンを外したが、花見をしながら美津子からの手紙を読もうと思い、ハサミで封だけ切ると、急いで湯を沸かし、茶を淹れて水筒に入れた。

伸仁が小学一年生のときの初めての遠足用に買った水筒で、肩から吊るせるように細い革紐がついている。

淹れたばかりの茶は熱すぎて、アルミの水筒をじかには持てないので、房江は革紐を持って桑野忠治の二トントラックの助手席に乗り、福島の天神さんのところから靫公園へと行ってくれと頼んだ。天神さんの近くの和菓子屋で桜餅を買おうと思ったのだ。

　房江が桜餅を十個買い、トラックの助手席に戻ると、なにわ筋を南へとむかって堂島川と土佐堀川を渡り、赤信号で停まって、

「こないだ、松坂の大将に相談事をしたんです」

　と桑野は言った。

「どんな？」

「ハゴロモでぼくを雇うてもらわれへんやろかて」

「うちの主人、どない言うてた？」

「カイ塗料店で頑張れって。クワちゃんが真面目な働き者やということは、カイ塗料店の誰もが知ってる。塗料の販売という商売に関しても、クワちゃんは自分でも気づかんあいだに、ぎょうさんの知識を身につけてる。それは頭で習うたんやない、力仕事をしながら現場で身につけたんや。四十歳で自分の店を持つと決めて、ちょっとずつ金を貯めていけ。カイ塗料店の社長は苦労人や。クワちゃんが四十歳になって、独立したいので店を辞めたいと願い出たら、惜しみながらも力を貸してくれるやろ。クワちゃんがカイ塗料店で働くようになって約十年。その十年を捨てて中古車屋で働くなんて、あまりにも勿体ない。その大将の言葉で、ぼく、よし、四十歳で自分の店を持とうと決めまし

てん」

房江は、ハゴロモの大淀営業所を開設したころ、熊吾が、クワちゃんのような青年をうちの店にも欲しいなと言ったことを覚えていたので、少し意外だった。以前の熊吾なら、一も二もなく、それならばハゴロモで働いてくれと喜んで迎えたはずだと思ったのだ。

私には黙っているが、ハゴロモの商売に翳り(かげ)が見えるのだろうか。いや、こんなふうに何でも心配事にしてしまうのが、私の悪い癖なのだ。

信号が青に変わって再び走りだしたトラックのなかから、なにわ筋の沿道に不揃い(ふぞろ)に植えられた、さして大きくはない桜の木の見事な花々を見つめ、房江はそう思った。

靭公園は、なにわ筋を挟んでふたつに分かれている。西側はサッカー場にもなればラグビー場にもなるし、陸上競技にも使える大きなグラウンドが主で、東側は花壇や噴水を設けて、ベンチが幾つも置いてあり、その奥にはテニスコートもある。

桑野がトラックを停める場所を探しに行っているあいだに、房江は水筒を持って東側の公園に入り、最も花の多い桜の木の側にあるベンチに腰かけると、白川美津子からの手紙を読んだ。

北海道の白川家に嫁いで十四年になり、ふたりの子も、上の男の子は高校を卒業して札幌の信用金庫に就職した。下の女の子は高校二年生で、卒業後は小樽(おたる)の水産会社で働くことが決まっている。

いろいろな苦労があった十四年だが、白川と結婚してすぐに夫を亡くしたあとの私の判断は間違ってはいなかったと、いましみじみと実感できるようになった。

房江おばちゃんも知っているように、ふたりの子は私が産んだのではない。白川と先妻とのあいだに産まれた、私とは血のつながりのない子たちだ。

下の子はまだ高二だが、そのふたりの子をなんとか育てあげたいま、私の役目は果たしたという充実感にひたりつつも、ときおり沈み込んでいくような寂しさに耐えられなくなる。

直子は、神戸に帰ってこいという手紙をくれたが、それが何を意味するのかどうもわからない。十四年も逢っていないのだから、いちど顔を見せに来い、という意味なのか、それとも、白川家から出て、身軽になれ、という意味なのか、あのいつものぶっきらぼうな文面ではわかりようがないのだ。

いずれにしても、いちど御影に行こうと思っている。房江おばちゃんにも松坂のおじちゃんにも逢いたいが、伸仁がどんな十五歳の少年に成長したのかをこの目で見たい。

いまだから正直に明かせるが、私は産まれたばかりの伸仁を見たとき、その余りの小ささと弱々しさに胸が痛くなり、この赤ん坊は一歳の誕生日を迎えられないだろうと思ったのだ。

あの赤ん坊が、お父さんよりも背が高くなったとは……。

房江おばちゃんの手紙を読みながら、その美しい字に見惚れてしまった。思い起こしてみれば、私はこれまでいちども房江おばちゃんの字を目にしたことはないのだが、こんなに達筆な人であったのかと驚いた。御影に帰るときは連絡する。——

房江は、美津子からの手紙を読みながら、途中から涙が溢れて、何度もハンカチでそれをぬぐった。

なんとえらい女であろう。結婚して間もなく夫に死なれ、先妻の子ふたりの母として北海道の旭川での生活をつづけ、その子たちを育てあげたのだ。

その子たちも成長し、ひとりは札幌で暮らし、ひとりは再来年、小樽での生活が始まるのだから、美津子はたったひとりになってしまう。

沈み込んでいくような寂しさにひたって当然ではないか。

直子が、御影に帰って来いと言いたくなる気持もわかる。直子は、いちど顔を見せに来てはどうかと誘っているのではない。単刀直入に、帰って来いと言っているのだ。

そう思いながら、房江は、自分の字を褒めてくれているところを何度も読み返した。

この心づかいはどうだろう。それに引き換え、直子の心配りのなさ。

怒っているうちにだんだんおかしくなってきて、房江は手紙を封筒に戻しながら、公園の入口のほうに目をやった。桑野のやって来るのが遅すぎるので、二トントラックを停める場所がみつからないのかと案じたのだ。

だが、桑野忠治は、房江が腰かけているベンチから三つ離れたベンチに坐って、周りを歩いている鳩たちに小石を投げていた。

私が手紙を読んでいたので遠慮したのだなと思い、

「すばらしい桜やねェ」

と房江は声をかけた。

桜餅の入った箱を持って、桑野は房江と同じベンチに移った。

朝、何も食べずにアパートを出て、忙しさで三時ごろまで昼食もとれないまま夜の八時過ぎまで仕事をつづけるという日が、いままでも月に何度かあるのかと房江は訊いた。

毎日ではないが、房江は桑野のためにサンドイッチを作ってやっているのだ。

それがない日は気をつけて、配達中にどこかのパン屋に入り、アンパンと牛乳一合を腹に入れるようにしていると桑野は答えた。

夜は、アパートで自炊するらしいが、どんなものを作って食べているのかと房江がさらに問うと、近くの肉屋でコロッケを買ったり、たまに味噌汁を自分で作って、それに納豆を混ぜたりもすると桑野は照れ笑いを浮かべて言った。

房江は無言で頭上にまで枝を伸ばしている桜を見つめながら、週に二回ほどは、この桑野と田岡、それにトクちゃんのために何か栄養のある食事を用意してやれないものかと考えた。

　そんなことはお安いご用というものだが、寮生活をしている他の青年たちにはえこひいきになる。

　房江の知るかぎり、パブリカ大阪北の社員食堂の賄い婦が作るものも、柳田商会のそれも五十歩百歩で、空腹だからなんとか食べられる代物で、少ない予算をやりくりして、少しでも若い者たちが喜びそうなものを作ってやろうという工夫の跡などどこにも感じられない。

　だから、田岡勝己も、昼は出前できつねうどんと決まっていて、夜は二階の社員食堂に入ることは入るが、並べられて蠅除けの大きな網がかぶせられているおかずを見ると、たいてい手をつけずに、踏み切りを渡ったところにある食堂に行っている。

　そこには、大きなガラスケースがあり、焼き魚、煮魚、ひじきの煮物、玉子焼き、ほうれん草のおひたしなどが入れてあり、ご飯は大中小とあって、別に白菜入りの味噌汁も註文できるという。

　しかし、仮に鯖の煮つけとひじきの煮物とご飯の中を選べば、合計で百二十円。味噌汁も頼めば百三十五円。昼のきつねうどん代を足せば、いちにちの食費は百五十円を超える。

　一ヵ月で約四千五百円で、中卒のトクちゃんの手取り月給と大差がなくなってしまうのだ。

田岡は高卒だから、トクちゃんよりも三、四千円給料が多いといっても、寮の食堂での食事をいやがれば、月給の三分の一以上を食費が占めてしまう。

住み込みの働き手たちにおいしいものを腹一杯食べさせてやるというのが、昔からの大阪の商売人の心意気でもあり、優秀な人材を育てるこつとしていたはずなのだ。

いまの我が家の経済状況ならば、桑野と田岡とトクちゃんに、週に二、三回おいしいものをふるまってやるのはたいしたことではない。

他の者たちにわからないように、三人だけがこっそりと食事をする方法はないものか……。

房江はあれこれ考えたが、私たち一家が暮らしている部屋が誰の目にも触れない最も安心できる場所だという結論に至ってしまった。

しかし、それには夫の許可が必要だ。三人が他の朋輩たちから嫌われることになると夫が反対すれば、あの部屋に三人を招くことはできない。夫に相談してからにしなければ……。

房江は桜餅の箱をあけて、それをベンチの上に置き、遠慮せず好きなだけ食べてくれと桑野に言い、公園を出たところにある公衆電話ボックスへ行った。

鷺洲のハゴロモに電話をかけると熊吾が出てきた。

「うーん、他の社員にわかったら、田岡さんもトクちゃんも肩身が狭うなるけんのお」

熊吾は予想どおりの言葉を口にしたあと、ばれないようにうまくやれと言った。もうひとつの電話が鳴っていた。一台では足りなくなって、先月にもう一台増やしたのだ。

「いまはわしひとりじゃけん、切るぞ。お前、いまどこから電話をかけちょるんじゃ。モータープールやなさそうじゃのう」

「クワちゃんと靭公園で花見をしてるねん」

電話を切り、房江は、さっそく今夜はカレーライスを作って三人に食べさせようと決め、桑野のいるベンチに戻った。

「ノブちゃんは、どこへ行ったんですか。新学期は九日からやから、まだ休みでしょう？」

桑野の問いに、日本橋の電器店街にトランジスタ・ラジオを買いに行ったのだと答え、房江は、桑野さんと田岡さん、それにトクちゃんを交えて、土曜日はカレーライスの日ということにしないかと言った。

「土曜日いうたら、きょうですか？」

「うん、毎週土曜日は、うちでカレーライスの日。誰にも内緒。仕事が終わったら、私らが住んでる部屋においで」

「ほんまにぼくも呼んでくれはるんですか？」

「田岡さんとトクちゃんもね」

そうと決まれば、すぐにカレーを作りださねばならない。もうそろそろ四時だ。帰りにカレーの材料を買うから、また福島天満宮のところで降ろしてくれ。

房江はそう言って立ちあがり、まだ温かい水筒を持つと靱公園から出た。

精肉店で牛肉のすね肉を買い、民家のひしめく路地を通ってモータープールに戻ると、伸仁が新品のトランジスタ・ラジオに電池を入れて、朝刊のラジオ番組の欄を見ながら各放送局の周波数を確かめていた。

一緒に行ってくれた石井さんが店員相手に値切りの交渉をして、その店がつけた価格よりもさらに八百円も安く買えたという。

石井は、柳田商会のいわば寮長的な存在で、気性の穏やかな三十二歳の青年だった。

柳田商会の寮には、ことし四十七歳になる安川という男も住んでいて、まだ十代や二十代の若者たちと雑魚寝している。

石井が寮長ならば、安川は牢名主といった存在だ。同室の者たちは安川が自分で買ったテレビを観せてもらうために、いつも彼を中心としてその周りに坐っているが、たまに寮生活上での小言を言われても、みんな従順に聞いて反抗しない。

安川には妻も子もいるが、月に一度くらい逢いに行くだけで、柳田商会で働くようになって以来、若い社員たちと寮生活をつづけてきたという。なぜ、安川が妻子と暮らさないのか、その理由は誰も知らないらしい。

房江は、平華楼で呉明華が使っていた大鍋を洗い、人参と玉葱を大きめに切りながら、土曜日はカレーライスの日と決めた理由を伸仁に話して聞かせた。

「えっ！　ぼくもさっき石井さんの運転するライトバンで靭公園の前を通って帰って来てん」

と言い、トクちゃんに今夜のことをしらせるために階段を駆け降りて行った。

房江が玉葱を軽く炒めていると、戻って来た伸仁は、ついでに田岡さんにもしらせておいたと言い、またトランジスタ・ラジオのスイッチを入れた。

「外に持って行っても聴けるんやで。百貨店の屋上でも、六甲の山のなかでも。雑音なんかあれへんねん」

「こんな高いもんを買うてもろたんやから、お父ちゃんにちゃんとお礼を言わなあかんで」

牛肉のすね肉を柔かく煮るには時間がかかる。じゃが芋を鍋に入れるのは、すね肉が柔かくなってからだ。

そう思いながら、下準備を済ませ、房江はガスの火を弱めた。

鍋のなかを覗き込んで、

「こんなにぎょうさん作ったん？　三十人分くらいあるでェ」

と伸仁は言った。

「あした、石井さんにも、シンエー・タクシーの神田さんにもご馳走してあげよと思て……」

「それでも二十人分くらい残るわ」

房江は、神田三郎がことしの大学受験に合格したのかどうかまだ知らなかったので、そのことを伸仁に訊いてみた。

「私立は通ってんけど、国公立は落ちはってん。どうしようか迷いはってんけど、やっぱり私立は無理やねん。入学金も授業料も高すぎて……」

「神田さんは幾つになりはったん？」

「三十歳」

「来年、国公立の大学に通りはっても、卒業するのは三十五歳やなァ」

房江の言葉に、神田さんはそのことも考えて、夜間部になら入れないかと合格した私立大学に相談したらしい、と伸仁は言った。

「夜間部……。それやったら、ことしから大学で勉強でけるのん？」

「うん。昼間働きながら、やけど。そやけど、そうするとしたら、シンエー・タクシーを辞めなあかんやろ？」

うしろで大きな音がしたので、房江は驚いて部屋の戸のほうに振り返った。

「夜間部で勉強すりゃあええんじゃ。入学金の足らん分はわしが出しちゃる。昼間はハゴロモで働いてもらうがのお」

　いつのまに帰っていたのか、熊吾が電気冷蔵庫からビールの壜を出しながら言った。

「入学金は七万円ほど足らん。ハゴロモで、将来の会計士を雇うための仕度金として払う。それなら経費として落ちるじゃろう。税金で持って行かれる分で、神田が大学へ行ける。ハゴロモには、あとふたりほど社員が必要じゃ」

　その言葉の意味がよくわからないらしく、しばらく無言で熊吾の顔を見つめていた伸仁は、

「仕度金て、なに？」

　と訊いた。

　熊吾は、自分でビールの栓を抜き、コップを持って来いと房江に身ぶりで促してから、いまその話を神田三郎と話し合ってきたところだと言った。

　房江はコップを手渡し、神田の考えはどうだったかと訊いた。

「喜んじょった。大学の事務局の人が親切で、十日まで入学手続きの期限を延ばしてくれたそうやけん、いまから入学金を払いに行かにゃあいけん。あしたは日曜じゃし、金の払いは早いほうがええけんのお。そやけん、神田が大学に行って戻って来るまで、伸仁、お前はシンエー・タクシーで留守番をしちょれ。タクシーを呼ぶ客からの電話があ

ったときのやり方は、お前はわかっちょるけんのお」

　熊吾の言葉を最後まで聞かないうちに、伸仁は部屋から走り出た。

「神田が合格した私立は関西では一流じゃ。どの大学も受からんかったらどうにもならんが、去年もことしも、その大学には通ったんじゃけんのお。国公立の大学の試験を五年も六年も受けつづけて合格せんのは、相性が悪いんじゃろう。どうしても苦手な科目があると本人が言うちょった。国公立にこだわるのは、このへんが潮時じゃ。これ以上つづけたらノイローゼになっしまう」

　そう言いながら、鍋のなかを見つめ、熊吾は顔をしかめた。

　ああ、そうだ、夫はカレーライスが好きではなかったのだ。辛子、大蒜、山葵……。その類の刺激の強い食べ物は苦手なのだ。里芋の煮っころがしのようなものが十日間食卓に載っても文句は言わないが……。

　房江はそう思い、何か刺身でも買ってこようかと言いかけた。

「なんとまあ、ぎょうさんのカレーじゃのお。わしはひさしぶりに千代磨を誘うて、焼き鳥でも食うてくるぞ」

　と熊吾は言い、よほど喉が渇いていたのか、たちまちビールを一本飲んでしまって、部屋から出て行った。小谷医師に日本酒とビールを禁じられて、しばらくはそれを守っていたが、最近はたまにビールを飲むこともある。

かつての松坂熊吾の復活だ。困っている者を、自分ができることで助けてやろうと即座に行動に移してしまう。誰にも相談しない。

そこには己の男気をひけらかす気などまったくない。手助けをしてやりたいという心情だけだ。欲得ずくではないのだ。そういう人なのだ。

房江は、自分が口にすることではないと承知しながらも、何か夫に言葉を投げかけたくて、階段の太い手すりから身を乗りだしたが、すでに熊吾はいつもの早足で正門を出て、福島西通りの交差点へと向かっていた。

第三章

「四月だけで鷺洲店と大淀店を併せて三十四台売れた。ハゴロモ開店以来最高の売り上げじゃ」

熊吾は、大阪市の西側を南北に流れる木津川沿いから東へ少し入ったところにある「キマタ製菓」の七坪ほどの工場の隅に置かれた椅子に腰かけて、カカオ豆を粉砕する機械の動きに見入りながら言った。

粉砕機のうしろ側には、砕いたカカオ豆の粒子を細かくする別の機械があって、木俣敬二はそのなかに嵌め込む幾種類かの太さの異なる金属ローラーを組み合わせる作業に没頭しながら、

「三十四台……。大儲けでんなァ」

と笑みを浮かべて言い、首に巻きつけたタオルで額の汗を拭いた。

熊吾が「キマタ製菓」を訪ねたのはきょうが初めてで、木津川に沿った道をバスで南へと行き、たぶんこのあたりだろうと見当をつけた停留所で降りたが、道に迷ってしまい、あっちの角を曲がり、こっちの角を曲がり、と歩き廻っているうちに四つ橋筋を渡

って横堀川のほとりへと出てしまった。川のすべてを埋め尽くすほどの、まだ皮の剝(む)かれていないものも混じった太い丸太が浮かんでいて、熊吾はやっとそこが材木商の店舗の並ぶ地域だと気づいた。

東京の木場、大阪の横堀と昔から呼ばれてきたところで、戦前戦中と比べるとかなり廃(すた)れてしまった新町の花街に近かった。

仕方なく公衆電話を探して、道に迷ったことを伝えると、木俣は自転車を漕(こ)いで迎えに来て、熊吾を荷台に乗せると自分の工場まで案内してくれたのだ。

カカオ豆の粉砕機の横には四つの電熱器が並んでいて、その上に水を入れた大きな金盥(かなだらい)のような容器が載せてある。

木俣は指先で容器の熱さを確かめると、一斗缶の封を切り、なかから白い油脂をヘラで削り出して秤(はかり)に載せた。

「それがカカオバターっちゅうやつか？」

と熊吾は訊(き)きながら、背広の上着を脱いだ。四つの電熱器が狭い工場を蒸し風呂(ぶろ)のようにしていた。

「これを溶かして、細こうにしたカカオ豆と砂糖を入れて、弱火で一時間くらい練りまんねん。カカオ豆は、ただ細こうにするだけではあきまへんねん。滑らかさが命です。それをするのがこっちの機械。ローラーとローラーのあいだに微細な隙間(すきま)をこしらえるのが職人の腕でして」

木俣は言って、ローラーを取り付けるための歯車のような部分の調節を始めた。

「ローラーとローラーは密着しちょるんじゃないのか」

「密着させたら、ローラーが熱を持ってしもて、カカオ豆が焦げてしまいよりますし、粉がだまになって、カカオバターに溶けへんのです。そうなったら、商品にはなりまへんねん」

粉砕したカカオ豆を三本のローラーが回転する機械に移し、木俣はまた汗を拭いてからスイッチを入れた。

「五月の半ばでこの暑さじゃ。夏にはどうするんじゃ。眩暈でも起こしてこの粉砕機のなかに倒れたら、お前はミンチ肉になるぞ。うしろに倒れたら大火傷じゃ。もうちょっと広い工場に引っ越したほうがええと思うがのお」

「へえ、大将がそこにいてはるから、私はここで作業するしかおまへんのです」

丸めて持っていた週刊誌で木俣の頭を軽く叩き、

「もっと早ように言わんか。わしのために用意してくれた椅子かと思うて坐っとったんじゃ」

と熊吾は言い、立ちあがって表に出るとハンカチで汗を拭いてから煙草を吸った。

「客が客を呼んで来るんですなァ。そやないと、ふたつの店でひと月に三十四台なんて売れまへんでェ」

　木俣は椅子を外に運んで来て、ここに坐ってくれと促しながら言った。

「ありがたいことじゃが、新たな問題発生じゃ。仕入れが追いつかん。売り物になる中古車を探すために朝から晩まで駆けずり廻っちょる。わしの店に買うてくれと持って来る中古車のほとんどが事故車じゃ。ハゴロモは、事故車は断固売らん主義じゃ。命を乗せて走る自動車じゃけん、げんをかつぐ客も多い。走るっちゅうことにちょっとでも支障が生じそうな不具合をかかえちょる中古車を売るわけにはいかんのじゃ。ハゴロモの商売以前に、人命の問題じゃ。自動車事故っちゅうのは恐しいんじゃぞ」

　熊吾の話を聞きながら、木俣は首に巻いていたタオルを外すと、それで顔全体を隠すように頬かむりをして、ローラーが回転する機械のなかで微細になっていくカカオ豆を少量つまみ、滑らかさを何度も確かめた。頬かむりをしたのは、汗が顎から伝ってカカオ豆の粉のなかに落ちるのを防ぐためらしかった。

　小さなスコップでカカオ豆の微細な粉をすくい、それを左手に持った粉ふるい器に入れて、溶かしたカカオバターに少しずつ混ぜていく。

　混ぜるための木のへらは右手で動かしているので、首筋から伝う汗はたちまち木俣の白い作業衣を、水を浴びたように濡らしていった。

　これは大変な肉体労働ではないかと思いながら、

「カカオバターを温めながら豆の粉と上手に混ぜてくれる機械はないのか。そんな手仕事じゃあ朝から晩まで働いても、いちにちに一斗缶十個も作れんじゃろう」

と熊吾は言った。

「ええ機械がおまんねんけど、高うて買えまへんねん。とにかく二回倒産しかけてまっさかいに、月賦(げっぷ)では売ってくれまへんねん。その機械があれば、いまの三倍は作れます。なんとか金をこしらえて、と思てるうちに、どんどん新しい機械が新発売になりまして、いまはこんな電熱器なんか使わんでも、鍋(なべ)そのものに熱が加わる装置が付いてて、鍋の上に豆の粉と砂糖を入れる容器が別々にあって、電気のスイッチひとつで勝手にチョコレートが出来あがります」

「それはなんぼくらいするんじゃ」

「十五万円とちょっとです。とてもやないけど、私にはいっぺんには払えまへん」

そう言って、木俣は、カカオバターと豆の粉とが混ざったあたりでグラニュー糖を入れた。コーティング用のチョコレートなので、あまり甘くしてはいけないのだという。

「月に一万円なら返せるか？」

と熊吾は訊いた。仕入れ先の担当者を接待するための予算が年に二十五万円ほど用意してあると玉木則之から聞いたばかりだった。

「月に一万円を返せるなら、わしがあしたにでも十五万円を用意してやるぞ」

木俣は頬かむりを取り、新しいタオルで顔を拭くと、

「大将、それほんまでっか？」

と訊いた。

「ただ、それはわしの金じゃあらせんのじゃ。店の金じゃ。年間の接待費として玉木がいろいろと計算して振り分けた金じゃ。あいつは経理担当としては厳格でのお、先月儲かったからっちゅうて今月の財布の紐をゆるめたりはせん。半期ずつ、きっちりと計画をたてて、出て行く経費を管理しちょる。そやけん、接待費の枠のなかから十五万円をなんとかせえと言うたら、毎月決まった返済があるのならと答えよるじゃろう。それが確実でないなら出せんと首を縦に振らん。最近はのお、帳簿上で動く金の使途が曖昧じゃと税務署の役人に痛うもない腹を探られるけんのお。大企業じゃろうが個人商店じゃろうが、儲かっちょるところには容赦せん。所得倍増は、イコール国の税収倍増やそうじゃ」

大きな金盥のような容器に神経を配りながら、しばらく考え込んでいたが、木俣は、毎月一万円の返済を十五ヵ月つづける自信はないと言った。

「私のこの工場の月の純益は、平均すると四万円弱ですねん。それも、クリスマス前のいちばんのかきいれどきのぶんを入れてです。それがなかったら、三万円あるかないかです。赤字の月もおますけど、年間をとおして赤字が出えへんようになったのは、人を

雇うのをやめたことと、コーティング用チョコレートの用途が増えたからでして」

熊吾は、逢うたびに薄くなっていくように感じられる木俣敬二の頭頂部に噴き出ている汗粒を見ながら、仕方がない、十五万円の半分は俺が貸してやろうと思った。

「ハゴロモに毎月五千円を返済して、それが終わったら、次にわしに五千円ずつ返せ。毎月五千円でさえ払えんようなら、『キマタ製菓』なんか閉めてしまうほうがええぞ」

「五千円やったら、毎月滞りなく払えます。いますぐ、その機械のメーカーに電話して、あした全額現金で払うから持ってこいて言いまっさ」

木俣が電話をかけているあいだ、熊吾は木のへらで容器のなかのものをかきまわしつづけた。四つの電熱器のうちのふたつはスイッチを切ってあったが、熊吾は、もし木俣が電話中に、完成間際のチョコレートが焦げるようなことがあっては一大事だと思ったのだ。

いったい俺は「キマタ製菓」に何をしに来たのであろう。金を貸してくれと泣きつかれたわけでもないのに十五万円を用立ててやり、頼まれもしないのに木のへらで熱いチョコレートを攪拌しつづけている。

それにしても、この作業は暑いだけでなく、ひどく腕力を使う。カカオバターにカカオ豆の粉とグラニュー糖を混ぜてあるのだから、山芋を擂ってとろろ汁を作るようなわけにはいかないのだ。

熊吾は腕に力が入らなくなり、腰の周りの筋肉も痛くなって、へらを動かす手を止めて、腰をゆっくりと反らした。

そうだ、この近くの運送屋が四トントラックを二台買いたがっているという木俣からの電話で俺はここにやって来たのだ。佐田雄二郎は、買った中古車を受け取ってハゴロモの大淀営業所へ運ぶために神戸へ行っている。神田三郎は神崎川のほとりにできた自動車教習所で運転の練習をしたあと、そのまま大学の夜間部の講義を受けるために吹田市へ行く。玉木は店番をしなければならないし、脚が悪くて外勤は無理だ。

神田が運転免許証を取得して、いま俺がやっていることのせめて三分の一でも代行してくれるようになるにはまだ時間がかかる。

大事な目的を忘れて、チョコレートができあがっていく工程を見学しながらひと息ついていたのは、疲れが溜まっているからだ。

熊吾がそう考えていると、電話を切った木俣が新しい一斗缶を三つ運んできて、残りのふたつの電熱器も消した。

「ご苦労さんでおました。大将にチョコレートを作ってもらうなんて」

そう言いながら、木俣は軍手をはめて、容器のなかのチョコレートを三個の一斗缶に分け入れた。

缶を密閉するための機械にかけるには冷ましてからでないといけないのだと言い、木俣は、それぞれの機械の掃除を始めた。すぐに掃除をしておかないと、カカオ豆の粉もカカオバターも機械にこびりついて固まってしまうのだという。

二週間ほど前に、新聞で、ことしの大卒の銀行員の初任給は一万九千円だという記事を読んだが、四十半ばになろうとしている男が、朝から晩まで汗まみれになってチョコレートを作りつづけて、平均月収が四万円弱か。

女房が小学校の教師だから、その収入も合わせると生活にはこと欠かない。この「キマタ製菓」の利益をもう少し増やそうという欲も放棄したのかもしれない。

木俣夫婦には子がいないから、充分に食っていけるはずだ。

そう考えているうちに、熊吾は、いま俺が金を貸してやって、あえて新しい機械を工場に設置する必要はないのかもしれないという気がしてきた。

しかし、増収云々よりも、この肉体労働からの解放のほうが、木俣敬二にとっては喫緊の課題だ。梅雨が明けてから秋風が吹くまでの数ヵ月の、この狭い工場での作業はまさに地獄であろう。

金を用立ててやると自分のほうから口にしたのだ。金庫番の玉木は渋い顔をするだろうが、ハゴロモの金を融通するしかあるまい。

それにしても、これほどの汗水を流してチョコレートを作っていたとは……。

ローラーにこびりついているカカオ豆を丁寧に削ぎ落としている木俣の横顔を見なが

ら、熊吾は、そうと決まればここでのんびりしていられないと思った。さっさと用事を済ませてハゴロモの鷺洲店に戻らなくてはならない。

熊吾は、木俣に運送屋の場所を訊くと、腕時計を見ようとして、いまはそれがないことに気づいた。

長年愛用してきた腕時計が壊れてしまい、浄正橋（じょうしょうばし）にある時計屋に修理を頼んだが、古いので部品がないと断わられ、もうじきオメガの新製品が日本でも販売されるので、ぜひそれを見てくれと勧められたのだ。

自動巻きという精密な機械によって、リューズを指で廻さなくても、腕にはめているだけでゼンマイが巻けるスイス製の高級時計は、まだ届いていなかった。

スイスの高級時計は、親と子と孫の三代にわたって使える。俺が死んだら伸仁（のぶひと）が使い、さらに伸仁の子も使えるのなら安い買い物だ。あの浄正橋の時計屋の親父（おやじ）は、三回払いの月賦でいいから買ってくれと言った。

それなら買うが、実際にそのオメガの自動巻き腕時計を見て、気に入らなければ買わないぞと返事をしてからもう半年近くたつ。

その間、腕時計なしで商売をしてきて、時間が知りたいと通りがかりの人に、いま何時ですかと訊いてきたのだ。不便だし、待つのも、もういい加減いやになってきた……。

熊吾は木俣にそう言って、運送屋へと歩いて行った。

木津川に架かる小さな橋のたもとに煙草屋があり、店先に公衆電話が置いてあったので、熊吾は玉木則之に電話をかけ、七万五千円を用意してくれと言った。玉木は理由を訊かず了承した。ハゴロモのあまりの景気の良さで、あの堅物の金庫番の錠もゆるんだのかと熊吾は思った。

オメガの腕時計を時計屋の親父がシンエー・モータープールの二階へ持って来てくれたのは六月最初の土曜日だった。

土曜日はカレーライスの日で、桑野忠治と田岡勝己とトクちゃんは、残業がないかぎりは夜の七時に、それぞれこっそりと熊吾一家の住む部屋へとやって来る。

熊吾はカレーライスが好きではなかったし、自分がいると若い三人が気を遣うだろうと思い、仕事が早く片づいてもモータープールには帰らず、梅田の洋食屋か千日前の「銀二郎」に行くことにしていたが、時計屋の親父からハゴロモの鷺洲店に電話があったので、待ちかねていた腕時計を見るためにモータープールの二階にいったん帰ったのだ。時計屋の親父にハゴロモの場所を教えるのが面倒だったし、腕時計を受け取る際に代金の三分の一を払う約束になっていた。

木の箱に革を貼(は)ったケースをあけると、十八金の自動巻き腕時計が納められていた。ひと目で気に入ってしまって、熊吾は房江(ふさえ)に用意させておいた代金の一部を時計屋に渡し、カレーライスを食べている桑野と田岡に、遠慮せずにお代わりをしてくれと言ってから、トクちゃんこと水沼徳がいないのに気づいた。

まだ仕事をしているのであろうと思いながらも、熊吾は、トクちゃんはどうしたのかと伸仁に訊いた。

「もうじき帰って来ると思うねんけど」

と伸仁は言った。

トクちゃんは休みを貰（もら）ってきのうの早朝に能登の実家へ帰ったという。

「実家で何かあったのか」

熊吾の問いに、どう答えようかといった表情で、伸仁と田岡と桑野は顔を見合わせた。

時計屋の親父が、時刻を合わせてくれて、扱い方を説明して帰ってしまうまで、伸仁たちは無言だった。

「なんじゃ、どうしたんじゃ」

新品の時計を腕にはめながら熊吾は訊いた。

「お父さんとお母さんが許してくれはったら弟子にしてやろうって、螺鈿（らでん）の……」

と桑野は言った。

「守屋忠臣さんが、そう言うたのか？」

「うん。トクちゃん、お父さんとお母さんに頼みに行っててん」

と伸仁は言い、テレビをつけた。

熊吾は階段を降りて事務所へと行き、関京三と世間話をしている房江に、

「守屋さんは、よう弟子入りを許してくれたのお」

と言った。

「トクちゃんは、毎日曜日、守屋さんのとこに行って、弟子入りを懇願しつづけてたんやて……。さっき、ノブから聞くまで、私もぜんぜん知らんかった……。十年間、無給。螺鈿工芸師として食べられるようになるかどうかもわかれへんのに……。能登のお父さんとお母さんは、トクちゃんからの毎月の仕送りを頼りにしてはるねん」

房江の言葉に、そうかとだけ応じ返して、熊吾はモータープールから出ると、さあ、どこで一杯飲もうかと考えながら、信号を渡り、大阪駅行きのバスを待った。

トクちゃんの両親こそ、自分たちの十六歳の息子に懇願するだろう。自動車の修理工として働きつづけてくれ、と。毎月の三千円をそれほどまでにあてにしなければならない一家なのだ。

琵琶奏者による平家物語を伸仁に聴かせるために、トクちゃんも一緒に京都へつれて行ったのは、この俺だ。まさかトクちゃんが、螺鈿細工というものにそこまで魅入られるとは……。

熊吾がそう思いながらバス停に立っていると、最近ひどく痩せてしまって、もはや

「豆タンク」とは呼べない関京三が片方の脚をひきずるようにして信号を渡って来た。視線をずっとこちらに向けているので、熊吾は、関京三がこの俺に何か話があって追って来たのだとわかった。

「私の中古車、先月は三台も売ってくれはって、ありがとうございます」

熊吾と並んでバス停に立つと、関は言った。

「うちもちょっと儲けさしてもろうたんじゃから、礼なんかええんじゃ。それより、脚はどうしたんじゃ」

「きのうの夜から指が痛うて。それがきょうの昼くらいから足首までにひろがりまして」

「痛風やないのか？　早よう医者に診てもらえ」

「大将、糖尿病のほうは最近どうでっか？」

忙しくて、もう三ヵ月近く小谷医院には行っていなかったが、体調は良いし、喉の異常な渇きを感じなかった。太りも痩せもせず、体重に変化はない。

それは小谷医師の進言で、ビールと日本酒をやめて、ウィスキーに変えたことと無関係ではなさそうだし、ハゴロモで仕入れた中古車がすぐに売れてしまうために、自分が使う自動車が確保できず、歩くしかないからだ。電車やバスは利用するが、駅や停留所から目的地までは徒歩で行くしかない。このふたつが、自分の糖尿病を軽快させたのだと思う。

熊吾は、関の問いにそう答えた。

「ビールも日本酒も、一滴も飲めへんのでっか？」

と関は訊いた。

「いや、たまには飲むがのお。ウィスキーは置いちょらん店もあるし、一緒に飯を食う相手につき合わにゃあいけんときもあるけんのお」

「やっぱり、歩かなあきまへんねんなァ」

そう言ってから、関京三は上着の胸ポケットから封筒を出し、それを熊吾に手渡そうとした。自分と黒木からのお礼だという。

「大将がハゴロモを開店させはって以来、私らの中古車をずっと置かせてもろて……。電話一本でエアー・ブローカーをしてたときよりも収入が増えました。そのお礼にしてはあまりにも恥しい額ですけど」

熊吾は、封筒を持っている関京三の手を押し戻し、

「いや、そんな気遣いは無用じゃ。ハゴロモは、お前らからちゃんとマージンを貰うちょる。店に並べる中古車は数が多いほど景気がええ。仕入れ先も、お前らの紹介で増えたし、礼をせにゃあいけんのはわしのほうじゃ。それに、お前らがモータープールの忙しいときに手伝うてくれたお陰で、わしはハゴロモの商売に専念できたんじゃ」

封筒を熊吾の背広のポケットに入れようとする関の手首を握って押し戻したとき、熱があると気づき、熊吾は自分の手の甲を関の額にあてがった。

「おい、これは高熱じゃぞ。足の指がたちの悪い黴菌(ばいきん)にやられちょるんやないのか？早よう病院に行け」

そう言って、熊吾は買ったばかりのオメガの腕時計を見た。七時四十分だった。カンベ病院は八時までだ。ここから歩いて五分ほどだから、いまなら診察時間に間に合う。

熊吾はそう言って勧めたが、関は一歩も歩けなくなってしまっていた。

「ここで待っちょれ」

と言い、熊吾は急ぎ足でシンエー・モータープールに戻り、講堂に置いてある伸仁の自転車にまたがった。

「どうしたん？」

事務所のなかから房江が訊いたので、関の様子がおかしいのでカンベ病院へつれて行くと答えて、熊吾はバス停へと向かった。房江があとを追って来た。

関京三は立っていることもできなくなったらしく、バス停のうしろの、そこだけ空襲の爆撃から奇跡的にまぬがれたビルの玄関前に坐り込んでいた。

熊吾は、房江の力も借りて関を自転車の荷台に坐らせカンベ病院へ行った。

診察を待つ患者で待合室は混んでいた。

「先生、救急じゃ。先に診てくれませんかのお」

熊吾の大きな声で、ガーゼを挟んだ大きなピンセットを持ったまま診察室から出て来た院長は、関の靴下を脱がせると、すぐに看護婦に検尿とレントゲン撮影の指示を出した。

しかし、院長は足全体の青黒い腫れを見ただけでわかったらしく、どこかに電話をかけてから、熊吾を呼んだ。

「膝から下はあきらめなあかんなァ」

「あきらめる？」

「うん、急がんと脚一本では済まんで。壊疽や。糖尿病による下肢壊疽。切断手術を躊躇してたら死ぬで。いま阪大病院に頼んだから、すぐに車で運んでやってや。ぼくのとこでは手に負えん」

院長が小声だったので、熊吾も声を低くして、

「この玄関先は道が細いけん、自動車は通れませんなァ」

と言った。

「担架で、そこの通りまで運ぶから、十分後に来てくれますか」

看護婦が糖尿病用の試験紙をピンセットで挟んで持って来た。黄色い試験紙は黒色に

変わっていた。房江は慌てて病院から出て行った。

熊吾は、モータープールの南側の路地を走り、裏門から事務所へと行き、関の自動車はどれかと房江に訊いた。

先に帰った房江の説明で事情を知った田岡が、関のダットサンのエンジンをかけて待っていた。

家族に連絡をとらねばなるまい。田岡ひとりにまかせるわけにはいかない。

熊吾はそう考えて、助手席に乗った。

阪大病院に関を運び、外科の診察室の前で家の電話番号を訊いたが、電話はないという。

仕方なく住所と大雑把な地理を手帳に控えて、熊吾は田岡が待っているダットサンへと戻った。

「すまんが市岡高校の近くまで行ってくれ」

「市岡……」

「弁天町の駅の東側じゃ。港区じゃのお」

「あのへんは大正区とちがうんですか？」

「いや、港区じゃ」

田岡は、どう行くのがいちばんの近道なのかとしばらく考えてから、堂島川に沿って西へ向かった。

「糖尿病で脚の骨が腐るのか……」

初めて小谷医師の診察を受けたとき、糖尿病が引き金となるさまざまな病気を教えられたが、脅しに近いものとして聞いていたし、その認識の仕方はいまも変わりはなかったので、熊吾は堂島川の夜の川面（かわも）に目をやりながら、そうつぶやいた。

「実例を見せられたら、ちょっとこたえたのお。わしはあと五年は生きにゃあいけんのじゃ」

熊吾のひとりごとは聞こえたはずだったが、田岡は何も言わず船津橋を渡った。熊吾一家がかつて住んでいた三階建てのビルの周辺では護岸工事が進んでいた。

家がすぐに見つからず、関の妻と娘を阪大病院に送り届けたのは十時前だった。

熊吾は、千日前筋の寿司（すし）屋「銀二郎」に行くつもりだったのだが、阪大病院から浄正橋まで戻ると、田岡の運転するダットサンを降り、阪神電車の福島駅へと歩いた。

いきつけの洋食屋はもう店を閉めていた。

昼は出前でかけ蕎麦（そば）を食べただけだったので腹が減っていたが、なにはともあれウィスキーの水割りを飲みたかった。

あいだにあみだ池筋を挟んで、西端は鷺洲通りの手前まで、東端は阪神電車の福島駅の手前までつづく聖天通りに飲食店は多かった。

予期せぬ事態でカンベ病院から阪大病院、それから港区市岡のアパートが並ぶ路地をあちこち探し廻り、やっと関の住まいを見つけ、また阪大病院に戻り……。

　さすがに疲れを感じて、熊吾は聖天通りの居酒屋で食事を済まそうと考え、駅に近い一軒の店に入った。初めての店だったが、「よこわまぐろの刺身定食」と書かれた紙には朱墨で「本日自慢の一品」という文章が添えられていた。

　暖簾（のれん）をくぐり、格子戸（こうしど）をわずかにあけて、

「ウィスキーは置いちょるかのお」

　と着物の上に割烹着（かっぽうぎ）を着ている女に訊いた。

「あんまり上等やないけど、置いてます」

　と応じ返した女は森井博美だった。

　博美は、盆を胸にかかえるようにして、三人づれの客の坐っているテーブルの横で、驚き顔で熊吾を見つめ、

「お父ちゃん……」

　と言ったきり黙り込んだ。

　熊吾は、このまま無言で格子戸を閉めて去って行く手もあると思い、一瞬そうしかけたが、

「どうぞ、こちらのお席に」

まった。と博美が言って、奥の四人掛けのテーブルを勧めたので、店に入るしかなくなってし
「ここは何時までやっちょるんじゃ」

「十一時まで」

博美はウィスキーの壜を持って来て、そこの酒屋はまだあいているので、もっといいウィスキーを買ってこようかと訊いた。

「いや、それでええけん、コップに半分入れて、おんなじ分量の水で薄めてくれ。氷は要らん」

熊吾はそう言い、壁に貼ってある品書きに目をやった。

こめかみの火傷跡を隠すためとはいえ、長く伸ばした髪を七三に分け、その七のほうの髪で頬のあたりまでスプレーで貼りつけるようにしているのは、誰が見ても異様だ。隠すにしても、もっと他の方法があるのではないのか。そんな髪型の女が向こうからやって来たら、幼い子はびっくりして逃げて行くだろう。

熊吾はそう思い、どんな会話をすればいいのかわからないまま、ウィスキーの水割りを一気に半分ほど飲んでから煙草に火をつけた。博美はここで自分の店を持ってひとり立ちしていたのかと思うと安堵感が湧いてきた。

頭上で煎り豆が転がっているような音がした。雨が降りだしたようだった。二階屋な

のに、こんなに大きく雨音が響くのは、よほどの安普請なのであろうと思いながら、熊吾はウィスキーのお代わりを頼み、牛スジ肉の煮込みと冷奴を註文した。

「それを食べ終わったころに、よこわまぐろの定食っちゅうのをくれ」

森井博美は頷き返し、長い暖簾で仕切られている調理場へ入って行った。博美以外の女の声がかすかに聞こえた。

三人の客が勘定をして店から出て行くのを待って、

「お前に、小料理屋ができるほどの料理が作れるとは思わんかったのお」

と熊吾は言った。

自分が作っているのではない。この店の主人が作るのだ。自分は、昼前から一時半までと、午後の四時半から十一時過ぎまで、女将のようなふりをして勤めているのだ。

博美はそう説明し、再び調理場に行くと、牛スジ肉の煮込みと冷奴を盆に載せて戻って来て、それからウィスキーの水割りを作った。

なんだ、雇われているのか。自分の店ではないのだ。

熊吾は少し落胆し、やはり顔の火傷が、大勢のファンに取り囲まれたミュージック・ホールのダンサーという仕事を奪ったのだなと思った。

博美は声を落とし、この店の女主人はことし七十歳だが、二年前に階段から落ちて膝の皿を割って以来、ほとんど歩けなくなってしまったのだと言った。

調理場で料理は作れるが、それを客に運ぶのに難儀をする。

店は、昼時は近辺の勤め人がその日その日で変わる定食を食べに来て繁盛していたし、居酒屋となる夜は、昔からの馴染み客でほぼ満席となっていた。

小金を貯め込んでいるし、夫も子もいないので、痛む脚をこらえて商売をつづけなければ生きていけないわけではないのだが、贔屓にしてくれる客たちを失うのも惜しい。どうしようかと悩んでいたときに私と知り合って、手伝ってくれないかと頼まれた。

私はダンサーをあきらめて、洋裁学校へ二年間通った。だが、本格的に洋裁の仕事ができるようになるには、年季と経験が必要で、註文といえば寸法直しばかりだ。

太ったので拡げてくれ、とか、痩せたので詰めてくれ、とか。

実際にその程度のことしかできないのだから仕方がないが、それでは食べていけない。場末のストリップ小屋へ流れていくほうがまだましかもと本気で考え始めたころだったので、この店で働くことに決めた。

博美はそう言って、熊吾を見つめて微笑んだ。

あの男は亭主なのかと訊きかけて、熊吾は口をつぐんだ。聖天通りで博美と男とを目にしていたことを話さなければならなくなると思ったからだ。

頭上の、煎り豆の転がる音は、誰にも強い雨と聞こえるものに変わっていた。

「いま、どうしてはるのん?」

博美に訊かれて、熊吾は、モータープールの管理人になったいきさつを語ったが、鷺洲で中古車業を営んでいることは黙っていた。博美が男と暮らしているらしいアパートからあまりに近いからだった。

「福島西通りの角？　へえ、すぐそこやねェ。ノブちゃんは元気？　大きなったやろねエ」

「高校一年生じゃ。わしよりも背が高うなりよった」

「私の楽屋にお花を持って来てくれたノブちゃんは、まだこんなに小さかったのに」

博美は笑顔で右手を自分の腰のあたりに浮かせた。

「なんで火傷跡の手術をせんかったんじゃ。医学も日進月歩で進歩をつづけちょる。ちょっとの厚化粧で、そんな髪型で隠さんでもええようになるかもしれんじゃろ」

熊吾の言葉にかぶりを振り、あれから何軒かの病院に行き、とにかく皮膚に食い込んでいるセルロイドだけは取ったのだが、そのためにかえって傷の肉が盛り上がり、手術前よりも目立つようになってしまったのだと博美は言い、スプレーでこめかみから頰にかけてへばりつかせている髪をうしろに移した。

溶けたセルロイドを取り除いた部分は桃色の肉が弾けたようになっていた。

ウィスキーの水割りをもう一杯飲みたかったが、暖簾の隙間からこちらを覗き見ている女主人の視線が神経にさわり、熊吾は、よこわまぐろの定食を運んでもらうと、味わう暇もないほどの速さで食べ終えて代金を払った。

雨はどしゃ降りになっていた。

「最近は美容整形っちゅうのが発達しちょるそうじゃ。そういうところで相談してみたらどうじゃ」

と言い、店の格子戸をあけた。博美が傘を持って追って来た。それを借りたら、また返しに来なければならないと思ったが、傘なしで歩けるような雨ではなかった。

格子戸のところに立ったまま、こちらを見つめつづけている博美の視線を感じながら、熊吾は振り返らないまま、聖天通りを西へと歩いた。傘は、神田三郎に返しに行ってもらおうと思った。

あみだ池筋へと出て道を左に曲がり、ふたつの踏切りを渡ったとき、熊吾は、博美がときおり助けを求めてすがりつくような目を向けてきたことを思い出した。その瞬間、男にとっては得がたい女体の持ち主の、無惨(むざん)な顔の火傷跡までが、熊吾を熱くさせた。

五日後、熊吾は阪大病院に行き、関京三を見舞った。関は、入院して五時間後に右脚の膝上からの切断手術を受けたのだ。

朝まで待っていたら敗血症で手遅れになると判断した当直医が、すでに帰宅していたベテランの外科医と麻酔医に電話をかけて病院に駆けつけてもらい、夜中の一時半から手術を開始したということを、熊吾はその翌朝に関の妻君から電話で伝えられていた。

相棒の黒木博光は手術の二日後に見舞ったが、切断したところの痛みが強くて苦しそうで、会話など不可能だったと聞き、自分が見舞うのは痛みが薄れたころにしようと思ったのだ。

六人の患者たちがベッドに横たわっている病室に入ると、関京三は廊下に最も近いベッドにいた。

糖尿病が原因なのだから、菓子や果物を見舞いに持って行くわけにはいかず、「お見舞い」と筆で書いた封筒に一万円札を一枚入れてきたのをベッド脇（わき）の小さな木の台に載せ、熊吾は、点滴を受けている関に話しかけた。

「医者はどう言うちょるんじゃ？　膝上からの切断手術は急場しのぎじゃ。糖尿病を改善せんことには、遅かれ早かれ左脚も失うじゃろう」

「へえ、血管がぼろぼろになってるそうです」

「左脚もか？」

「いえ、全身の血管が。これから検査をしていくんですけど、インシュリンちゅうホルモンを注射して、血糖っちゅうのを下げなあかんそうです。これが高い薬でして」

そう苦笑混じりに言い、関はベッド脇にある台に置いてある手帳を取ってくれと頼んだ。

そしてその手帳をひらき、五人の男の氏名、住所、電話番号を熊吾に指先で示した。

五人とも一匹狼（おおかみ）のエアー・ブローカーだが、あこぎな連中ではない。それぞれが質のいい中古車を仕入れる独自の経路を持っている。自分は当分仕事はできないだろうから、この五人を松坂（まつざか）の大将に紹介しておきたい。

しかし、いまは自分はどうにも動けないので、黒木に橋渡しを頼んでおく。彼等をうまく使って、ハゴロモで売る中古車の仕入れに役立ててくれ。

そう言って、関は五人の名や連絡先を手帳に書き写すよう促した。

熊吾が、自分の手帳に控えると、

「ムシのええお願いを聞いてもらいたいんです」

そう関京三は言った。

熊吾は頷き返し、関がそのお願いというのを口にする前に、

「わかっちょる。この五人のエアー・ブローカーから仕入れた中古車は、お前が仕入れたのとおんなじじゃ。これまでは儲けの半分をハゴロモが頂戴（ちょうだい）しちょったが、これからは七三ということにしたらええ。七はお前じゃ。質さえ良けりゃあ必ず売れる。お前ら家族がなんとか食えるだけの金は作れるじゃろう。安心して療養せえ」

と言った。

関が両手を合わせて何度も礼を言ったので、

「死に損ないに拝まれるのはゲンが悪いぞ」

と熊吾は笑った。

「糖尿病にかかった人間は百人が百人、腎臓（じんぞう）がやられるそうです。私も相当やられてるそうで、おしっこの蛋白（たんぱく）はプラス三でした。大将も、月に一回くらいは、おしっこの蛋白も調べなあきまへん」

それから関は、骨のなかにも血管があると医者に教えられたとつけくわえた。

「その血管がぼろぼろになって、詰まって、血が流れんようになった結果がこれやそうです。糖尿病で下肢壊疽を起こした人間は、そこを切断しても、残りの寿命は長うて二、三年です」

「医者はそこまで言いよったのか？」

「いえ、窓ぎわの左のベッドにいてるおっさんが言いよったんです。あのおっさん、一年前に右脚の、十日前に左脚の切断手術をしよったんです。それも太もものつけ根のとこから」

「あの人も糖尿病でそうなったのか？」

「へえ、酒は一滴も飲めんのにねェ。その代わり、甘いもんが好きです。大将、砂糖っちゅうのは、どうも人間には毒みたいでっせ」

「なんかこう気が重うなるのお。わしは酒も好きじゃが甘いもんも好きなんじゃ」

看護婦が関の包帯を替えに来たので、熊吾はそれを潮に椅子から立ち上がった。

病院の受付のところに三台の公衆電話が並んでいたので、熊吾はハゴロモの鷺洲店に電話をかけた。

二ヵ月ほど前から取引きをするようになった神戸の小規模な海運会社の社長は、四国と山陽地方で中古車を仕入れて、それを船で神戸港へと運ぶことを思いついたが、中古車業界のことには門外漢だったので、知人の紹介で熊吾を訪ねて来たのだ。

その富岡仙一という五十八歳の男は、戦前に父親が創設した富岡海運株式会社を戦後五年たったときに引き継いで、まず今治のタオル業者たちとの仕事から会社再興を始めた。

日本中の海運会社が、戦争の末期にはほとんどすべての船を軍に徴集されて商売ができなくなり、戦後の物不足で新たに船を建造することもままならず、よくも沈まないものだと思えるボロ船で細々と海上輸送の仕事をつづけてきたという。

しかし、大手の海運業者は、戦後、政府の肝煎りで優先的に復興が早められ、富岡海運のような小さな業者はあとまわしにされたのだ。

九州の石炭、門司や防府や島根の鉄工業品なども、大手の海運業者が輸送を独占したが、富岡仙一は、それら大手が石炭や鉄工業品に比重を置こうとしているのを察知し、今治のタオル業者との取引き契約に奔走した。明治の時代から愛媛県の今治ではタオル産業が盛んだったが、タオル製造を地場産業にしようと市をあげて本格的に全国に売り込みを進めたのと同時だった。

だが、タオルだけだと、どうしても貨物船に無駄な空きが生じる。それもかなりの空きだ。富岡仙一はその空きを中古車で埋めようと考えて、熊吾との交流が始まった。

熊吾は、富岡の着眼に感心し、協力を約束した。けれども、富岡も、彼の会社の社員も、質のいい中古車を鑑別する能力を持っていない。

そこで熊吾は、黒木博光に話を持ちかけた。黒木が先に四国や山陽地方で中古車を仕入れておき、富岡海運の貨物船の寄港地にそれらを集める。中古車を船に積み込む作業は乗組員で自動車を運転できる者たちが行なう。黒木博光はそれを見届けて、一足先に電車で帰り、神戸港で待つのだ。

黒木にとっては降って湧いたようなありがたい仕事だったので、ふたつ返事で了承し、ひとりで四国と山陽地域を廻って十数台の中古車を買いつけ、三日前に大阪に帰って来た。

その中古車を乗せた船が、今夜、神戸港に着く。

電話に出てきたのは神田三郎だった。神田は、熊吾がまだ何も言わないうちに、

「富岡海運さんから連絡がありました。船は予定どおり今夜の八時ごろに神戸港に着きます」

と報告した。

「そうか、それならわしはこのまま神戸に行く。お前、自動車学校は休んだのか？」

「いえ、きょうは学科試験でして、それは合格しました。運転の試験は来週です」

「それに合格したら、すぐに免許証をくれるのか？」

「一週間後やそうです」

「運転の技術はどうじゃ？　一発で合格しそうか？」

「それが……、試験官が横に坐ってると緊張してしまいまして」

「緊張？　人間じゃっちゅう証拠じゃ。わしもあがり性で、人前で喋らにゃいけんときは脚が震える」

「大将がですか？」

意外そうに訊いた神田に、佐田雄二郎にも七時半には神戸港の埠頭に来ておくよう伝えてくれと言って電話を切ると、熊吾は陸揚げされた中古車をハゴロモに運ぶ運転手が足りないなと思った。

柳田商会の寮の者たちに手伝ってもらえないものだろうか。まず田岡に頼んでみよう。俺と黒木と佐田と田岡で四人。もうふたり運転できる者がいれば今夜六台を運べる。残りは二、三日のうちに急場の置き場所に運べばいいのだ。それは黒木がもうみつけてある筈だ。

あの若い田岡勝己には、何かにつけて世話になりっぱなしだが、今夜も手助けを頼むしかあるまい。

熊吾はそう思いながら、シンエー・モータープールに電話をかけた。

あらましを手短かに説明すると、田岡はこころよく引き受けてくれて、柳田商会の寮に帰って来た者にも頼んでみると言った。

「ただ、七時半には無理です。七時に出たとしても、着くのは八時を廻ります」

「それで結構じゃ」

熊吾は言って、富岡海運の電話番号を教えた。船が神戸港のどの埠頭に着くのかは、直前でないとわからないはずだった。

「元町駅からタクシーに乗ってくれ」

と言い、熊吾は電話を切ると急ぎ足で阪大病院から出て、土佐堀川を南へと渡り、大阪駅行きのバスに乗った。まだ三時だったが、富岡仙一と逢って、今夜の仕事のやり方について話しておきたかった。

これから毎月一回、定期的に十数台の中古車が船で神戸港に着くことになる。中古車業界は過当競争化してきて、売買される車は玉石混淆(ぎょくせきこんこう)で、客とブローカーのトラブルが絶えない。

だが、船による中古車の仕入れというのは、おそらくまだ誰も考えもしていないであろう。

四国と山陽地方を廻って来た黒木に言わせると、各地方都市では、中古車業界は手垢にまみれていなくて、良質なものが多いという。

問題は、富岡海運に運搬代金を支払って帳尻が合うかどうかなのだ。富岡が求める運搬代金は、予想よりも高かった。そこにさまざまな経費を加えると、一台当たりの純益は少ない。

けれども、熊吾は、かつてはアメリカから日本へと自動車を運ぶために建造された船を買うために、アメリカの海運業者と手紙のやりとりだけで交渉し、ほぼ買いつけが決まった段階で単身渡米した富岡仙一の着想と行動力、そしてその意気に感じて、自分も賭けてみようと決めたのだ。

阪神電車の元町駅で降りると、熊吾はタクシーに乗った。港の西側の、巨大なクレーンの並ぶ一角に、富岡海運のプレハブの二階建て社屋が見えて来た。

何気なくうしろを振り返ると、遠くにエビハラ通商という社名を掲げたビルが見えた。誰が継いだのか知らないが、エビハラ通商は残ったのだな。大阪証券取引所の二部上場会社なのだ。海老原太一が自殺したからといって会社が消滅したりはしない。

男は恥のために命を捨つ、という言葉を誰かに教えられたことがある。まったくそのとおりだ。なんと名言であろう。

熊吾はそう思いながら、ビルの屋上に取り付けたエビハラ通商の文字が視界から消えてしまうまで首を捻って見つめつづけた。

「第一陣の到着ですね。いまトミオカ丸は岡山寄りの瀬戸内海を進んでます」

背は低いが肩幅も胸幅も広い富岡仙一は、眼鏡を指先でずり上げながら言って、二階の応接室へ招き入れた。

「梅雨入りをしたはずやのに雨が降りませんなァ」

そう笑顔で応じ返し、熊吾は富岡の勧めるソファに腰を降ろした。港は窓の左側に長くつづいていた。

熊吾は煙草に火をつけてから、船で自動車を運ぶなどということは考えもしなかった、その着想には感心したし驚いた、とあらためて言った。

「これまで松坂さんには言わんかったんですが、じつはこれは私の着想やないんです。いまはまだお名前を明かせんのですが、おんなじ海運業者にIさんというかたがいてはります。そのIさんがこれからやろうとしてることをヒントにして、私なりに工夫しただけです」

「ほう、そのIさんがこれからなさろうとしてるのは、どんなことですか」

熊吾の問いに、国道二号線を小倉まで自動車で行ったことはあるかと富岡は言った。

「九州の小倉まで？　私が自動車で国道二号線を走ったのは明石までですなァ。それも戦前です」

「ちょうど一年前、私はIさんに、自動車で国道二号線を小倉まで行ってこいって言われまして。これは何かを教えようとしてくれてはるんやと思うて、言われるままにすぐに出発しました。私は自動車の運転はでけへんので、社員に運転してもろてねェ。もう出発してすぐに国道二号線は渋滞。大型トラックが列を作って動けません。それが延々と小倉までつづくというても過言やありません。阪神間から岡山、広島、山口、そして九州へと行くには、国道二号線一本しかありません。細い廻り道はなんぼでもありますけど、大量の荷を積んだ大型トラックは国道二号線を走るしかないんです。ガソリン代と運転手の宿泊代で足が出ます。不眠不休で走らせて事故でも起こしたら会社がつぶれます。というて、それなら国道二号線を走らなあかん仕事は受けへんほうが得やということになりますが、商売をしてるかぎりは、そんなわけにもいきません。Iさんは、荷を積んだ大型トラックを運転手ごとフェリーで運ぶことを思いつきはったんです。それなら、ガソリン代は要らん、運転手は休める、目的地に着く時間も大幅に縮められる、とね」

「なるほど。しかし、何十台もの大型トラックを積める船が日本にありますか」

「そのための五千トンの船を建造するために駆けずり廻ってはります。国道二号線の渋滞の実態を見たら、運輸省も認可を出さざるを得んでしょう」

「フェリーっちゅうのは、人と、ちょっとした荷物とを本土と離島に運ぶ船のことやと思うちょりました」

「それは日本人の概念でして、ヨーロッパやアメリカでは、戦時に戦車や装甲車や軍用車をフェリーで大量に運びました」

「そのIさんの船は、いつ完成して、いつ就航開始ですか」

「たぶん、五、六年後でしょう。そやけど、同業者のほとんどは鼻で笑てます。そんなものが商売になるかい、ちゅうてねェ。大型トラックを運ぶために五千トンの船を新しく建造するなんて、気でもふれたか、ってねェ」

「それは大成功しますな。このままでは、五、六年後には、国道二号線はにっちもさっちもいかんようになっちょるはずです。なるほど、船か。船の性能にもよるでしょうが、夕方に神戸港を出たら、広島のどこかの港には朝着くでしょう。小倉には二十四時間で着く。その間、トラックはエンジンを止めて、運転手は寝られる。国道二号線の渋滞も減る。そのIさんは、日本の海運業界で天下を取ります。神戸港から横浜港へ。いや、東北や北海道にも航路を拡大できます」

「松坂さんは本気でそう思われますか？」

富岡仙一は身を乗り出し、熊吾の目を見つめて訊いた。

「確信できます。Iさんを鼻で笑うて馬鹿（ばか）にしちょる連中が、己の馬鹿さ加減を思い知るのに十年もかからんでしょう」

富岡は嬉しそうな表情で、

「私もIさんのあとにつづきたいけど、そんなフェリーを建造する資金がありません。アメリカから古いフェリーを買いつけてくるだけで、ぎょうさんの借金もしたし、外貨を作るのに苦労しました」

と言った。

そんな斬新な事業が実際に動きだすのに五年も六年もかかるのか。運輸省の認可、航路の決定。接岸する港の受け入れ態勢、乗組員の養成。そしてなによりも大型トラック数十台を積み降ろせる船の建造。

どれも一朝一夕にはいくまい。五年後には、俺は七十歳になる。同業者たちには奇想天外なアイデアとしか思えないIさんの新事業の成り行きを俺は見ることができるだろうか。

熊吾は、そんな弱気に少しのあいだひたったが、関京三の脚の切断手術と、彼の糖尿病についての縁起でもない話のせいだと思い直し、

「そのIさんのフェリーが航行を始めたら、私は自分の自動車と一緒に乗って、郷里の南宇和郡一本松村に行ってみたいですなァ。愛媛県のどこかの港にも寄港するならですが。父や母や姉たちの墓参りをしたいです」

と言った。

「今治港なら、私の船で行けますよ。いつでも使って下さい」

富岡の言葉に礼を述べたが、今治から御荘や城辺や一本松までは遠いなと熊吾は思った。おそらく、道路もまだ自動車の通行のための整備など為されていないだろうし、と。

小一時間ほど富岡仙一と雑談をしながら、中古車一台当たりの運搬料の値引き交渉の機をうかがっていたが、熊吾はそんなけち臭いことはやめたほうがいいと決断した。

三十八歳のとき、上海に渡って中古車部品業を拡げ始めたとき、中国人独特の巧みな値引術で何度も苦汁を舐めた際の憤りを思い出したのだ。

値引きの皺寄せは、出入り業者を苦しめ、その苦しみは、さらにそれらの出入り業者に及ぶ。末端の業者は社員の給料を減らしてもなお資金繰りに追われる。

松坂商会が多くの取引き先から大事にされたのは、売るときも買うときも適正な価格を堅持したからだ。下請け業者をいじめるところとは、熊吾のほうから縁を切った。そうすることで、大きな儲けを失ったりもしたが、信頼できる取引き先との長いつきあいが生まれた。

熊吾は、富岡仙一に、Iさんにつづく新しい海運業者へと成長してもらいたいと思った。この人ならやるだろう。単なる勘でしかなかったが、初めての荷が着く日に、値引き話を持ち出して、富岡の意気に水をさしたくなかった。

夜の八時ちょうどに、捕鯨船に似た構造の船が着いた。船尾全体が扉になっていて、その船尾を埠頭に接岸するために時間がかかった。

最初に今治港で積んだ大量のタオルが降ろされ、待機していた運送会社のトラックに積まれたあと、十二台の中古車が岸壁から少し離れたところに並べられた。

熊吾は、黒木と田岡と佐田と、柳田商会の石井と梅沢とで、六台の中古車をハゴロモの大淀店へと運転して運び、手伝ってくれた三人に謝礼を渡した。そして、それぞれに運転してきた中古車の調子を訊いた。

オイルポンプを替えたほうがいいのが一台。イグニッションに不具合があるのが一台。助手席のシートが裂けているのが一台。

それ以外に問題はなかった。

佐田と田岡と柳田商会のふたりが歩いて帰っていくと、熊吾は黒木となにわ筋へ出て、タクシーを停めた。

「千日前通りを日本橋のほうへと行ってくれ」

と運転手に言い、黒木博光に労をねぎらう言葉をかけた。

「四国の瀬戸内沿いと、山陽地域の地理には詳しくなりました」

黒木は白いものの混じった薄い頭髪を櫛で整えながら、笑みを浮かべて言った。二年前に、従兄の葬儀で岡山市に行ったが、そのときとは比べものにならないほどに、街には自動車の数が増えていたという。

俺が高瀬勇次の誘いで富山で中古部品業を旗上げしようとしたのは七年早かったということになるなと熊吾は思った。

「きょう、関を見舞うてきた」

と熊吾は言い、腕時計を見た。十時を少し廻っていた。

「千日前の『銀二郎』っちゅう寿司屋へ行こうと思うちょるんじゃが、もう閉めたかもしれん。あいちょっても、ええネタはないじゃろうのお」

「法善寺横丁に土佐料理の店がおまっせ。初鰹の旬は過ぎたけど、ええ魚が置いてあります。十二時くらいまで店をあけてます。三月に一回くらい、女房と娘をつれて行きますねん」

「娘さんはお幾つじゃ」

「二十八で、まだ嫁にも行かんと、電話の交換手をしてます。女房も働いてくれてますんで、せめて三ヵ月にいっぺんくらいは、親父がご馳走してやらんとねェ」

「奥さんはどんな仕事をしちょるんじゃ」

「つれこみホテルの掃除係ですねん」

「つれこみホテル？　何じゃ、それは」

「さかさくらげの洋式ですなァ。最近、あっちこっちにできてます。和室もあるけど、ほとんどは洋室でベッドが置いてあります。桜ノ宮の川沿いに行ったら、派手なネオンの看板がずらっと並んでまっせ」

「つれこみホテルか……。男と女がなにをするために使うのか」

「そういうことです。受付では避妊具も売ってるそうです」

それから黒木博光は、関京三とは長いつきあいなのだとつづけた。

熊吾は腹が減っていたし無駄足を使いたくなかったので、公衆電話のボックスのところでタクシーを停めてもらい、「銀二郎」に電話をかけてみた。妻君が出てきて、暖簾はしまうが、松坂の大将のために店はあけておくと言った。活きのいい鰹とひらめがあるし、いま大きな黒まぐろが届いたばかりだという。

なぜこんな時間にまぐろが寿司屋に届くのだと思ったが、熊吾は、それなら房江と伸仁に鉄火巻きをみやげに持って帰ってやろうと決めた。

自分が帰るころにはふたりとも寝ているだろうが、起こせばいい。鉄火巻きと聞けば飛び起きるだろう、と。

タクシーに戻ると、黒木は、関の妻から聞いたのだと前置きし、

「もうそんなに長いことはないらしいんです」

と言った。関京三の心臓も腎臓も、治療不能なまでに傷んでしまっていて、いまさらインシュリンを注射しても焼け石に水のようなものだと医者は言ったという。

「そんなふうには見えんかったがのお」

「大将の前では精一杯元気そうにしとったんでしょう。手術の翌日、狭心症の発作を起こして……。入院中やったから助かったんです。すぐ近くに医者が何人もいてましたから」

熊吾は千日前の商店街の前でタクシーを降り、法善寺横丁とは反対側の、千日前通りを南に渡ったところの幾筋もの路地のひとつへと入っていった。最近開店したキャバレーの前で、その店の名を書いた立て札をかついだサンドイッチマンが行ったり来たりして客引きをしていた。

夏のボーナスを貰った翌日の七月十一日に、トクちゃんこと水沼徳は「パブリカ大阪北」を辞職して、螺鈿工芸師となるために京都の守屋忠臣のもとに弟子入りすることになった。

その日も熊吾はハゴロモの仕事で早朝から電車で和歌山へ行くはずだったのだが、先方の都合で来週に変更になったと玉木則之が電話でしらせてきたので、自分も一緒にトクちゃんを守屋忠臣の家まで送って行くことにした。

朝の忙しい時間が過ぎるのを待って、田岡の運転するライトバンの助手席に乗ると、熊吾は後部の荷台に積んだトクちゃんの引っ越し荷物に目をやった。

蒲団と衣類と洗面具だけだったので、集団就職で大阪に来て以来、余計なものはいっさい買わずに、能登の実家に毎月三千円の仕送りをつづけてきた十六歳の少年のつましい日々を思った。

トクちゃんがモータープールの二階でムクの頭や背を撫でながら別れを惜しんでいるのを車のなかから見やり、

「田岡さんがおらんと、モータープールに人がおらんのとおんなじじゃ。家内は車の運転ができきんからのお。わしがトクちゃんを送っていくがのお」

と熊吾は言った。

「大丈夫です。もうじき黒木さんが来てくれることになってますし、クワちゃんも、仕事の合い間に見てくれることになってますねん。荷物というてもたったこれだけですし、京都の北野天満宮までは片道二時間。トクちゃんと荷物を降ろしてすぐに引き返したら、四時間とちょっとで戻ってこれます。これから四時間くらいのあいだが、このモータープールはいちばん暇な時間帯ですし」

そう言って、どうして松坂の大将はぼくを「さん」付けで呼ぶのかと訊いた。

「わしは歳下の人でも『くん』付けで呼ぶのは嫌いなんじゃ。なんか上から物を言うちょるみたいでのお」

「それなら、田岡と呼び捨てにして下さい」

「そういうわけにはいかん。田岡さんとはまだそこまで親しくはなっちょらんし、わしは田岡さんの雇い主でも上司でもあらせん。あんたはならず者やあらせん。礼儀正しい青年じゃ。呼び捨てにするわけにはいかん」

　トクちゃんが階段を駆け降りてきて、ライトバンの後部座席に坐（すわ）った。房江も洗濯物を入れた籠（かご）を持ってやって来て、休みの日にふとその気になったら、遠慮せずに遊びに来るようにとトクちゃんに言って手を振った。

　田岡は片道二時間と考えたようだったが、国道二号線が一号線に変わって、南森町の交差点を過ぎたあたりから車の渋滞が始まった。熊吾は前後の車の列を見て、乗用車が三割でトラックが七割だなと見当をつけた。

　大量に物を運ぶのは、これまでは貨物列車だったが、いつのまにかトラック輸送がそれに取って代わりつつある。この流れはますます加速するだろう。国道二号線どころか一号線も、名古屋や静岡や東京へと物を運ぶトラックで溢（あふ）れかえって、にっちもさっちもいかなくなるのは時間の問題だ。

　千代麿からも最近電話がかかってこないが、きっと丸尾運送店もにわかに忙しくなったのであろう。

　熊吾はそう考えながら、後部座席のトクちゃんに、能登のご両親がよく許してくれたものだなと話しかけた。

「お母ちゃんがお父ちゃんに頼んでくれたんです。トクの好きな道に進ませてやろうって。お父ちゃんは、人を使うて一銭も払わんようなやつが信用できるか、って怒鳴りまくったんです」

とトクちゃんは言った。

守屋忠臣はそんな人間ではない、螺鈿細工の世界では、その名を知らぬ人はいないという名人だ。そこまで一芸に秀でる人間は、他のどんな分野に関してもその「肝」というものが見えている。しかも彼は、水沼徳が送る三千円を親がどれほどあてにしているかを充分に知っているのだ。

熊吾は、そう思ったが黙っていた。

北野天満宮に近い守屋忠臣の家に着いたのはちょうど十二時だった。モータープールを出てから二時間半かかっていた。

仕事場とは別棟の、小さな庭つづきの二階屋は、一階が台所と食事をする八畳の間で、二階にはふたりの弟子が暮らす六畳の間がふたつあった。

水沼徳が住み込みの弟子となったので、兄弟子のひとりが仕事場の二階にすでに移っていた。

守屋忠臣の妻と次女は、その別棟からさらに北側に建つ平屋に住んでいる。

熊吾は仕事場の奥の部屋で茶を飲みながら、

「わしがあの子に火をつけたようなもんでして、能登のご両親は恨んじょるかもしれません」

　と笑顔で守屋に言った。

　守屋は小さく頷きながら笑みを返したが、そのことに関しては触れずに、

「私は行儀から教えます。それと、この仕事場の掃除。これがどれほど大事な修業かを五年でわからんかったら見込みはおへん」

　と言った。

　なるほど修業なのだな。字は異なるが「業」は「行」でもある。掃除という行。水汲みという行。この「行」というもののなかにすべてが含まれている。螺鈿細工とは何の関係もない掃除という「行」をつづけることで、トクちゃんのなかに何か大きなものが育まれていくのであろう。

　熊吾はそう感じて、つまらない賃上げ交渉のようなものを含ませた言葉を口にした己を恥じた。

　自分にあてがわれた部屋に蒲団や衣類を運んだトクちゃんが仕事場の隅に正坐した。田岡は、車のなかで待っていると言って姿を消した。

　朝昼晩の食事は、自分たち家族や兄弟子ふたりと一緒に別棟でとる。朝食は七時。昼食は十二時半。夕食は七時。

　それだけ言って、守屋は仕事場に掛けてある柱時計を指差した。ちょうど十二時半だ

った。

「ご飯ですえ」

という夫人の声が別棟から聞こえた。

熊吾は慌てて茶を飲み干し、守屋家を辞して、ライトバンが停まっている細い通りへと歩きだしてから、玄関へと戻り、トクちゃんを呼んだ。

もう全員で昼食をとり始めたらしく、口に食べたものを入れたままトクちゃんが走って来た。

熊吾は、用意しておいた封筒をトクちゃんの開衿シャツの胸ポケットに入れ、

「みんなからの餞別じゃ」

と小声で言った。

「みんなって？」

「みんなじゃ。誰でもええんじゃ。能登のご両親に送ってあげるのもよし。お前が何か欲しいものを買うのもよし。好きなように使え」

別棟のほうから庭づたいに歩いてくる足音が聞こえたので、トクちゃんは封筒をズボンのポケットに移した。

玄関から路地へ出てきた守屋は、昼食をとるために別棟へと戻って行くトクちゃんのうしろ姿を見ながら、

「私はもう弟子はとらんと決めてましたんや」

　と言い、熊吾と並んで歩きだした。

　そして、田岡が運転席に坐って待っているライトバンのところまで送ってくれて、

「あの子が一人前になるまで私は生きてられませんので」

　と言って微笑んだ。

「私もですなァ」

　熊吾も笑みを浮かべて言い、守屋に深くお辞儀をして、ライトバンの助手席に乗った。

　車を発進させると、田岡勝己は北野天満宮の横に出て、大通りの交差点で信号が変わるのを待ちながら、国道一号線ではなく東寺の前を真っすぐ西へ行く別の国道で帰ったほうが早いのではないかと言った。

「そんな道があるのか？」

「山崎、水無瀬、高槻、茨木、池田と通って行く道です。国道一号線よりも空いてると思うんです。たしか百七十一号線という国道です」

「ああ、忠臣蔵の五段目、『山崎街道の場』に出てくる道じゃや。歌舞伎では名前を変えてあるが、赤穂家断絶のあと、家老の大野九郎兵衛の息子・定九郎が零落して追剝に身をやつし、お軽の父・与市兵衛を切り殺して五十両を奪う。その定九郎をイノシシと間違えて、お軽の夫・早野勘平が鉄砲で撃ち殺す……。『でででんでんでんでんでん、また

も降り来る雨の脚、人の足音とぼとぼと……』。この五段目は『弁当幕』っちゅうてのお……」

　熊吾の言葉を笑いながら制して、そこのところはもう何回もノブちゃんから聞いたと田岡は言った。

「伸仁から？　うん、あいつが小学生のときに『仮名手本忠臣蔵』を観せたのお。歌舞伎でも観せたし、文楽でも観せた。あいつはこの五段目が好きなんじゃ。おかしなやつじゃ」

「弁当幕の意味も教えてくれました。お父さんからの受け売りやったんですねェ」

「いや、あいつは古今亭志ん生の落語で学びよったんじゃ。『中村仲蔵』っちゅう落語じゃ」

「志ん生は去年の暮に脳溢血で倒れて、もう再起不能って言われて、昏睡状態が長いことつづいたっちゅうのにちょっとずつ回復してるそうです」

「なんとか高座に戻って来てもらいたいのお。あれほどの名人は、高座で居眠りをしちょっても客を笑わせるぞ」

　このまま国道百七十一号線に出る裏道はきっとあるのだろうが、やはり東寺の前から行くほうが迷わなくていいと思うと言い、田岡はいったん烏丸通へと出て京都駅のほうへと向かった。

「ことしは大学受験をあきらめたそうじゃが、なんでじゃ」

その熊吾の問いに、ほとんど受験勉強ができなかったので試験に通るはずがないと思ったからだと田岡は答えた。しかし、神田三郎の頑張りを見てきたので、自分も本腰を入れて勉強するつもりだ、と。

東寺の前を通り過ぎて、そのまま国道百七十一号線に入ると、運転免許証を取得した神田三郎がもう三回も車をぶつけたと熊吾は笑いながら言った。

「最初は、ハゴロモの自動車置き場から外へ出すときじゃ。前しか見ちょらんけん、うしろ側を板壁でこすりよった。二回目は、狭い道の向こうからトラックが来て、道を譲ろうとせんけん、ぎりぎりまで車を左側に寄せようとして郵便ポストにぶつかった。三回目は、梅田新道の交差点のど真ん中でエンストをして、四方八方から怒鳴られたりクラクションを鳴らされたりして泡を食ってエンジンをかけようと焦って、前におったタクシーに追突じゃ。それがなんとうまい具合にシンエー・タクシーでのお」

「運転手は朝井さんでしょう？　頭に来て運転席から降りて、ぶつけた車のとこへ行って、怒鳴りかけたら神田さんやったからびっくりして、お前、免許証、あんのか？　無免許やったら、ポリが来んうちに、早よう福島営業所まで行けェ、って言うたそうです」

「まあ慎重な運転じゃけん、大きな事故はやらんじゃろうが、ハゴロモの損害は大きいぞ。初心者の神田に弁償させるのは可哀相じゃけんのお。わしも車の運転を覚えたころは、ようぶつけたもんじゃ」

道はさほど混んでいなくて、信号の手前に「お軽と早野勘平の旧居跡」という石碑の文字が目に入った。

「ここじゃ、ここじゃ。もっと山のなかじゃと思うちょったが国道沿いか？　昔は人斬り強盗やイノシシが徘徊しちょったとこやぞ」

「それは江戸時代でしょう？　いま昭和ですから」

笑いながらそう言ってから、田岡勝己は、ハゴロモで板金修理もやれるようになればいいのだがと先日、黒木さんが佐古田さんと話をしていたと話題を変えた。

熊吾も、すでに何回か黒木からその話を持ちかけられていたが、房江の考えに従って始めた小商いを、予想外な繁盛で一気に大きくしてしまうことに危惧を感じて決断できなかったのだ。

シャーシーもエンジンもギアミッションも、他の機械類も良質だが、車体にへこみや傷があるだけで仕入れをあきらめなければならない。傷も、かすり傷程度なら研磨用パテで磨けばきれいに消えるが、少しでもへこみがあると板金修理をしてからでないと売り物にならない。

その修理代を上乗せすると、中古車の売り値が高くなる。それが理由で仕入れをあきらめた良質の中古車がたくさんあるのだ。

中古車といっても、買う側にしてみれば高い買い物で、わずかな傷やへこみでも二の足を踏む。

たしかに、ハゴロモに専属の板金修理工を雇えば、売り物の中古車だけでなく、どこかでぶつけてしまった車の修理も請け負えて、そこで新たな商売が成り立つのだ。「中古車のハゴロモ」に板金塗装修理の部門も加わることになる。

しかし、そのためにはかなりの設備投資が必要だ。ハゴロモの鷺洲店も大淀店も売り物の中古車を並べるだけで精一杯で、板金塗装のための工場をどこかに造らなければならない。

腕のいい職人が少なくとも二、三人は要るし、さまざまな工具や機械も購入しなければならない。

いまは地元の信用金庫と、都市銀行二行がハゴロモの取引き金融機関だが、つきあいはまだ短く、担保となるものはひとつもない。

銀行というところは、経営者の人柄、商売の実績、これからの事業計画に金を貸すのではない。担保に貸すのだ。それは土地だ。

だからこそ、柳田元雄は芦屋の一等地に家と土地を持ち、桜橋に「柳田ビル」を建てたのだ。福島西通りの角に「シンエー・モータープール」のための土地を買ったのも、そこならいつでも売れるからだ。つまり、柳田は銀行が躊躇なく金を融資する土地にしか手を出してはこなかった。

その点が、戦前と戦後の日本の金融機関の決定的な違いといってもいいが、考えてみれば、金貸しというのは大昔から担保に融資してきた。

俺はハゴロモを開店して、やっと最近の金融機関のやり方を知った。そこにはあきらかにアメリカの意向が入っている。

少しずつ商いを大きくしていくという房江の考え方は正しいのだ。俺はまたうっかりすると階段を三段飛ばしどころか五段飛ばしで駆けのぼりかねない。

熊吾はそう考えて、まだ梅雨明けはしていないのに、ライトバンのフロントガラスから射し込む太陽の強い光線によって噴き出てくる手の甲や腕の汗をハンカチで拭いた。


学校が希望者だけで富士登山をするというので、伸仁は夏休みに入って五日目の夜に、集合場所である大阪駅の西口コンコースへ向かった。

夜行列車で静岡まで行き、貸切りバスに乗って富士山の五合目で降りて、その日は団体用の宿泊施設に泊まる。翌日の早朝に登山を開始し、頂上まで登れた者も登れなかった者も、昼の三時に箱根の強羅をめざす。その夜は強羅の温泉で一泊し、翌日の午前中は、白糸の滝などの名所を見物して、昼過ぎの列車で大阪へ帰って来るという日程だった。

学校としても初めての試みで、大学時代に山岳部員だった若い教師が引率の責任者で、その補佐役としてもうひとり若い体育の教師もついていくというので、熊吾は伸仁の富士登山を許可したのだ。

そのために急遽買った小さめのリュックサックに着替えや菓子を入れた伸仁を、熊吾は大阪駅の集合場所まで送った。元山岳部員だったという若い教師の顔を見てから、伸仁を列車に乗せるかどうかを決めようと思ったのだ。

富士山なんか登山のうちに入らない。シーズン中は何十万人もの登山未経験者が気楽に登っている。そう口にする連中が多かっただけに、熊吾は逆に危惧を感じた。引率責任者の人相を見れば、息子の生まれて初めての登山を託してもいい人間かどうかがわかる。

この若造に大事な息子を預けるのはやめたほうがいいと感じたら列車には乗せない。

熊吾はそんな自分の考えを伸仁に言わないまま、

「これは危ない、とか、これは自分の体力の限界を超えちょる、と思うたら、まだ六合目じゃろうが七合目じゃろうが、登るのをやめて引き返すんじゃぞ」

すでに集合場所に来ている三十人ほどの高校生のなかに引率責任者らしい教師を見つけると、熊吾はバスのなかでも言った言葉を繰り返した。

「富士山やでェ。エヴェレストに登るのんとちゃうねんでェ」
うんざりした表情と口調で言って、伸仁は熊吾に手を振り、親しい級友が集まってい
るところに行きかけた。
「あの責任者は、自分を色男じゃと思うちょる。山登りには不向きじゃ。あいつが登れ
とはっぱをかけたら下れ。下れと言うたら登れ。右へ行けと言うたら左へ行け」
伸仁は慌てて振り返って熊吾の口元を掌で押さえながら、
「先生に聞こえるやろ？　大きな声やなァ」
と言った。
「大きな声は地声じゃ。富士山をなめちょったらえらい目に遭うぞ。ええか、山は上へ
行けば行くほど空気が薄うなるんじゃぞ。そのことをよう頭に入れとかにゃいけんぞ。
お前は未熟児で産まれたけん、まだ肺がおとなになっとらんのじゃ」
周りの同級生たちが笑ったので、伸仁は熊吾に背を向けたまま集合場所の隅のほうに
身を隠してしまった。
熊吾は、ひさしぶりに阪神裏の「ラッキー」に行くつもりだったが、あまりの蒸し暑
さで億劫になり、西口コンコースから中央郵便局の前に行き、高架をくぐって大阪駅の
北側へ出ると、ハゴロモの大淀店へと歩いた。ネフローゼという持病を持つ玉木則之が
この二、三日体調が良くなくて、大淀店の二階で臥せっていたので、どんな具合なのか

本人に訊いてみようと思ったのだ。

　ひとそよぎの風もない夜で、大淀店に着いたときには、汗かきの熊吾の全身は汗で粘りつくようで、事務机の上に帳簿や伝票類を並べて算盤を弾いていた神田三郎にタオルを持って来てくれと頼み、バケツに水を入れた。

　上半身裸になり、水にひたして絞ったタオルで汗を拭きながら、

「大学の夜間部も夏休みに入ったのか？」

　と熊吾は訊いた。

　昼間の講義を受ける学生と比べると夜間部はどうしても授業数が少なくなるので、それを夏休みや冬休みや新学年前の休みのときにまとめて受講するのだが、今夜は教授の都合で休講になったのだ。神田はそう説明し、鷺洲店はさっき閉めて、佐田さんはもう帰ったと言った。

「玉木はまだ上で横になっちょるのか」

　熊吾の問いに、夕方、病院へ行くと言って出かけてまだ帰っていないと神田は答えた。

「もう九時じゃ。遅いのお。お前はそろそろ帰ったらどうじゃ。まだ仕事が残っちょるのか？」

「きょうの伝票は、きょう中に整理しとこうと思いまして……」

　そう言いながらも、神田はまだ整理を終えていない伝票を輪ゴムで束ねたが、目元が

赤くなっていた。

大事な話をするとき、神田は目元が赤くなるという癖があったので、

「わしに何か話があるのか」

と熊吾は訊いた。

神田はしばらく躊躇してから、

「いえ、なんにもありません」

と言った。

「店の商売にかかわることで、ちょっとでも気になる点は、すぐに経営者の耳に入れにゃあいけんぞ」

「ぼくは会計学を勉強中の夜学の学生です。玉木さんのように現場で日々、金の動きを見て来た人にしてみれば、机上の理論をちょっとかじっただけのヒヨコですから、金銭出納帳や銀行通帳を見せる必要もないんです。ぼくは、それを見せてくれなんて言える立場にはありません」

熊吾は、こんどは広い額まで紅潮させている神田三郎を見つめ、

「晩飯は食うたか？」

と訊いた。神田は、まだだと答えた。

「鶏すきでも食うか。桜橋にうまい店がある。シンエー・タクシーの福島営業所に電話

をして、タクシーをここへ呼べ」

熊吾はそう言って、開衿シャツを着ながら二階へあがった。

客や中古車業者のための応接間とベニヤ板の壁で仕切った部屋は、玉木則之の住まいとして使っている。この部屋の机にはハゴロモの金銭出納帳や銀行通帳だけでなく、中古車売買に必要な幾種類もの書類もしまってあるが、現金は入れないようにしてあった。

金庫には鍵(かぎ)がかかっていた。それはいつも玉木が管理している。病院に行くとき持って出たのだろうと熊吾は思い、独身の中年男の部屋を見廻してから階下へ降りた。

数年前、関西中古車業連合会のための金を金庫から盗まれたのを教訓として、熊吾は、ハゴロモで予想をはるかに超えた金が動きだしたとき、中古品ではあったが、さらに頑丈な、火事でも中に入れてあるものが焼けない金庫を買い、銀行や信用金庫の担当者には、いちどに五万円以上の金を引き出すときは確認の電話をくれと頼んだのだ。そのような場合には、この松坂からも先に電話を入れる、と。

鍵だけでは開かない金庫は、丸いダイヤルを右に一回、左に二回、右に三回と廻して定められた数字に目盛を合わさなければならない。玉木がもし不正を行っていたとしても、その金額はたかが知れている。毎月の経理の締めの日の、金銭出納帳と銀行通帳の数字は合っている。

神田は何が気になるのだろう。

熊吾は戸締まりをしている神田のいささかせわしない動きで、玉木が帰って来るまでにここから出て行きたいのだなと思った。

電話で呼んだシンエー・タクシーに乗り、桜橋の交差点で降りると、熊吾は細道を南に行ったところにある鶏すき屋の二階の小座敷に上がった。いつも千代麿と使う部屋だった。

「焼き鳥もあるし、親子丼(どん)なんかもあるがのお、ここは鶏すきが名代じゃ。お前と飯を食うのは初めてじゃのお」

と熊吾は笑顔で言い、註文(ちゅうもん)をとりにきた仲居に焼酎(しょうちゅう)を水で半分に薄めたのをまず先に持って来てくれと頼んだ。神田がアルコールをまったく受けつけない体質なのは知っていた。

「なんでやろと気になっただけで、べつにたいしたことではないんです」

神田は自分からそう切りだして、白紙の出入金伝票をテーブルに置いた。

たとえば、きょう内山電機店に売ったライトバンの代金を受け取ったとする。

経理の玉木は必ずその日のうちに入金伝票に日付と入金先と金額と、売った車種を書いて、伝票を保管するための箱にしまう。

出金に関してもおんなじだ。

だが、玉木は、ときおり出入金伝票を各二枚ずつ作るのだ。

一枚は、実際に入った金額を日付どおりに記載するが、もう一枚はそれよりも少ない額だ。五万円の入金があったのに、三万円と書く。

出金伝票の場合は、三万円が出たのに五万円と記載する。

出入金伝票などはどの文具店でも売っているし、それが正式な伝票として経理上で有効となるのは、担当者の判子だけでなく、個人商店の場合は社長の判子が捺されているものだけだ。

ハゴロモも、社長が三日にいちど、あるいは週にいちど、出入金伝票を見て、玉木の判子の隣に自分の判子を捺している。

だから、玉木がなぜ二種類の出入金伝票を作りつづけるのか、どうにも解せない。

玉木が社長の承認印を求める出入金伝票は、実際の金額が記載されたものだけで、もう一枚のほうは別の場所に保管する。

そんなものをなぜ保管するのかも自分には解せない。

神田三郎がそこまで説明したとき、仲居が焼酎を氷水で半分に割ったものを運んで来た。

鶏すきを二人前註文し、この人にはご飯も一緒に運んでくれと頼んで、

「たしかにおかしなことをしちょるが、玉木は嘘の金額を書いた伝票に自分やわしの判子は捺さんぞ。金銭出納帳と銀行口座の残高とは、ちゃんと合うちょる」

と神田に言った。

「それやったらええんです。余計なことをお耳に入れてしもて申し訳ありません。嘘の金額を書いた出入金伝票があまりにも多いもんですから。いったいこれは何のためのものかと……」

「どのくらいあるんじゃ」

「ぼくがさっき大淀店で輪ゴムで束ねたぶんです。七十二枚です」

「これは何のためかと玉木に訊いてみりゃあええじゃろう」

神田は、顔を横に振り、

「それはでけません。あの机は玉木さんのもので、いっつも鍵をかけてはります。きょうはうっかり忘れはったんでしょう。ぼくは、あした『クラタ設備』さんに集金に行きますので、領収書を先に用意しとこうと思いまして、玉木さんの机の、鍵のない抽斗をあけて領収書用紙を探したんです。やっぱり領収書用紙もこの鍵をかけた抽斗にあるのかと思いながら取手を引っ張ったらあいたんです。そしたら、輪ゴムで束ねた出入金伝票がありました。玉木さんはいったい何のためにこんな伝票を作って、大事に保管してるんやろと思いながら一枚一枚見てるときに社長がお越しになりました。玉木さんが帰って来たんかと手が震えました」

「こいつ、俺の机の抽斗を勝手にあけて、何を嗅ぎ廻っちょるのかと思われたら、お前がこれから働き難うなるけんのお」

　と熊吾は言い、焼酎を飲んだ。

　玉木は、最近右指が震えて、細かい字が書き難いらしいと佐田雄二郎が言っていた。ことしの四月くらいだった。病院で診てもらったが原因はわからないらしい。医者は、精神的なものであろうが、長年、丁寧な細かい字を書きつづけた人がかかる書痙(しょけい)という症状かもしれないと言っただけで、薬はくれなかったという。

　しかし、佐田からその話を聞いたあとも、玉木の字に乱れは見られなかったので、熊吾はさして気にかけなかったのだ。

　その話をして、

「指が震えても、これまでどおりの字を書けるようにしようと、伝票で練習をしちょるのかもしれんぞ」

　と熊吾は神田に言った。

「ああ、それならきっとそうです。それなら合点がいきます。玉木さんはほんまに努力家ですから」

　神田が安堵(あんど)したように笑顔で言ったとき、音を立てて煮えている鶏すきが運ばれてきた。

「鶏のすき焼きて、こんなにおいしいもんやったんですねェ。ぼくの家でも、年に一、二回、贅沢をしてすき焼きをしますけど、牛肉なんか使うたことがありません。鶏ですけど、このお店のがほんまの鶏すきやとしたら、ぼくの家のは何なんやろ……」

神田の言い方がおかしかったので、熊吾は笑いながら、

「お前は、お母さんと妹さんとの三人暮らしじゃったのお。お父さんを早ように亡くしたのか？」

と訊いた。

「戦争が終わるちょっと前です。ぼくは十二歳でした」

「お父さんはお幾つじゃったんじゃ」

「三十六でした。ビルマで」

「そうか、戦死なさったのか……。お母さんは苦労されたことじゃろう」

熊吾は言って、焼酎のお代わりを註文するために手を叩いた。玉木の、理由のわからない出入金伝票への釈然としない思いは消えていなかった。熊吾は、神田三郎もおそらくそうであろうと思った。

自分の鶏すき鍋が運ばれてくると、熊吾は焼酎の水割りを飲みながら、トクちゃんが守屋忠臣の弟子となるために京都へ引っ越して行ったときのことを神田に話して聞かせ、「行」というものがいかに大切かを教わったのは十二歳のころだと言った。

「ぎょう……？　行なうの行ですか？」

と神田は箸を置いて訊いた。

「うん、その行じゃ。ひとつのことを実際にやりつづける。ひたすら、やりつづける。そういう意味では、わしは家庭の主婦というのはえらいと思うのお。毎日毎日、洗濯をする、掃除をする、家族のご飯を炊き、おかずを作る。結婚して、歳をとって体が動けんようになるまで、営々とつづけちょる」

熊吾は、手を叩いて仲居を呼び、三杯目の焼酎を頼んでから話をつづけた。

「大工は家を建てるのが行。医者は病人を治すのが行。運転手は車を安全に運転するのが行。百姓はうまい米を作るのが行。どんなものでも、行が伴って万般に通じる何かをそれぞれが会得していく。勉学もそうじゃ。わしは十二、三のころに、叔父からそう教えてもろうた。しばらくのあいだは覚えちょって、あれをしたい、これをしたいと思うと、『まず行じゃ。行動じゃ』と自分に言い聞かせて、具体的にそれに向かって実際に体を動かすことをこころがけたが、いつのまにか忘れっしもうて、茫々五十数年が過ぎた。つまり、わしは自分の才の及ぶ範囲内で努力したに過ぎん。単調でつらい行から逃げて、たかが知れちょる小才で生きてきて六十五になった。トクちゃんを守屋さんの家に送った帰り道に、叔父の教えを思い出したが、もう手遅れじゃのお」

熊吾は、自分が伝えようとしているものを神田が理解できないでいることを感じた。

だが、トクちゃんがこれから毎日仕事場の掃除をつづけることが、なぜ優れた螺鈿工芸師となるための「行」となるのかをうまく言葉にすることはできなかった。

「わしは古めかしい精神論を話しちょるんじゃあらせんぞ」

とだけ言い、鶏すき鍋では足りないだろうから、焼き鳥を焼いてもらおうか、レバーはうまいぞ、砂ずりはどうだと勧めた。

遠慮しているのではない、自分にはこの鶏すき鍋とご飯だけで充分だと答え、神田三郎は三杯目の焼酎を持ってきた仲居に、ご飯のお代わりを頼んだ。そして、鍋のなかをしばらく見つめてから、

「不思議ですねェ、こないだ、ぼくがノブちゃんに貸してあげた本の謎がいま社長が教えてくれはったことをあてはめると、すらっと解けます」

と言った。

「本の謎？」

「ある宗教学者が書いた仏教説話集です。そのなかの『提婆達多』に関する章に、釈尊と提婆達多の過去世の因縁について書いてありました。説話集なんやから、もっとわかりやすく書いてくれたらどうやろと思うくらい難解で、ぼくは途中で読むのをやめてしもたんです。その話をしたら、ノブちゃんは提婆達多のことを知ってました。富山でお父ちゃんに教えてもろたって……」

「ああ、富山でそんな話をしたのう。釈尊が邪な心を抱いちょる提婆達多を厳しく叱る

んじゃ。汝は愚人なり、人の唾を食らう者なり、ちゅうてのお」

「そうです、それです。社長はノブちゃんに『自分の自尊心よりも大切なものを持って生きにゃあいけん』と言いはったそうですね」

　熊吾は、あの我儘な、神経質すぎるのに何を考えているのかわからない極楽トンボのような伸仁が、富山で父親から聞いた話をちゃんと覚えていたことが嬉しくて、骨付きの鶏肉にかぶりついた。

　神田は、提婆達多のことは何にも知らなかったので、ノブちゃんの話でその説話集にある釈尊と提婆達多の関係が少しわかったのだと言い、またしばらく考え込んだ。

　どう簡略にわかりやすく語ればいいのかを頭のなかで整理し、組み立てているのであろうと思い、熊吾は鶏肉ばかりを選んで食べながら、神田が口をひらくのを待った。豆腐やネギや春菊や椎茸は、鶏肉をたいらげてから食べるというのが熊吾の食べ方だった。

「釈尊は、過去世で大国の王さまやったんです。名君で、人民のためには身命も財産も惜しみませんでした。しかし、王さまは、もっと人民を幸福にしたいと願って、大乗の法を求めて王位を捨て、修行しようとします。その王さまの心に応じるように出現したのが阿私仙人です。この阿私仙人こそ、提婆達多の過去世の姿です。仙人は、私の言うとおりに修行するならば法華経を説こうと王さまに約束します。王さまは、阿私仙人に仕えて、言われるままに薪を拾ったり水を汲んだりします。その修行は千年つづいたので、これを千歳給仕と呼ぶそうです。その結果、王さまは最高の悟りを得て成仏します。しかし、その説話集の著者は、千年のあいだに、阿私仙人が王さまに、修行の見返りとして法華経を説いたということはどの経典にも書かれていない。故に説かれなかったのであろう。ならば、なぜ王さまは仏になれたのか。法華経が諸経の王ではなく、あらゆる経がすべて王なのだ。そう結論づけるような書き方でした。阿私仙人は王さまに法華経を説いたのか説かなかったのか。なぜそのことが分明ではないのか。ぼくには謎でした。王さまの、千年間もの修行は何やったのか。阿私仙人は、それをやり抜いたら法華経を説こうと約束したやないか。そこのところがどうにも納得でけへんかったんです。そやけど、さっきの社長のお話で、なんか得心がいきました」

「どう得心がいったんじゃ」

熊吾は、禅問答のようなものはやめてくれよと思いながら訊いた。

「千年間の修行、給仕が、法華経そのものやったということやないでしょうか。ただひたむきな『行』というたらええのか……」

この神田三郎という青年は、どこから見ても見映えはしないが、秀でたものを内に蔵している。熊吾はそう思いながら、

「なるほど。お前のその推理は正しいと思うのお。わしは仏教の経典のことはほとんど何も知らんのとおんなじじゃが、お前の考えに全面的に賛同じゃ。その説話集を書いた

宗教学者なんか、神田三郎の足元にも及ばん」

と言った。

「社長が『行』の大切さを教えてくれはって、家庭の主婦のえらさを讃えはったときに、釈尊の過去世での千歳給仕とが結び付くような気がしたんです」

「わしのは叔父からの受け売りじゃ」

熊吾は笑いながら言って、四杯目の焼酎の水割りを註文した。二階の小座敷の窓はあいていて、近くに置かれた扇風機からの風は当たっていたが、コンロの火の熱を送ってくるので、熊吾も神田も汗みずくになっていた。神田がコンロの火を消し、うちわで熊吾をあおいだ。

「その説話集、伸仁は読んだのか？」

「始めから終わりまで全部読み通したそうです。途中、難しくて退屈なところは飛ばして読んだって言うてました。だいたい、試験というのは、飛ばし読みしたところから出題しよるんですけど」

神田は笑顔でそう言った。

初めて見せる屈託のない笑顔は、いつも何かに遠慮しておどおどしている神田とは別人のような芯の強さを感じさせた。

「あいつは、そういう失敗が多い。洩れがあるんじゃ。洩れだらけかもしれん」

熊吾は笑顔で言い、ズボンのうしろポケットから四つに畳んだ小さなタオルを出し、顔や首筋の汗を拭いた。汗かきの夫のために、夏になると房江はハンカチとタオルの二種類をズボンのうしろポケットの両方に入れるのだが、熊吾はタオルを使うことはほとんどなかった。タオルで汗を拭くのは力仕事の現場だけだと、若いころから思っていたのだ。

神田は、熊吾にうちわの風を送りつづけながら、

「社長がタオルで汗を拭きはるのは珍しいですね」

と言った。

それを指摘したのは、これまで誰ひとりいなかったので、少し驚きながら、

「試験の問題っちゅうのは、飛ばし読みしたところから出るのか……」

とつぶやき、熊吾は、以前に心斎橋の居酒屋で隣に坐った客と主人との話を、この神田に語って聞かせたくなった。富山で伸仁には聞かせたが、他の誰にも喋(しゃべ)ってはいなかった。

野菜の花の美しさから始まり、人間の人相について話題は移り、そこから戦争中に病死したひとりの噺家(はなしか)の臨終の瞬間に起こった不思議へと到(いた)る話は、釈尊の過去世での千年間に及ぶ修行と相通ずるところがあるような気がしたのだ。

熊吾が語りだすと、神田はうちわを動かす手を止めて、

「ああ、その話、ノブちゃんから聞きました」

と言った。

「いつじゃ」

「ぼくがシンエー・タクシーの福島営業所で働くようになってしばらくしてからです。『まあそれだけの話やと言うてしまえばそれだけのことで、取りようによってはいささか出来過ぎた気色の悪い話でもおまんねやが』って噺の枕から始まりまして。ぼくは、そんな落語は聞いたことがなかったから、どんな噺家の持ちネタやねんとノブちゃんに訊いたんです。そしたら、お父ちゃんから聞いた話を自分で落語風にしたんやって。立て板に水のようにノブちゃんの口から言葉が出て来ますねん。よっぽど稽古せえへんかったら、あんな見事に噺なんかでけません」

「落語風に？」

「はい。おもしろい落語やのうて、人情噺の部類に仕立ててました。ぼく、夜の暇なときに、ノブちゃんにせっついて六回聞かせてもらいました。三回目からはお金を貰うと言われて、それでぼくはお金の代わりに、自分が持ってる何冊かの画集を貸してあげるようになったんです」

　熊吾は、煙草に火をつけ、伸仁の落語を再現できるかと神田に訊いた。

「それは無理です。あの落語はもう芸です。ぼくには真似でけませんけど、ものすごく深い話やなァという感動は、いまでもぼくのなかでつづいてます」

「お前は、あの話を真実じゃと思うか？」

「思います。本当に起こった出来事やと信じられます」

神田はそう言って正座すると、ハンカチで額の汗を拭き、伸仁が落語風に変えた話を、男のひとり語りとして再現した。

——その噺家は、幼いころから病弱で、貧しい下駄屋の末っ子として生まれたが、とにかく人を笑わせることが嬉しくて仕方がないという性分だった。

彼は自分が人気者になりたくて人を笑わせたかったのではない。ただただ人を笑わせて楽しませることが歓び（よろこび）だったのだ。

噺家になってからも人一倍稽古熱心で、「笑い」というものに自分の人生のすべてを注いだが、生来の病弱と戦時中の栄養失調によって四十になるかならないかで死んだ。

自分は縁あって、その噺家の贔屓筋（ひいきすじ）の代表のような役割を十年ほど務め、息を引き取る瞬間を看取（みと）ることになった。

いよいよ最期（さいご）が訪れたとき、苦しい息遣いがふいに消え、その噺家に笑みが浮かんだ。喉（のど）からまぎれもない笑い声が洩れた。彼は真底からおかしそうに楽しそうに笑いながら息を引き取ったのだ。

人々を笑わせようという以外は何物も求めず、多くのファンに愛された男は、たとえ道半ばの無念の死であったにしても、死の苦しみを自らの笑いによって乗り越えるという功徳を得たのかと、自分はその死を悼みながらもなにかしら心に豊かなものを得た思いだった。

いま思い起こすと、彼は目が十円玉のように丸くて、団子鼻で、背は低くて痩せていたが、それなのにどこかふくよかな人相をしていた。お世辞にも美男子とは言えなかったが、つまり「いい顔」の持ち主だった……。

彼には妻と幼い娘がひとりいた。亡くなったのは住吉にある借家で、病気になって以来ずっと彼を診察しつづけた医者と家族、そしてその客とが最期を看取った……。

居酒屋の客は、そこからあとの話を周りの者に聞かれないようにと用心して声を落とした。

「そいつの息の引き取り方も、まことに不思議なもんやったんやが、同時にもうひとつ不思議というしかないことが起こってなァ」

と客は主人にささやいた。

「その借家から歩いてすぐのところに町内の寄合所みたいなところがあって、そこには昼を過ぎると町内の年寄りが集まって来よる。嫁の悪口を言うたり、膝が痛いやの、咳が止まらんやの、まあ年寄りの愚痴が集まるようなとこやけど、前に立派な桜の木があってなァ、花が満開のときには、それはそれは花見の場所としても結構な席になりよる。

そいつが死んだ日は、桜はまだ八分咲きっちゅうとこやったやろか……。折しもそのとき先生に引率された小学生が、たしかまだ一年生か二年生くらいのちびさんどもが二、三十人、ぴーちくぱーちくと賑やかに通りかかったんや。何が原因かは見当もつかんのやが、その噺家が息を引き取った瞬間、寄合所でいつもとおんなじように詮ないことを愚痴っとった年寄り連中も、たまたま通り合わせた小学生らも、いっせいに笑い声をあげよった。いったい何がそんなにおもろいのかと少々首をひねりとうなるような笑い声がつづきよった。いまあんさんらのおるとこから目と鼻の先の家のなかでひとりの男が女房と小さい娘を残して死んだっちゅうことは知らんのやろうけども、その年寄りから子供らも一緒になってのあまりにあけすけな笑いは、もうそのへんでやめてくれへんもんかと、口に出して言う気はないものの、わしはせめて諫めのひと睨みでもしてやろうと窓から顔を出したんや。ところがなァ、家の前を通りすぎていく小学生らも、寄合所の年寄り連中も、誰ひとりとして笑てない。年寄りたちはいつもとおんなじように低い声で話をしてるし、小学生らは先生に列を乱さんようにと叱られて、かしこまった顔をして歩いて行ってしまいよった。いまのいままでいっせいに腹の底から笑うとったたっちゅう形跡が、誰の顔にも、かけらも残ってないのや。わしの空耳ではなかった証拠に、その笑い声は、噺家の女房も娘も医者もたしかに耳にしたんや。『いま、外でぎょうさんの人が笑いましたなァ』って訊いたら、医者も頷き返しよった。わしはなにやら気になって、その家から出て寄合所へ行って、みなさん小学生らと一緒にえらい楽しそうに笑てはったけど、何かおましたんかと訊いてみたんやが、年寄り連中はけったいなもんでも見るような顔で、『だーれも笑てへんけどなァ』って言うんや。へえそうでっか、そらえらい勘違いをしましたようでと引き返しかけたときに見た八分咲きの桜の花びらひとつひとつが、わしには笑てるように見えた……」──

熊吾は、神田三郎が顔中を真っ赤にさせて語りだしてすぐに、六年前、心斎橋の居酒屋で聞き、それをできるだけ忠実に伸仁に話した内容を鮮明に思い出した。

あの日は、いいお天気の富山の田園のなかを伸仁とサイクリングをしたのだ。立山連峰が見事だったな、と。

そうか、伸仁はいちど聞いただけなのに覚えていたのか。この話の何が伸仁の感受性のなかに入り込んだのか、父親の俺にはわからないが、あいつは自分の惹かれたものに対しての記憶力というものが他の人と比べて優れているのかもしれない。

だが、興味を持てないことへの記憶力は、そのぶん格別に劣っている。学校の成績が良くないのはそのせいだ。

そう思いながら、

「板金塗装の部門も作ったほうがええと黒木が言うんじゃが、お前はどう思う」

と熊吾は神田に意見を求めた。

神田は、右から仕入れて左へ売る商売ではないので、資金繰りが苦しくなりはしまいか、腕のいい職人を雇えるか、そのふたつを乗り越えられるなら、ハゴロモとは別会社にして立ち上げるべきだと思うと答えた。

「なんで別会社にするんじゃ」

「おんなじ自動車を扱う商売ですけど、中古車販売と板金塗装とは別種のもんやからです。金の動き方が違います。それをひとつの帳簿のなかに混ぜたら、経理上の収支のバランスが狂いますし、両方が利益をあげたときの所得税が高くなります」

そう説明する神田の表情で、熊吾は、こいつはほんとは板金塗装の部門を設けることには反対なのだなと思った。

「しかし、これから車の板金塗装の需要はうなぎ昇りじゃぞ」

「はい。ぼくの家の近くにも板金塗装の町工場がありますけど、そらもう繁盛してます。修理を頼まれた車の置き場所がないから、工場の近くに停めてるんですけど、警察には怒られるわ、タイヤは盗まれるわ、で困ってはります。もっと困るのは、職人がすぐに辞めていくんやって、そこの社長が嘆いてました」

その理由は、熊吾にはわかっていた。板金塗装の技術を身につけようと修業する職人は、やがては独立して自分の工場を持ちたいのだ。いつまでも雇われ者でいようとは思っていない。職人の出入りが激しいのは仕方がないので、経営者はつねにそのための準備をしておかなければならない。

しかし、それは散髪屋でも美容院でも料理屋でも同じだ。従業員はその店に修業に来ているにすぎない。なかには、独立して自分で商売をするという苦労を最初から放棄している者もいるが、そんな連中は技術も伸びない。

熊吾は、この神田三郎には、いちいち説明せずともわかっているだろうと思い、

「まあ、今後、板金塗装にも手を染めるとしたらっちゅうくらいの気持で、当座にどのくらいの資金が要るか調べてちょいてくれ」

と言い、鶏すき鍋の汁をご飯にかけると、かき込むようにして食べて、店から出た。

西成区の天下茶屋に帰る神田と桜橋の交差点で別れると、熊吾はいったん福島西通りのほうへと歩きだしたが、多くの朝鮮人が北朝鮮へ帰ってしまった「阪神裏」の入り組んだ路地の様子を見てみたくなって踵を返した。ひさしぶりに「ラッキー」の磯辺富雄にも逢って近況を聞きたかった。

「ラッキー」の前まで来て、「阪神裏」が以前と変わらないどころか、逆に小さな店が増え、夜の十一時だというのに人通りが多いのに少し驚き、熊吾は、「ラッキー」の前を通り過ぎて、蟻の巣状の細い路地へと入った。

そこは「阪神裏」のなかでも唯一店舗が並んでいないところで、街灯の役を果たしていない裸電球がひとつだけ灯っていて、住人でさえ夜は通りたがらない長さ二十メート

ルほどの道だった。

裸電球の下に「蠟燭の女」と呼ばれる白人との混血の女が立っていた。その歳は三十四、五の無表情な女のスカートのなかに男が屈んで顔を突っ込み、もうひとりの若い男が順番を待っている。

女は下着を穿いていなくて、ハンドバッグのなかにマッチ箱を幾つか入れているらしい。マッチ一本が百円で、それが消えるまでスカートにもぐり込んで女の性器を見ることができるという。

熊吾が、「ラッキー」の上野栄吉から「蠟燭の女」のことを聞いたのは、もう五、六年前だった。

熊吾は、女の前を通り過ぎて、薄い木の板壁の二階屋に目をやった。そこは何かの店の裏側らしく、小さな出窓がひとつあった。そこから男が「蠟燭の女」とふたりの客の様子を見ていた。

なるほど、ヒモがあそこで見張っているというわけか。

熊吾はそう思い、男と目が合うのを避けて古着屋の並ぶ路地へと曲がった。

たしかこのあたりで鯉のぼりを買ったが、あの店はどこだったのかと探しながら歩いていると、古着屋ではあっても品揃えも多くて、新品とさして変わらない女物の洋服を専門に売っている店のなかから呼び止められた。

「お父ちゃん」

という女の声で、顔を見なくても、それが森井博美だとわかったが、知らんふりもできず熊吾は歩を止めた。

「こんなとこで、また逢うなんて」

博美は大きな風呂敷包みを両手でかかえて古着屋から路地へと小走りで出て来ると笑顔とも泣き顔ともつかない表情で言った。

「買い物か？　あの小料理屋は定休日か？」

　そう訊きながら、熊吾は博美が髪を短く切ってしまったのに気づいた。それでも、こめかみの火傷跡を隠すための前髪だけは長くて、彫りの深さと色の白さとで、かえって人目をひく容貌に変わっていた。

　美貌を異相に転じさせただけの髪形としか思えなかった。

「定休日は日曜だけやけど、きょうは女将さんが夏ばてで、料理を作られへんから休業にするしかなかってん」

　熊吾が歩きだすと、博美は半歩うしろからついてきた。その間隔を保ったまま、別の路地へと入り、大阪駅の方向へと歩を進めながら、

「あそこの古着屋さんから仕事を貰てるねん。仕入れた古着の修繕やけど、いっつもまとめてぎょうさん仕事をくれはるから、私には大事なお店や」

と博美は言った。

「古着の修繕じゃあ、たいして金にはならんじゃろ」

「そやけど、私の洋裁の腕では、このくらいのことしかでけへん。仕事を貰えるだけでもありがたいわ」

一緒に暮らしている男はどんな仕事についているのかと訊きかけて、熊吾は出かかった言葉を抑えた。

なぜ男と暮らしていることを知っているのかを説明しなければならない。博美のアパートから目と鼻の先にある「中古車のハゴロモ」を自分が営んでいることも話さなくてはならなくなる。熊吾は、何を用心しているのかと自分に腹を立てながら、そう思った。

「なんちゅう格好をしちょるんじゃ。お前のその身なりは『阪神裏の鼠（ねずみ）』じゃ。こめかみに火傷をしようがしまいが、お前はミュージック・ホールの売れっこのダンサー・西条あけみじゃったんやぞ。戦後の闇市（やみいち）で残飯をあさっちょる浮浪児みたいな格好なんかするな。もうちょっとましな服を着んか」

熊吾の言葉に何も言い返さず「阪神裏」から阪神百貨店の東側へと出ると、博美は立ち止まった。

熊吾は先に十歩ほど行ってから振り返った。博美は風呂敷包みをかかえたまま、しばらく熊吾を見つめた。

やめておけ、何年も前に、きれいに終わったのだ。熊吾は己を制しながらも、落ちぶれ果てたとしか言いようのないかつての西条あけみを、少しくらいは助けてやる義理が俺にはあるのではないかと思った。

「晩飯は食うたのか」

熊吾の問いに、かすかに顔を横に振ってから、

「お父ちゃん、私を助けて」

と博美は言った。

熊吾は煙草をくわえて火をつけ、

「蠟燭の女にさせるわけにはいかんのお。お前のひいおじいちゃんが泣くぞ。バルチック艦隊の将兵じゃったマカール・サモイロフさんが」

と言った。

「捕虜のくせして、日本人の女に子を産ませた人のことなんかどうでもええねん。あの人は祖国を捨てたんや。脱走兵みたいなもんや」

やっと本来の勝ち気さが出たなと思い、熊吾は、とにかく何か食べろと博美に言って、御堂筋（みどうすじ）へ出ると、お初天神のほうへと歩いた。あの近くに夜中の一時くらいまで営業している寿司（すし）屋があったはずだと目星をつけ、うしろをついてくる博美を見た。

「どんなお店につれてってくれるのん？」

「寿司屋じゃ」

「阪神裏の鼠みたいな格好では恥しいわ」

熊吾は笑い、博美を手招きしながら煙草を捨てた。

「そんならその風呂敷のなかの古着に着替えるんじゃなァ。綻びちょっても、いま着ちょるもんよりましじゃろう」

熊吾の言葉で、博美は下を向いて微笑んだ。

お初天神の近くの寿司屋は、これからが忙しくなる時間のようで、残り物ではない寿司ネタがつけ台の前のガラスケースに並んでいた。

熊吾はカウンター席に腰かけて生ビールを註文し、博美に、好きなだけ握ってもらえと促した。

おしぼりで手を拭き、アジの握りを二つ頼むと、

「私、男と暮らしてるねん」

と博美は言った。

「その男はどんな仕事をしちょるんじゃ」

「仕事なんかしてへん。働く気なんか、これっぽっちもあれへん。ヤクザの使い走りをして、たまに兄貴分からこづかいを貰うだけやけど、それもお酒と馬券に消えてるわ」

「ヤクザの使い走り？　なんでそんなのとくっついたんじゃ。西条あけみは身持ちの固

いことでも知られちょったんやぞ」

「そんな男やとは思えへんかってん」

「それでわしにどうしてもらいたいんじゃ」

「男と別れたいねん。殴られたり蹴られたりするのは、もういややねん」

「わしはヤクザとは関わりとうないのお」

熊吾は本気でそう言った。そのての男が少々の手切れ金で女から離れるはずはなかったからだ。とことんまとわりついて生き血を吸いつづけるにちがいなかった。

「別れてくれと男には言うたのか」

「もう三年間頼みつづけてるけど、そのたびに殴られたり蹴られたり……」

「よりにもよって、厄介な男と一緒になったもんじゃのお」

「地方のストリップ小屋に行くよりもましやと思て、我慢してきたけど、もうこれ以上は辛抱でけへん。死んでしまおうかと思たことも一回や二回やあれへん。お父ちゃん、私、助けてほしいねん」

熊吾は我知らず溜息をつき、男がどうにも探しだせないところへ逃げるしかあるまいと考えた。

しかし、そうなると、博美は一生怯えて暮らさなければならないし、洋裁を習って洋服の修繕ができるようになったとはいえ、見知らぬ土地で生きていけるほどの腕はないとすれば、生活の術を得ることも難しい。逃げるというのは得策ではないな。

熊吾は、その自分の考えを博美に言った。

アジとハマチと鉄火巻きを食べると、博美はもうお腹が一杯だとつぶやいたのに、赤出しを頼んでいいかと熊吾に訊いた。そして、それきり口をつぐんでしまった。

赤出しを時間をかけて味わうように飲み、

「ご馳走さまでした」

と言って、熱い茶で口をすすぐと、博美は寿司屋から出て行った。

本音は、この俺に手切れ金を出してもらいたかったのであろうが、言い出せなかったのだとわかっていたものの、熊吾は焼けぼっくいに火がつく予感がして、幾ら渡せば別れてくれるかと訊け、とは言えなかった。

生ビールを半分残して、代金を払うと、熊吾は寿司屋から出て、お初天神のほうへと歩きだした。どこかのキャバレーからホステスを伴って来た客が寿司屋へ入って行った。

曾根崎小学校の校門の前に出る通りへと曲がると、店を閉めてしまったパチンコ屋の前に博美が立っていた。唐草模様の風呂敷包みを両手でかかえて持っている博美と目が合うと、熊吾はタクシー代だけを残して、持ち金をすべて渡し、

「十二時前に東京行きの夜行列車が出るけん、それに乗れ。そのくらいの覚悟がないと、男からは逃げられんぞ」

と言った。

それはできない。古着屋から十二着の洋服を預かっている。あそこの主人にはお世話になった。これだけは返さなければならない。古着屋に戻ったら列車に間に合わない。こんなお化けが東京でどんな職につけるというのか。

顔を歪（ゆが）めて泣きながら言って、博美は十数枚の紙幣を熊吾に押し戻した。

第四章

玉子五個　六十五円、豆腐二丁　四十円、マヨネーズ　百十五円、醬油一升　百七十二円、焼酎一升　三百十五円、食パン　三十二円……。

きのうの家計簿をつけながら、房江は、この二、三年で自分がたくさんの漢字を覚えたことが嬉しくて、ことしの一月一日からのその日その日の出費に見入った。

一ページが一日分だが、一ヵ月置きくらいに、家計簿の下の余白に自分だけがわかる数字を記入してある。

十七。十八五。二十二六。

その数字は一字ずつ離してあるので、夫に見られても何の意味なのかわからないはずなのだ。

十七は十七万円。十八五は十八万五千円。

シンエー・モータープールの管理人として毎月支払われる給料の一部と、夫が背広やズボンのポケットに入れたまま忘れている百円札や千円札のうちの何枚かをこっそり抜き取ったのを貯めつづけてきたへそくりの合計額だった。

松坂家の預金とは別の口座を作って、そこに毎月入れてきて、九月の末に二十二万六千円になった。

自分のために使う気はまったくなくて、いつどんな事情で急にまとまった金が必要になるともかぎらないのだから、そんなときに困っている夫に、さあ、これを使ってくれと銀行通帳に印鑑を付けて差し出してやるつもりなのだ。

このへそくりが急遽必要になる事態が出来しないのにこしたことはないが、人生いつ何が起こるかわからない。

妻のへそくりが一家の窮地を救った例はいくらもある。しかし、これがへそくりと言えるだろうか。八割方は夫のポケットから抜いた金なのだ。私のやっていることは泥棒だ。でも、罪の意識はこれっぽっちもない。夫は気づいていない。

ポケットのなかの三千数百円から五百円を抜くといった程度ではあっても、中古車販売店を開業して順調に利益があがるようになって以来、妻にこっそりと何食わぬ顔で数枚の紙幣を拝借されつづけていることに気づかないのだ。ハゴロモの金庫番はよほど堅物でないと勤まらないであろう。社長は金銭に関しては破れたザルのような人間なのだから。

房江は、そんなことを思いながら、自分でも気づかない笑みを浮かべたまま家計簿を夫の目につきやすいところに置いた。

「これをアリバイ作りって言うんやわ」

と言って、家計簿の表紙を掌で軽く叩き、房江は出かける用意をした。

午後の一時から、伸仁の学校で保護者への説明会がある。大淀区の土地を売り、茨木市に新しい校舎を建てるという。

学生数が増えて、いまの大淀区の敷地や校舎ではあまりに狭くて、もう数年前から移転の話が出ていたが、説明会を行なうということは買い手と正式に契約したからであろう。

学生数の急増は、昭和二十一年あたりから二十四、五年に生まれた子供たちが抜きん出て多いためで、それは戦後に南方や満州やソ連から帰還した兵隊の数と比例しているらしいが、なにも日本だけではあるまい。第二次大戦で若者たちが戦場へ行った国では、戦後すぐに、どこも同じ現象が生じたはずなのだ。

房江はそう考えて、事前に学校から保護者たちに配布されていた事情説明書の封をあけた。

いままで読まなかったのは、学校がそうすると決めたのだから反対したからとてどうなるものでもないし、反対する理由もないと思ったからだった。

しかし、移転に伴う寄附金とか授業料の値上げを強要されたら、たいていの保護者が困るであろうと気づき、房江は階段を降りながら説明書に目を通した。寄附金などについては触れていなかったが、一九六三年四月の新学期スタートに全校が移転できるよう新校舎建設を進めていると書かれてあった。

「えっ、来年の四月？　ノブは高校二年生になると同時に茨木市まで電車通学になるのん？　あと半年や」

房江はモータープールの事務所の前で立ち止まり、そうつぶやいて説明書を封筒にしまった。

きっとこれまでに経緯を報告する説明書が幾度か保護者宛に配布されたのであろう。そうでなければ唐突すぎる。それを伸仁は鞄の底にでも突っ込んだまま忘れてしまい、父か母に見せるのを怠ったのだ。そうにちがいない。

房江は、そういうところが伸仁の最大の短所だと思いながら、大淀区の学校へと歩きだした。そして福島西通りの交差点を渡っていると、阪神電車の踏切りのほうからやって来る伸仁に気づいた。

まだ正午を少し廻ったころなのに学校から帰って来るとはどういうことだろう。ああ、そうだ、きょうは土曜日だ。でも、朝、弁当を渡すと、伸仁はいつもどおりそれを鞄に入れて出て行ったので、私も土曜日とは気づかずにいたのだ。

伸仁は母親の顔を見ると機嫌の悪そうな顔で立ち止まり、鞄のなかから弁当箱を出した。

「十月六日は土曜日で、学校移転の説明会があるから短縮授業やて言うたやろ？　土曜日で短縮授業ということは、十一時四十分には、さようなら、また来週となるねん。お弁当はいらんねん」

「うっかりしてたわ。そやけど、ノブもお弁当箱を鞄に突っ込んで出て行ったやろ？」

「ぼくもうっかりしててん。まだちゃんと目が醒めてなかってん」

そう言って伸仁が笑ったので、房江も笑った。

「いまから説明会へ行くのん？　ゆっくり歩いて行っても、説明会が始まるまで四十分くらい講堂で待たなあかんでェ」

「うん、ちょっと早ように出すぎたかなァ」

伸仁は、阪神電車の踏切りの手前を右に行くと小さな公園があると言った。そこのベンチに腰かけてこの弁当を食べるから、日向ぼっこでもしながらつき合ってくれ、と。

房江は伸仁と一緒に公園に行き、来週くらいには花が咲くのではないかと思える金木犀の横のベンチに坐った。犬の糞の多い小汚ない公園だった。

玉子焼き、メザシ二尾、牛挽き肉の生姜炒め、サンドイッチ状にかつお節と海苔を挟んだご飯。

伸仁はこの組み合わせが気に入って、もう一ヵ月半毎日同じ弁当を飽きずに食べつづけている。

「来年の四月から一時間半も早ように起きなあかんようになるねん」

とご飯を頰張ったまま伸仁は言った。

「一時間半も？　そんなに遠なるのん？」

「国電の福島駅から大阪駅まで行って、別のホームから東海道線の各駅停車に乗り換えて茨木駅で降りて、そこからスクールバスに乗るらしいねん。スクールバスで学校まで二十分くらい。道が混んでたら三十分から四十分かかるそうやねん。いまの場所やったら、ゆっくり歩いても二十分かかれへんのになァ」

茨木市周辺は昔は摂津と呼ばれていたところだ。しかし、摂津の国といっても広いから、これまでよりも一時間半も早く起きなければならないのは致し方がないのであろう。学校も、茨木市内でもかなりいなかでなければ広い土地を得られなかったはずだ。

房江はそう思い、

「家に帰って来るのも遅うなるなァ」

と言った。

「うん、寄り道せんと帰っても夕方の五時になるでェ。灰色の高校生活が来年の四月から始まるって、くらーい顔して言うてるやつがおるわ。そいつの家、ハゴロモの大淀店の二軒隣やねん。学校まで歩いて十分。こうなることを見こして、俺はこの学校に入ってやったんやて喜んでるやつもいてるねん。そいつの家は国鉄の茨木駅の前のスポーツ用品店」

房江は笑い、家のなか以外で伸仁とふたりきりでゆっくり話をするのは久しぶりだと思いながら秋の空を見やり、

「私、もうノブよりもぎょうさん漢字を知ってるで」

と言った。

「ほな、ユウウツって書いてみィ？」

「ユウウツ？　ユウは書けるけどウツは知らんわ」

「チュウチョは？」

「それ、どういう意味？」

「行こうか戻ろうかチュウチョする」

「そんな漢字、知らんわ」

「ラデン」

「ラデンザイクのラデンか？　よう書かんわ」

「キンモクセイ。バラ。キキョウ」

「植物で私が書ける漢字は、桜と水仙くらいや。あっ、朝顔も」

「シントウする。ダホされる。ラクノウ。コッケイ。バクゲキ」

「ようそれだけ次から次へと私の知らん漢字を思いつくなァ。ノブがこんなに嫌味な男

やとは、いまのいままで知らんかったわ」

伸仁は笑いながら弁当を食べ終え、

「ぼく、きょうは忙しいねん。それでは、さらば」

と言って急ぎ足で公園から出ていった。

いま口にした漢字を、あの子は書けるのだろうか。それにしては、国語の成績はあまり良くない。

房江は愛媛県南宇和郡城辺で暮らしていたころの三歳か四歳の伸仁の姿を心に思い描きながら、大淀区の関西大倉学園へと急いだ。

講堂での合同説明会では、学校移転についてはすでに周知のこととして詳しい経緯の報告はなかった。

現在の土地は朝日放送という放送局に売却したこと。その代金は茨木市室山の丘陵に買った土地代と新校舎建設に使うこと。新校舎の建設は現在七割方進行しているが、運動場や体育館の整備は工事の都合で最もあとまわしとなること。

説明会の担当教師が悠長な口調で喋(しゃべ)りつづける内容は、配られた用紙にみんな印刷されていることばかりだった。

途中、質問のために手をあげた婦人は、校舎移転に伴う授業料の値上げはあるのか、電車通学に変わることで毎月どのくらいの出費となるのかを訊(き)いた。

なるほど、親としてはそこが最も気になるところだと房江は思い、壇上の教師を見た。そのような質問をあらかじめ想定していたらしく、配った説明書の最後のページを見てくださいと教師は言った。

そこには、在籍する全校生徒の居住地が表で示されていて、国鉄沿線の各地、阪神電車、阪急電車、地下鉄、近畿日本鉄道、南海電車の各駅からの毎月の定期券の価格が記載されていた。

房江は、そっと講堂から出ると、狭い校庭の銀杏(いちょう)の古木のところへと歩いて行き、テニス部員たちがボールを打ち合っている姿に見入った。

この銀杏の木は樹齢六、七十年といったところであろう。ということは、あの大阪大空襲でも焼けなかったのだ。よくも生き残ったものだ。

房江が銀杏の木肌を撫(な)でていると、校舎から出て裏門のほうへと歩きだした青年が歩を止めて笑顔でお辞儀をした。伸仁のクラスを担任する紀村晋一(きむらしんいち)という英語の教師だった。

大学を卒業したあと大学院に進み、シェークスピアの研究に没頭したので、大学院を修了してこの高校の教師となったのはことしの春だと伸仁から聞いていた。

けれども、新米教師とは思えない落ち着きがあり、しょっちゅう校則破りをするやんちゃな生徒たちにも一目置かれているらしい。

細かなことで叱ったりしないし、職員室の自分の机には「オックスフォード英英辞典」を並べて、いつもシェークスピアの著書を原文で読んでいる。「英英辞典」というのは、日本の国語辞典のようなもので、使いこなすためには英語力が身についていなければならない。高校で英語の教師をやっているような人ではないので、いずれ大学に戻って教壇に立ちながらシェークスピアの研究では日本でも指折りの学者となるだろう。

中学一年生のときと二年生のときの担任だった井田淳郎という教師がそう言ったと伸仁が語った際の自慢そうな表情で、房江は、ふたりの教師には共通したところがあると気づいたのだ。

生徒たちを自由にさせておく。校則に少々違反しても、社会道徳から外れない範囲なら大目に見る。細かなことでは口うるさくないが、生徒が一線を越えかけると、他に誰もいないところでふたりきりで話をして誤ちを糺す。そのときは厳しいが、絶対に体罰は加えない。そして、どんなに厳しく叱っても、陰湿ではない。

そう気づくと同時に、伸仁は教師次第だと房江は知ったのだ。

「移転の説明会、もうだいたいのことはわかりましたので、校庭で日向ぼっこでもしようと思いまして」

と房江は紀村に言った。

笑顔を浮かべてやって来ると、紀村は茶色の縁の眼鏡を指でずり上げながら、

「あんな遠いとこに移転するとわかってたら、ぼくも他の高校の教師になったんですけど」

と言い、鰯雲を見あげて上着を脱いだ。

房江は、ちょうどいい機会だと思い、伸仁が勉強をせずにラジオの寄席中継ばかり聴いていること、それ以外のときは画集を見ているか寝ているかで、このままでは大学の入学試験に合格するとは思えないと案じていることを話した。

「松坂くんは絵が好きですねェ。うちの高校で、図書館で画集をひらいてるのは、紀村さんのクラスの松坂伸仁だけやて司書の人が言うてました。前は岸田劉生やったけど、最近は横山大観になったそうです。おうちで、なんかそんなきっかけでもあったんですか？」

「画集ばっかり見てるもんですから、こないだ父親が京都の美術館につれて行きました。日本の近代絵画のなんとか展というのをやってたそうで、そこで横山大観の絵を見て、その絵を使うて作った絵葉書を買うて来て、水彩絵具でそれを写してます」

笑みを消さないまま、しばらく考えてから、

「あの子は、好きなことをさせといたらいいです」

と言い、紀村晋一は一礼して裏門へと歩きだした。

房江は、ありがとうございますと言って紀村のうしろ姿に深くお辞儀をしたあと、若

い小柄な教師が裏門から出て行くまで、銀杏の巨木の下に立っていた。

職員室や講堂のある古い建物の横を通って正門から出ると、房江は、伸仁には好きなことをさせておくのがいちばんいいのだと思い、嬉しくなった。

担任の教師がそう言ってくれた。人間として案じなければならない点はいまのところないのだ。勉強に打ち込まなければならないときが来たら、誰に強制されなくてもやるだろう。本当は、もうその時期が来ているのだが、伸仁の心も体もいまが最も成長期なのだから、試験に役立ちそうもないものにたくさん触れるほうがいい。それを「雑学」というと夫が教えてくれた。雑学を身につけずに学校の勉強ばかりしていい大学を卒業した人間は、世の中に出て、いざというときに役に立たない、と。

雑学ばかりでも困るが、伸仁は生まれついて晩生だから、周りの同年齢の者たちが十八歳か十九歳で大学に入っても、それより一、二年遅れるかもしれない。

しかし、そんな遅れなんかたいしたことではない。長い人生のなかのたったの一年か二年なのだ。

いまの成績から考えると、伸仁が高校を卒業してすぐに大学に進める確率は低い。予備校で受験勉強に励む期間が必要になるとしたら、そのための費用を用意しておかなければならない。

そうだ、あのへそくりはそのために取っておこう。

房江はそう考えながら、学校の前のなにわ筋を交差点のところまで歩いて、そこで踵を返し、元来た道を戻って、ハゴロモの大淀店へ向かった。

夫が大淀店にいるかどうかわからなかったが、不在ならば鷺洲店へ行けばいい。どうせ帰り道から少し外れるだけなのだと思った。

房江は夫に、さっきの担任の教師の言葉を伝えたかった。夫は「そうか」と言って微笑むだけだろうが、その反応以上に、心のなかでは安心して歓ぶことだろうと思ったのだ。

道を東側に曲がると、ハゴロモの大淀店の周辺には仮ナンバーをつけた中古車が路上駐車してあって、その数は六台もあった。

収納する場所がないのだろうか。こんな状態がつづけば、近隣の人々から文句を言われるだろうに。

そう思って房江が大淀店のなかを覗くと、つなぎの作業服を着た坊主頭の青年が、一台の中古車の前輪部分の車体をバーナーの火で焼き切る作業をしていた。

その中古車のうしろ側にも、もうひとり坊主頭の青年がしゃがんでいて、板金を終えたドアの部分に塗装の下塗りを施している。

神田三郎が房江に気づき、二階を指差した。

「お客さん？」

房江も二階を指差して訊いた。

「いいえ、刈田の棟梁と打ち合わせをしてはります」

伝票の数字を算盤で弾いていた玉木則之が、

「お越しやす。これからここは……」

と笑顔で言ったが、坊主頭の板金工が円盤型の電動グラインダーで溶接部分の研磨を始めたので最後の言葉は聞こえなかった。

何事が始まったのかと、房江は双子にしか見えない坊主頭の青年にそれぞれ笑顔でお辞儀をしてから階段をあがった。

熊吾は、刈田が描いた図面を持って、チョークで南側の漆喰壁に線を引いていたが、房江を見て自分の事務机の前に戻り、

「どうしたんじゃ」

と不審そうに訊いた。

棟梁の刈田は図面を持って階下へ降りて行った。

房江は、学校移転の説明会に出席したあと、校庭で担任の教師と立ち話をしたと話し、

「あの子は、好きなことをさせといたらいいです」

という言葉を伝えた。

熊吾は老眼鏡を外し、

「そうか」

　とだけ言って、笑みを房江に向けた。

「下で何が始まったん？」

　房江の問いに、

「もうどうにもこうにも板金塗装の部門を作らんとハゴロモの商売がやっていけんようになったんじゃ。黒木が徳島や高知や広島を駆けずり廻って仕入れた中古車十二台のうち八台が、どこかにぶつけた跡がある。へこんじょったり、傷がついたままにして地金が錆びちょったり……。エンジンにも足廻りにも、他のどこにも支障はないのに、それだけで客は敬遠しよる。お陰で安う仕入れられても、売れんかったら船で神戸港まで運んだ甲斐がないけんのお。どこの板金塗装屋に修理に出しても、仕上げまで最低でも二、三週間かかる。中古車を買いに来る客のほとんどは急いじょる。修理に二、三週間かかるっちゅうたら、客はよその中古車屋に行きよる。それで、今朝ここへ来て、決めたんじゃ。ハゴロモで板金塗装もやるぞ、と」

「今朝？　今朝決めて、なんでもうふたりの職人さんを見つけて、仕事を始められたん？」

「わしは魔法使いなんじゃ」

　熊吾は冗談ではなく本気のような口調と表情で言い、今夜は遅くなるとつけくわえた。

「毎週土曜日は、お前は『カレーライスの日』で、田岡さんやクワちゃんにご馳走しちょるけん、わしも土曜日の夜は『鶏すき鍋の日』ということにしたんじゃ。ハゴロモの社員を桜橋の鶏すき屋につれて行く。玉木は腎臓が悪うて、塩分と蛋白質の多いものは食べちゃあいけんそうじゃけん、可哀相じゃが不参加じゃ」

「玉木さんが食べてもええもんは、どんなもんやのん？」

「塩分と蛋白質の少ないもんじゃ」

「どんなもんに蛋白質がぎょうさん含まれてるのん？」

「肉類すべて。鶏卵。魚。大豆……」

「大豆があかんかったら、お豆腐も食べられへんのん？」

「そういうことじゃ。夏ばてが腎臓にこたえたらしゅうて、この一ヵ月ほど調子が悪い。玉木は、体がしんどいことは隠しちょるが、顔色や身のこなしでわかる」

　玉木が大淀店の二階で自炊生活をしていることは知っていたので、毎日どんなものを食べているのかと房江は夫に訊いた。

「ほとんど野菜の煮つけじゃ。それをおかずにご飯を食べちょるが、塩や醤油で味をつけんから、食えたもんやあらせん。こんなもんばっかりやと、腎臓がどうのという前に、栄養失調で倒れっしまうと思うて、こないだわしが『いなか鍋』を作ってやったんじゃが、骨つきの鶏肉はだしを取るだけで、出来上がってから全部鍋から出した。しかしなア、塩も醬油も入っちょらんから、ニンジンもゴボウも里芋もコンニャクも椎茸も、味気ないなんてもんじゃあらせんのじゃ」
　そう言いながら、熊吾は机の上のメモ類を十数枚束ねて背広のポケットに突っ込み、急ぎ足で階段を降りて行った。

　棟梁の刈田に頼んで二階に何を作るのかを訊かなかったと思い、房江はあとを追ったが、熊吾は路上に駐車してあった車を運転して出かけたあとだった。刈田もいなかった。

「二階に何を作るんです？」

　と房江は玉木に訊いた。

「この机とか電話とかを二階に移して、事務所をこさえるんです」

　たしかに玉木の目の周りは腫れぼったかったし、顔色も良くなかった。

　玉木の体に障らない、塩や醬油の代わりとなる調味料はないのだろうかと思い、房江は医師がどんな食事を勧めているのかを訊いた。

「塩の代わりになるもんはないんです。そやけど、もう慣れました。塩分をまったく摂れへんかったら、人間は生きていけませんから、ちょっとは摂らなあかんのです。いちにちの量は決められてますけど。自分で奥の手を考えました」

　と玉木は言った。

「奥の手……。どんな手ェですのん？」

「ご飯をおにぎりにして、網に乗せて焼くんです。餅を焼くみたいに。そしたら焦げ目がついて、香ばしいなって、ちょっと醬油を塗ったような味になりますねん」

房江は、仕事中にお邪魔をしてしまったと玉木と神田に言い、ハゴロモの大淀店から出て、なにわ筋を南へまっすぐ歩き、浄正橋の交差点を渡って福島天満宮の前を右に曲がったところにある精肉店で今夜のカレーライスに入れる牛肉を買った。

精肉店の横の曲がりくねった路地を通り、シンエー・モータープールの丈高い塀に沿って裏門の近くまで戻って来ると、いまでも夜の十時か十一時ごろに街灯の明かりの届かないところで岡持ちを持ったまま自分だけの時間をすごしている十六、七歳の少女と出くわした。

以前は老夫婦が営むお好み焼屋だったが、つい最近、関東煮屋に変わった店から出て来たので、

「出前？　いっつもよう働きはるねェ」

と房江は声をかけた。

少女は驚き顔で立ち止まり、夜、モータープールの裏門のところから話しかけてくる人だと気づいたらしく、

「お腹がすいたから……」

と言った。

少女が房江の問いかけに応じたのは初めてだった。

ああ、そうか、出前に出て、この関東煮屋で何か食べたのか。この関東煮屋は安いのだろうか。

そう思い、房江は、何を食べたのかと笑顔で訊いた。

「ちくわ」

「へえ、一本幾らやのん？」

「十円」

房江は長いあいだ「おでん」は日本中で「かんとだき」というものと思い込んでいて、そう呼ぶのは大阪やその周辺の地域だけだとは知らなかったのだ。

豆腐が一丁二十円だから、それを半分に切って関東煮の具にしても、ひとつ十円では商売にならない。ちくわは、市場ではいま一本幾らくらいだろう。夫は練り物は南予のじゃこ天しか食べないので買ったことがない。

そう考えて、この関東煮屋の値段だけ偵察してみようと戸に手をかけた。

「一本の半分です」

と少女は言い、私が夜にこのモータープールの塀のところに坐っていることは黙っていてくれと、聞こえるか聞こえないかの声で頼んだ。

房江は頷き、関東煮屋の店先から離れて、

「誰にも言えへんよ。そやけど、年頃の女の子が、夜遅うに暗がりにひとりで坐ってるのは危ないからねェ」

と言い、この子とおない歳くらいのとき、私は神戸の三宮にあった製粉工場で働いていたなと思った。

工場といっても社員は五人で、神戸港に届く小麦や大麦を大きな釜で乾燥させ、それを製粉機で粉にするだけの狭い作業小屋だった。

麦だけでなく煎った大豆を粉にしてきな粉も製造していた。私の仕事は、出来上がった粉をスコップで袋に詰め、決められた重さかどうかを量り、荷車に乗せることだった。工場のなかは絶えず微細な粉が舞っていて、二、三時間も仕事をしていると咳が出てくる。私が十七歳くらいのときに肺結核にかかったのは、たぶんあの粉まみれの日々のせいだと思う。

ある日、温厚で親切な工場長が、こっちへ来いと呼ぶので作業場の裏の路地へとついて行くと、ここが痛くてたまらないと言って股間を指差した。

十六歳になってはいても、まだほんの子供だった私は、妻も子もある工場長が何をさせようとしているのかわからなかった。

「なぁ、さすってェや。気持ようさせてェや」

そう言って、工場長は私の手をつかんで股間に触れさせようとした。私は力まかせに自分の手を引き、走って逃げて、二度とその製粉工場には行かなかったのだ。

つかのま、そのときの鳥肌が立つほどの不快感を思い出しながら、房江は、出身はどこなのかと少女に訊いた。

「島根県です。鳥取との県境で、広島に近い山側です」

「お名前は？」

「沼地珠子(ぬまちたまこ)。珠算の珠に子供の子。おばちゃんはノブちゃんのお母さんでしょう？」

「ノブを知ってるの？」

「このごろモータープールへの出前が増えたから」

少女はそう言いながら、長いコンクリートの塀の向こう側にしょっちゅう視線を向けた。

房江は裏門からモータープールへと入りかけて、油汚れで真っ黒になっている作業服を着たパブリカ大阪北の修理工がカンベ病院へとつながる路地に立っているのに気づいた。トクちゃんと同期の少年だった。

集団就職で大阪にやって来たころは坊主頭だったが、いまはリーゼントという髪型にして、それを大量のポマードで固めていた。

どちらも集団就職で働きに出て来た少年と少女は、いつのまにか親しくなり、ときおりこうやって仕事を抜け出して逢(あ)っているのか。上司に知られて叱られなければいいが……。

房江はそう思い、大きなアメリカ車の解体作業をしている佐古田に、こんにちはと声をかけた。

返事は返ってこないものと思っていたのに、佐古田は赤ら顔を房江に向けて、

「柳田社長に、奥さんが帰って来たら本社まで来てくれと伝えるようにと頼まれたんや。急用みたいやったで」

と言った。

去年の暮れに胃潰瘍（いかいよう）の手術をして胃の半分を切除したという柳田元雄は、退院後二ヵ月間を湯河原の温泉で療養生活をつづけて三月初旬に仕事に復帰した。

別人のように瘦（や）せてしまっていたが、暖かくなったころから週に二度ゴルフをして足腰を鍛え、夏の初めには体力を取り戻すと同時に、日曜日までもゴルフ場に出かけて、いまではすっかりゴルフ三昧（ざんまい）の日々をおくっている。

それが可能だったのは、手術後、東尾修造（ひがしおしゅうぞう）という男をパブリカ大阪北の専務に迎えたからだった。

東尾は、大手の都市銀行で支店長をしていた五十前の男で、柳田元雄は彼の頭の切れ方や人柄や手腕に惚（ほ）れて、自分の右腕として働いてはくれないかと頼んだのだ。

この東尾修造を専務に迎えたお陰で、柳田は手術後の体をゆっくりと養生できただけ

でなく、自分の最大の夢であった新しい事業に乗り出す決心がついたのだ。

これは、柳田商会の古参の社員や、シンエー・タクシーの役員などが、モータープールの事務所で話しているのを房江が耳にしたことだったが、専務用の高級車の運転手が、他の上司に対するものとはまったく異なる態度で東尾に接している姿を目にするたびに、噂は当たらずとも遠からずなのであろうと感じてきたのだ。

房江は佐古田に礼を言って、裏門を出てパブリカ大阪北の社屋へと急いだ。

受付の女事務員は、房江を見ると、社長がお待ちですと笑顔で社長室へ案内してくれた。

ドアをあけたままの営業部の部屋では、背が高くて肩幅の広い東尾修造が各社員の営業成績を示す棒グラフの前に仁王立ちしたまま、誰かを電話で叱責していた。

「お呼びたてしてすまんなァ」

社長室の、あみだ池筋に面した窓に立って、柳田元雄はそう言いながら革張りの大きなソファに坐るよう促した。

常日頃お世話になっていることの礼を述べ、房江はソファに坐った。

社長室の南側の壁には、大阪府の北西側と兵庫県の南東側の大きな地図が貼り合わせて押しピンで止めてあり、その真ん中あたりが赤い線で囲んであった。

「また無理を聞いてもらわんとあかんようになってなァ」

と柳田は言った。きのうの夜も、きょうの午前中も、松坂さんに何度も電話をかけているのだが連絡がつかず、それで代わりに奥さんにご足労願ったのだという。

「中古車の仕入れで一日中動き廻ってまして、お昼ご飯を食べる暇もないらしいて、お手数をおかけして申し訳ありません」

と房江は頭を深く下げた。

「商売繁盛（はんじょう）で結構なことや。息子さんも高校生になりはって、奥さんもひと安心やなァ」

女事務員が茶を運んで来ると、柳田は用件を話し始めた。

「もう一年間、モータープールの管理をお願いでけんやろか。松坂さんのあとを頼むつもりやった夫婦が、大阪に出てこられへんことになってなァ。それに、モータープールの経理とか事務とかも煩雑（はんざつ）になって、田岡ではまだ無理や。そのために、経理と事務専門の人間に来てもらうことにしたんや。そやけど、信用金庫を退職した人で、経理事務以外のことはでけへん。車の運転もあかん。吹田に家があって、モータープールの二階に住むのは勘弁してくれと言われた。しかし、ぼくはこれからこの人の力を借りなあかんようになる。つまり、この人に恩を売っとかなあかんのや。まあ、そのために信用金庫の役員やった人を退職後に雇うことにしたわけや」

房江は、十月に入ってすぐに、また何軒かの周旋屋を訪ねて、二階建ての借家を探し始めていた。しかし、去年にこれと目をつけた借家はもう借り手がついてしまっていたし、家賃や交通の便などを考えると、どれも帯に短し襷に長しで、まだ気にいった家は見つかっていなかった。

　私が勝手に決められることではない。夫に相談しなくてはならないが、柳田にさらにもう一年と頼まれてどうして断われようか。夫が、俺はもうモータープールの二階から出ると言い張っても、なんとか説得できる。夫は雨風さえしのげて、周りに風体の悪い住人さえいなければ、どんな家にでも住める人なのだ。

　あともう一年、家賃も光熱費も水道代も払わなくていいのだ。そのぶんを貯金できる。だが、私もここでほんの少し柳田に恩を売っておこう。またそれが何かの役に立つかもしれない。

　房江はそう考えて、息子の学校が来春に茨木市の安威というところに移転することになったので、国鉄の茨木駅の近くに借家を見つけ、もう敷金を払ったが、その契約はなかったことにして、もう一年、モータープールの管理をさせていただくと言った。

「敷金は返ってけえへんなァ」

「いえ、半額返してくれることになってるんです」

「そうかァ、申し訳ないなァ。その半額はモータープールで払わせてもらおう」

「私たち一家は、柳田社長のお陰で今日があるんです。敷金の半額くらい、たいしたことやありません。そのことはどうかお気遣い下さいませんように」

「よし、あと一年、よろしゅう頼みます」

房江が社長室から出て行きかけると、

「息子さんの学校、茨木市の安威に引っ越すって言いはったなァ」

と柳田は言い、壁に貼ってある地図のほうを向いた。そして、ここが安威というところだと指差した。

「この近くに、ぼくが行くゴルフ場があるんや。大阪の名門のゴルフ倶楽部(クラブ)や」

「社長はゴルフで元気になりはったって聞きましたけど、ほんまに手術をなさる前よりもお顔もふっくらして、血色も良うなりはって、安心しました」

「ほんまにゴルフのお陰や。人間は体を動かさんとあかんということやなァ。とにかくゴルフは歩くからなァ。ぼくなんか下手くそやから、上手な人の倍以上歩く。一日に十二、三キロは歩く。ゴルフ場っちゅうのは平坦(へいたん)やないねん。低い山間部とか丘陵に造ってあるから、芝生の上をえっちらおっちら登ったり下ったり。そやから、ゴルフをした日は、よう眠れる」

そして柳田元雄は、指を左へと動かし、赤い線で囲んである箇所で止めた。

「ここは川辺郡猪名川(いながわ)っちゅうところや。ほとんど畑と荒れた山林しかないところや。ぼくはここに自分のゴルフ場を造る。ぼくの最後の仕事や」

そうつぶやいてから、柳田は初めて笑みを浮かべ、これはまだ誰にも喋らないでくれと言った。

口外しない。夫にも黙っていると言い、房江はパブリカ大阪北の社屋を出て、モータープールへと急いだ。早く帰って、カレーライス作りにとりかからねばならなかった。

十一月半ばになると、シンエー・モータープールの事務所に出入りする人間がにわかに増えた。

事務全般をまかされてモータープールの社員となった岡松浩一（おかまつこういち）は、朝九時に出勤し、夕方の五時に退社する。長く信用金庫に勤務して、浪速（なにわ）区の支店長から天王寺区の支店長を歴任したあと、五十歳から監査役として三年間勤めたが、柳田元雄の誘いでモータープールにやって来たのだ。

小柄だが肉づきが良くて、いつも仕立てのいい背広と地味なネクタイ姿で事務所の机に向かっている。

大学を卒業して退職するまで、大阪では老舗（しにせ）の信用金庫に勤めつづけた男らしく、実直な堅物だが、岡松から見れば、モータープールの事務所でちょっと休憩していく者たちの多くは油で汚れた作業着姿の、下司（げす）な世間話しかできない無教養な連中でしかないらしく、十日もたたないうちに、相手が客だということをわきまえずに、上から物を言うようになった。

柳田社長の運転手も東尾専務の運転手も、どちらも専用車を使わないときは他にすることもなくモータープールの事務所で出番を待っている。

時間を持て余して自動車を洗ったりワックスをかけたりするが、不破建設の林田信正ほど丁寧ではなく、適当に洗車を済ませると週刊誌の記事を話題にしたり、どこそこの会社の受付嬢はいい女だが尻軽だ、とか、こないだゴルフ場で、どこそこの社長が女づれでプレイしていた、とか、社長や専務の運転手としては決して口外してはならないことを周りに憚らず話している。

神田三郎が辞めたあとにシンエー・タクシーの福島営業所に就職してきた鶴峰という二十二歳の青年は、タクシーの運転手が事務所にいるときは、モータープールの事務所に遊びに来て油を売っている。

自分の仕事は夜の十時から朝の八時までで、それ以外のときは運転手にまかせておけばいいのだと本気で思っているらしい。

口のきき方がぞんざいなので、モータープールの客としばしば口げんかをして、そのたびに田岡勝己が仲裁に入らなければならない。

それらの新しい顔ぶれのお陰で、房江も伸仁も居場所が二階の部屋だけに限られてしまって、精神的に窮屈な思いを余儀なくされることとなった。

柳田商会の寮にも人が三人増えた。まだ未成年の新入社員がふたり。これまで寮生活を嫌って姉と近くのアパートで暮らしていた三十四歳の青年。

この三人が加わったことで寮は狭くなり、社員食堂で作る食事の量も増えたのに、一日の食費は据え置きのままだ。これでは働けない。そう文句を並べて、賄い婦は辞めていった。

その不満の最大のものは、姉とのアパート暮らしから寮生活へと変えた松田茂の、けんか腰の抗議についてだった。

飯は芯があって固い。おかずはいつも似たようなものばかりで、甘すぎるか塩辛すぎるかのどちらかだ。仕方がないので自分で何か作ろうと冷蔵庫をあけると、ほとんどからっぽで、たくあんのしっぽくらいしか入っていない。

しかし、テーブルに並べてあるおかずを見ると、ひからびた魚の干物と薄い味噌汁、そしてひじきと大豆の煮物。どこにも牛肉どころか豚肉も鶏肉もない。

あんたが市場から買って来たもののなかには十五人分の鶏肉があったが、あれはどこに消えたのか。

賄い婦は、日本人には珍しい長身の松田茂に問い詰められて恐怖を感じたと、まるで房江をなじるようにまくしたてて辞めていったのだ。

房江は、脛に傷を持つ女が、痛いところを突かれて逃げて行ったにすぎないと思ったが、房江も松田茂という青年が好きではなかった。

柳田元雄の義兄の子で、岡山の中学を卒業してすぐに柳田商会で働くようになったらしい。戦後すぐに柳田元雄が柳田商会の看板を掲げたころに初めて雇った社員で、いわば貧乏な時代をともにしたのだが、松田茂にとってはそれだけが自分の存在を誇示する唯一の来歴で、後輩社員よりも秀でているところは無いに等しい。

　それなのに、松田は熊吾に対しては、まるで親を慕う子のように「大将、大将」と言い寄って、寿司などをご馳走になろうとする。熊吾も、慕われると可愛くなるらしく、早目に帰宅した夜は、松田をつれてどこかへ出かけていく。

　松田はご馳走になりながら、自分も何か商売をして一本立ちしたいと言い、もう中古車部品の時代は終わった、柳田社長も充分に承知していて、中古車部品の部門の縮小どころか廃業を念頭に置いているのだと、腫れぼったい顔を紅潮させながら語るのだという。

　房江は、相手がいかに若くても、他人の金でうまいものを食べたがる人間は信用できないという信念を持っているので、人のいい熊吾が松田茂に飲み食いさせるのをこころよく思っていなかった。

　柳田元雄には内緒だと釘を刺され、房江は、夫にも黙っていると約束はしたが、あの柳田があえて口止めしたのは、ご主人には話してもいいという含みを持たせたのであろうと考えた。

ここだけの話で、あなただけに教えるのだと耳打ちするのが公言よりも拡がりやすいことを柳田がわきまえていないはずはなかったからだった。

なぜ松坂熊吾にだけはゴルフ場経営について知らせてもいいのか、房江は柳田の腹の底は読めなかったし、夫が帰宅したときは必ず近くに伸仁がいるので話す機会を持たないまま日が過ぎたのだが、正門周辺を箒で掃いていると、旧式のルノーに乗った熊吾が夕方の五時前に戻って来て、モータープールの事務所に入りかけたので、二階に上がってくれと促した。

長年愛用してきたらしいソフト帽をかぶって、岡松浩一が帰って行った。

「あいつは、お先に、とか、さようならのひとことも言えんのか。学校の先生と警察官はつぶしがきかんというが、信用金庫の支店長もおんなじか？」

熊吾は、あきれ顔で苦笑し、房江のうしろから階段をのぼって来た。

部屋に入ると、房江は先日の柳田元雄の話を夫に聞かせた。

「ゴルフ場？　ゴルフの練習場の間違いやあらせんのか？　いま大阪のあちこちに練習場ができちょって、自分の番が廻ってくるまで二時間も待つのは当たり前らしいけんのお」

と言い、熊吾は冷蔵庫からビールを出した。

「ゴルフ場やねん。川辺郡猪名川ってとこに土地を見つけたらしいねん」

「川辺郡ちゅうたら兵庫県じゃ。能勢の近くで、猪鍋が名物の、他には何にもないところじゃ。猪が多いけん、畑の作物も荒されて農業もさびれちょる」

そう言いながら、何か合点のいくところがあったらしく、熊吾はビールの栓を抜き、コップに注いで飲んだ。

ビールと日本酒は糖尿病に良くないと小谷医師に言われて以来、週に二、三本しか飲まなくなっていたが、熊吾は、焼酎にもウィスキーにももう飽きたと言い、最近では日本酒も以前と同じくらい飲むようになっていた。

「ゴルフ場って、どんなとこ？」

と房江は訊いた。

「わしも行ったことがないけん、見当もつかんが、三河自動車の社長が最近凝り始めて、わしと顔を合わせるたびに誘いよる。あの小さなゴルフのボールが、なんと一個二百八十円らしい。探しにも行けんとこに飛んで行ったら、二百八十円が一瞬にしてパーじゃ。とにかく、とんでもなく金のかかる遊びらしい」

房江は、外車を専門とする中古車ディーラーの三河武吉のことは御影に家を建てたときから知っていた。戦後は、熊吾とは音信が途絶えたままになっていたが、それは三河武吉が海老原太一との親交を深めたことによるものだと房江は最近知ったのだ。

「あの三河さんがゴルフを？」

と房江は相撲取りのような三河の体躯を思い浮かべながら笑顔で訊いた。

熊吾も笑みを浮かべ、

「ゴルフをしたら痩せると言われて始めたそうじゃが、痩せるどころか前よりも太っちょる」

モータープールに帰って来る車が多くなって、田岡勝己がそれぞれの運転手に、そこに停めないでくれ、とか、キーは付けたままにしておいてくれとか言う大きな声が聞こえた。

「信用金庫の元支店長の岡松も、都銀の東尾も、柳田社長の布石じゃ。岡松の勤めちょった信用金庫は大阪市内にも支店を持っちょるが、根城は摂津や能勢や川西の北部じゃけんのお。東尾の銀行も、昔からあのあたりに強い。ゴルフ場を造るには莫大な資金が要る。とにかく、どんなに小さいゴルフ場でも一キロメートル四方の土地が必要じゃっちゅうからのお。あの柳田元雄が、ゴルフ場経営を自分の最後の仕事と決めよった。たいした人じゃ。そのことで、わしに何か恩返しができりゃあええが、ゴルフ場すら見たこともない男にできることなんかあらせんのお」

そう言ってから、熊吾はネクタイを外し、背広を脱いだ。そして、この秋物はもう寒いので、冬物の、それも地味な背広を出してくれと頼んだ。

「これから出かけはるのん？」

房江は慌てて洋服ダンスをあけ、いつでも着られるようにと用意してあった冬物の背広から最も地味な色のを出した。

熊吾はその背広に着替えながら、関京三が、そろそろ危ないのだと言った。

「危ないって……」

「よくもって、もう二、三日。今夜中に息を引き取る可能性もあると医者が家族に耳打ちしたそうじゃ。黒木にしらされて、昼に病院に行って来たが、二、三日ももたんじゃろう。残った左脚のほうの指が、五本とも真っ黒になっちょった。指とは思えん。細い炭みたいじゃ。熱も高うて、わしが誰かもわからんようじゃった」

熊吾は、自分でネクタイを選び、それをしめながら階段を降りて行った。

指が炭のように真っ黒になっている？　糖尿病が悪化するとそうなるのか？

房江は、今夜のおかずにしようと準備しておいた鯨肉の生姜焼きの味が濃くならないようにしてから、南側の階段を降りて裏門から出ると、狭い路地を縫って小谷医院へ行った。

患者はひとりもいなかったので、すぐに診察室に通されて、小谷医師と話をすることができた。

「あれは、私の長年の経験による推測でして、医学的な根拠によって明確に証明されたわけではないのです。ですが、私の勧めでビールと日本酒をやめて、焼酎かウィスキーに変えた糖尿病患者の七割は、確実に症状が改善されます。まったく改善されなかった患者の食生活をこまかく調べますと、酒を減らしたぶん、どうしても口寂しくなって、甘いものを以前よりもたくさん食べるようになってるんですな。晩酌の量が減るので、これまで茶碗に一膳だったご飯が二膳、三膳に増えます。症状が改善されなかった三割の患者が、すべてそうなのですから、私は糖尿病患者にビールと日本酒は禁じることにしましたし、菓子類の摂取も厳禁と決めました」

笑顔を絶やさなかったが、小谷医師は自分の医師としての長年の経験から得た推測に自信があることを示す強い口調で説明してくれた。

わかった。夫は小谷先生の言うことなら聞くので、今夜、いまの説明を話して、あらためて食生活を考え直してもらうし、私も妻として、夫の飲むもの食べるものに、もっと気を配るようにする。

房江はそう言って、小谷医師に礼を述べた。

診察室から出て行きかけると、

「喘息の発作は、まったくありませんか？」

と小谷医師は訊き、聴診器を耳にさした。そして、念のために診察しておきましょうと言い、服を脱ぐよう促した。

富山から大阪へ帰って以来、あれほど頻繁な発作に苦しんだ喘息は嘘のように治ってしまっていたので、房江は小谷医師の診察を受けるのを躊躇した。小谷医院は相変わらず健康保険の適用を拒否していて、他の病院の五倍近い診察代や薬代が必要だったからだ。

しかし、柔和な笑みを浮かべて聴診器を持ち、房江がカーディガンのボタンを外すのを待っている小谷医師の顔を見ると断わりきれなかった。

小谷医師は、房江の胸部に聴診器を当て、二、三度大きく息を吸わせたり吐かせたりしたあと、

「まったく問題ありません。喘息の名残りはどこにもありませんが、少し熱がありますね」

と言って、体温計を出した。

「熱……。私にですか？」

渡された体温計を腋に挟みながら、房江は訊いた。風邪のような症状はまったくなかったし、体の具合の悪さも感じなかったのだ。

体温は三十七度三分だった。房江は、自分の平熱は三十六度三分くらいと知っていたので、一度も高くなっている理由がわからなかった。

「急に寒くなりましたからねェ」

と笑顔で言ったが、小谷医師は房江の喉を診たり、首のリンパ腺に触れたりしたあと、かすかに訝しそうな表情を見せた。

「暖かくして、今夜は早目にお休みになることですな」

「なんで微熱があるんでしょうか」

「うーん、いまのところは風邪を引きかけているとしか思えません。お若いときに胸を患ったことがありますか？」

房江は、十七、八歳のときに軽い肺結核にかかっていたらしいが、それは更年期症状で病院に行ったときに医師に教えられて初めて知ったのだと答えた。

「奥さんが十七、八歳のときというと、三十三、四年前。結核は治らない死病だった時代です。どんな治療で治ったんです？」

「あのォ、石油を飲んだんです」

「石油？」

驚き顔で言い、小谷医師は、次の言葉を待つように首を突き出して房江の顔を見つめた。

私はもともと体が丈夫でなかったし、やっと雇ってもらった製粉会社で働いているときに咳が出て止まらなくなった。そのとき、私は長生きできない体なのだと悟った。

こんなにつらい生活ばかりで長生きしたいとは思わなかったが、死は怖かった。

ちょうどそんなとき、何気なく手に取った婦人雑誌に、石油が結核に効くと書いてあり、それで治した数人の女性の体験談も載せてあった。

そのとき、どういう考え方をしたのか覚えていないが、死病の結核でさえも治るのなら、石油を飲めば、自分のようなものでも丈夫になれるのではないかと思ったのだ。たぶん、ほとんどやけくそになっていたのだと思う。

どうせ長生きできないのなら試してみようと、石油を売る店へ行って、コップに一杯だけ売ってくれないかと頼んだ。

そんな少量は売れないとすげなく断わられたが、店主が何に使うのかと訊いたので、私は正直に理由を話した。

石油なんて飲めるものか。そんないんちき療法に騙されるとかえって寿命を縮めるぞとあきれ顔で言ってから、店主はコップに一杯の石油を持って来た。

「ひとくちでも飲めたらたいしたもんや。これを飲んで死んでも、俺の責任やないで」

と店主は言い、店の従業員や近所の店舗の人たちを呼んだ。この子が死んでも俺の責任ではないというための証人を集めたのだと思う。

みんなが見ている前で私はコップのなかの石油を飲んだ。あの味も臭気も、どう表現していいのかわからない。口には入っても、どうしても喉を通らない。私は鼻をつまんで死ぬ気で飲んだ。たぶん、小さな猪口に二杯分くらいだったと思う。それ以上は鼻をつまもうが何をしようが飲めなかったのだ。

しかし、それで元気になったのだ。石油が私の肺結核を治したとしか思えないが、それから長く胃の調子が悪くて、ご飯一膳も食べられない状態がつづいた。

私の胃が弱いのは、あのとき飲んだ石油のせいではないかと思っている。

小谷医師は、房江の話を聞き終えると、

「はあ……」

と溜息（ためいき）とも驚きともつかない声を発した。

「そのころの石油には不純な混合物が入ってなかったんですかなァ。それ以後、X線写真で胸部を調べたことはありますか？」

「はい、更年期で体調が悪かったときに」

「そのときの医者は何と言うてましたか？」

「結核にかかった跡がわずかにあるけど、きれいに固まってるって」

「石油ねェ……。小さな猪口に二杯分でも、よくも飲みましたね」

小谷医師は、しばらく腕組みをして考え込んだあと、ご主人にいちど検査に来るように伝えてくれと言った。

房江は、モータープールの二階に戻ると、もういちど熱をはかってみた。やはり三十七度三分だった。十七歳のときの結核が再発したのだろうかと不安になってきた。

自分の部屋でラジオを聴いていた伸仁が、三十センチほどの長さの鉄の棒を持って台所へやって来た。

「それ、なに？」

「佐古田さんに頼んで、解体中のフォードのサスペンションを切ってもろてん」

サスペンションに使う数層の鋼の板が、自動車の震動を吸収するために備えられていることは知っていたが、それを何のために佐古田に貰ったのだろう。

房江は、何に使うのだと訊いたが、伸仁は答えず、事務所の近くに置いてある水槽に煙草の吸殻を捨てる人がいて、きのうときょうの二日間で金魚が五匹死んだと言った。

「水を全部替えへんかったら、二十二匹の金魚、全部死んでしまうって林田さんが怒ってたわ。とりあえず、残りの金魚をバケツに移して、水槽の水を汲み出してんけど、底の砂に植えたいろんな水草は枯れそうや。あそこまで育つのに四年もかかったんやで」

「金魚を大事に飼うてる水槽やてわかってて煙草の吸殻を捨てるなんて……。誰やのん？」

「誰かはわかれへん。このごろ、柳田商会とつきあいのあるエアー・ブローカーが三、四人、事務所で時間つぶしをするようになったから、たぶんあいつらやと思うねん。がらの悪い人らやねん」

またそういう連中が出入りするようになったのか。関京三は入院し、黒木博光はハゴロモの仕事で忙しい。夫もモータープールの事務所には足を踏み入れなくなった。岡松浩一が実質的な責任者となり、自分たちは夜間だけの管理人なのだから、事務所には入らないほうがいいと思っているのだ。

房江は自分の考えを伸仁に言って夕食を作りながら、再度その佐古田に切ってもらった鋼鉄を何に使うのかと訊いた。

「ナイフを作るねん」

「そんなもんを作ってどうすんのん？　三十センチもあるナイフなんてナイフやあらへん。匕首か脇差みたいなもんやろ？」

伸仁は、佐古田さんがバーナーで切った鋼鉄の切り口をグラインダーで削ってから、これを砥石で根気良く研いでいくと立派な刀ができるので、どうだノブちゃん、作ってみるかとそそのかしたのだと答えた。

佐古田はいたずら半分で伸仁に厚さ五ミリほどの鋼鉄を渡したのであろうが、砥石で研いだくらいでは、ちゃんと切れる刀が完成するとは思えなくて、それ以上は問いつめずに、房江は味噌汁の入っている鍋を卓袱台に運んだ。

「岡松さんは、そのエアー・ブローカーが事務所にいりびたっても何の文句も言えへんのん？」

「知らんふりしてるし、たまに自分の話し相手にしてるで」

「田岡さんも？」

　伸仁は晩ご飯を食べながら、

「あいつらに何を言うても無駄やから、相手にせんほうがええ、知らんふりしときって」

　その伸仁の言葉を聞いて、これはまた夫の出番ということになりそうだが、岡松にまかせておくべきであろうと思った。

　信用金庫という職場以外では働いたことのない五十半ばの男にしてみれば、喫茶店や雀荘を自分の事務所代わりにして世渡りをしてきたエアー・ブローカーは、どう対処すればいいのかわからない相手で、内心では出入りを禁じたいが、それを面と向かって口にする度胸はないのだ。

　房江はそう思い、自分の茶碗にご飯をよそった。その瞬間、突然全身が震え始めた。いままで経験したことのない烈しい悪寒で、持っていた茶碗を落としてしまった。

　母親の異変に気づいた伸仁が、身を丸めて震えつづけている房江の体を抱きかかえ、どうしたのかと訊いた。

「ちょっと熱があるねん」

　たったそれだけがちゃんと喋れなかった。歯の根が合わない寒気と震えはどうにもおさえようがなくて、房江は蒲団を敷いてくれと伸仁に頼んだ。

慌てて蒲団を敷き、房江をそこに横たわらせて、掛け蒲団を掛けたあと、伸仁は体温計を持って来た。そして房江の全身の震えをおさえようと掛け蒲団の上から馬乗りになった。

「四十一度二分もあるでェ」

そう言うなり、伸仁は部屋から出て階段を駆け降りて行った。

事務所にいた田岡が走って来て、いまから小谷先生に来てもらうために車で迎えに行ってくると言った。

「ノブちゃんはお母さんについといてあげてや」

田岡が階段を走り降り、車のエンジンをかける音は聞こえたが、房江はもう一枚蒲団を掛けてくれと身ぶりで頼んだ。悪寒による震えではなく痙攣ではないかと怯えた。

自分の身に何が起こったのかと恐怖を感じながら、房江は、もっとたくさん掛け蒲団をかけてくれと歯の根が合わない状態のまま伸仁に頼んだ。

押し入れからありったけの掛け蒲団と毛布を出して、伸仁は房江の体に乗せ、また馬乗りになって震えを抑えようと腕に力を込めた。

階下で誰かが呼んでいた。うちの車を置く場所に別の車が駐車してあるので、それを動かしてくれと山田メリヤス店の息子が怒っていると伸仁は言った。

「私のことはええから、車を動かしてあげ」

六枚の掛け蒲団に包まれて身を縮めて震えながら、房江は言った。

「ぼくが車を動かしてもええのん？」

と訊きながらも、伸仁は部屋から走り出て、階段を駆け降りて行った。

患者の診察中なら、小谷医師はすぐには来られない。それまで、とにかくこの悪寒に耐えつづけなければ。

房江はそう覚悟して歯を食いしばった。

伸仁が戻って来て、再び馬乗りになったとき、階段を駆けのぼってくる音が響いた。

小谷医師は、掛け蒲団を一枚だけ残して、あとはすべて取り除き、伸仁に、お母さんの上半身をおさえておくように言って、臍の周辺から下腹部まで掌で押した。

ここは痛いか？　ここは？　では、ここは？

小谷医師がそう訊きながら臍のかなり下をおさえたとき、重い痛みが腹部全体にひろがって、房江は顔を歪めた。

「おまるはないでしょうなァ。伸仁くん、隣の部屋に新聞紙を敷きなさい。できるだけぶ厚く広範囲に」

小谷医師の指示どおりにして、伸仁はさらに別の新聞紙を事務所から持って来て重ねた。

「男は部屋から出ていなさい」

と小谷医師は言ったが、田岡はすでにモータープールの仕事に戻っていた。

伸仁が部屋から出て行くと、小谷医師は長方形の箱型の診察鞄からガラスのコップのような容器を出し、ここに尿を入れてくれと言って、伸仁の部屋に敷きつめられた新聞紙を指差した。そして背を向けて、試験管と何かの薬品が入った小壜を出した。

ここでおしっこをしろということだったのか。全身が震えつづけているので、おしっこはどこに飛び散るかわからない。このガラス容器のなかにちゃんと入るだろうか。

「少しでよろしい。奥さんが十七歳のときに飲んだ石油くらいで」

と小谷医師は背を向けたまま言った。

体も容器を持つ手も震えるので、尿はあちこちにこぼれた。なるほど、そのために新聞紙を広範囲に敷かせたのかと感心したことで、房江のなかの恐怖感は消えた。

「新聞紙は伸仁くんに片づけてもらったらよろしい。早く蒲団に入りなさい」

小谷医師は、尿のしたたるガラス容器を受けとり、伸仁を呼んで、新聞紙を片づけさせ、六枚の掛け蒲団を房江の体にかけたあと、尿を試験管に移して、それを仔細に見つめた。

それから小壜のなかの液体を二、三滴試験管のなかに垂らした。

「腎盂炎です」

と白濁した尿を蛍光灯の明かりに透かして見入りながら言った。

「腎盂炎……。腎臓の病気ですか？」

「女性がかかりやすい細菌感染です。ご心配は要りません。細菌を殺せば治りますが石油では死なんでしょう」

　小谷医師は小さく笑いながら診察鞄から解熱薬を出し、新聞紙を捨てに行って戻って来た伸仁に、薬を処方するので、ぼくを送りがてら医院まで来てくれと言った。

「ああ、お母さんに水を持って来てあげてください。とにかく早く熱を下げないといかんのでね。ああ、その前に、このお母さんのおしっこを捨ててください。便所に捨てて、きみも手をきれいに洗うように」

　伸仁は、ガラス容器と試験管を持つと、モータープールの裏門の横にある便所へと小走りで向かった。

「三日間くらい、周期的に高熱が出て、ひどい震えも起こります。熱が下がって、やれやれと安心してると、また四十度くらいの熱が突然出てきます。それが腎盂炎の特徴です。ですから、私がもうよろしいと言うまでは安静を守ってください。家事一切は禁止。水分をたくさん摂って、どんどんおしっこを出すことです。近くにおまるを置いておくのを忘れんように。私の医院の三軒隣に荒物屋があるでしょう？　あそこにおまるが売ってます」

　ガラス容器と試験管を洗った伸仁が、コップに水を入れて戻って来た。

房江は解熱薬を服み、悪寒に襲われながらもコップに二杯の水も飲んだ。

最も忙しい時間帯に入っていて、田岡はモータープールから離れられなくなっていた。

「すぐそこですから、歩いて帰ります。伸仁くんも一緒に来てください。薬を渡しますので。おまるも買ってもらわないといけませんしね」

房江は、台所の横の棚にある財布を持って行くようにと伸仁に言い、何度目かの強い悪寒で六枚の掛け蒲団のなかにもぐり込んで歯を食いしばった。

治療代を払い、おまるを買って帰って来た伸仁は、小谷医師の処方した二種類の薬を枕元に置き、早く服むようにと勧めた。

「おしっこをするときはそう言うてや。ぼく、戸を閉めて外へ出てるから」

伸仁は、いつも父親の枕元に置く水差しに水を入れて来て、それを房江の手の届くところに置くと、二種類の薬を袋から出した。

それを服むのを見届けて、伸仁は、きょうはいやに忙しいようだから、自分も少し田岡さんの手伝いをしてくると言って階下へ降りて行った。

モータープールを管轄していたシンエー・タクシーの常務は最近顔を見せなくなった。不祥事を起こして馘になった、とか、パブリカ大阪北に配置替えになり、実質的には降格したのと同じ扱いをされているとかの噂を聞いていたが、それは本当なのかもしれないと房江は思いながら目を閉じた。

三、四十分まどろんで目を醒ますと、悪寒は消え、体もらくになっていた。なんとよく効く解熱薬であろうと感心したが、二、三日のあいだは周期的に高熱が出るという小谷医師の言葉を思い浮かべ、食欲はまったくないが、いまのうちに何か食べておこうと蒲団から出て、房江はカーディガンとスカート姿のままなのに気づいた。

熊吾が脱いだ秋物の背広がテレビの横に置いたままになっていた。ああ、そうだ、クリーニングに出すのだから、ハンガーに吊るして洋服簞笥にしまう必要はないと考えて、ここに置き、そのあと小谷医院に行ったのだと思い、房江は寝巻に着替えて、その上からカーディガンを羽織った。

モータープールで預かっている車をそれぞれの駐車場所に移す作業を手伝っていた伸仁が二階の部屋に戻って来て、ムクがお腹をすかせて鳴いていると言った。

「もう七時やもんなァ。ご飯にお味噌汁をかけてやって。きょうはそれだけで我慢してって。冷蔵庫にちくわが入ってるから、それをちぎって混ぜてやって」

そう言いながら、あしたクリーニング屋の御用聞きが来たら渡そうと、房江は夫の背広を紙袋に入れかけて、念のためにとすべてのポケットの中身をたしかめた。

数字を走り書きしてある食堂の箸袋と、十円玉が三つ入っていた。

百円札も千円札も残念ながら入っていない。最近、夫の背広のポケットからは、入れたまま忘れてしまった紙幣の額が減った。私がこっそりと数枚を抜き取っていることにやっと気づいたのかもしれない。

　そう思いながら、房江は最後にズボンのうしろポケットに手を突っ込むとハンカチが入っていた。ガーゼの女物のハンカチだった。茶色の液体を拭いたらしく、そのしみはまだ濡れていた。房江は匂いを嗅いだ。コーヒーだった。

　喫茶店のテーブルにコーヒーをこぼし、店の誰かがハンカチを差し出したので、それで拭いて、持ち主に返さずにうっかりと自分のズボンのうしろポケットに入れたのだろうか。

　昔は、こんなことはしょっちゅうだった。カフェーの女給のハンカチを持って帰って来るのだ。そんなことが何回もつづいて口論になったりもした。つまらない詮索をするなと怒って殴られたこともある。結婚して二、三年たったころだ。

　伸仁が生まれてからは、女物のハンカチが夫の背広のポケットに入っていたことはいちどもない。ハゴロモの商売が予想をはるかに超えて大きな商いに発展すると、中古車のディーラーや客を接待して、女のいる店に行く機会も増えたのであろう。

　房江はそう考えて、ハンカチをごみ箱に捨てた。

　ムクに食事を与えて部屋に戻って来た伸仁は、母親のために敷いた蒲団を自分の部屋に移し、

「ちゃんと治るまでこっちの部屋で寝るほうがええやろ？　おまるにおしっこをすると

き、ぼくの机の横やったら誰にも見られへんでェ」

と言った。

房江は伸仁の部屋に敷かれた蒲団に正坐(せいざ)して体温をはかった。三十七度八分まで下がっていた。

餡(あん)パンと牛乳を買って来てくれと房江は百円札を二枚渡し、

「ノブは『いずみ軒』で何か食べといで」

と伸仁に言った。

F女学院の大火の火元となった自動車修理屋は、あのあとすぐに引っ越してしまい、ずっと空地のままだったが、そこにことしの夏に「いずみ軒」という洋食屋が開店したのだ。

看板には「洋食」と書かれていたが、オムライスとハンバーグとカレーライス以外は、うどんやラーメンや丼物(どんぶりもの)ばかりだった。それでも、昔からこの周辺にある数軒の食堂よりもおいしいと言う人たちがいて繁盛しているが、人手がないので出前はしないのだ。

「餡パンと牛乳だけでええのん？」

と伸仁は訊いた。

まったく食欲はないのだが、薬袋には食後に服用のことと書いてあるので枕元に用意しておくのだと房江は言って、蒲団に横になり、厚さが三、四十センチになっている六枚の掛け蒲団と毛布が重くて、二枚に減らし、目を閉じた。

房江はまたすぐに眠ったが、尿意で目を醒ました。誰も廊下の明かりをつけなかったらしく、一瞬真夜中かと錯覚したが、いつも自分が寝ている部屋から夫の声が聞こえた。インドシナ半島というところにはどういう国々があるかを伸仁に説明しているらしかった。伸仁は適当に生返事をしながらテレビを観ているらしい。

おまるで用を足してから、そのなかのものを便所に捨てようと立ちあがると、

「起きたのか？」

と熊吾が訊いた。

「小谷先生が、どんどん水分を摂って、どんどんおしっこをしなさいって言いはったから、ぎょうさんお水を飲んでん。いま何時？」

房江はおまるを新聞紙で覆って熊吾と伸仁が並んで坐っているところへと行った。

「十一時前じゃ。お前は寝ちょれ」

熊吾は言って、おまるを持つと裏門の横にある便所へと向かった。

夫が捨てに行ってくれるのか。伸仁に行かせそうなものだが、私の体を気遣って、自分で私のおしっこを捨てに行ってくれた。

房江は嬉しくて、夫に言われたように蒲団に戻り、餡パンを食べ、牛乳を飲んだ。

「関のおっちゃん、九時過ぎに亡くなりはってん」

と伸仁は言った。

夫の勘は当たったのだなと思い、牛乳を飲み干したとたん、また寒気がして体が震え始めた。薬だけは服んでしまって蒲団にもぐり込んだが、すぐに二枚の掛け蒲団では足りなくなり、房江は伸仁を呼んだ。

最初の悪寒と震えよりも烈しくて、熱も四十一度六分あった。

体温計を見た伸仁が、もうこれ以上の目盛がないというところまで水銀が上がってしまっていると心配そうに言った。

熊吾が戻って来て、無理矢理に解熱薬を服ませてくれた。

「マラリヤにかかった人間みたいじゃのお。腎盂炎ちゅうのが、こんなに高熱が出るもんやとは知らんかった。これでようにせ医者が勤まったもんじゃ」

掛け蒲団を元の六枚にして、熊吾は、湯タンポはどこかと伸仁に訊いた。

房江は、湯タンポをしまってある場所を伸仁に教えようとしたが、言葉を発することができず、押し入れのほうを指差すだけだった。

二度目の高熱と震えがおさまるのに二時間ほどかかった。

湯を沸かすのも、それを湯タンポに入れて大きなタオルで包むのも熊吾がやってくれた。

熊吾はずっと房江の枕元であぐらをかき、一升壜のなかの酒を茶碗で飲みながら、房江と目が合うと水を飲めと促した。

「そんなに飲まれへんわ。お父ちゃんこそ、日本酒はあかんよ。小谷先生がそう言うてはったで」

「焼酎もウィスキーももう飽きたんじゃ。関京三の弔い酒じゃ」

と言い、熊吾は明かりの消えている隣の部屋へ行った。伸仁の寝息とムクが廊下を歩くときの爪音だけが聞こえた。

「終わったか？」

と熊吾が訊いた。

「うん、終わった」

房江がおまるに用を足して蒲団に戻ると、熊吾はそれをまた便所に捨てに行こうとした。

「私があしたの朝に捨てるから」

と房江は制し、まだ背広にネクタイ姿のままの熊吾に、もう寝るようにと勧めた。

「黒木が関の葬儀の世話をしちょるが、葬式代がないんじゃ。葬儀屋に頼んで、関の遺体を家まで運んだそうじゃが、坊さんに来てもらう金もない。手術や入院費や治療代で、関の家はすっからかんどころか、かなりの借金をしよった。坊主を呼ばんでも、お経くらいはわしがあげちゃるがのお。まあ、そんなわけにもいかんじゃろう。宗派は何じゃと訊いたら浄土宗やっちゅう。松坂家は禅宗じゃけんのお……。葬式に金なんかかけんと家族や親しい連中だけで送るのがいちばんええと思うんじゃが……」

「お経て、どんなお経があげれるのん？」

「適当でええじゃろう。てけれっつのぱー、とか」

「そんなアホな」

房江は本当にやりかねない熊吾を見ながら笑った。

明け方の五時ごろに三度目の高熱と烈しい悪寒があり、昼前に四度目のが起こって、それ以後は次第に周期も長くなり、四十度を超える熱は出なくなった。

発病して四日目の昼に小谷医師が往診してくれた。尿の検査をすると、

「きれいになってます。通常の生活に戻って結構です。念のために薬はあと二日間服んでください」

そう小谷医師は言った。

夫は糖尿病の検査に行ったただろうかと房江が訊くと、きのうの朝に来たが、夏前よりも悪くなっていると小谷医師は答えた。

「夏前は、試験紙の色が黄緑色くらいでしたが、きのうは藍色でした。この数ヵ月、忙しくて、歩いて仕事先に行くことができなくなって、自分で車を運転してあちこちに移動してるし、ビールや日本酒を飲むことが多いそうです。インシュリン療法を始めたほ

うがいいと勧めました。以前、私の医院で十日ほどインシュリン注射をつづけましたが、高い薬でして。インシュリンというのは薬というよりも膵臓から分泌されるホルモンです。人間から抽出はできませんので現在は魚から採ったものを使います。インシュリンさえ入手できれば、自分で注射できます。そのほうが安くつきますが、量を間違うと大変危険ですし違法です。そのことも、きのうご主人に話しておきました」

「そのインシュリンは、薬屋さんで買えるんでしょうか」

「医師の処方箋があれば内緒で取り寄せてくれる薬局もあるでしょう」

房江は礼を言って、小谷医師を裏門まで送った。長年使い込んだソフト帽を脱ぎ、丁寧にお辞儀を返してから、小谷医師は、来年の五月から息子が医院を継ぐことになったと言った。

妻の心臓に問題が生じたし、自分もそろそろ隠居する歳になったと思う。息子にはたくさんの患者と接する大病院でもっと経験を積ませたいが、医院を継ぐ気になっているときを逃がすと、大学付属病院という温床に慣れて、医術の道から逸れて行きかねない。

それで思い切って、隣の家と土地を買い、いまの倍くらいの新しい医院に建て替えることにした。

息子は、健康保険の適用とレントゲン撮影のための設備もこれからは絶対に必要不可欠だと考えている。跡を譲るのだから、息子の好きなようにすればいいが、そのために初めて銀行から融資を受けることになった。

　小谷医師はそう説明し、

「十二月に入ると、いまの建物の取り壊しが始まります。つまり、私の小谷医院は今月末をもって幕を下ろすことになります」

　と言って、入り組んだ路地へと去って行った。

　そのうしろ姿に何度もお辞儀をしていると、

「誰にお辞儀をしてはりますねん？」

　と声をかけられた。

　パブリカ大阪北の専務として大手銀行から引き抜かれた東尾修造が立っていた。

　房江は、東尾と話をするのは初めてだったが、意外に人当たりの良さそうな笑顔で接して来たので、自分が四日間病気で臥せっていたことと、いま往診してくれた医師を見送っていたことを話した。

「腎盂炎かァ。それは大変でしたやろ。ぼくの母親もいっぺんかかったことがあります。大のおとなが押さえつけとかんとあかんくらいの震えで、熱が四十度以上出ました」

　と東尾は張りのある声で言いながら、モータープールの事務所への通路を歩いて行った。

　房江も並んで歩きながら、自分もそれとまったく同じ症状で、このまま死んでしまうのではないかと恐怖を感じたと言った。

「松坂さんは板金塗装の会社も起こしはって、昇り竜の勢いですなァ。これから車の板金塗装は休む暇もない事業になります。ええとこに目をつけはった。さすがは松坂商会の闘牛の熊さんですなァ」

夫の昔のことは柳田元雄から聞いたのであろうと思い、房江は東尾に茶を淹れるつもりでモータープールの事務所に入ったが、坐る場所がどこにもないほどに見知らぬ男たちがソファを占有し、立ったまま男たちと会話していた東尾の車の運転手は慌てて専務専用車へと走って行った。

「お電話を下さったらお迎えに行きましたのに」

と後部座席のドアをあけて運転手は言った。

「たまには歩かんとなァ。俺にはゴルフみたいな悠長なボール遊びで足腰を鍛えるっちゅう暇はないんや」

横柄な口調で言い、東尾は黒塗りの高級車の後部座席に坐った。

「イバカン」

車のなかから東尾の声が聞こえた。イバカンとは何なのだろう。

房江は、見知らぬエアー・ブローカーがたむろするようになった事務所には行きたくなかったが、水槽に煙草の吸殻を捨てないでくれとだけは言っておこうと思った。

エアー・ブローカーたちに言えば、いつも机に向かって坐っている岡松浩一にも聞こえる。岡松の右側には大きなガラス窓がある。そのガラス窓の下に水槽はあるのだ。仲仁と田岡勝己の話では、エアー・ブローカーたちは、吸殻のほとんどをその窓から投げ捨てるらしい。ということは、岡松は、モータープールの許可も得ず、いつのまにか勝手に自分たちの事務所代わりにして居坐るようになったエアー・ブローカーのなすがままにさせているのだ。せめて、吸殻は灰皿に捨てろ、この水槽で金魚を飼っているのだ、くらいは注意したらどうなのか。

私が男たちに言うことで、岡松も今後は煙草の吸殻を水槽に捨てさせないようになるだろう。

房江はそう考えて事務所に入り、岡松にだけ茶を淹れてやりながら、六人のエアー・ブローカーたちに言った。

「これからは絶対に水槽に吸殻を捨てんといて下さいね。水槽では、このモータープールが開業して以来、ずっと大切に金魚を飼うてきたんです。吸殻は必ず灰皿に捨ててくださいさい。そのために、こんなに大きな灰皿があるんです」

男たちは互いに顔を見合わせたり、なかにはほくそ笑んで無言で房江をにらみつけてくる者もいた。

どこかに出かけていた田岡が自転車を漕いで帰って来たので、房江は事務所から出て、階段の昇り口のところで手招きをした。

吸殻のことを注意したと小声で田岡に話し、

「岡松さんは、なんであの人らを事務所に居坐らせつづけてるのん？」

と訊いた。

「あのなかの体のでかい男、柳田社長とは戦前からのつきあいやそうで、社長からこの事務所を使うてもええというお墨付きを貰うたそうです」

と田岡は言った。

「柳田さんが？　そんなこと有り得へんわ」

関京三と黒木博光がモータープールの仕事を手伝いながら、事務所でエアー・ブローカーの商売もしていることを知った際、柳田元雄は、夫を天王寺にあったシンエー・タクシーに呼び、ふたりを追い出すようにと言ったのだ。

しかし、夫は、忙しい時間帯には自分ひとりではどうにも収拾がつかないので、あのデコボコ・コンビが必要だと説得した。

モータープールに従業員を雇うよりも、当分は関京三と黒木博光に事務所を使わせてやるほうが安あがりだ。ふたりは人柄も良くて、柳田社長も嫌っているならず者まがいのエアー・ブローカーではない、と。

夫の説得でも、柳田はすぐには首を縦には振らなかったという。

房江は、そのことは田岡には話さず、四日のあいだに溜まった洗濯物を片づけるために二階へとあがった。

十二月に入ると、ときおりモータープール内に砂塵が小さな竜巻状になって走って行くようになった。

出入りする自動車の数が増えて、それらのタイヤが運んでくる砂や泥の量も増えたからだったが、例年よりも風が強い日が多くて、房江は寒い冬になりそうな気がした。

大火の折に、消防士たちが延焼を防ごうとあちこちの壁や屋根の一部を壊したので、房江たちの部屋には隙間が多くて、冬は櫓炬燵や火鉢の炭火だけではどうにも暖まらない。

ことしこそガスストーブを買おうと思い、房江は箒とちり取りを事務所の奥の物入れから出し、モータープールの正門の周りに溜まっている砂や泥を集め始めた。正門周辺の掃除が終わると、事務所の周辺、講堂のなか、それから波板で屋根を設けた北西側へと箒を持って移動した。

月極契約で預かっている自動車は百台近くに増えたうえに、パブリカ大阪北の修理工場に出入りする車も多くなって、房江がいち日にいちど掃除するくらいでは焼石に水のようなものだが、モータープールに溜まる砂と泥は、放っておくと雨の日にはぬかるみと化すので、取り除かないわけにはいかなかった。

ふたつのバケツに避難させた十七匹の金魚は、いまだに水槽に戻すことはできなかった。

モータープールの事務所に居坐ったエアー・ブローカーや、その仕事仲間の数はさらに増えて、水槽のなかには、夜になると二、三十本の煙草の吸殻が溜まっているからだ。

コンクリート製の大きな水槽は、男五人がかりでも、せいぜい五、六メートルしか動かせない。

事務所の横以外に水槽を置ける場所は裏門の東側しかないが、そこまでは三十メートルもある。

房江は、事務所から裏門へとつづく煉瓦敷きの通路を掃きながら、自分用の丸椅子に坐って一服している佐古田に、水槽を移動させる方法はないものかと相談してみた。

「丸かったらクワちゃんがうまいこと転がしよるやろうけどなァ、あれは四角いからなァ。トラックに載せて運ぶしかないなァ」

赤ら顔を解体中のライトバンに向けたまま、佐古田は言った。

「トラックに載せたり降ろしたりするのが大変ですねェ」

房江の言葉に何の反応も示さず、

「ノブちゃんに、ここのグラインダーを勝手に使うなて言うといてくれ」

と佐古田は言い、仕事に戻った。

「うちの子ォがグラインダーを勝手に使てるんですか？」

佐古田はバーナーに火をつけたので、その音で房江の声は届かなかったようだった。

房江が裏門の周辺の掃除を始めたとき、岡松浩一が房江の近くまで来て、

「電話ですよ」

と言った。

「主人でしょうか」

小走りで事務所へと行きながら、房江は訊いた。

「いや、女の人です」

と岡松は答えた。

タネだろうか。タネが電話をかけてくるなんて珍しい。何かあったのかもしれない。

房江は少し不安を抱いて受話器を耳に押し当てた。

女は、しわがれた声で、松坂熊吾さんの奥さんかと訊いた。

「はい、そうです。どちらさまでしょう」

女は名乗らないまま、余計なお節介だと思ったが、黙って見ていられなくて、奥さんの耳に入れておくことにしたと言った。

柳田元雄の許可を得てモータープールの事務所で商売をしているという大柄な男が房

江を見ていた。

「どういうことでしょうか」

房江は男に背を向け、池内兄弟の飼っている伝書鳩たちの旋回に目をやった。

松坂熊吾さんには、奥さん以外に親しい女がいる。その女には、たちの悪い男がついている。このまま関係がつづけば厄介な事態に陥るのは目に見えている。いっときも早く女と手を切らせなければ大変なことになる。これは嘘ではない。ただそれだけを奥さんにしらせておきたかったのだ。

女は話し終えると電話を切った。

受話器からは、女のしわがれ声以外の音は聞こえなかった。

房江は、岡松に礼を言って、裏門へと戻り、掃除をつづけた。

夫に女がいて、その女にはたちの悪い男がついている？

私の夫はそんなことをする人ではない。かつては私の知らないところで女遊びをしたこともあったかもしれないが、伸仁が生まれてからはいちどもないはずだ。

相手が水商売の女なら、お金が必要だ。お金のない男と深い関係になるときは本気で惚れたからだ。妻も子もある六十五歳の男を、お金抜きで好きになるわけがない。

さっきの女のしわがれ声には邪気のようなものが感じられた。きっとハゴロモの中古車販売に加えて板金塗装の商売も繁盛していることをねたんだ連中の誰かが、女に電話をかけさせたのであろう。夫は、たちの悪い男がついている女に手を出すような馬鹿(ばか)ではない。

そう自分に言い聞かせながら便所の掃除もして、房江は洗濯物を取り込むために二階の物干し場へとあがった。

第五章

自動車の板金塗装会社を立ち上げるために使った費用は、とんでもない見込み違いではなかったかと松坂熊吾を後悔させたほどだったが、年が明けて一月が終わり、二月の半ばになると、それらの回収が順調に運び始めた。

設備投資にかかった資金は三年で償却できればいいと計算していたが、それは板金塗装会社だけの場合で、そのために「中古車のハゴロモ」の大淀営業所を別の場所に移したり、さらにもうひとつ新たな営業所を開設しなければならなくなったのだ。

若いが腕のいい大村兄弟は、中学を卒業してからずっと淀川大橋の南詰めにあった板金塗装工場で修業してきて、その二階の六畳に住まわせてもらっていたが、「中古車のハゴロモ」に移る際に親方の怒りを買って縁を切られてしまった。

やっと一人前の職人になれたと思ったら、何のお礼奉公もせずに給料のいい会社へと鞍替えするのか。この恩知らずめ。お前たちの顔なんか見たくもない。いますぐここから出て行け。

殴りかからんばかりの形相で追い出されてしまって、大村信一と孝二のふたりは、ハゴロモの大淀営業所の二階でしばらく暮らしたが、いささか偏屈なところのある玉木則之と反りが合わなかった。

すぐにそれと察した熊吾は、社員寮という名目で近くにアパートを借りてやって、大村兄弟をそこに引っ越させた。

別会社設立よりも先にあわただしく板金塗装会社をハゴロモのなかに組み込んだので、法人登録があと廻しになり、ふたつの会社の経理が混同して杜撰になったまま急いで「松坂板金塗装」と社名をつけて銀行に融資を申し入れたのだ。

そのために、銀行の融資が熊吾の目論見よりも二ヵ月遅れた。

とにかく質のいい中古車さえあれば必ず売れるので、黒木博光は仕入れ先を九州にまで拡げて買いまくり、それをまとめて貨物船で神戸港へ運ぶことに懸命になっている。その中古車はすべて現金で仕入れる。売り手の言い値が五万円だと、現金なら四万円で手放してくれるのだ。

値引きしてくれたぶんをハゴロモでは上乗せしない。だから、他の中古車ディーラーよりも安い。

ハゴロモに行けばいい中古車を安く買えるという口づてでやって来る客は月ごとに増えつづけているが、確保した中古車の置き場所を増やさなければならなかった。

鷺洲店や大淀店の周辺の路上に駐車させておくわけにはいかなかった。モータープール開業時からつながりを持ってきた警察の者たちも、住人の苦情が多くなると、特別にお目こぼしばかりも出来なくなって、なんとかしてくれと熊吾に頼んでくる。

それで熊吾は、去年の暮れに、思い切って港区弁天町の海に近いところに三百坪の土地を借りた。

そうなると、新たにハゴロモで社員を雇わなければならなくなった。運転免許証を持っている若い社員をふたり増やし、神田三郎をまずは「松坂板金塗装」中心に従事させた。

銀行の融資が二ヵ月遅れたことと、仕入れは現金でというやり方を厳守して、売った中古車代金は最大六ヵ月の月賦方式を崩さなかったので、二ヵ月間は、会社の資金に窮してしまったのだ。

熊吾は、たった二ヵ月の急場をしのげば銀行から融資を受けられるので、当座の運転資金を用立ててくれる人を探していることを、柳田商会の松田茂に話すと、自分にも多少の貯えがあるし、郷里の母親も小金を貯めているので相談してみるともちかけてきた。

利子は要らない。その代わりというわけではないが、自分にハゴロモの店を出させてくれないか。看板は「中古車のハゴロモ」だが、その店だけ経営者はこの松田茂だ。

自動車の中古車部品業がどうしようもなく先細りであることは前々から何度も話しているとおりで、自分も柳田商会でいつまでも働きつづける気はない。何か自動車にかかわる商売をしたいと長年機会をうかがっていた。

たとえば、松坂の大将のハゴロモとぶつかり合わない場所、尼崎市とか豊中市とか西宮市とか堺市とかで「中古車のハゴロモ」の分家として店を出させてもらえないか。ハゴロモの看板を使わせてもらうのは、いまや大阪で中古車業界だけでなく、一般消費者のあいだでも信用と人気を得た店の名で商売のスタートを切りたいからだ。

それを了承してくれるなら、すぐにでも母親に頼んでみる。

松田の申し出に、熊吾は、柳田社長に話を通してからにしてくれるならと応じた。それは出来ないことだとわかっていたからだ。

近いうちに柳田商会を辞めるつもりですので、松坂熊吾さんにこうこういう事情で金を貸しますと言えるはずがない。もし言ったら、この松田という男は馬鹿だ。

しかし、多少の嘘をついてでも、松坂熊吾に金を用立てることを伝えておいてもらわないと、この自分は柳田元雄に内緒で古参社員を辞めさせる糸を引いたことになる。

柳田には恩がある。恩を仇で返すようなことだけは避けたい。

大将、大将と慕ってくるし、ひとりで酒を飲むのもつまらなくて、松田茂を相手にしてきたが、話せば話すほど歯ごたえというものが感じられなくなり、そろそろこのへんで距離を置こうと思っていた。

松田茂の鈍重さ、打てば響くというところのなさは、感性の欠如だけではなく、語彙の少なさのせいだ。そんな男にハゴロモの看板を使われたくはない。

熊吾はそう思ったが、さっさと金を返してしまえばそれで済むことだと考え直し、申し出を受けることにしたのだ。松田が柳田に話をしたのかどうかはあえて確認しなかった。

松田茂自身の貯金と、夫に先立たれたあと岡山県の瀬戸内海沿いの町で魚の行商をしてふたりの子供を育てた母親の貯えとを合わせた八十万円で、熊吾は「中古車のハゴロモ」「松坂板金塗装」のふたつの会社の帳簿をきれいに整理して、弁天町に三百坪の土地を借り、そこに二十畳ほどの広さの木造平屋建ての事務所を作り、新しい年を迎えた。

松田茂と母親には、ことしの五月末に八十万円を返す約束になっていた。


熊吾は、二月の末まで待って、「中古車のハゴロモ」を開業して以来の取引き銀行へ行った。融資の決定をしらせる電話がかかってこなかったからだ。

支店長は、熊吾と目が合うと、応接室を指差しながら自分の机の前から立ちあがった。

女子行員に茶を持ってこさせたあと、

「ハゴロモさんも板金塗装の会社のほうも経営は順調で、その点に関しては、うちも融資をさせていただくことに何の問題もないんですが……」

と支店長は話を切り出した。

「この二、三年のあいだに大蔵省の方針とか融資条件にぎょうさんの変更がありまして、確実な担保の有無を最重視せえという通達で、松坂さんへのお返事が滞ったままになってるんです」

「担保……。具体的には何ですか？　商売を始めてからの業績も、今後の事業計画も、担保にはならんということですか？」

　と熊吾はあえて訊いた。

「つまり、物件です。土地です。ハゴロモさんも松坂板金塗装さんも、自社の土地を所有しておられません。社長の松坂さん個人も、家と土地をお持ちやないのです。今回、初めて融資のお申し出を受けまして、これからのお取引きのことも考えて、私の責任で、半分だけご融資させていただくようにさせていただきました。やっとそこまでこぎつけたので、いま松坂さんにお電話をかけようとしてたとこでした」

「百万しか借りれんということですか……」

　熊吾は茶を飲みながら、松田茂に八十万円を返したら二十万円しか残らないではないかと思った。

「ハゴロモさんの鷺洲店と大淀店と弁天町店、それに松坂板金塗装さんを一箇所に集められる土地を市内に購入するとしたら、その土地を担保にご融資できます。つまり、土地を購入するための金なら融資できるということです。担保物件として価値のある土地ならですが」

支店長の言葉に、自社の土地を購入する件はさすがに即答できかねると答え、熊吾は半分だけでも融資していただけるようにしてくれたことへの礼を述べると銀行から出た。

「金を借りるために、要りもせん土地を買えるか。その金を返すために働くようなもんじゃ」

胸のなかでつぶやき、耳が痛くなるほどの寒風に飛ばされないようにソフト帽を片手で押さえて、熊吾は浄正橋の交差点から阪神電車の福島駅のほうへと歩きだした。

聖天通り商店街の東端にある小料理屋の看板をあえて見ないようにしてなにわ筋を北へと歩き、古い倉庫ばかりが並ぶ道へと曲がって、ハゴロモの鷺洲店へ向かった。

森井博美とはもう一ヵ月近く逢っていない。

熊吾がどれだけ促しても、博美は大阪から遠く離れた地へ逃げることを決断しなかった。どこに身を隠そうとも、日本のなかなら必ずいつか居場所をさぐり当てられるというのだ。

男は、すぐに博美に異変を感じ取ったらしく、四六時中監視していて、夜になると必ずいちどは小料理屋を覗きに来るし、阪神裏の古着屋に仕事を貰いに行くときはついて来るのだ。

男ができたのではないかと暴力をふるって口を割らそうとする。

博美からその話を聞いて以来、熊吾は、聖天通り商店街を通ることも、その近くを歩くこともやめたのだ。

そんな男に心も体も許して一緒に暮らすようになってしまったのは博美なのだ。俺とは関係がない。どんなに助けてくれとすがりつかれても、俺はヤクザの下っ端と関わる気はないのだ。

博美のことも気にはなるが、去年の暮れあたりからの房江のちょっとした表情や、さらに増えた酒の量が妙に俺の心にひっかかりつづけている。

何か言いたげに口を開きかけるが、そのたびに思いとどまるようにうなだれて、見たくもないテレビのスイッチを入れたりする。

きっと自分の胸にだけしまっている悩み事があるのだ。伸仁のことで何か案じることが生じたのだろうか。父親には聞かせたくないことなのかもしれない。

あるいは、松坂板金塗装を立ち上げたことで一時的に金繰りが苦しくなり、松田茂とその母親に金を借りたことに不満をつのらせているとも考えられる。人に対しての好き嫌いを滅多に口にしないのに、房江は松田茂のことだけは嫌いだとはっきり言うのだ。

房江は、小商いから始めて、少しずつ商売を拡げていくのを望んでいたが、わずか二年半で板金塗装の会社まで作ってしまい、社員も、黒木博光も入れて八人に増えて、また金策にあくせくしなければならなくなった亭主を案じて、先の心配で心労をつのらせているとも考えられる。

だが仕方がないではないか。俺もハゴロモが二年半でこれほど大きくなるとは予想していなかったし、板金塗装を自社で行なうのも、そのほうが利益が多くて客のためにもなると判断したからだ。自然な流れのなかでそうならざるを得なかったのだ。なにも階段を三段飛ばし五段飛ばしに駆けあがろうとしたのではない。

生みの苦しみも大きいが、育てる苦労も悪戦苦闘がつきものだ。どんな商売でも同じだ。そのつどそのつど乗り越えていくしかないのだ。

熊吾はそう考えながら大きな交差点のところへ出た。

ハゴロモの鷺洲店へ行くつもりだったのだが、銀行の支店長の話を玉木則之に伝えておかなければならないと考えて、来た道を引き返し、またなにわ筋に出ると関西大倉学園の前を通って大淀店へと帰った。

二階の応接室で熊吾から大蔵省の方針変更を聞くなり、

「そんなえげつない勝手な変更、いつ決まったんです？　国民の同意を得たんですか？　土地という担保がないと事業拡張のための融資が受けられへんのやったら、金持ちか大会社でないと銀行から金を借りられへんちゅうことになりますよ。町の小さな八百屋も魚屋も、肉屋も食堂も、商売が繁盛したから店をもう一軒増やそうとしても、自分の土地がないかぎりはあきらめるしかないっちゅうことですか？　それで何が所得倍増ですねん？」

と玉木は気色ばんで言った。

「そんなことは大昔からしょっちゅう起こってきたんじゃ。位の高い役人が、狡智を働かせて、てめえらの策略で国家の首根っこを押さえるために庶民をいじめるんじゃ。それに、金貸しが担保を要求するのは当然じゃけんのお。業績も、今後の事業計画も、経営者への信頼も、担保としては何の価値もないっちゅうのは理に適うちょる。そのどれもこれもが、あしたはどうなるか誰にもわからんのじゃけん」

「そやけど、ほんの半年ほど前までは、銀行ももっと融通をきかせてくれましたよ。融資の条件を満たしてなくても、長いつき合いやし、この二年間の業績も少しずつ伸びてるので、支店長決裁でなんとかしましょう。そう言うてくれる銀行は多かったんです」

「戦後、何年かたったころ、大蔵省が突然、金融機関の水道の元栓を閉めるようなことをしよったときがある。あのころは日本もまだ戦後の混乱期で、大手銀行や信用金庫以外に、政府の認可を受けた町の金融会社がぎょうさんあったんじゃ。水道の元栓を閉められて困ったのはこの町の金融会社で、ほとんどはつぶれた。首を吊ったり、踏み切りで電車に飛び込んだ経営者が何十人もおる。どれも悪辣な闇の金貸しやあらせんぞ。ちゃんとお国から認可を貰うて、町の商店や中小企業に正規の利子で金を貸しちょったんじゃ。大蔵省は、この町の金融会社をそろそろ整理しようと目論んだんじゃ。そうやって、銀行と地方の主要な信用金庫に庶民の金を集中させよった。今回の大蔵省の方針というか政策の変更も似たようなもんじゃろう。担保としての価値のある土地や建物を、個人なり法人が所有しちょらんと銀行が融資してくれんとなったら、みんな先々のために市内に土地を求める。そのための金なら銀行は貸す。銀行は儲かる。地価は上がる。固定資産税も上がる。国の税収も増える。なるほど所得倍増じゃ」

納得のいかない表情で玉木は大きく溜息をつき、必要な書類はすべて揃えてあるので、いまから銀行へ行って来ると言って立ちあがった。

「雪が降ってますよ」

窓の外を見ながら玉木は言った。

「わしはもう六十六じゃ。ええ中古車を仕入れて、一台一台売って……。そうやってハゴロモという会社に体力をつけていくしかあるまい。銀行から融資を受けるために必要でもない土地を買い、その購入のために銀行から金を借りる。そんな馬鹿なことにあくせくする時間は、わしにはもうないんじゃ」

階段の途中で立ち止まって熊吾の言葉を聞いていた玉木は、

「社長がお留守のときに徳沢という人から電話がありました。お伝えするのを忘れてまして申し訳ありません」

と言った。

「徳沢？　ああ、徳沢邦之さんか」

熊吾は、国会議員のもとでさまざまな雑用を務めることを仕事にしているという徳沢とは長く逢っていないのに、なぜここの電話番号を知っているのかと思い、

「用件は何じゃった？」

と訊いた。

「またかけ直すと言うて電話を切りはりました」

玉木が自転車に乗って出かけて行ってすぐに電話が鳴った。博美の声が聞こえた。

熊吾は博美にはシンエー・モータープールの管理人をしているとは話したが「中古車のハゴロモ」の経営もしていることはずっと内緒にしていたので、

「わしがここにおることをなんで知ったんじゃ」

と訊いた。

「前から知っててん。お父ちゃんが『中古車のハゴロモ』という会社にいてるのが、去年の夏の終わりくらいに、向かい側の荒物屋さんのなかから見えてん。なんであの中古車屋さんの事務所で電話をかけてるんやろと思て、荒物屋さんの奥さんに訊いたら、あの人はあそこの社長さんやて。お父ちゃんが私に黙ってるんやから、私も知らんことにしとこうと思て……」

「この電話の用件はなんじゃ」

「私、赤井から逃げてん」

「逃げた？　いつじゃ」

「おととい。お父ちゃんから貰って隠しといたお金だけを持って、東京へ逃げてん。いま荻窪の駅の近くの安宿に泊まってるねん」

「金は全部で幾らあるんじゃ」

「四万円とちょっと」

「宿代は幾らじゃ」

「素泊まりで一泊三百八十円」

「それでこれからどうするつもりじゃ」

男の名は赤井というのか。博美はこれまでいちども自分につきまとう男の名を口にしなかったなと思いながら、熊吾は、宿屋の住所と電話番号を訊き、それを手帳に走り書きした。

新聞の求人広告を調べたら、何軒かのキャバレーで接客係を募集しているので、これから面接を受けに行くつもりだと言って、博美は宿帳には用心のために前田美佐子と偽名を書いたと小声でつけくわえた。

あした、こちらから昼前に電話をかけると言って、熊吾は電話を切った。

東京のキャバレーか。最も居場所をつきとめられやすいところだな。といっても、水商売以外に、いまの博美を雇ってくれる職場はないだろう。

あした五万円ほど現金書留で送ってやろう。いま持っている四万円と合わせれば、遊んでいても四、五ヵ月は食っていける。キャバレー勤めはやめさせたほうがいい。暴力団組織の情報収集能力が全国規模であることは観音寺のケンとのつき合いでいやというほど思い知らされた。キャバレーだけではない。クラブのホステス、旅館の仲居も危険だ。水商売の部類に入る仕事はすべて否だ。

熊吾はそう考えて、博美が東京へ身を隠したとなれば、俺は大手を振ってハゴロモの鷺洲店へ行けるし、聖天通り商店街もミコタ通り商店街も歩いてシンエー・モータープールへ帰ることができるのはありがたいと気がらくになった。

そうか、博美はもうとうに俺が「中古車のハゴロモ」の社長であることを知っていたのか。

それなのに、俺は博美がすぐ近くのアパートで男と暮らしているのを知って以来、でくわさないように遠廻りな道を歩きつづけてきたわけだ。

五日ほど鷺洲店に行っていない。佐田雄二郎ひとりにまかせるにはこころもとないので、足の不自由な玉木に鷺洲店と大淀店とを自転車で行ったり来たりさせてきたが、きょうからは俺が鷺洲店に陣地を構えよう。この大淀店は松坂板金塗装なのだから神田にまかせればいい。

熊吾はそう決めて、板金塗装の工場専用となった階下へ降りた。

「神田はまだ帰らんのか」

大村兄弟の兄のほうに訊くと、片腕一本を上下させるだけでダンプカーも持ちあげられる新式の油圧式ジャッキをメーカーまで取りに行ったのだが、もうそろそろ帰って来るはずだという。

兄弟がいま取りかかっているのは四トントラックよりも大きいが十トントラックよりも小型の、黒木が九州で仕入れてきた中古車だった。

ぬかるみにタイヤを取られて土手から川へと落ち、ボンネットの下の部分が前輪に食い込んでしまったのだ。走行距離はまだ二万キロほどで、そこさえ直せば買い手はすぐにあらわれる。しかし、乗用車用のジャッキでは作業が四日かかる。新式の油圧式ジャッキなら一日半で済むのだ。

「あのジャッキが二台届いたら、十トントラックでも大丈夫です」

と弟のほうが言った。

「なんでメーカーに届けさせせんのじゃ」

と熊吾は訊いた。

「納品はあさってての予定やったんです。そやからメーカーの配達用の車がみんな出払ってて。どうしてもきょう欲しいって頼んだら、取りに来てくれるんなら、なんとか三時までに間に合わせられるっていうんで、神田さんが行ってくれはったんです」

こんどは兄のほうがそう説明した。

ドイツ製の新式油圧式ジャッキ二台は高かった。たかがジャッキではないかと思ったが、熊吾がこれまで目にしたものとは形も能力もまったく異なっていて、扱い方さえ手抜きをしなければ、車体の下にもぐって作業をする人間の安全も完全に守られるのだ。

この半年ほどで大型トラックの需要は増えているが、もうすぐ神田三郎が車で運んで来る新式ジャッキを使っているのは、大阪では一社だけだという。

大村兄弟もそのジャッキが届かないとここから先の作業ができないらしく、石油ストーブに手をかざして一服している。

鷺洲店にいるから、玉木が帰って来たら電話をくれるよう伝えてくれと言い、熊吾は作業場から出た。

大村の兄が追って来て、徳沢という人から電話がかかっていると教えた。

作業場はあまりに寒いので、熊吾は二階で受話器を取った。

「いまお時間は取れますか」

と徳沢は訊いた。

久しぶりに大阪に来て、きのう偶然に周栄文と懇意だったという人と逢った。話が弾んで一夜でこころやすくなってしまい、きょうも桜橋の鶏(とり)すき屋で昼食をともにした。

ぜひ松坂さんに引き合わせたい人物だ。時間が許すようなら、桜橋までご足労願えないか。

その徳沢の言葉に、熊吾は、周栄文と懇意だった人物なら逢ってみたいと思った。

「お名前は何と仰言いますか。私も逢ったことがあるかもしれません」

「武部彦次郎さんというかたです」

その名前に覚えはなかったが、熊吾は徳沢邦之の誘いに応じることにした。

「いま私と武部さんは『ふしだら』という喫茶店におります。あの鶏すき屋の前を二十メートルほど南へ行った四つ角のところです」

と徳沢は言った。

ふしだら……。それが喫茶店の名か？　どんな喫茶店なのだ。

そう思いながら電話を切り、熊吾は広い通りに出てタクシーを拾った。

贔屓にしている鶏すき屋の前で降り、雑居ビルの並ぶ細い通りを歩いていくと右側に「藤棚」と彫られた看板があった。店名の下に「香り豊かな珈琲の店」と白いペンキで書かれてある。

そうか、徳沢は「藤棚」と言ったのか。それを俺は「ふしだら」と聞き間違えたのだ。気をゆるめると焼けぼっくいに火がつきかねないところへと進みかけているいまの俺にとっては落語みたいな話だ。

熊吾は森井博美の体の感触を思い出しながら、声をあげずに笑い、喫茶店のドアをあけた。すがりつくように見つめてくる博美の目も甦った。

「松坂さん、こっちこっち」

椅子から立ちあがって手を振りながら言った徳沢の言葉も、「まつらかさん」と聞こえた。

「徳沢さんが教えてくれたこの店の名、私には『ふしだら』と聞こえまして」

と熊吾は言い、名刺入れから名刺を出した。

大柄な体を少し丸めるようにして、すでに自分の名刺を出して立っている武部彦次郎は、

「徳沢さんは、さっきそこの歯医者で歯をお抜きになりまして、まだ麻酔が切れてなくて、何を喋ってるのか、私にもよくわからんのです」

と笑顔で言った。

熊吾は武部彦次郎と初対面の挨拶を交わし、向かい合って坐るとコーヒーを註文した。

「歯が痛うなって、歯医者に飛び込んで、はい、じゃあすぐに抜きましょう、なんてことになるもんですかのお」

と熊吾は徳沢邦之のロイド眼鏡の奥の、可愛らしいといってもいい目を見ながら言った。

「いや、そこの歯医者が上手やというので、今回は歯の治療のために大阪へ来まして。最初の五日間は上の奥歯二本の神経を抜くための処置で、いちにち置いて、きょう二本とも抜かれたんです。武部さんが、ひとりでは心細いでしょうからと付き添ってくれました。歯槽膿漏（しそうのうろう）というやつで、歯の根っこまでがぐらぐらで、これはもう抜いて入れ歯にするしかないそうです。そういうときにかぎって大きな仕事をまかされまして。しかし、きょうはさすがに仕事をする気になりませんなァ。なんか、頭がくらくらします」

徳沢は左の頰を手で押さえながら、顔をしかめて言った。

「奥歯をいっぺんに二本抜いて、まだ一時間もたってないんですから」

武部は白髪のほうが多い脂気（あぶらけ）のない頭髪をかきあげ、温厚そうな顔に笑みを浮かべて言った。

「周栄文とご懇意だったそうで」

と熊吾は煙草（たばこ）に火をつけてから言った。

「周さんからよく松坂熊吾というお名前を聞きました。自分の人生で、もうあれ以上の親友を得ることはできないだろう……。松坂さんの話題には、最後に必ずこのひとことが付くんです。私も周栄文という中国人が好きでしたので、松坂熊吾さんとはいったいどんなお方なのだろうと思っていましたが、まさかこうやってお逢いできる機会が訪れようとは……」

「周とはどこでお知り合いになられましたか」

「横浜です。私は東京の工業専門学校を出て造船会社に就職しまして、技術屋だったんですが子会社の船舶運輸会社に八年ほど出向させられました。そこでの私の担当は中国航路で、そのときに、中古車部品を日本で仕入れて、それを主に上海で売る仕事をしていた周栄文さんと知り合ったんです」

周は商売の拠点は神戸に置いていたが、月の半分は横浜市内に借りた事務所に出向いていたなと熊吾は思い出した。

「中国人が日本にいづらくなったころに知遇を得たものですから、おつき合いの期間は一年ほどでしたが、私にとっては忘れ難い人です。非常に教養の深い、人間としてとても滋味に富んだ人でした。商売人というよりも学究の徒といった雰囲気で、しかも美男子で。いや、美男子というよりも好男子というほうがふさわしいでしょうね。ときどき周さんの顔を思い出して、お元気でいらっしゃればいいがと願ってしまいます」

その武部の言葉で、熊吾は、十年前にある人を介して、台湾、香港経由で周栄文に手紙を届け、返事も受け取ったことを話して聞かせた。

「周さんから返事が届いたんですか？」

武部彦次郎は驚き顔で訊いた。

「ずいぶん時間がかかりましたが、間違いなく周栄文の字でした。仲介してくれたのは南方系の顔立ちの台湾人です。正業が何なのかさっぱりわからん怪しい人物ですが、手紙を周に届けて、その返事を私に渡すという約束はちゃんと果たしてくれました」

そう言ってから、熊吾は武部に歳(とし)を訊いた。六十二歳だという。本社に戻っていた時代が十五年ほどあり、戦後、再び同じ子会社に出向して、そこで専務を務めて、おととし退職した。

そう説明し、武部は、いまは妻とふたりで大阪府能勢でのいなか暮らしだと言った。

「能勢ですか。交通の便の悪いところですなァ」

すると、左の頬を手で押さえたまま熊吾と武部の会話を聞いていた徳沢は、

「武部さんのお兄さんが持ってる山が、柳田元雄さんのゴルフ場予定地の北東側にあるんです」

と言った。

熊吾は、徳沢邦之が俺をここへ呼んだ目的はそれだなと思い、

「私は、柳田さんのゴルフ場経営に関しては一切関わっちょらんのです」

と正直に言った。

徳沢は、それは充分に承知しているというふうに二、三回頷(うなず)き返して、じつは自分も関西でゴルフ場建設にたずさわらなければならなくなったのだと熊吾に言った。

柳田元雄が目をつけた候補地と、自分が関わることになったゴルフ場の用地は隣接し

ていて一部が重なり合うのだ。その重なり合う千坪ほどの土地は、この武部彦次郎さんのお兄さんの所有地で、戦後の農地改革の際に近在の農家に貸したままになっている。それぞれの農家は、田圃（たんぼ）や畑に耕運機を出入りさせるための私道を造った。造ったのは農家だが、その土地は武部家のものだ。

だから、武部さんのお兄さんが、ここはゴルフ場にするために売ると決めれば、各農家は立ち退くしかないのだが、事はそう簡単にはいかない。

建物に居住権というものがあるのと同じで田畑にも同じ権利が発生するし、厄介なのは水利権だ。

このあたりには猪名川という川が流れていて、田畑の多くはそこから水を引いている。水利権は農家の命綱で、たとえ借地であろうとも、それぞれの集落が管理している。戦後の農地改革法における水利権は、そこのところに明確な線引きがない。

徳沢邦之はそう説明し、

「まずそれを解決するためには、村会議員や町会議員の力を借りなければならんのです。そうなると最終的には国会議員のご威光の出番ということになります」

「なるほど、国会議員は、そのご威光だけで、いろんな思惑の絡（から）んだマージンを濡（ぬ）れ手で粟（あわ）みたいに集めるわけですか」

と熊吾は言った。

「まあ、そこのところの厄介な問題を、お前にまかせると親分に命じられまして、私の大阪での生活がこれから始まるわけです」

「大阪住まいが始まるんですか。何年くらいかかるんです？」

熊吾の問いに、自分がまかされたゴルフ場の開場予定は四年後だと徳沢は答えた。そして、ゴルフ場建設にかかる費用や、会員権の仕組みなどについて語り始めた。

たかがゴルフに、それだけの大金が動くのか。柳田元雄はとんでもない大事業に手を出したものだな。

徳沢の調査では、すでにシンエー・モータープールの土地も二重、三重の担保に入れている。桜橋の一等地に買った約百坪と、「柳田ビル」も同じだ。

都市銀行の支店長だった東尾修造をパブリカ大阪北の専務として招いたのも、北摂方面に主力を注ぐ信用金庫の元支店長をモータープールの事務職に雇ったのも、ゴルフ場建設に必要な莫大(ばくだい)な資金調達に際して尽力してくれたことに対する見返りでもあり、今後の布石も兼ねているのであろう。

しかし、そうまでしてゴルフ場の経営者になりたい柳田元雄の真意というものが、どうもよく理解できない。

柳田は、そのゴルフ場の人気が高まり、会員権が高騰(こうとう)することをあてこむような一種の博打(ばくち)ともいえる事業に手を出す男ではない。ゴルフのことなどまるでわからない俺には、血迷ったとしか思えない……。

熊吾はその自分の考えを正直に徳沢に言った。

「日本は十年後にゴルフの大ブームが起きますよ。ゴルフ場を造りさえすれば、柳田さんは大儲けするでしょう。しかし、柳田さんは、ゴルフが好きなんです。好きが嵩じて、自分がゴルフ場のオーナーになりたくなったんです。タクシー会社も、モータープールも、パブリカ大阪北も、桜橋のビルも、中古車部品業も、みんな捨ててもいい、俺は自分のゴルフ場を持ちたい。自分が日本で最高だと思えるゴルフ場を造りたい。柳田さんを動かしてるのは、ただその熱情だけですよ」

徳沢の言葉に納得はできなかったが、オンボロ自転車の荷台に中古車部品を載せ、部品屋の情にすがってその日の糧を得ていた柳田元雄の、苦労に苦労を重ね、油まみれになって働きに働いた姿を脳裏に描くと、人生の最後にそんな大きな道楽に夢を注いでもいいではないかと熊吾は思った。

「さっきの、農家の私道や水利権の問題は、土地を買うてしまえば、それで一気に片がつくんやありませんか？」

と熊吾は訊いた。

その問いには武部彦次郎が答えた。

「大きな土地の売買には、必ずこれが絡んできます」

武部は、自分の頬に人差し指で縦に線を引いた。

「ヤクザですかァ」

「墓苑とか、道路建設、大がかりな宅地開発、工場誘致は、あの連中にとっては金の生る木です。徳沢さんがまかされたゴルフ場建設には現職の大臣がうしろにつきましたから、連中の顔が立つ方法はいくらでもあるんです。しかし、柳田さんはどんな手を使うのか……。私の兄が所有してる土地は、早いうちにあきらめて、コースの設計を変更したほうがええと思います。兄も、厄介事に巻き込まれたくないので、徳沢さんのほうに売る方向で農家の人たちに話を始めました」

武部の口調には、松坂熊吾を使って、柳田に建設予定地の変更を促そうという意図は感じられなかった。

熊吾も、自分はいっさい関わるべきではないと思い、

「柳田社長も、そのへんの情報はもうつかんじょるでしょう。一代で、何のうしろ盾もなく、あそこまで事業を拡げた人ですけん」

ゴルフ場の話はこれで終わりだと徳沢に示すために、熊吾はいま火をつけたばかりの煙草を揉み消し、なぜ松坂板金塗装の電話番号を知っているのかと訊いた。

「そこの鶏すき屋の親父が教えてくれました。シンエー・モータープールのほうへ電話をかけたら、昼間はここにはいないということでしたので。なんだか無愛想な男でし

た」

と徳沢は言った。

中古車の販売業を始めたら、板金塗装の工場も持たねばならなくなったのだと熊吾は説明し、名刺を徳沢邦之に渡した。

きょうは阪急電車の池田駅の近くにある旅館に部屋を取ってある。十日ほどそこにいて、家探しをする。家が見つかったら連絡する。歯を抜いたところの痛みがつらいので、申し訳ないが、これで失礼する。

徳沢は頰を押さえながら言い、喫茶店から出て行った。


伸仁の十六歳の誕生日を祝うために、熊吾は道頓堀の戎橋のたもとで房江と伸仁を待った。

約束の七時を過ぎてもふたりはやって来なくて、熊吾はいらだちながら、道頓堀川を吹き渡る寒風に背を向けて煙草を吸った。

銀行からの融資と松田茂に借りた金で仕入れ代金と弁天町の新しい営業所の必要経費はなんとか賄(まかな)えたが、月末に帳簿をしめてみると、二月半ば以後の売り上げはほとんどゼロに近かった。

ニッパチ月で、世の中全体の金の動きが悪いせいでもあったが、ことしに入ってハゴロモの商売のやり方を真似た同業者が大阪市内に七軒も増えたあおりがそのまま数字にあらわれたと考えるほうが正しいようだった。

だが、それによって商売がさらに脅かされているのは、大阪だけでも百人近いだろうと思われるエアー・ブローカーたちで、彼等は、もとはといえば良質の中古車を廉価で、そのうえ六ヵ月の月賦で販売するという商法を強行したハゴロモのせいだと恨みを抱いているらしい。

ハゴロモをつぶせ。そういう気勢を口にし、何人かのエアー・ブローカーたちが結託したという噂も耳にしていたが、それならばお前たちも良心的な商売をやればいいのであって、ハゴロモをつぶしたところで世の中の動きは変わりはしない。やれるものならやってみろと熊吾は気に留めていなかった。

だが、二月半ば以後の急激な売り上げ減には、景気以外の何かが関与している気がしていた。

汚れた川面に映るネオンの光が風で大きく揺れるさまを見つめ、博美はどこへ消えたのだろうと熊吾は思った。博美から連絡があった翌日、熊吾は杉並区荻窪の旅館に電話をかけたが、引き払ったあとだった。

働き口が見つかって、安アパートでも借りたとしたら、いずれ連絡してくるだろうと思いつつも、男にたちまち居場所をつきとめられたのかもしれないと案じたり、東京から別の地に移ってこのまま消息を絶ってくれればいいがと願ったりして一週間が過ぎたのだ。

十分ほど遅れて待ち合わせの場所にやって来た房江と伸仁に、

「遅いのお。わしは待たされるのがいやじゃけん、六時の待ち合わせを七時に延ばしたんじゃぞ」

と熊吾は言い、煙草を橋の上に捨てて靴で踏み消した。

モータープールの事務所でエアー・ブローカー同士がケンカを始めて、ひとりが大怪我をしたのだと房江は言った。

「大怪我？」

「事務所の窓ガラスで頭を切って……。血がぴゅっぴゅっと噴き出て止まれへんねん。田岡さんが車でカンベ病院につれて行ってくれたから、そのあいだ、私が事務所で留守番をせなあかんかってん」

「そんなときは警察を呼ぶんじゃ。呼ばんかったのか？」

「怪我をした人が、パトカーも救急車も呼ばんとってくれって」

「怪我をさせたのはどいつじゃ」

「金魚の水槽に煙草を捨てるやつや」

と伸仁は言った。

山川という名の、太っているが整った顔立ちの、色白の大男だなと思い、熊吾は、そんなことをしでかしてしまったら、いくらあつかましいやつでも、もうモータープールには足を踏み入れないだろうと言い、戎橋を渡って道頓堀筋を東へ歩き、角座の前で歩を止めた。

「漫才でも観て気分を変えるか？　ダイマル・ラケットも出ちょるぞ。秋田Aスケ・Bスケも出ちょる」

熊吾の言葉に、そんな気分になれないし、伸仁は今夜の「銀二郎」のお寿司を楽しみにしてお昼の弁当を半分残したのだと房江は言った。

千日前筋へと曲がり、ケンカの原因は何なのかと熊吾は訊いた。

「あの山川って人が、急にぼくに文句をつけてきてん」

と伸仁は雑踏をかきわけて歩きながら言った。

「お前に？　なんでじゃ」

「わかれへん。『おい、松坂のアホボン、たまには俺に愛想笑いのひとつでも浮かべたらどないや』って。黙ってたら、椅子に坐ったまま、ぼくの胸ぐらをつかんで、自分のほうに引き寄せて、『こら、松坂のアホボン、お前ら、いつまでこの二階に居坐るつもりやねん』て……。友だちみたいな人が、子供にそんなことするなよって言うた途端に殴りかかりよってん」

「お前にか？」

「その友だちみたいな人に。その人、殴られて、窓ガラスに頭から突っ込んで行ってん」

「その男は頭を切っただけか？」

夜の七時過ぎに千日前筋を千日前通りへと歩いて行くには、ほとんどが南から北へと歩を運ぶ人々の流れに逆らわなければならないので、三人が並んで進むのは難しくて、熊吾は房江と伸仁を何度も見失いそうになった。

その人混みに押されながら、

「耳の上を十二針も縫うたんやて」

という伸仁の声がうしろから聞こえた。

シンエー・モータープールに出入りする人間たちの大掃除をしなければならないが、俺は関わらないでおこう。いまは岡松浩一がモータープールの責任者なのだ。しかしあの岡松に、海千山千の乱暴なエアー・ブローカーの出入りを禁じられるとは思えない。

岡松はなぜこうなる前に、エアー・ブローカーに対して手を打たなかったのか。なぜ好き放題にモータープールの事務所を使って商売しているのを見て見ぬふりをしてきたのか。

そう考えながら、熊吾は房江を探した。房江は派手な衣装を着たサンドイッチマンたちに囲まれる格好で、うなだれるようにして歩いて来ていた。

また不景気な面をしやがって。この俺のハゴロモに恨みを抱くエアー・ブローカーに息子が絡まれて胸ぐらをつかまれたことは、たしかに大きな恐怖感を残したであろうが、これから伸仁の十六歳の誕生日を祝うのだ。男子の十六歳は、武士なら元服式だ。気分を変えて、笑顔のひとつでも見せたらどうだ。

熊吾は、やっと千日前通りの交差点まで来ると、信号が変わるのを待ちながら、

「なんでそんなに暗い顔をしちょるんじゃ」

と怒気を含んだ顔で房江に訊いた。

房江はとりつくろうように笑みを浮かべ、お父さんと少し話があるから、先に「銀二郎」に行って待っていてくれと伸仁に言った。

伸仁は不安気に房江を見てから、千日前通りを渡って行った。

信号のところから少し東へ行き、人通りの少ない路地へ入ると、山川というエアー・ブローカーが伸仁に突然絡んだのには伏線があるのだと房江は言った。

五時半ごろ、いかにもその筋の人間と思える男がモータープールの事務所に入って来た。下着のシャツの上に背広を着ていて、長いマフラーを巻いていた。

山川たちも、男がどんな種類の人間かをすぐに察知したらしい。
四十二、三の頬のこけた男は、向かい合うように椅子に腰かけて、山川を無言でにら

みつけた。それからマフラーを取った。下着のシャツの衿から刺青が見えた。岡松さんは、いつものように五時きっかりに帰ってしまっていて、事務所にはエアー・ブローカーたち四人と田岡さんがいた。

私は、事務所から裏門への通路を箒で掃きながら、窓ガラス越しに見ていた。

田岡さんが顔をこわばらせて事務所から出て来て、二階にあがっていたほうがいいと耳打ちしてくれた。

わけがわからず、私は、エアー・ブローカー同士のいさかいが始まるのかと思いながら、事務所のなかをうかがって、カイ塗料店の軽トラックを講堂の所定の駐車場所に移動させている伸仁のところへ行った。事務所に戻らずに二階の部屋にいるようにと言った。

その間も、男はひとことも喋らず、山川をにらみつづけていたという。

山川はとうとうたまりかねて、

「なんやねん。なんで俺の顔を見てるねん」

と言った。

それと同時に、男は誰かが飲み残した茶の入っている湯呑み茶碗を持って立ちあがり、山川の頭にゆっくりと中身をかけた。ちょろちょろと少しずつ。

そして、これは挨拶代わりだと言って、モータープールから出て行った。

それから五分ほどたって、伸仁は軽トラックのキーをキーボックスに戻し忘れたと言って階段を降りて来て、顎から茶をしたたらせたまま顔を真っ赤にさせている山川に驚き、どうしたのかと訊いたのだ……。

熊吾は、房江がまだ話し終えていないとわかっていたが、

「それであの山川は、伸仁の胸ぐらをつかんで、止めに入った仲間をぶん殴ったっちゅうのか？」

と訊いた。

「うん、ただの八つ当たりやと思う……」

そう言ってから、あの気味の悪い、刺青の男は、山川を松坂熊吾だと勘違いしたのではないのかという気がするのだとつづけた。

「あの山川って人は、エアー・ブローカー仲間から大将って呼ばれてるねん。痩せた刺青の男が事務所の近くまで来たとき、怪我をした人が、『大将、大将が柳田社長に貰うた柴犬は血統書付きやで。大事に育てへんかったら、大将は柳田社長に合わせる顔がなくなるで』って大きな声で言うたのが私にも聞こえたわ。あの刺青の男にも聞こえたはずやねん」

「わしと山川とを間違うたっちゅうのか？　わしは六十六じゃぞ。山川は五十二、三じゃろう。顔も体格もまるで違うぞ。間違うはずがないじゃろう」

その熊吾の言葉に、房江は、口にしようかどうか迷っているような表情を浮かべたあと、去年、おかしな電話がかかってきたのだと言い、しわがれ声の女が喋った言葉を伝えた。

「そんな誰ともわからん女の言うことをずっと気に病んできたのか。そのたちの悪い男が、きょうモータープールに押しかけてきて、わしと山川とを間違うて、脅して帰ったっちゅうのか。大将と呼ばれとるだけで？　そんな間抜けがどこにおる」

房江の勘はおそらく正しいと思いながら、熊吾は言った。

千日前通りの信号を渡って「銀二郎」へと急ぎながら、今夜の伸仁の誕生日会は、どうにも楽しいものにはなりそうにないなと思い、熊吾は歩を止めた。

「お前らふたりだけで誕生日の祝いをせえ。こんな不愉快な気分で、お前の仏頂面を見ちょったら、また夫婦ゲンカになるけんのお。そんないたずら電話があったことをなんでいままで隠しちょったんじゃ」

そう言って、客待ちをしているタクシーに乗ると、走りだしてから熊吾はうしろを振り返った。房江はいつまでもタクシーを見ていた。

しわがれ声の女は、博美が働いていた小料理屋のばばあに違いない。

その電話のことをすぐに話してくれていたら、俺は博美に東京へ逃げろなどという余計な入れ知恵をしたりはしなかったであろうし、当座の生活費を工面してやることもなかったはずなのだ。

それに、俺と博美とは数年前に長崎で一夜をともにして男女の関係をもったが、そのあと博美のほうから去って行った。聖天通りの東詰めの小料理屋で逢ってしまって、その後、さらに阪神裏の古着屋で再会してからも、俺は博美に指一本触れてはいない。

俺は、どうしても男と縁を切りたいから助けてくれと博美に懇願され、そんなダニのようなやつと別れるには遠くへ逃げて姿をくらますしかないと助言し、手持ちの金を与えただけなのだ。

俺がその男から脅される理由はないし、逃げ隠れしなければならぬ理由もないのだ。しわがれ声の女に、博美は何を喋ったのだろう。うっかりと気を許して、昔、一夜をともにしたことがあるとでも喋ったのかもしれない。それをあのばばあは邪推して、いまも関係がつづいているに違いないと考え、いかにも心配しているふうを装って、松坂熊吾の妻に電話をかけたのだ。親切めかした底意地の悪い、おもしろ半分の電話だ。

博美が姿を消してしまうと、男はまずあの小料理屋のばばあをしめあげたことであろう。たちまち、ばばあは泥を吐いた。自分の邪推も交えて、シンエー・モータープールの松坂熊吾の名を教えた。いや、博美は松坂熊吾の名前は自分の雇い主に明かさなかったかもしれない。しかし、福島西通りの角の大きなモータープールをまかされているらしいと語ったのだ。

たぶん、男は、山川が大将と呼ばれていたので、こいつが博美とねんごろなやつと見当をつけたのではない。シンエー・モータープールの事務所にいる者なら誰でもよかったのだ。

自分が来たことが、博美を逃がした男に伝わりさえすればよかったのだ。それも、そこいらのチンピラではない。危ない橋を渡り、修羅場に慣れている本物のヤクザだ。

それを示すだけで、きょうの目的は達したのだ。

しかし、俺が聖天通りで偶然に逢ったときに博美とロゲンカをしながら歩いていた貧相な男と、きょうモータープールにやって来た男が同一人物とは思えない。俺がさっさと片をつけてやると兄貴分がおでましになったのであろう。

いずれにしても、シンエー・モータープールにやって来られるのは困る。房江と伸仁があそこで暮らせなくなるし、俺も恥をかく。モータープールにも迷惑をかける。

といって、俺たち一家がモータープールから出て行っても、あの連中はすぐに引っ越し先を見つけだすだろう。

熊吾はタクシーのなかで考えつづけ、行く先を変更した。「ラッキー」の磯辺富雄と飯でも食おうと思っていたのだが、博美のアパートを訪ねて、男と逢おうと決めたのだ。

ハゴロモの鷺洲店の近くでタクシーから降りると細かい雨が降ってきた。

熊吾は、鷺洲商店街にある立ち呑み屋でウィスキーの炭酸割りを飲んで九時まで待った。

それからカメラ店の横の路地へと曲がり、二階建ての木造アパートが並ぶところへ行くと、「サギス荘」と書かれた小さな看板の横にある急な階段をのぼった。博美と男が入って行ったのはこのアパートだったような気がすると思い、ドアの横に掛けてある表札を見ていった。森井という名も赤井という名もなかったが、表札のない部屋があって、なかからテレビの音が聞こえていた。

ドアをノックしたが誰も出てこなくて、熊吾は、立ち呑み屋で買ったウィスキーを持ったまま、隣のアパートを調べようと通路を戻りかけた。

ドアが細くあき、下着と毛糸の腹巻き姿の小柄な男が、

「なんや」

と訊いた。

「森井博美さんのお宅ですかな」

男は、返事をせず、しばらく熊吾を見つめてから、

「博美に何の用や。お前、誰やねん」

と訊いた。

「シンエー・モータープールの松坂っちゅう者（もん）じゃが、きょうモータープールに来たのはあんたかな」

熊吾の言葉で、男は慌ててドアを閉め、ズボンを穿き、綿入れを羽織って出て来た。

「立ち話っちゅうわけにもいかんので、なかに入れてもらえんかのお」

「お前ひとりか？」

「ひとりじゃ。そこの立ち呑み屋でいちばんええウィスキーを買うて来た。手みやげじゃ。雨が降ってきて寒いけん、なかで一杯やりながら話をせんか」

男は通路の柵から身を乗り出し、周りの様子を探ってから、部屋に入るよう顎だけで促した。

足の踏み場もない散らかりようで、インスタント・ラーメンの空袋や一升壜や汚れた丼鉢が、敷いた蒲団の枕元に散乱していた。壁ぎわにミシンがあった。

熊吾は畳の上にあぐらをかいて坐り、自分と森井博美との関係を、知り合ったころから順を追って話した。長崎でのことは黙っていた。話しながら、男が台所から持って来た湯呑み茶碗にウィスキーをついだ。

「あの火傷には、わしも多少の責任がないとも言えんので、ダンサーをやめてからのことを心配しちょった。そしたら、勤め先の小料理屋でばったり逢うてのお。いま一緒に暮らしちょる男と別れたいという。それはふたりで話し合うて決めることで、わしがどうこうできることではないと言うて別れた。その後のことは知らんのじゃ。ところが、きょう、恐しそうな親分さんがモータープールにすごみに来たそうじゃ。ひょっとしたら、博美さんが別れたがっちょる人かもしれんと思うて、誤解をはらしに来たんじゃ。博美さんは、あの小料理屋でまだお仕事中じゃろうから、ここに帰って来るまでに、話をしとこうと思うてのお」

一杯目のウィスキーは熊吾がついでやったが、二杯目は男が自分でつぎ、生のままであおった。念のため、熊吾は男に名を訊いた。

「赤井や。松坂はん、とぼけたらあかんで。自分からここへ来たっちゅうことは、それだけの覚悟があってのことやろ。博美をどこに隠したんや。話は、博美の居場所を教えてからやで」

「隠した？　ということは、博美さんはおらんのか？」

「お前がいちばんよう知ってることやないか」

「おらんということは、別れてしもうたっちゅうことか……。それなら、わしが口を出すことやないのお。あんたの親分さんが、モータープールに来て、すごむ理由がさっぱりわからん。どっちにしても、もう一回来たら、警察を呼ぶしかなくなるが、あんたの親分さんは、警察なんか屁とも思わんじゃろう」

烈しくまばたきをしながら熊吾の表情から何かを読み取ろうとしていた赤井は、三杯目のウィスキーをついだあと、別の湯呑み茶碗を持って来て、

「お客に勧めるのを忘れとったがな」

と言った。

熊吾はつがれたウィスキーに自分で水を入れるために台所へ行きながら、

「わしは金持ちじゃあらせんのじゃ。シンエー・モータープールの開業の手伝いはしたが、身分は管理人に毛が生えたようなもんで生活費の足らんぶんは、中古車を仕入れて売っちょる。たいした儲けにはならんが、息子を上の学校に行かせるための蓄えがちょっとある。幾ら払うたら、あんたは博美さんときれいに別れてくれるんじゃ。わしが払える金額なら、それで手を打たんか」

「なんぼ払えるねん」

「そっちから金額を言うてくれ。ない袖は振れんけんのお」

そう言って、熊吾はウィスキーを飲みながら元の場所に戻った。

「ここでちょっと飲んでてくれや」

と赤井は言って、アパートの部屋から出て行った。

きょうモータープールに来た男に電話をかけに行ったのだなと思いながら、熊吾は、さて自分はいまどのくらいなら払えるだろうと考えた。

赤井も赤井の兄貴分も、十万や二十万では手を打たないだろう。五十万と言ってくるかもしれない。それだと会社の金を使わなくてはならなくなる。

河内モーターの社長に二十万。新オート社の社長にも二十万。それくらいならふたりとも個人的に用立ててくれる。なんとかなりそうだ。しかし、赤井が百万円とふっかけてきたら、俺も腹をくくろう。話し合いは物別れにして、俺は手を引く。そのあとの厄介事はなりゆき次第だ。

熊吾はそう決めた。

松田に金を借り、銀行から百万円しか融資を受けられず、同業者の攻勢で売り上げは減っている。弁天町に土地を借りたが、そのために社員がふたり増えた。そんな状況で妻に内緒の金を作らなければならない。俺はなぜそんなことをしようとしているのか。

博美を自由にしてやりたい。このままでは、一生、あのダニに生き血を吸われつづける。あまりにも可哀相（かわいそう）だ。

熊吾は心のなかでそう言い聞かせた瞬間、「可哀相とは惚（ほ）れたってことよ」という何かの小説の一節を思い出した。

赤井は三十分たっても戻ってこなかった。火の気のない安普請（やすぶしん）の部屋は寒くて、熊吾はコートを着てウィスキーを飲み、煙草を吸った。

ひょっとしたら、きょうモータープールに来た男も一緒にやって来るのではないかという気がしてきたころ、赤井はひとりで戻って来た。

「百万。びた一文まからんで」

熊吾の前に坐るなり、赤井は言った。

「そんな金はない。交渉決裂じゃ。あんたの仲間がぎょうさん上半身裸になって、くりから紋々を見せびらかせて、シンエー・モータープールのなかでマラソンでもやるんじゃな。そんなことをされても、百万なんて金はない。払わんのじゃあらせん。払えんのじゃ。それに、わしは、博美さんにそこまでの義理はない」

熊吾は、そう言って立ち上がり、アパートの部屋から出た。赤井は追って来て、八十万で手を打とうと酒臭い息で言った。

微妙な金額に下げやがって。兄貴分から作戦を授けられたのであろう。そして、五十万は兄貴分が取るのだ。

熊吾はそう思い、

「それできれいさっぱり別れて、あとくされなしと約束するのか」

と念を押した。

「きちんと証文を交わししまっせ」

赤井は綿入れの衿で寒そうに首元を包みながら言って、丸いのに吊り上がっている目で熊吾の返事を待ちつづけた。

「あんたは、ほんまに博美さんがいまどこにおるのか知らんのか？　もし博美さんが九州とか北海道とか、あんたが探しようのないところへ逃げたとしたら、八十万円もの大金を払わんでもええっちゅうことになるが……」

と熊吾は言った。

赤井は薄笑いを浮かべ、俺たちの組織を甘く見てはいけないと言い、部屋のドアをあけて、なかで話そうと促した。

熊吾は、それを無視して階段を降りながら、八十万円でも俺には無理だと思った。会社の金を使わなければならなくなる。ハゴロモも松坂板金塗装も個人商店ではない。小さいながらも会社なのだ。社員が健康保険などの幾つかの社会保険に加入するためには経理を健全にしなければならなかったし、少しでも税金を少なくする特典も得たかった。

戦前のように、社長が個人的に使う金を自由に持ち出せなくなっている。百万円の収入があっても、半分は店に、半分は俺のほうに廻しておけとは言えないのだ。

熊吾はそう思って、黄色い裸電球の灯っている路地を鷺洲商店街へと歩いた。二、三歩うしろをついて来た赤井は、商店街への曲がり角のところで熊吾のコートの袖をつかみ、

「たとえ北海道とか九州とかに逃げても、働かんことには生きていかれへんがな。身元を保証してくれるやつがおらんかったら、女の働けるとこなんか決まってるんや。そういうとこは、みんな仲間内や。こんな女を探してるからよろしゅう頼みますと連絡しといたら、日本中から情報が集まって来よる。博美がまだみつからんちゅうのはなァ、あ

いつが働き口を探してないからや。場末の飲み屋やろうが東京のキャバレーやろうが、雇うてくれと足を運んだ瞬間に、俺らにしらせが来る」

と赤井は言った。

これは、はったりではなく、そのとおりなのであろう。赤井は下っ端だが、属しているヤクザ組織の網が大きければ、警察に匹敵するほどの、いや、あるいはそれ以上の情報収集能力を持っている。

熊吾はそう考えて、

「わしは五十万が精一杯じゃ。五十万なら今週中になんとかできるがのお、それ以上はどうにもならん」

と言った。

「七十万はどうや。二週間待つで」

「大卒の一流銀行の新入社員が貰う給料は二万円ほどじゃぞ。七十万円なんて金が簡単に払えると思うのか」

「七十万で、博美ときれいさっぱり別れたるで。俺は二度とあいつの前に姿をあらわせへんがな」

「あんたらの口約束を誰が信じるんじゃ。証文なんて、ただの紙切れやろが」

手切れ金の値引き交渉なんて初めてだなと思いながらも、熊吾は相手を意地にさせては元も子もないと腹を決め、手を打つことにした。

「よし、七十万円を払うけん証文を書いちょいてくれ。あんたの親分さんにも立ち合うてもらうぞ」

「いつや？」

「三月の十五日はどうじゃ。それまでに、シンエー・モータープールにまたあんたのお仲間が来たら、わしは払わんぞ。もしそうなったら、博美さんを焼くなと煮るなと、女郎屋に叩き売るなと好きにすりゃあええ」

赤井は、しばらく熊吾を見つめてから、三月十五日の夜にアパートの部屋で待っていると言って路地を戻って行った。

いつまでも下っ端でいるはずだ。ちょっと知恵のあるやつなら、博美の居所の見当はすでについたと言うだろう。しかし、ああいうのがいちばん恐ろしい。腕力も度胸もないから、すぐに凶器を使うのだ。ヤクザ組織にとっては重宝な鉄砲玉だ。適当に小遣いを与えて飼っておけば、いつか役に立つ。

熊吾はそう思いながら鷺洲商店街を抜け、聖天通り商店街を歩いて行った。十一時前だった。まだシンエー・モータープールの二階へ戻る気になれなかったが、空腹で体の力が抜けてきた。

「昼は蕎麦だけじゃったけんのお」

あみだ池筋でタクシーを停め、熊吾は、中央郵便局のほうから桜橋へと行く道の途中で降ろしてくれと運転手に言った。阪神裏のホルモン焼き屋が十二時まで営業していることを思い出したのだ。

熊吾は三年ほど前に、その「牛ちゃん」という店に入って以来、年に二、三度、磯辺富雄と一緒にホルモン焼きを食べに行った。どういうわけか「牛ちゃん」は夜の十時を過ぎてから客がやって来るようになったために、主人の砂田進一は閉店を十二時に延ばし、中古のスクーターを買って、それで家から通って来ている。

初めて「牛ちゃん」に入ったときに出会った三人組とは、それきり顔を合わせていなかった。

中古車を三、四台並べただけの小商いから始める決心をしたのは、あの夜、三人組のひとりから定年退職した父親の話を聞いたからだ。

孫に何かを買ってやりたくて、屋台を引いてわらび餅を売っている、自分と一歳違いの男の姿を想像し、房江の勧める小商いへと一歩を踏みだしたのだ。

熊吾はそのときの自分の心を思い浮かべ、四つ橋筋でタクシーから降りた。あの三人組とまた逢いたいが、みんな勤め人なので、こんな時間まで「牛ちゃん」にいないだろうと思ったが、果物の輸入を担当しているという男がカウンター席でビールを飲んでいた。

同じカウンターに腰かけている客たちに席を詰めてもらって、熊吾は出雲洋司という五十三、四歳の男の横に坐った。

「お久しぶりです」

と笑顔で言い、出雲は自分のビールをコップについでくれた。

「わしは年に数えるほどしか来んけんのお」

と言い、熊吾は主人に牛すじ肉の煮込みとご飯を頼んだ。

「えらい日に灼けちょるが、また台湾に出張でしたか」

「ええ、台湾からフィリピンへ。そこからカンボジアへ。十日後にベトナムのサイゴンへ。それでサイゴンから横浜港へ今朝帰り着きました。大阪港へ寄ってくれたら会社まですぐやのに、ぼくの乗った貨物船は、横浜港にしか停まりませんねん。東海道本線をガタゴトと揺られて、さっき着きました。出張に行ってるあいだに子供が産まれまして……。女房は上の子ふたりをつれて出産のために香川の実家に帰ってますので、こんな時間にひとりでビールを飲んでホルモン焼きを食べてたというわけです」

「子供さんが？　それはおめでとうございます。奥さんはお幾つですか」

「三十九です。まさかその歳で子供ができるとは。妊娠がわかったときは三十八でしたけど」

「早よう赤ちゃんに逢いたいじゃろうが、また船で香川まで渡りゃにゃいけんのお」

熊吾が笑いながら言うと、

「もう船は堪忍してほしいです」

と出雲洋司は言った。

いい赤身の肉が、醬油とゴマ油に漬けてあるのだがいかがと主人が小声で訊いた。

「おお、それを焼いてくれ。出雲さんにも頼む。赤ちゃん誕生のお祝いじゃ」

そう言って、インドシナ半島の情勢はどうだったかと熊吾は出雲に訊いた。

「にっちもさっちもいかんようになりつつあります」

と出雲は答えた。

「戦争が始まるっちゅうことか？」

「もう始まってます。何年も前から、ホー・チ・ミンの北ベトナムとゴ・ディン・ジエムの南ベトナムの殺し合いはつづいてきたんですが、うしろにいてるソ連もアメリカも、意地でもあとに引かれへん状況になってきました。これはカンボジアもラオスもおんなじです。もうぼくらの小さな貿易会社がインドシナの果物を輸入するなんて不可能です。アメリカが本格的に攻撃を始めたら、北ベトナムなんてひとたまりもないとほとんどの人間が考えるでしょうけど、ぼくは想像を超えて北ベトナムは手強いと思います」

熊吾は、赤井のアパートで飲んだウィスキーの酔いが不快だったので、飲み直しをしたくなり、焼酎の水割りを註文した。

「去年の十月にキューバ危機っちゅうのが起こりましたが、あれは第三次世界大戦まであと一歩どころか、あと半歩のとこまで行ってたんやということを知って、ぞっとしました。サイゴンにもう何年も駐在してるイギリス人の特派員が詳しく説明してくれました。ぼくは、ケネディが優れた大統領なんかどうなんか、わからんようになりました。第三次世界大戦ちゅうのは、世界中を道連れにする核戦争ということですからねェ」

　牛すじ肉を柔かくなるまで煮たのを丼鉢のご飯に載せ、熊吾はそれを頰張りながら出雲洋司の話を聞いていたが、心の大半は、どうやって七十万円を作るかに傾けられていた。

　それなのに、出雲の話も耳の奥では咀嚼していて、インドシナ半島が戦火で焼かれようとも、アメリカもソ連も自分たちの国に累が及ぶことはないのだと思った。

「碁の陣地取りじゃ。キューバ危機でいったんは退いたソ連にとって、インドシナ半島は天王山と考えるじゃろう。それはアメリカもわかっちょる。お互い一歩も退かんのぉ」

　と熊吾は言い、頃合に焼けた牛肉の赤身を出雲に勧めた。

「そやけど、殺し合いはベトナム人やカンボジア人にさせよるんです。アメリカは朝鮮戦争で自国の兵隊の血も流させました。ベトナムでも同じ轍を踏むでしょうかねェ。そんなアホなことをするやろか、と首をかしげとうなるんですけど、もっと凄惨な事態へと突き進んで行ってる気がします」

「さっき出雲さんは、北ベトナムは手強いと言うたが、アメリカの軍事力なら赤子の手をひねるようなもんやないのか」

「松坂さんは、ベトナムのジャングルをご存知ないでしょう？　あのジャングルをすべて焼き払えるのは原爆だけです。しかし、それを使うたら、地球は壊滅ですし、アメリカは冷酷な世界の悪党ということになってしまいます。共産主義と資本主義のせめぎ合いなのに、アメリカは悪党になってしまうわけにはいきません。それは資本主義が敗北することになりますからねェ。ベトナムのジャングルは、日本を空襲するようにはいかんのです。あのジャングルをベトナム人は目をつむってても歩いたり走ったりできますが、広大な北米大陸で生まれ育ったアメリカ兵には地獄でしょう」

　そこでいったん話をやめ、焼いた肉を食べながらビールを飲んでから、出雲洋司は、北ベトナムのホー・チ・ミンがいかにベトナム人たちから慕われているか、南ベトナムのゴ・ディン・ジエムが、スパイの疑いのある人々をどれほど残忍に拷問死させつつ、自分たち一族がいかに贅沢の限りを尽くしつづけているかを話した。

「ベトナムについては詳しいんじゃなァ」

　と熊吾は出雲の顔を見ながら言った。

「昭和二十五年から毎年一回は行ってましたから。ハノイにも七回行きました。長いことフランスの植民地でしたので、いま四十代から上の人は流暢なフランス語が使えますし、英語も中国語も話せる人たちもいます。カンボジア人もそうですが、頭のええ優秀な民族です。ぼくはインドシナ半島の国々の人間が好きなんです。そやけど、もう当分行けません。今回が最後になるかもしれんという気がしました」

「……そうか、事態はそんなに逼迫しちょるのか。武器商人がまた大儲けするっちゅう仕組みじゃ」

そうつぶやき、主人が出してくれた白菜と大根の漬物を食べると、熊吾は「牛ちゃん」を出て桜橋の交差点でタクシーに乗った。

シンエー・モータープールの裏門の錠を外し、柳田商会の寮の横に出る階段をのぼりかけると、鎖から解かれたムクが尾を強く振りながら走って来た。

十二時を少し廻っていた。モータープール内のすべての明かりは消えていたので、事務所のガスストーブの赤い光が判別できた。

房江だ。また伸仁が寝たあとに事務所で酒を飲んでいるのだ。

熊吾はそう思い、今夜は言葉を交わすどころか顔も合わせたくないといううしろめたさを抱きながらも、マッチの明かりを頼りに事務所へと入った。

「寿司はうまかったか」

熊吾はコートを脱ぎながら、岡松の椅子に腰かけている房江に話しかけた。

「うん、おいしかった。ノブはぎょうさん食べたわ。ここに帰って来たのは九時過ぎ。そしたらトクちゃんが待っててん」

熊吾は事務所の蛍光灯をつけようかとスイッチに手を伸ばしたが、ストーブの明かりだけのほうがいいと思い直し、長椅子に坐って煙草をくわえた。

「トクちゃんは、きょうは休みか？」

「先生のお使いで大阪まで来たから寄ってくれたそうやねん。ノブの誕生日を覚えてくれてて……」

「そうか、優しい子じゃのお」

「お祝いにシャープ・ペンシルを買うてきてくれて」

「あの子は十年間無給じゃぞ。どうやってシャープ・ペンシルを買うたんじゃ」

「さあ……。そんなことを訊くのは失礼やから」

房江はそう言いながら、熊吾のほうを振り向いて笑みを浮かべた。目尻が垂れて、下唇を舌の先で舐めていた。

酔っているときの癖で、それは房江を厭世観を抱く自堕落な女に見せる。

きょうはすまなかったと謝るつもりだったが、

「もうストーブを消して二階へあがれ。だいぶ飲んだんじゃろう」

と熊吾は言い、房江の腕をつかんだ。

いやいやをするように熊吾の手を振りほどき、

「私は酔いつぶれたことなんかいっぺんもあれへん。心配せんでも、ストーブをつけたままここで寝てしもたりはせえへん」

と房江は言った。

「何の当てこすりじゃ。あのまま銀二郎に行っちょったら、どうせろくなことにはならんと思うて、わしは席を外したんじゃ。お前もそのほうがよかったじゃろう。ヤクザは来よる、伸仁は山川に胸ぐらをつかまれる、誰かは頭に大怪我をしよる、お前はおかしな女からの電話をいまごろになって打ち明ける。誰でもいやな気分になるじゃろう」

「ノブの誕生日は、大事な大事な日やねん。お父ちゃんと一緒に祝ってやりたいねん。あの子が小さかったとき、誕生日が来るたびに、来年も誕生日を迎えられるやろかと不安やったやろ？　やましいことがないんやったら、私から逃げるようにしてタクシーに乗ってしまうことはないやろ？　お父ちゃんがタクシーのなかから何回も振り返って私を見たから、私はきっと戻って来ると思うて、あの交差点で二十分も待ってたのに……」

「商売がちょっと暗礁に乗り上げかけちょって、そのことについていろいろと考えにゃあならんかったけん、ひとりになりたかったんじゃ」

次第に自分の声が大きくなっていくのを感じたが、熊吾は腹立ちを抑えられず、房江が机の下に隠している一升壜をつかむと机の上に置いた。

房江はそれきり黙ってしまった。

「お前は、しわがれ声のばばあからの電話を気にしちょるんじゃろう。あのばばあの言うことは本当かもしれんとわしを疑うちょるんじゃろう。そんなつまらんことで、こんなに盗み酒をしたのか。もう一升壜には半分も残っちょらんぞ」

熊吾はもういちど一升壜を持ち上げながら言った。

事務所の引き戸があいた。学生服を着た伸仁が、

「それでお母ちゃんを殴ったら、ぼくは許さんぞ」

と言い、熊吾の手から一升壜を奪い取った。

「許さんぞ、じゃとお？　それが父親に対して言う言葉か」

熊吾は伸仁の頭を殴ろうとしたが軽くかわされて、その腕をつかまれた。伸仁は熊吾の背広の袖をつかんだまま、うしろへ下がって行き、足元に注意しながら洗車場へと移動した。伸仁の別の手は、熊吾の肩口をつかんでいた。

そうか、こいつが毎晩毎晩、一日も休まずに柔道着の帯を柱に巻きつけて体落としの稽古(けいこ)をつづけてきたのは、この俺をぶん投げるためだったのだ。俺はそれとは知らず、看板屋の作業場に造った柔道場に伸仁を通わせて月謝を払いつづけてきたのだ。

熊吾はそう思い、伸仁の腕を振りほどこうとした。だが、伸仁の力は強くて、振りほどくどころか、体を寄せることも間隔をあけることもできなかった。

こんなもやしみたいな息子に簡単に自由を奪われてしまっているのかと思うとなさけなくて、熊吾は逆上した。

伸仁は足元に視線を配った。石が落ちていないか、段差のようなものはないかと調べているようだった。

俺が怪我をしないところへ投げ飛ばすつもりだな。余裕を見せやがって。

熊吾は、伸仁の胸をつかみ、満身の力で引き寄せて耳に嚙(か)みつこうとした。伸仁の制服の肩口が破れただけで、間隔はまったく縮まらなかった。

組んでいたら負ける。こいつはいつのまにか腕力をつけやがった。熊吾はそう思い、革靴の先端で伸仁の向こうずねを蹴(け)った。伸仁は予想していたらしく俊敏にかわした。かわされた脚に痛みが走り、膝(ひざ)から先が痺(しび)れて、熊吾は立っていられなかった。

その場に尻餅をついて坐り込むと、伸仁は手を放し、事務所の戸口に立った。母親を守りつづけるつもりらしかった。

熊吾は、コンクリート敷きの冷たい洗い場に坐ったまま、ケンカに負けた子供のように、近くにある小石を伸仁に投げつづけた。

くそっ、くそっと言いながら、もっと大きな石はないかと探しているうちに、熊吾は顔を歪めて泣いてしまった。

怒りも悔しさもなかった。あのいまにも死んでしまいそうな赤ん坊が、こんなに大きくなった。こいつはもうひとりで生きていける。俺の役目は終わった。

そんな思いが、熊吾に小石を投げつづけさせた。

房江は事務所の灯りをつけ、しばらく熊吾の様子を見ていたが、お父ちゃんと叫ぶと駆け寄って来た。

「どこか怪我したん？　立たれへんのん？　どこが痛いのん？」

「こっちの膝をえらい痛めた。膝から先が痺れて動けん。伸仁にやられたんやないぞ。俺が自分で痛めたんじゃ」

「涙が出てる……。よっぽど痛いんやねェ」

房江に呼ばれて、伸仁は父親を立ちあがらせるために近づいて来たが、逆襲を警戒して用心深く防御の構えを崩さなかった。

つかまえることができれば体のどこかに嚙みついてやるつもりだったのだが、膝の痛みも痺れも尋常ではなく、もうそんな気力も失くしてしまい、熊吾は房江と伸仁に支えられて二階へあがった。あとからムクがついて来た。

お前も、もう若くはないなァ。亀井周一郎から生後三ヵ月のお前を貰ったのは、伸仁が十一歳のときだった。もう五歳か。あのみすぼらしい不細工な男とつき合うちょるのか。あのボロ犬も歳を取った。いまは茶飲み友だちのようなものなのか？

熊吾はムクに心のなかで話しかけ、部屋に入ると、ズボンをめくって膝のあちこちをさすった。どこを痛めたのかよくわからなかった。

「自分のお父ちゃんに、あんなきついことをして……」

房江に叱られて、

「ぼく、なんにもしてへん。お父ちゃんの腕と肩をつかんでただけや」

と伸仁は言い、制服を脱いだ。パジャマ姿だった。

「余裕をかましやがって。わしが本気になったら、お前なんてひとたまりもないんやぞ」

「うん、わかってる」

「寝ちょるところを襲うっちゅう手もあるんじゃ」

「うん、今晩は寝えへん」

伸仁の言葉の最後は震えていた。笑うのを懸命にこらえているのだとわかった瞬間、熊吾は笑った。笑うとまた涙が出て来そうだったが、熊吾は笑いを止めることができなかった。

伸仁はパジャマの上に学生服を着て裸足で二階から降りて来た。最近買ったパジャマは裾が長く、父親と組み合ったときに汚れてしまうし、脚の運びが悪くなると考えて、学生服を着たのであろう。

寝床で耳を澄ましていると、父親の声が大きくなってきた。もうあといちど怒鳴ると同時に、父は母を殴るだろう。

伸仁はそう予感して慌ててパジャマの上から制服を着たのだ。

こんど母に暴力をふるったらと一日も休まず体落としの練習をしてきた。いよいよその日が来た。父親の性格はよくわかっている。投げ飛ばされて、そのまま済ませてしまう男ではない。投げられても投げられても、つかみかかってきて、素手ではどうにもならなくなれば何かの武器を使うだろう。たとえ自分の息子でも、いや、息子だからなおさら容赦しないはずだ。

伸仁にはそのくらいの予想はつく。だから、母親をかばって立ちはだかったときには、よほどの覚悟を定めていたはずだ。

熊吾は、膝に長い布を巻きつけてくれている房江の顔を見ながらそう考えた。

「温めたらええのか、冷やしたらええのか、それがわかれへんねェ」

と房江は言い、とにかくしっかりと固定させておいて、朝起きたらすぐにカンベ病院へ行こうと勧めた。

「若いときに痛めて、それが四十の半ばくらいから季節の変わりめになるとうずくようになったんじゃ。伸仁が小学校の三年生くらいのときかのお、淀川の近くに特殊な鍼（はり）で寝小便を治す人がおると聞いてつれて行ったとき、その鍼の長さにびっくりしてのお。伸仁は顔をしかめて涙を出しよったが、痛いとはひとことも言わんかった。いったいどれくらい痛いのか、父親のわしも体験せにゃあいけんと思うて、膝のことを相談したんじゃ。そしたら、おんなじような鍼をことここに打たれた。痛いなんてもんじゃあらせんかったぞ。わしは呻き声をあげた。しかし、それで治ったんじゃ。そこをまた痛めたのかもしれん」

「あの鍼で、ノブの寝小便がぴたっと止まったねェ」

「カンベ病院よりも、あの鍼師のとこへ行くほうがええような気がするが、名前も場所も忘れっしもた」

指も痺れていたのだが、蒲団にあお向けになると少し感覚が戻ってきた。けれども上の奥歯の根元が痛み始めた。伸仁につかみかかろうと満身に力を込めたとき、奥歯をよほど強く嚙みしめたのであろうと熊吾は思った。

カンベ病院の院長が貸してくれた杖を、熊吾は三月の終わりごろまで手放すことができなかった。

会社から借りるという形で松坂板金塗装に三十万円借りて、河内モーターの社長に二十万円、新オート社の社長にも二十万円を個人的に用立ててもらい、熊吾は赤井に七十万円を渡した。

赤井のアパートの部屋に兄貴分の男はあらわれなかった。

証文には、内縁の妻・森井博美と絶縁し、今後一切関わりを持たないことを約束する旨（むね）が下手なペン字で書かれてあった。

手切れ金を渡した十日後、熊吾はどこへ行ってしまったのかわからない博美に早くしらせてやりたくて、再び赤井のアパートを訪ねたが引っ越してしまっていた。

アパートの大家は、あのならず者が出て行ってくれてほっとしたと言い、部屋のなかのものはほとんど置いていったので始末に困っていると熊吾にこぼした。

ミシンと裁縫用具、それに台所用品と女物の衣類などは、まだ部屋に置いてあるという。

熊吾は大家に三千円を渡し、新しい入居者が決まるまで部屋に保管しておいてくれと頼んで、ハゴロモ鷺洲店の電話番号を教えた。

四月一日に杖をカンベ病院に返却し、歩くときにまだわずかな痛みが走る脚を鍛えるために、熊吾は松坂板金塗装の二階の事務所からシンエー・モータープールに電話をかけて、伸仁に靱公園で待っていると伝えた。広い靱公園のなかを歩こうと考えたのだが、膝の痛みがぶり返して動けなくなるのを懸念（けねん）したのだ。

いい天気だったので、熊吾は靱公園までゆっくりと歩いて行った。桜は三分咲きといったところで、春の光がここちよかった。

上の奥歯二本の痛みは少しずつ増していたので、熊吾は、もう観念して歯医者に診てもらわなければなるまいと思ったが、きっと抜かれるだろうという気がして決心がつかなかった。

伸仁を蹴ろうとして膝をひどく痛めたことと、二本の奥歯が寿命を迎えたこととが、熊吾に自分の年齢について思いを傾けさせた。

満州の戦地で死んだ多くの部下たちの名前や顔を思い浮かべ、彼等に対して、ふいに申し訳なさが湧きあがってきた。

昔は、年齢はみな数え年で計算した。母の胎内に生じたときから人生は始まっていると考えるなら、生まれた瞬間に一歳になっているということにして計算するほうが正しいと熊吾は思った。

だとすれば、俺は六十七歳だ。七十に手が届きかけている。死に向かって着実に歩を進めているが、考えてみれば、人も他の動物も死を迎えるために生きているようなものなのだ。ならば、何のために生きるのであろう。

自分の生には大きな意味があった、無駄ではなかったと心から感じることができれば、死という世界への扉を悠揚とくぐって行けるような気がする。

どんな生き方が、無駄ではない生となるのか……。

熊吾はそう考えながら、靭公園に辿り着き、なかに入った。桜の木の下で、犬を散歩させている老人や、仕事中にベンチに腰かけてちょっと日なたぼっこを楽しんでいる若いサラリーマンの姿があった。

熊吾は、テニスコートに近いところにあるベンチに坐り、膝が完治して、くらげのようになった脚に元の力が戻ったら、伸仁に決闘を申し込まなければなるまいと思った。このままでは親父の沽券にかかわる。まだ十六歳の息子に完膚なきまでに負けたとあっては、松坂熊吾の名が廃る、と。

カーディガンを手に持った伸仁がテニスコートのほうからやって来て、熊吾を見つけると手を振った。熊吾も手を振り、背広の上着を脱いだ。

「大淀の店からここまで歩いただけで、膝の裏の筋肉がわなわな震えちょる」

と熊吾は横に坐った伸仁に笑顔で言った。そして、やにわに右腕を伸仁の首に巻きつけ、左腕を腋の下に差し入れてはがいじめにした。

「どうじゃ、こうされたら身動きが取れんじゃろう。いまからお前の耳を食いちぎっちゃるけん、覚悟せえ。わしは虎視眈々と復讐の機会をうかがっとったんじゃ」

伸仁は、何の抵抗もせず、自分の父にあんなことをした自分を恥しく思い、あれ以来いやな気分がつづいていたと言った。そして、すみませんでしたと謝った。

「お前なァ、そんな情に訴えるような殊勝なことを言うな。力が抜けたわい」

熊吾は、自分の腕を伸仁から放し、煙草を一本吸ってから、公園の内周に沿って歩きだし、三周したところでベンチに坐って休憩した。

「お母ちゃんを絶対に殴らんと約束してほしいねん」

と伸仁は言った。


東京の山手線と同じようなものを大阪市内にも走らせるという計画が発表されたのがいつだったのか、熊吾には思い出せなかった。

その計画の青写真に則(のっと)って沿線の住民の立ち退きや土地買収を完了するだけでも二十年はかかるだろうと思っていたので、熊吾は昭和三十八年に入ったころから、あちこちに工事中の高架が姿をあらわし始めたとき、日本という国が本物の経済力を得たことを知った。広島と長崎に原爆を落とされ、米軍の空襲で日本中の都市は壊滅状態にされて、無条件降伏という形で敗戦を迎えた日本がたったの十数年でここまで復興したのかと驚きと感嘆の混じった思いで高架を見つめたものだった。

しかし、今朝、茨木市に移転した新校舎での初めての授業のために登校する伸仁と福島駅の仮駅舎へ行ったとき、「大阪環状線」としてすべての駅がつながるのがあと一年ほどだと知って、熊吾は妙な焦燥感に襲われた。

時代は予想をはるかに超えて進んでいるのに、俺は老いていく、という追い立てられるような感覚は、ハゴロモの鷺洲店に着くまでつづいた。

熊吾に借りた金を返済するために毎月の七日にやって来る木俣敬二が事務所の前で待っていた。

「早いのお。まだ八時になっちょらんぞ」

熊吾は言って、事務所の引き戸の鍵をあけた。

「大将こそ早よおますなァ。私は玉木さんに今月分をお払いしたら、すぐに失礼するつもりでしてん」

木俣は窓をあけるのを手伝いながら言い、なぜこんなに早いのかと訊いた。

「息子がきょうから電車通学じゃ。ちゃんと大阪駅に行く電車に乗りよるか見届けにゃいけん。あいつは極楽トンボじゃけん、逆方向への電車に乗りかねん」

そう答えて、熊吾は「大阪環状線」の工事の進み方の早さに驚いたとつけくわえた。

「そうですねん。いまはそれぞれの駅が点から線へと変わりかけたとこですけど、そう遠くないうちに円でつながりますねん」

「大阪市のど真ん中をどういう駅でぐるっとつなぐんじゃ」

「大阪駅から出て外側を廻るのは、天満、桜ノ宮、京橋、森ノ宮、玉造、鶴橋、桃谷、寺田町、天王寺、大正……、ええっと、その次はどこやったかなァ。内側は大阪駅から福島、野田、西九条、弁天町、大正……。あっ、これでつながりました」

「忘れんうちに書いちょいてくれ」

熊吾はメモ用紙を木俣に渡し、商売はうまく行っているかと訊いた。

「月々の商いが増えました。新しい機械のお陰です。ということは、大将のお陰です。大将のほうはいかがですか、ハゴロモと松坂板金塗装は」

「二月は一気に売り上げが落ちてのお。商売敵が増えたこともあるが、自分らの商売を邪魔しちょるハゴロモに恨みを持ったエアー・ブローカーが結託してデマを流しよったんじゃ。そのデマが具体的にどういうもんかがわかったのは最近のことじゃ」

「どんなデマですねん？」

「ハゴロモで売っちょる中古車は全部事故車で、その証拠に自分とこで板金塗装の工場も持っちょる。値段が安いからと騙されてはいけない。良心的なふりをして、ハゴロモほど悪辣な商売をやっている中古車屋はない。それをあちこちで、ここだけの話として流しつづけよったんじゃ。自動車のことを知っちょる客は、事故車かどうかはボンネットの内側とかを見りゃあすぐにわかるが、初めて中古車を買う人には見分けがつかんけんのお」

熊吾は、事務所の横の、売り物の中古車を五台並べてあるところを指差した。五日前に、看板屋に頼んで作ってもらった二メートルほどの立て看板には、最近、当店の中古車は事故車だという根も葉もない悪質なデマを流す者がいるが、そのような粗悪な中古車を売ったことはいちどもない旨を説明してあった。

事務所から出て、看板の文章を読んで戻って来ると、

「エアー・ブローカーて何ですねん？」

そう木俣は訊いた。

「誰かに訊け。わしは説明するのが面倒臭い」

「エアーは空気やから、はーん、だいたいの見当はつきます。店を持たずに、仲間うちで電話だけのやりとりをして中古車の売り買いをするわけでっか？」

「まあ、そういうことじゃ。そういう中古車ブローカーが食っていけるのも、あと三、四年じゃろう。客も馬鹿(ばか)やないけんのお。質の悪い中古車を摑(つか)まされたら、もう二度とエアー・ブローカーからは買わん。ちゃんと店を持って、常時売り物の車を展示しちょるとこで買うじゃろう。わしの店の大きな問題は月賦(げっぷ)販売じゃ。現金で五万円で仕入れた車を、六ヵ月の月賦で八万円で売ったら、結果として赤字なんじゃ。全額が支払われるまでの社員の給料、運転資金は月賦っちゅうわけにはいかんけんのお」

「それやったら、八万円の車を六ヵ月の月賦で売る場合は九万円とか十万円にしたらどうです？」

「それも考えたんじゃが、上乗せした一万円、二万円は金利っちゅうことになる。金利を取るっちゅうことは金融業じゃ。ハゴロモは中古自動車売買の免許を受けちょるが、

金融業の免許はない。お上の免許なしに金融業をやったら法律違反じゃ」

「それやったら、初めから一万円なり二万円なり上乗せして値段をつけはったらよろしいんやおまへんか？」

「そうしたら、客は安いほうへ行きよる。そうやって値引き競争が始まると資金力のあるところが勝つ。これは大昔からの商売の方程式じゃ。ハゴロモはハゴロモだけの商売のやり方を見つけにゃあいけん。薄利多売方式っちゅうのは必ず行き詰まる。ハゴロモは薄利でスタートしたが、いつのまにか多売を眼目に置かにゃあならんようになっしもた。社員が増えたし、店も三つに増えた。わしが身の丈を忘れてそうしたんじゃあらせん。自然の流れのなかで、そうなっていったんじゃ」

木俣は何度も頷きながら、持参した月々の返済金の入った封筒を熊吾に渡し、

「私にも身に覚えがあります。戦後七、八年たったころ、コーティング・チョコレートの需要が一気に増えまして、注文はどんどん来る、商品は作っただけ売れる……。それで、工場を拡げて社員を増やしたら、同業者との競争が始まりまして。大手のメーカーまでが大量に売れるコーティング・チョコレートを製造するようになって……。そしたら工場を縮小せなあかん、社員のくびは切らなあかん……。大将の仰言るとおり、私は自分の身の丈に合わんことをしたんやおまへんねん。否応なしに流れのなかに入ってしもたんです」

と言った。

「お前は、なんでこんなに朝早ように来たんじゃ？　店にはまだ誰も来ちょらんことはわかっちょったじゃろう。また墓参りか？」

熊吾は話題を変えてそう訊きながら、事務所の裏側の青桐(あおぎり)を指差した。

木俣は気弱そうな笑みを浮かべ、ことしからは年に一度の命日にだけお参りをさせてもらうつもりだと答え、きのう、玉木さんに電話をかけたら、社長の都合にもよるが、午後は弁天町の店に行くとのことだったので、朝一番に月々の返済金を渡しておこうと思い、こんなに早くにやって来たのだと説明した。

「お前は正直で律義(りちぎ)なやつじゃ。若い女を孕(はら)ませて死に追いやる男とは思えんのお」

熊吾は煙草(たばこ)に火をつけて、湯を沸かすために裏窓のところにあるガスコンロに水を入れたアルミのヤカンを載せた。

「また、そんな言い方を……。大将にそういうことを言われると、一日中、胸がしめつけられてるようになりますねん」

と木俣はなさけなさそうに言った。

「玉木も、足は悪いし、腎臓(じんぞう)の持病はあるし、独身で、大淀の店の二階にひとりで住んで、何の楽しみもなさそうじゃ。あいつが食うちょるもんを見たら可哀相(かわいそう)になってくる。何かうまいもんをご馳走(ちそう)してやろうと思うんじゃが、うまいもんちゅうのは、どれもこれもあいつの腎臓に悪いんじゃ」

熊吾が煙草を吸いながら事務机の前に戻ったとき、玉木則之が自転車を漕いでやって来た。

事務所に入って来るなり、

「あの大村の兄弟、三日前から六時半に工場に来て、七時前に仕事を始めるようになりました。木槌で車体を叩きだしたり、グラインダーで削りだしたら、二階で寝てられません。そのうち、近所から苦情が出ますよ」

と玉木は腹に据えかねるといった表情で言った。

「あの兄弟の辞書には夜遊びっちゅう言葉はないんじゃ。どんな家に育ったのかのお。テレビは観ん。ラジオも聴かん。博打には興味なし。趣味は仕事。夜の十時にはもう熟睡しちょるらしい」

熊吾の言葉に、玉木は、二階で寝ている者の身にもなってもらいたいと真顔で言った。

「しかし、仕事をしに来よるんじゃけんのお、雇い主は文句は言えんぞ。急ぎの仕事をするためなら、朝早ようからご苦労さまとねぎらうしかあるまい」

「あの兄弟は、仕事を早ように終えたいから早朝に始めよるんです。趣味は仕事だけとちがいますねん」

「他にどんな趣味があるんじゃ」

「ラジコンです」

「なんじゃ、それは」

「こんな自動車を無線で動かして遊ぶんです。最近は、自分らが世界で初めてヘリコプターを飛ばしてみせようと必死になってます。無線機もヘリコプターも、みんな自分で作るんです」

　玉木は、手で大きさを示し、茶を淹れてきてくれた木俣に礼を言った。そして、机の上に置かれた封筒の中身をたしかめて、領収書を書いた。

　きょうは夕方までに一斗缶十個分のコーティング・チョコレートを納品しなければならないと言って、木俣敬二はハゴロモの事務所から出ていった。

「そんな小さな、自分らで作ったヘリコプターがちゃんと飛ぶのか？」

　と熊吾は熱い茶を飲みながら訊いた。

「なかなかうまいことといかんそうです。無線電波が弱いのと、模型のヘリコプターが重いそうで。三十センチほど浮かんで、右に旋回したり左に旋回したりはできるんやけど、それが限界やそうです。そやから、どれだけヘリコプターの重量を軽くするかで、しゃかりきになってますねん。ノブちゃんが知ったら、大淀の店に入り浸りになりかねませんよ。勉強どころやないようになって、ラジコン少年の道をまっしぐら。横で見てる私でもおもしろうて、やってみとうなりますから。そやけど金のかかる趣味です。あの兄弟、給料のほとんどをラジコンに注ぎ込んでます」

「伸仁がのめり込みそうな遊びじゃのお。大村兄弟に近づけんようにせにゃあいけん」

笑いながら言い、熊吾は、ラジコン少年という言葉が世の中に登場したのだなと思った。

「膝はどうですか？　この何日間か、せっせと歩いて鍛えはったから、だいぶ脚力も回復したんやないですか？」

と玉木は訊いた。

「長いこと坐（すわ）っとって立ちあがるときに痛むが、九割方治ったかのお」

熊吾が椅子（いす）に腰かけたまま右膝を伸ばしたり曲げたりしていると電話が鳴った。

「森井さんという女のかたです」

と受話器を持って玉木は言った。

やっと連絡してきたか。熊吾はそう思ったが、玉木が傍にいると詳しい話はできないので、

「おひさしぶりですのお。いまどこにおられますか」

と博美に訊いた。

「東京。ミュージック・ホール時代の知り合いのアパートで厄介になってるねん」

「あの件は片づきましたけん、昼の一時にもういっぺんかけ直してくれませんか」

「片づいたって、どういうこと？　赤井が別れてくれたん？」

「はい、そういうことですなァ」

「ほんまに？　それがほんまやったら、私、いますぐ大阪に帰るわ。帰ってもええのん？」

「かまいませんが、私は夕方に人と逢う約束をしちょりまして」

「いま話しにくいのん？」

「はい」

「いまから東京駅に行って、とにかく大阪行きの列車に乗るわ」

そう言って、博美は電話を切った。

大阪行きの急行や特急がそんなにしょっちゅう東京駅から発車するはずはないので、博美が大阪に着くのは夜になるだろうと熊吾は思った。

いい中古車を買いたいのだがという客からの問い合わせがつづき、熊吾は昼の一時過ぎまで忙しくすごした。

玉木が弁天町の店へ行ってしまったので、熊吾は鷺洲店を無人にするわけにはいかず、近くの食堂から出前を取ることにした。しかし、この界隈の食堂はどこも熊吾の口に合わないのだ。

うまい、まずいの問題ではなく、味の濃い薄いが気にいらない。親子丼は甘すぎるし、焼き飯は塩辛すぎる。あんなものを食べるくらいなら、餡パンのほうがましだ。

しかし、腹が減った。大淀店に電話をかけて神田三郎に鷺洲店まで来てもらい、俺は曾根崎の洋食屋にでも行こうか。だが、そうすると大淀店には大村兄弟だけになる。ハゴロモの客が訪れても、大村兄弟では商売の話はできない。さてどうしようか……。

熊吾が考えていると、

「おひさしぶりです」

と言いながら黒木博光が事務所の戸をあけた。きのうの夜、九州出張から帰って来て、その報告の電話をもらった際、熊吾は、二、三日ゆっくり休めと言っておいたのだ。

「なんじゃ、出て来たのか。遠慮せんと休んだらええんじゃ。福岡、博多、門司を十日間も歩き廻って、中古車を探してきたんじゃけんのお」

そう熊吾は言って、日に灼けた色艶の良い黒木の笑顔を見た。シンエー・モータープールの事務所を根城にしてエアー・ブローカーをやっていたころとは別人のように人相が良くなり、もともと柔和な笑顔にさらに温厚さが加わったようだった。

「きのうはひさしぶりに女房と娘と法善寺横丁で待ち合わせまして、うまい魚を食べて、家に帰って横になったら、服を着たまま朝の九時までぐっすりと寝てしまいました。社長はゆっくり休めと言うてくれましたけど、出張経費の精算だけ早いこと済ましとこうと思いまして」

「そんなものは二、三日あとでもええんじゃ」

黒木は、中古車を仕入れる出張に出て行くときは、旅費と宿賃と手付金を玉木から受け取り、帰って来てすぐに余った現金を領収書と一緒に返すというやり方を変えなかった。

「社長、昼飯は？」

「まだじゃ。腹が減って目がくらんじょるが、この近くにうまい店はないけんのお」

「これを召し上がって下さい」

黒木は言って、手に持っていた風呂敷包み（ふろしき）を解き、紙製の長方形の箱を机に置いた。

「カツサンドです」

「ビーフカツレツのサンドイッチっちゅうやつか？　聞いたことはあるが、まだ食べたことはないんじゃ」

「うちの近所の肉屋の次男坊が店の二階で洋食屋を始めまして。こんな貧乏人ばっかりが住んでるとこで洋食屋をやっても客なんかないで、と思てたんですけど、うまいという評判を聞いた客で一杯ですねん。食い道楽っちゅうのは、うまい店にはタクシーに乗ってでも行くんですなァ。安かろう悪かろうでは、どんな商売も長つづきせんということですなァ」

熊吾は、パンに洋芥子（ようがらし）とケチャップを塗ってあるカツサンドを頬張り、

「うまい、これはうまい」

と言った。

黒木は、茶を淹れて持って来て、自分もカツサンドを食べ始めた。

「地方都市で中古車を仕入れるのが難しくなった理由がわかりました」

と黒木は言った。

「地方都市での中古車の需要が増えたっちゅうことじゃろう」

「そうです。大阪の中古車屋に売ってる余裕はないんです。地元でどんどん売れますから。今回の出張でも六台が精一杯です。これが私がつけた売り値です」

上着の内ポケットからふたつに折った便箋を出し、黒木はそれを熊吾に渡した。

自分が仕入れたものではなくても、ハゴロモの中古車の売り値は黒木博光が決めるようになっていた。

熊吾は中古車の査定方法に詳しくなかったし、相場というものもわからなかった。ハゴロモを開店した当座も、黒木博光と関京三のデコボコ・コンビに店に来てもらって値段を決めたのだ。関が死んでからは、仕入れだけでなく、売り値を決めるのも黒木ひとりの裁量にまかせてきた。

カツサンドを食べ終え、茶を飲み干してから、黒木は、自分はハゴロモで雇ってもらって、こんなに楽しく仕事をしていることを深く感謝していると言った。

自分は、中古車の良し悪しを見る以外に何の能もない人間だ。じつを言うと、子供のころから、道に迷わないという才があった。知らないところへ行っても、さっき通った寺の前に戻るにはこの小道を歩けばいいと見当をつけて間違ったことはない。

それを才というのはおこがましいが、親や兄弟に感心されたのは、道に迷わないことだけで、他に褒められた記憶はない。

いま、中古車を見る眼力と、頭のなかで正確に地図を描けるという特技のふたつを生かせる仕事をしていると思うと、寒い日でも暑い日でも、町から町へと歩いていることが楽しくて仕方がない。ハゴロモで雇ってもらったお陰で自分は生き返ることができた。朝から夜までよく歩くので体調も良くなり、食欲も増して、夜は蒲団に入った途端に寝てしまう。松坂社長への感謝の思いは、自分も女房も言葉ではあらわせないのだ……。

黒木は語り終えると、コーヒーでもいかがと訊き、近くの喫茶店に電話をかけて出前を頼んだ。

「二月と三月の不景気がハゴロモの資金繰りを狂わせよった。弁天町に三百坪の土地を借りて事務所を建てた費用もこたえちょるが、商売に限らず物事っちゅうのは、ひとつ目算が狂うと連鎖的につながっていきよる。二月と三月の売り上げがあんなにいっぺんに落ちるとは考えもせんかったけんのお」

熊吾の言葉に、黒木は不審そうな表情で、

「そんなに悪かったんですか？」

　と訊いた。

「二月は四台、三月は七台じゃ。そやのに、ひさしぶりにわしがこの鷺洲店に来たら、午前中だけで四台売れた。鷺洲店に置いてあるのが二台。神田に大淀店のを二台運んでもろうて、それも売り手がついた。玉木もだいぶ中古車のことがわかってきよったが、客に売るっちゅう現場仕事には向いちょらん。伝票と帳簿相手に算盤を弾いて、集金に廻って銀行へ行くという仕事に専念させとくのがいちばんええみたいじゃ。集金は、車の運転に慣れた神田を専従にすりゃあええんじゃが、玉木がひがんではいけん。玉木は、神田が夜間の大学を卒業したら、自分は用済みになってハゴロモに居場所が失くなると思うちょるみたいなんじゃ」

　喫茶店の女房がコーヒーを運んで来たので、熊吾は話題を変えて、シンエー・モータープールで起こった騒動をかいつまんで話し、山川というエアー・ブローカーと柳田元雄との関係を黒木に訊いた。

「あいつも元は中古車部品屋に勤めとったんです。番頭格でした。そのころ、柳田社長と知り合うて。強いやつには媚びへつらい、弱いやつには上から出るという典型みたいなやつで、いっとき柳田社長に取り入って仕事を貰てましたけど、いつのまにかエアー・ブローカーになりよりまして……。モータープールの事務所を使うのを柳田社長が許可したなんて、あいつの嘘です。そやけど、そんな騒ぎを起こしてしもたら、もうシンエー・モータープールには来ません。図体はでかいし、すぐにかっとなるけど、ほんまは気が小さい男です」

そう黒木は言い、コーヒーを飲み終えると、弁天町の店に電話をかけた。あさってから四国の高知県を中心に廻るので、出張費を玉木に用意してもらわなければならないという。

弁天町の店に住み込みで働いている若い社員と手短かに話をしてから電話を切り、

「玉木はさっき帰って行ったそうです。入れ違いですなァ。車の運転がでけへんちゅうのは不便ですなァ」

と黒木は言った。

「あの脚で弁天町の駅から店まで歩いたら四十分はかかるぞ。自動車の免許証は貰えんが、スクーターならどうなんじゃろうのお。スクーターは足でブレーキを踏むのか？クラッチ・ペダルなんかないじゃろう」

熊吾の問いに、黒木はしばらく考え込み、

「さあ、どうですやろ。スクーターもオートバイも乗ったことありませんから」

と答えた。

それから三十分ほど仕事の話をしたあと、黒木は、大淀店に行って、今回の出張で仕入れた六台の中古車の年式や買い値などの報告書を作ると言い、事務所から出て行った。広い道の向こう側で川井浩が手を振っていた。川井荒物店の店先には、午前中にはなかった自転車が停めてあり、荷台には大きな段ボール箱がくくりつけられていた。熊吾は博美の件があって聖天通り商店街を避けていたので、川井荒物店の主人とも長く逢っていなかった。

「自転車で配達か？」

ガラス窓をあけて熊吾は川井に大声で言った。

川井は段ボール箱から何かを出し、それを店の奥に持って行ってから、小走りで道を渡って、

「おひさしぶりですなァ。大将の口髭（くちひげ）を見んと元気がでまへんねん」

と言いながら事務所に入って来た。

「またこの道を店の前から渡りよる。信号を渡れとなんべん言うたらわかるんじゃ。お前はそのうち、自分の店の前かハゴロモの前でトラックに轢（ひ）かれた猫みたいにせんべい状になって、二、三日野ざらしになってから跡形ものうなって消滅していくぞ」

「へえへえ、信号を渡らなあきまへんなァ。懐（なつか）しさで気がはやりましたんや」

川井浩は裏窓のところに行き、小さな食器棚からコップを出すと水道の水を入れて戻って来た。

水を喉に音をたてて飲み干し、

「朝早ようから杭瀬まで行ってましてん。ゴム塗りの軍手を二十ダースも注文してくれはったから、海老江の問屋に寄ってから杭瀬の道路工事の現場まで配達しまして」

と川井は言った。

「ゴム塗りの軍手っちゅうのは、富山のわしの知りあいが作っちょるやつか？」

「そうです。高瀬ゴム工業っちゅう会社やて、問屋で教えてもらいました。以前、ノブちゃんが、これは高瀬さんが作ってるゴム塗り軍手やて言うたそうですけど、ほんまにそのとおりでした」

「そうかァ……。社名を変えたんじゃな。高瀬もやっと苦労が報われたのお。しかし、ゴム塗り軍手を作っとるのは高瀬ゴム工業だけやあるまい」

「へえ、その問屋では、他にも三社からおんなじような軍手を仕入れてるそうです」

「どこもかしこも商売敵との闘いじゃのお」

「資本主義の弊害ですなァ」

その言い方がおかしくて、熊吾は声をあげて笑いながら、近いうちに高瀬勇次に電話をかけて近況を訊いてみなければなるまいと思った。

桃子はおとなしく主婦業をつづけているだろうか。あの女は、いつ噴火してもおかしくない活火山のようなものだ。

三兄弟は元気に育っているだろうか。伸仁に「ボブとミッキーとトム」と渾名をつけられ、子分のように伸仁に従っていたな。いかにも子供らしい子供たちだった。みんな大きくなったことだろう。

熊吾は、富山の田園地帯を伸仁とサイクリングしたときを思い浮かべた。

「桜はほとんど散ってしまいましたけど、あったこうて気持がええですなァ」

そう言って、川井はふたつに切った煙草をキセルに入れて火をつけた。

高瀬も煙草をそうやって吸っていたなと思い、川井にコーヒーを奢ってやろうと電話機を引き寄せたが、荒物店の店先に出て来た女房が、

「電話でっせェ」

と大声で呼んだ。

「きょうはえらい忙しいなァ」

舌打ちをして川井は事務所から出ると、ハゴロモの前から道を走り渡って行った。

「信号を渡らにゃあいけんと言うとるじゃろう」

熊吾はそうつぶやき、椅子に深く腰かけて煙草を吸った。

房江の案を実行に移して、中古車販売を始めたころは、この鷺洲店だけだった。商品を仕入れることに汲々とするわけでもなく、訪れた客に売り物の中古車の質の良さを説明し、試乗させ、相手の予算を訊いて価格を決めた。

のんびりとした商売だったが、それは商いのやり方だけではない。このハゴロモの鷺洲店に、なにやらのんびりとした空気が流れていたのだ。

店の前には川井荒物店、裏庭には首を吊った女の墓代わりの青桐、冬であろうが夏であろうが、広い道を朱い帯のように染める夕日。

この鷺洲店だけで、中古車屋の親父として小商いをつづけていればよかったのかもしれない。

熊吾はそんな思いを抱きながら、玉木が戻って来るのを待った。

第六章

もうあきらめてしまったのに、房江(ふさえ)は、郵便配達の自転車がシンエー・モータープールの正門の前に見えると、もしやと思って早足で郵便受けのところへ向かってしまう。月村敏夫と光子の北朝鮮からの手紙が届いていないかと期待するからだが、きょうも届けられたのは柳田商会の寮で暮らす者への葉書が一通だけだった。

それを持って事務所へ戻って行きながら、房江は、アリランの大合唱が響いていた新潟行きの列車を思い浮かべた。

あの北朝鮮帰還の第一陣を乗せた特別列車を淀川の堤で見送ったのは昭和三十四年の十二月十日だったから、あれから三年半が過ぎてしまった。手紙はもう来ない。ひょっとしたらと郵便受けに急ぐのはやめよう。あの兄妹が食べるものに困らず、新しい父親の暴力を受けることなく、北朝鮮で元気に暮らしていればそれでいいのだ。

房江は自分に言い聞かせて、葉書を事務所の奥のキー・ボックスの上に置いた。そこは柳田商会の社員に届いた郵便物を置く場所だった。

熊吾(くまご)の言葉どおり、山川や仲間のエアー・ブローカーたちはまったく姿を見せなくな

ったが、四月半ばころになると、関京三や黒木博光と親しかったという三人がモーター
プールの事務所を根城にするようになった。
しかし三人とも人柄が良くて、午前中の二時間ほどと、夕方の二時間ほど自分たちの
事務所代わりに使うだけで、自動車の運転のできない岡松浩一にとってはありがたい存
在になっている。
シンエー・モータープールの月極契約車はさらに増えたが、「パブリカ大阪北」の修
理工場も去年よりも大きくしたために、預かっている自動車の置き場は限界を超えつつ
あった。
田岡勝己は夕方の忙しい時間にいっせいに帰って来る自動車を混乱することなく駐車
させるために、昼間はその準備をしておかなければならない。
あれは夜の八時に出るから前列に。これはきょうはもう出庫しないだろうから講堂の
後列に。田岡はあれこれと頭のなかで絵を描いて、十数台の自動車の置き場所を変える。
それは窮屈になったモータープール内では思いのほか時間がかかる作業で、田岡は昼
の一時から五時くらいまでは事務所で一服する暇もない。
そのうえ、出庫しないはずの自動車の運転手から電話で六時に使うから出やすいとこ
ろに置いておいてくれと頼まれると配列を変えなければならなくなるのだ。
だから、三人のエアー・ブローカーたちは田岡にとってもありがたい援軍だった。

「奥さん、私らのためにお茶を淹れてくれはらんでも結構でっせ。ここで電話を使わせていただくだけでもありがたいんですよってに」

三人のうちで伸仁が「カカシ」と渾名をつけた五十前後の男が言った。

いつも背広にネクタイ姿なのに、くたびれた破れ穴だらけの衣服をまとったカカシに見える。房江は、カカシとはまたなんと適確な渾名をつけたものかと感心してしまうのだ。

「いえいえ、私もここでお茶をいただこうと思いまして」

と笑顔で言い、房江は四人分の茶を淹れてから、講堂でカイ塗料店の軽トラックのバッテリー液を交換している田岡を呼んだ。

「ノブちゃんは、このごろ帰りが遅いですなァ」

と珍しく岡松が話しかけてきた。

房江は、ことしの四月から学校が移転したことや、高校生になって一気にクラスが倍に増えて、そのせいか、校則を守らせようとする教師の指導が異常なほどに厳しくなったことなどを話した。

「ノブちゃんは昭和二十二年生まれでしたなァ。そのころに生まれた子供の数が多いんです。そのために、文部省は私学にも高校生の受け入れ数を増やせと依頼しました。公立高校には限界がありますからねェ。そのうえ、親の考え方も変わってきて、これまでなら中学を卒業して働きに出たはずの子にも高校を卒業させたいというふうになりました。そこで厄介な問題が生じてきたんですなァ」

　岡松は煙草を吸いながら言った。

「どんな問題です？」

　と房江は訊いた。

「たいていの私学は、小学校、中学校、高校と持ってます。小学生でその学校に入学する子は高校を卒業するまでおんなじ顔ぶれのなかで育ちます。ある意味では家族的な結合ができてるんです。まあそれが私学の良さです。ところが、高校生になった途端に、よその中学を卒業した馴染みのない子が、おんなじ中学で育った連中よりもぎょうさん入ってくる事態になると、血の気の多い年頃やから、校内でも校外でも揉め事が起こるんです。お互い肌が合わんのです。そのために、教師はしめつけを強うせんとあかんようになるわけですな」

「お詳しいんですね」

　房江の言葉に、息子が京都の私立高校の教師をしているのだと岡松は言って、さらにつづけた。

「高校に入学する子をこれまでの何倍も受け入れるとなると、本来は受験で不合格になる学力の子も合格させなあきません。学力が低いイコール素行も悪い、という子は多いんです。ノブちゃんの同学年には、そういうのがぎょうさん混じってるはずやから、気をつけなあきません」

「息子さんがそう言いはったんですか？」

「はい。私の息子はその渦中で頭を悩ませてます。ノブちゃんとおんなじ高校二年生の担任でして」

「はあ……」

気をつけるといっても、何をどう気をつければいいのかと房江が考えていると、

「ノブちゃんは大丈夫でっせ」

そうカカシは言った。

「そやけど、このごろ、私に隠れて、夜中になにやらごそごそしてますねん」

「高校二年生の男の子が夜中にごそごそするのは当たり前ですがな。お母ちゃんは知らんふりしとったらよろしいねん」

カカシは笑いながら言った。

いや、そうではなく、伸仁は夜中にそっと起きて階段を降りて行き、そこの洗車場で何かを作っているのだ。

房江は危うく口にしかけたが黙っていた。

田岡が手を洗って事務所に入って来たので、房江は冷めた茶を捨て、新しい茶を淹れ

てから二階へ上がり、柏餅を三個皿に載せて事務所へ戻った。
電話の受話器を持った岡松が、高瀬という人からだと言った。
高瀬といえば、富山の高瀬しかいないと思いながら、房江は受話器を耳にあてがった。
高瀬勇次の妻・桃子からで、夫が五日前に亡くなったと伝えた。気遣いをさせてはいけないと思い、葬儀が終わるまで連絡しなかったのだ、と。

「えっ！　もうお葬式も済んだの？　そんな水臭いことを」

　四月の半ばころ、松坂の大将が電話をくれた。そのときは夫は元気だったし、ゴム塗り軍手の商売がやっと軌道に乗って生活にも余裕ができたと楽しそうに話していたが、その翌日の朝に脳溢血で倒れ、そのままいちども意識が戻ることなく病院で死んだ。

　松坂の大将に電話を貰ったあと、いつもどおりに晩酌をして、そのまま機嫌良く寝てしまい、翌朝は早く起きて、家と隣接する工場へ行き仕事の準備をしているときに倒れたので、夫が家族以外の人間と話したのは松坂の大将が最後だということになる。

　ゴム塗り軍手の註文が殺到して、いまの人員や工場ではさばき切れなくなり、近くのもっと広いところに引っ越すことに決めた矢先だった。

　私の弟が高瀬ゴム工業を手伝っていたが、商売の才はないので、これから会社をどうしたらいいのか思案中だ。

　上の子は中学三年生で、跡を継げる歳には至っていない。

桃子は早口で言って電話を切った。

房江は、電話機の横に置かれてある金属製の貯金箱に十円玉を入れ、ハゴロモの鷺洲店や大淀店、弁天町店に連絡してみたが、熊吾はいなかった。

神田三郎が、社長の行きそうなところに当たってみるというので、それを待つことにして電話を切り、岡松と田岡とカカシに柏餅を勧めて二階への階段をのぼっていると、岡松に呼ばれた。

「丸尾という人から電話ですよ」

房江は、千代麿とも長く逢っていないなと思いながら事務所に引き返した。

「さっき、麻衣子ちゃんが子供をつれて城崎から訪ねて来てくれまして、房江おばさんに味見をしてもらいたいもんを持参してますねん。いまから車でお迎えに行ってよろしおまっか？」

と千代麿は言った。

「何を味見するんです？」

そう訊きながら、房江は事務所の板壁に掛けられている時計を見た。三時を少し廻っていた。

「蕎麦と、二種類のつゆです。かけ蕎麦用のとざる用の二種類。出石の蕎麦ですねん」

「イズシ？」

「昔から但馬の出石蕎麦は有名ですやろ？　麻衣子ちゃんは、この半年間、出石の蕎麦屋で蕎麦打ちからだしの取り方までを教えてもらいよりまして、そこの主人に、ここから先はあんたの工夫でやっていけとお許しが出たそうで。房江おばさんからおいしいとお墨付きが出たら、城崎の『ちよ熊』を蕎麦専門の店に変えるそうです」

わけがわからないまま、車で送り迎えしてくれるなら行ってもいいなと房江は思った。房江おばさんのお墨付きが出れば、という言葉が嬉しかったのだ。

五時半に帰れるなら行ってもいい、麻衣子ちゃんの子供に初めて逢えるのだからと言って電話を切り、房江は二階の部屋で外出の用意をした。

二トントラックで迎えに来たのは、丸尾運送店の古参の社員だった。

伸仁が生まれた年に、夫が初めて丸尾運送店に仕事を頼んだときは、この三国保という社員は、まだ二十歳になったばかりだったな。あれから十六年もたったのだ。

そう思い、トラックの助手席に坐ると、

「三国さんとは、ひょっとしたら十六年ぶり？」

と訊いた。

三国はトラックを運転しながら考えていたが、

「ああ、奥さんとお逢いするのは十六年ぶりです。社長の使いで御影のおうちには三回ほど行きましたけど、女中さんと逢うだけでしたから。そやけど、松坂の大将やノブちゃんとは、一年に二、三べん逢うてます。おとといも、ノブちゃんと話をしました」

と言った。

「どこで？」

「扇町の、うちの会社で。ノブちゃんは、ときどき学校の帰りに、正澄ちゃんの柔道の稽古(けいこ)を見に来ますねん」

なんだ、それで帰宅が六時を廻る日があるのか。学校が遠くなったからだと機嫌が悪そうに言っているが、大阪駅に着いてから寄り道をしているのだ。曾根崎小学校に三年間かよったのだから、あのあたりは伸仁にしてみれば庭のようなものなのだ。

あきれながら房江がそう思っていると、

「うちの社長からお小遣いをせしめて、正澄ちゃんと一緒に梅田新道の角の不二家パーラーへ行って、豪勢なお菓子を食べてまっせ。晩ご飯が食べられへんようになるんとちゃうやろかと思うほどの大きなホットケーキとかチョコレート・パフェとかをねェ」

笑いながら三国は言った。

「お子さんは何人？」

と房江は訊いた。

「三人です。上の男の子は小学五年生。真ん中は女の子で小学二年生。下は男で、ことしから幼稚園です」

三国は大淀区の北側でトラックを右折させた。町工場が並ぶ道を進むうちに十三大橋が見えてきた。チョコレート色の車体の阪急電車が鉄橋を渡っていた。

「丸尾運送店は三国さんと一緒に発展してきたんやね」

と房江は言った。

「社長が頑張り屋やから。ぼくはそんな社長について来ただけです」

「このごろ景気はどうなん？」

「二年くらい前は苦しかったんですけど、去年の夏ごろから持ち直して、ことしに入っても忙しい状態がつづいてます。そやけど、主要な道にはトラックや商業車が溢れかえって、約束の納品時間に間に合わんようになることが多いのが悩みです。きのうは、朝の十時に扇町を出て、京都の西陣に着いたのは午後一時半でした。どの運送会社もそれが悩みですけど、こればっかりはどうにもなりませんからねェ。そやけどお陰で、地元のタクシーの運ちゃんも知らんような裏道をぎょうさん覚えました」

房江は、半袖の作業服の袖口が裂けそうなほどに太くて逞しい三国の腕に見入った。

淀川の堤に近い千代麿の家の前で、二歳くらいの女の子が美恵に遊んでもらっていた。この子が栄子だな。麻衣子は、三歳で別れた父親には何の感情も持っていないと言っていたが、それなのに周栄文の一字を取って、娘に栄子と名づけたのだ。

房江は、そう思いながらトラックから降り、上げた前髪を赤いリボンで結んでもらっ

ている栄子の前でしゃがみ、

「栄子ちゃん、初めましてやねェ」

と笑顔で言った。そして、急いでいたので何のおみやげも買えなかったと美恵に詫びた。

小学六年生になった美恵は、驚くほど背が伸びて、胸も膨らみかけていた。

二階の出窓から顔を出した千代麿は、

「急にお呼び立てして、すんまへんなァ」

と言い、階下へ降りて来た。台所にいたらしい麻衣子が玄関の上がり框のところにやって来て、どうしても蕎麦つゆの味が決まらなくて、房江おばさんの助言を仰ごうということになったのだと言った。

房江は栄子を抱きあげて、台所へ行った。千代麿の妻のミヨが薬味用のネギを刻みながら蕎麦も茹でていた。

「まずかけ蕎麦から味見してもらいたいと麻衣子ちゃんが言うもんやから、私が茹でてますねん。私、お蕎麦を茹でるのは初めてで、茹で加減がわかれへんからお鍋につきっきりで。商売をするのは私やのうて麻衣子ちゃんやねんから麻衣子ちゃんが茹でなあきませんねんけどねェ」

大阪の主婦は、うどんを家で茹でることは多いが、蕎麦はたいてい食堂で食べるので頃合の茹で方を知らない。私もそうだ。近くの市場に行っても、うどん麺は売っているが蕎麦麵は売っていない。

房江が栄子を抱いたままそう言うと、茹でている蕎麦の一本を菜箸で取り上げて、麻衣子は口に入れた。そして、ざるで湯を切って丼鉢に移し、そこにかけ蕎麦用のつゆを注いだ。ミヨがいま刻んだばかりのネギを入れた。

房江は、麻衣子に栄子を渡し、台所の隣の八畳の部屋に置かれた卓袱台で試食した。

これが蕎麦の香りというものかと思いながら、熱いつゆも飲んだ。

「うん、おいしい。うちの近所の食堂で出るお蕎麦の百倍おいしい」

房江は、お世辞でなくそう感じたのだ。ただ、濃口醬油と薄口醬油の割合を少し変えたほうがよいような気がした。

「つゆの色が濃いィと、見た目の上品さが半減するからねェ」

麻衣子は頷き返して、城崎から持って来たという大きな徳利の栓をあけた。ざる蕎麦用のつゆだという。

「なんでまた『ちよ熊』をお蕎麦の専門店に変えるのん？」

と房江は訊いた。

麻衣子は、卓袱台の前に坐り、そうしようと決心するに至るいきさつを語り始めた。

――ヨネさんが城崎で「ちよ熊」を開業したころも、温泉客はほとんど店には入って来なかった。なぜなら、温泉客は旅館の料理で腹が一杯になっている。夜は、冬なら蟹。それ以外の季節は刺身やすき焼き。

朝は朝で、食べ切れないほどの干物や湯豆腐や玉子焼き。

一泊だけの温泉客はそれで帰路につくが、三、四日逗留して湯治をしようという人たちは安い宿に泊まる。そんな人たちも宿以外で昼食をとろうとはしないのだ。

だから、ヨネさんは、役場や警察や消防署に勤める人に来てもらおうとあれこれ工夫して、弁当の出前なども始めた。しかし、城崎だけではないだろうが、地方に住む人たちは外食の習慣がないので、家で弁当を作って職場に持参する。

ヨネさんが死んでからは客が減ってしまって店をあけているだけ損をするという状態に陥った。

私が栄子を産んでからは、それまでの常連も来なくなった。城崎の人々はみな私と町会議員のことを知っている。

それまで仲良くしてくれていた人たちも、私たち親子を蔑みの目で見るようになった。

城崎から去るのは簡単だが、ヨネさんが「ちよ熊」を城崎温泉一の食堂にしようとどれほど奮闘したかを考えると、それを受け継いだ私がしっぽを巻いて逃げだすわけにはいかないと思った。

だが、商売がやっていけないのなら仕方がない。私にはヨネさんのような才はないのだし、栄子もこれから大きくなっていく。周囲の人たちの目にも気づいていくだろう。ヨネさんには申し訳ないが、やはり私たち親子のことを知らない地で暮らすことにしようと私は決めた。

そんなとき、城崎温泉に十日ほど逗留していた出石の蕎麦屋夫婦が店にやって来て蕎麦を註文した。

私が作った蕎麦をひとくち食べて苦笑して、

「こんなひどい蕎麦は食べたことがない」

と言った。

無愛想で怖そうなおじいさんだったが、なんとなく親しみのようなものを感じて、私はあと二、三日で店を閉めるつもりだと言い、その理由も話した。

すると、温泉町で成功する食い物屋は蕎麦屋だと思うと、その田端というおじいさんは言った。夜も朝も、家では食べられないご馳走攻めで、昼はあっさりとしたものを少量食べたいと思うのは自分だけではあるまい。

城崎温泉はよく知られているし、とりわけ冬は関西からの客が多い。私が若ければ、この「ちよ熊」で蕎麦の専門店をやる。ここは場所もいいし、水もいい。蕎麦は水が命だ。

ああ、それだ、「ちよ熊」を蕎麦専門の店にするのだ、と私は直感した。城崎温泉に蕎麦の「ちよ熊」ありと大阪や京都や神戸の人々の口にのぼる店にしてみせて、私たち親子を蔑みの目で見る地元の連中を驚かせてやる。ヨネさんの恩に報いるのだ、と。

でも、私は蕎麦の打ち方を知らない。店で出している蕎麦は、隣町の製麺所で機械で打った安物だ。

私は田端さんに、蕎麦の打ち方やだしの取り方を教えてくれと頼んだ。あしたにも出石に家を借りて、作り方を学ぶ、と。

田端さんも奥さんも取り合ってくれなかった。私が気まぐれな思いつきを衝動的に口にしていると思ったらしく、そのうち田端さんは怒りだした。

自分たち夫婦には子供がいないので、曾祖父（そうそふ）の代からつづいてきた出石蕎麦の「田端屋」を弟の息子に譲って引退した。その甥（おい）っ子に「田端屋」の味を伝えるのに六年かかった。あんたは、それを一、二ヵ月で習得しようというのか。たかが蕎麦だが、じつに奥深いものなのだ。

田端さんはそう言って店から出て行ったが、名刺を置いていってくれた。

私は翌日、「ちよ熊」をいったん閉めて、その三日後に栄子を近所の奥さんに預かってもらい、出石の「田端屋」へ行き、蕎麦を食べた。店に田端さんはいなかった。

たぶんこの人が甥っ子さんだろうと思える人に田端さんの名刺を見せて、城崎から逢いに来たのだと言った。

それからのいきさつは長くなるので、また機会があれば話そうと思うが、私は田端さんに、

「田端屋の出石蕎麦を私がちゃんと習得することはできないだろうが、私が私だけの『城崎蕎麦』を作りあげていくためにお力を貸してほしい」

と頼んだ。

田端さんは、私に一歳半になる娘がいると知って驚き、

「猪突猛進というか、捨て身というか、あんたみたいな女は滅多にいてないなァ」

と当惑顔で言った。

私は出石の町から少し外れた農家の二階に間借りして「田端屋」で無給で働いた。その農家の奥さんの妹さんが夫に先立たれて出石に帰って来ていて、栄子の世話をしてくれた。勿論、そのための賃金は払った。男と別れるときの手切れ金と栄子の養育費とで私には経済的な余裕があったのだ。

農家の二階を見つけてくれたのも、そこの妹さんに一歳半の子の世話を頼んでくれたのも、田端さんだ。――

喋り疲れたという表情で、麻衣子はそこで話を終えて、台所へと行った。

温泉に来て、たまたま入った食堂の女主人に強引に頼まれてしまい、蕎麦の打ち方からだしの取り方までを伝授するだけでなく、住まいや子守りも見つけてくれるなどとい

う親切な人間がいるものだろうか。

跡を継ぐ甥っ子を一人前にするのに六年かかったというのに、麻衣子にはたったの半年で蕎麦作りの伝授を終えたのか。

なんだか釈然としなくて、

「その田端さんは、お歳はお幾つ？」

と房江は茹でた蕎麦を冷水にさらしている麻衣子に訊いた。

「いま七十一かなァ。城崎温泉にご夫婦で来たのは、古希のお祝いも兼ねてたそうやから」

「麻衣子ちゃんは、たったの半年で出石蕎麦の作り方を覚えてしもたん？」

房江の心を読んだかのように麻衣子は笑みを含んだ顔を向け、

「田端さんの奥さんに、城崎に帰ってくれ、もう出石には来ないでくれ、って頼まれたんや」

と言った。

千代麿の妻が、わずかに苦笑しながら房江を見たあと、二階から降りて来た美恵に、栄子を淀川の堤で遊ばせてやってくれと言った。

話題を変えるために、房江は台所へ行き、一人前ずつ束ねて木箱に入れられている蕎麦の一本を食べてみた。

「きのうの夜に打って、それを切って打ち粉をして、濡れ布巾をかぶせといたんやけど、大阪への道中で香りが抜けたわ」

「そんなことないわ。私には蕎麦の香りが強すぎるくらいや。このお蕎麦は、温かいのも冷たいのも、つゆは薄味にしたほうがええねェ」

「房江おばちゃんもそう思う？　私もそう思うねん。おばちゃん、『ちよ熊』の城崎蕎麦の味を決めて」

麻衣子は、自分が作って大きな徳利に入れてきたつゆを流しの向こう側に押しやり、まったく味のついていないだし汁の入っている鍋をコンロに載せた。

「このだし汁が濃すぎるのかなァ」

房江は、麻衣子が作ったのは田端屋のつゆなのだから、それを応用したほうがいいと考え、ああでもない、こうでもないと工夫して、一時間ほどかけて、これだというのを作った。だがそれは、田端屋のつゆがあるからこそだった。

小さなノートに、醬油や味醂などの割合を書き、麻衣子はそれを一から作り直した。

全員に、かけ蕎麦とざる蕎麦の試食をしてもらう。出石蕎麦は皿蕎麦で、冷たい蕎麦を焼き物の皿に盛って出す。盛岡のわんこ蕎麦に似ている。だが私の作るのは「ちよ熊」の城崎蕎麦なので、簀を敷いた皿に盛るつもりだ。

そう言って、麻衣子が出石の皿蕎麦についての説明をしているとき、正澄が伸仁と一緒に帰って来た。

扇町の丸尾運送店でノブちゃんと待ち合わせていたが、お父さんから電話で、麻衣子ちゃんの作る蕎麦を食べに帰って来いと言われた。それでノブちゃんもつれてきた。

正澄はそう言って卓袱台の前に坐った。

伸仁は、千代麿に教えられて、美恵と栄子が遊んでいる堤へと走って行った。私と顔を合わせるのはばつが悪いのであろうと房江は思った。

「ノブは、学校が退けたあと、しょっちゅう扇町へ行ってるのん？」

と房江は正澄に訊いた。

「この二週間だけや。東京の講道館から師範が来てはるねん。その人が道場で教えるのを見学してるねん」

正澄の言葉で、あの夜以来、伸仁は講堂の柱に帯を巻きつけての体落としの稽古を辞めてしまったが、柔道にはまだ興味があるのだなと房江は思った。

「わァ、正澄、ひさしぶりやっちゃ」

麻衣子は金沢弁で言って、正澄の体をうしろから抱いた。麻衣子が美恵や正澄と逢うのは何年ぶりなのだろう。昭和三十四年の春に浦辺ヨネが死んですぐに、正澄は丸尾家に引き取られたのだから、四年ぶりということになる。

房江はそう思い、麻衣子の歳を訊いた。

「松坂のおじさんが金沢に逢いに来てくれたとき、私は十七歳。昭和二十六年やったから、あれから十二年がたったの」

「ということは、まだ二十九歳？」

「うん、あのときは房江おばさんもノブちゃんも愛媛県南宇和郡てとこで暮らしてたんやろ？」

「懐かしい時代やわ。松坂熊吾さんは死ぬほど退屈してはったけど、のんびりとした日々やったわ。ノブはまだ四つ……」

そのころ、上大道の伊佐男や浦辺ヨネと知り合ったのだと言いかけて、房江は慌てて口を閉じた。

麻衣子が六人分の蕎麦を卓袱台に運んだころ、奥の八畳で得意先と仕事の話をしていた千代麿が散歩がてらにと淀川の堤へと行き、伸仁と美恵と栄子をつれて戻って来た。

みんなは温かいかけ蕎麦を先に食べ、そのあとに冷たいのへと箸を運んだが、房江は自分が味を決めたので、どちらもつゆに神経が集中してしまって、ほとんどを残してしまった。

私には濃かったが、やはり田端屋で習ったもののほうが商売用としてはいいのではないか。

その房江の感想に、いや、こちらのほうが上品だと千代麿は言い、妻のミヨも同じ意見だった。

田端屋のつゆでも食べてみて、

「ぼくの意見も聞いてくれる？」

と伸仁は言った。

「ノブちゃんは、お父さんと一緒にあっちこっちでおいしいもんを食べて、口が肥えてるよってになァ」

千代麿は笑いながら言い、蕎麦湯を飲んだ。

「お母ちゃんが味つけしたのと、田端屋さんのと、そのちょうど中間がええと思うなァ」

と伸仁は言った。

少しもじっとしていない栄子を自分の膝の上で抱きしめるようにして、

「私、房江おばさんの味を私の『城崎蕎麦』に決めるわ」

と麻衣子は言った。

五月七日に麻衣子から手紙が届いた。白木の板に「城崎そば　ちよ熊」と彫られた真新しい看板を掲げた店先の写真も添えられていた。改装した店内の写真もあった。

かなり大がかりな改装だったとわかって、蕎麦つゆの味を決めるために大阪に来たときにはもう工事は終盤を迎えていたのだと房江は知った。

麻衣子はひとりで生きていく覚悟を定めたのだ。それは、城崎で浦辺ヨネたちと暮らしているうちに麻衣子のなかで固まっていった覚悟なのであろう。そして、その覚悟どおりに突き進んでいる。見事なものだ。

あるいは、町会議員との道ならぬ関係も、その男の子供を産んだのも、したたかな計算のうえでだったのかもしれない。麻衣子なら、そのくらいのことはやりそうだ。

房江はそう考えると、なんだか小気味良くなってきた。

初めて麻衣子と逢ったときから先日の丸尾千代麿の家における再会まで、房江は麻衣子に良い感情を抱いていなかった。

気が強くて頑固で、男運が悪く、始末に悪いことに器量がいい。女から見れば冷たい美貌（びぼう）だが、それが逆に男の気をひくらしく、麻衣子の周りには下心むきだしの男たちの目がある。潔癖そうに振る舞ってはいても、男の扱い方を心得ていて、時に応じて媚（こび）を小出しにする。触れなば落ちんといった風情（ふぜい）を漂わすのだ。

いくら周栄文の娘だからといっても、もう放っておけばいい。夫も麻衣子のことにかかわらなければいいのに。

房江のなかにはそんな感情があったのだが、麻衣子の浦辺ヨネへの思いや、自分で城崎蕎麦を作りあげようと決めてからの行動力や、他人の目を歯牙（しが）にもかけない心の強さを知ってみると、そのなにもかもが旧来の日本の女とは異なる生命力を基盤にしていることさえ思えてくる。

——看板が出来上がるのが予定より遅れたので、蕎麦専門店としての営業開始は五月一日からになった。初日は、あの女がいったい何を始めたのだろうと野次馬根性で消防署や役場の人が十五、六人来た。温泉客は五組、八人だった。

二日目は町の人が二十二杯。温泉客は三組で八人。

三日目は、町の人は減って、八人。温泉客は三組で五人。

みんな、おいしいと褒めてくれる。お世辞ではないことはその顔つきでわかるので、自分の打つ蕎麦に自信が湧きつつある。房江おばさんがつゆの味を決めてくれたお陰だ。ぜひ泊まりがけで城崎に来て、「ちよ熊」の蕎麦を食べてくれ。好きなときに温泉に入れるように旅館の主人に頼んでおく。——

二階の部屋で手紙を読み、二葉の写真を何度もながめているうちに、房江はもういますぐにも城崎に行きたくなってきた。

出石の「田端屋」のつゆがあったればこそだが、それを工夫して洗練された薄味に変えたのは、温泉旅館の料理の味の濃さに客が食傷しているにちがいないと考えたからだった。

城崎温泉に来た客が、蕎麦屋があったので「ちよ熊」の蕎麦を食べた、というのではたい。

なく、「ちよ熊」の城崎蕎麦も食べたいから城崎温泉に行く、と思わせるほどの店にしたい。

房江はそう考えた。

そのためには、私が決めたあのつゆにはひと味足りない。だがそのひと味が高い壁なのだ。おいしい蕎麦を食べたことのない私が壁を越えることなどできるわけがない。夫はおいしい蕎麦屋を知っているだろうか。

房江は柱時計を見た。午後四時だった。

シンエー・モータープールの事務所へ行き、ハゴロモの鷺洲店に電話をかけた。たぶん夫はいないだろうと思ったが、電話に出たのは熊吾だった。

「蕎麦か……。わしも伊予の人間じゃから、蕎麦には馴染みがないがのお、京都の能楽堂の近くの蕎麦屋はうまいぞ。それから、祇園の花見小路に一軒、昔から人気のある店があって、そこもうまいが店の名前を忘れたのお」

と熊吾は言った。

今夜は外で食事をしてくれるか。もしそうしてくれるなら、いまから京都へ行って、その二店の蕎麦を食べてみたいが。

房江の言葉に、

「えらいまた熱心じゃのお。わしはええが、モータープールの番はどうするんじゃ」

と熊吾は笑いを含んだ声で訊いた。

田岡さんかクワちゃんに頼もうと思っていると言って電話を切り、房江は二階に上がって外出の用意をした。夕方の忙しい時間も、それが終わって田岡の勤務時間が過ぎてからのことも、伸仁に頼めばいいのだが、房江は自分ひとりで二軒の蕎麦屋に行き、かけ蕎麦とざる蕎麦を合わせて四杯も食べることはできないのだから、伸仁に一緒についていってもらおうと思ったのだ。伸仁はいやがるだろうが、きょうだけは母親の我儘(わがまま)につきあわせるつもりだった。

岡松浩一が退社するのと入れ替わるように伸仁が帰って来た。

房江が訳を話すと、伸仁は口を尖(とが)らせて不満そうに言ったが、制帽と鞄(かばん)を二階の部屋に置いてから、先に立ってバス停へと歩きだした。

「京都？　いまから？」

祇園の花見小路に行くには京阪神急行電鉄の京都本線終点で降りるが、能楽堂は京都御苑(ぎょえん)の南側で、市バスの停留所からすぐだと伸仁は説明し、どっちから先に行くかと訊いた。

大阪駅行きのバスに乗ってから、

「べつにどっちから食べてもええねん。京都の地理はぜんぜんわかれへんねん」

と房江は言った。

頭のなかで京都市内の地図を描いているような表情で吊り革につかまってバスの天井に目をやってから、能楽堂のほうからにしようと伸仁は言った。

ちょうど通勤ラッシュの時間帯で、阪急電車の京都行き特急は混んでいた。座席に坐っていた中学生ふたりに席を詰めるよう頼むと、伸仁は房江を坐らせてくれた。そのやり方がなんだか逞しくて、房江は伸仁に笑みを向けた。

「晩ご飯がお蕎麦だけなんて、ノブには物足りんなァ」

「うん、物足りん」

「花見小路のお蕎麦屋さんに行ったことはないんやろ？」

「行ったことはないけど、場所は知ってる」

「なんで？」

「小学生のとき、お父ちゃんと京都競馬場に行って大穴を当てたから、花見小路にある天麩羅屋さんで特上コースを食べてん。そのとき、お店の近くに舞妓さんや芸者さんに人気のある蕎麦屋さんがあったから、たぶんそこやと思うねん。モータープールで暮らし始めたころや」

「へえ……、昔のこと、よう覚えてるねんなァ」

伸仁は背中を丸めるようにして顔を房江に近づけ、あまり話しかけてくれるなと小声で言った。

「なんで？」

「考え事をしてるねん。気が散る」

「はあ……、気を散らさせて、すみません」

房江はそう言い、下を向いて声を殺して笑った。それから、お前はいま身長はどのくらいなのかと訊いた。

「百七十センチちょうど」

機嫌悪そうに答えて、

「気が散るねんけど」

と伸仁は言った。

京都に着いてからのバスも混んでいた。京都御苑の周辺には十数台の観光バスが停まっていた。

身動きができないほどの満員のバスから逃げだすようにしてひとつ手前の停留所で降り、房江と伸仁は北へ歩いた。

能を観(み)に来たときは必ず寄るという蕎麦屋に入り、房江はかけ蕎麦とざる蕎麦を一人前ずつ註文した。

「お酒は一合だけやで」

と伸仁は言った。

「あっ、お蕎麦にお酒は合うそうやねェ。お酒のことはころっと忘れてたわ。飲んでもええのん？」

「一合だけ」

房江は日本酒のぬる燗を一本頼み、品書に目をやった。出汁巻玉子と天麩羅の盛り合わせがあったので、それも註文した。

日本酒を手酌で飲んでいると、先に出汁巻玉子が運ばれてきた。房江はそれを割り箸で切った。三分の二を伸仁に。三分の一を自分に。

うまい蕎麦屋の出汁巻玉子は絶品だと聞いたことがあったが、たしかにそのとおりだなと房江は思った。

「お蕎麦って一杯売れたらどのくらい儲けがあるのん？」

と伸仁は訊いた。

「さあ、どのくらいの儲けやろ」

「ちよ熊の初日の売り上げが二十三、四杯やろ？　二日目が三十杯。三日目が十三杯。このお店は、かけ蕎麦が一杯六十円や。越後食堂よりも十円高いわ。麻衣子ちゃんはどんな値段をつけたんかなァ」

「有名な温泉地のなかの蕎麦専門店やから、大阪の町の食堂よりも高い値段をつけたと思うけど……。ことおんなじくらいとちがうやろか」

そう言って、房江は頭のなかで計算してみた。しかし、一回の蕎麦打ちで何人前作れるのか。それにかかる原価はどのくらいなのか。まったく見当がつかないので計算のしようがなかった。

「休みの日に城崎へ行こうか」

と房江は言った。麻衣子の店で二時間も様子を見ていれば商売の勝算がある程度わかるのではないかと考えたのだ。

「お母ちゃんひとりで行っといで。モータープールには留守番が要るやろ。ぼくが留守番をしとくわ」

「そうやなァ、日帰りは無理やもんねェ」

房江が、いつ行こうかと本気で思案していると、かけ蕎麦とざる蕎麦と天麩羅の盛り合わせが運ばれてきた。

かけ蕎麦のつゆも、ざる蕎麦のつゆも、麻衣子が田端屋で習ったものと大きな違いはなかった。色の濃淡、味の濃い薄いのわずかな違いはあっても、蕎麦つゆの基本的な作り方に大差はないのだと知った。だが、蕎麦の麵にはあきらかな違いがある。

能楽堂の近くのこの店は、蕎麦の香りというものをさして重視せずに、色合いとつゆの味に眼目を置いていると房江は感じた。これはこの店だけのやり方なのだろうか、それとも京都の蕎麦の特徴なのだろうか。

かけ蕎麦を半分ほど食べて、それを伸仁の前に移すと、房江はざる蕎麦を食べた。感想は同じだった。

私が薄味に変えた「ちよ熊」の城崎蕎麦は、麺は出石蕎麦の朴訥(ぼくとつ)な香りを生かしながらも、つゆはまろやかで上品な京都風で、それぞれの良さをうまく両立させている。温泉旅館のご馳走で疲れた舌や胃腸にはもってこいだ。

房江は、そんな自分の考えを伸仁に言い、もう一本お銚子(ちょうし)を頼んでいいかと訊いた。伸仁は房江をにらみながら、仕方がないというふうに頷き、かけ蕎麦のなかに海老(えび)の天麩羅をひたした。


翌日、房江は城崎駅に午後三時過ぎに着くと、駅前の通りを真っすぐに温泉街の中心部へ歩き、地蔵湯の前の橋を渡って大谿(おおたに)川沿いに並ぶ旅館やみやげ物店の前に出た。

割烹着(かっぽうぎ)姿の麻衣子が、栄子を抱いて柳の木の下で待っていた。

温泉町の人々は、麻衣子が妻も子もある町会議員の子を産んだことを知っている。こんないなか町でなくても、人々は麻衣子とその子に蔑みと非難の視線を浴びせるであろう。

だが、この麻衣子の、自分への目を歯牙にもかけず、屈託なく撥(は)ねつける堂々たる立ち姿は、いったい何から生じてくるのだろう。

房江は、そう思って、しばらく麻衣子の笑顔から視線を外すことができなかった。

「きょうは夏みたいな暑さやねェ」

と房江は言い、麻衣子と肩を並べて「ちよ熊」への路地を曲がった。家々の屋根の向こうに寺の甍が見えた。その納骨堂には、浦辺ヨネの遺骨がある。大半は余部鉄橋から散骨したが、わずかに残したものを骨壺に納めて、寺に預けたのだ。少しでも残したことをヨネは怒っているかもしれないと房江は思いながら、いかにも名代の蕎麦屋という風情に改装された「ちよ熊」の前で立ち止まり、真新しい格子戸と白木の大きな看板をながめた。「十一時半〜一時半　十時〜十一時」と営業時間を書いた木の札が掛けられていた。

「きょうは、お客さんは何人やった？」

房江の問いに、

「地元の人が五人、温泉客も五人」

と答え、麻衣子は格子戸をあけた。

人見知りする栄子をあやしながら、房江は阪急百貨店で買って来たおみやげを麻衣子に渡した。何種類かのクッキーが入っている箱がふたつ。二歳の女の子用のワンピースが二着。小さな花飾りが付いた髪止めが三つ。

包装紙をといて、それらひとつひとつを客用のテーブルに並べ、麻衣子は嬉しそうに礼を言い、茶を淹れてくれた。

きのう、伸仁と京都の蕎麦を食べに行ったことや自分が丸尾千代麿の家で決めたつゆの味に自信を持ったので、予定していた花見小路の蕎麦屋には行かなかったことを話して聞かせて、

「夜の十時から店をあけてるのん？」

と房江は訊いた。

思いもかけなかったことが起こったのだと麻衣子は言った。

改装した店の写真と手紙とを房江おばさんに送った日に、温泉客ばかり十人ほどが夜の十時過ぎにやって来て蕎麦を註文した。

夜は店をあける気はなかったが、町の電機店に頼んでおいた冷蔵庫がやっと届いたので、早いほうがいいと思い、店に運んでもらっていたのだ。

その夜だけのことであろうと思ったが、客の何人かが、この時間になると小腹がすいて、おにぎりでも食べたいがと宿の者に頼んでも作ってはくれないのだという。最近は、保健所がうるさくて、調理の免許を持つ人間以外は、たとえおにぎり一個でも客に出してはいけないらしい。

だからといって、酒ばかり飲むわけにもいかず、仲居に不満を言うと、近くに蕎麦屋があると教えてくれた。もう閉まっているかもしれないが、外湯につかりついでに行っ

てみようということになった。夜遅くに小腹がすいたときの蕎麦はありがたい。

その言葉を聞いて、ひょっとしたら温泉町では昼よりも夜遅くのほうが客が多いのかもしれないという気がして翌日も店をあけてみた。知り合いの仲居さんや、旅館の主人たちにも、客に宣伝してくれるよう頼んで廻った。

麻衣子の説明で、

「お客さん、ぎょうさん来てくれはるのん？」

と房江は訊いた。

「昼間よりも多いねん。私もびっくりしてるけど、夜遅くの営業を始めてまだ三日目やから」

「有り得る話やわ。昔、戦争が始まる前やったけど、松坂熊吾さんと奈良の有名な西洋式ホテルに泊まったことがあるねん。結婚してからも、白浜温泉や、芦原(あわら)温泉に行ったわ。日頃は見たこともないようなご馳走がぎょうさん並ぶから、それを残したら勿体ないと思て無理して食べると最後のご飯のときにはお腹(なか)が一杯で、もうひと口も食べられへん。ビールやお酒も飲んでるからねェ。そやけど、そろそろ寝ようかというころに腹がすいてくるねん。小腹がすくという言い方がぴったりやわ。そのころは、旅館の人に頼むと、おにぎりを作ってくれて部屋に運んでくれはった。そういう面倒をお願いするかもしれんから、客は前もって心づけを部屋係に渡しとくんや。それが保健所から禁止されたら、客は高い宿賃を払うてるのにお腹のすいたのを我慢したまま寝るしかあれへん。そんなときに蕎麦屋が近くにあったら、ありがたいわ。そやけど、こんな小さな子がいてて、夜の十時に店をあけるのは大変やろ？」

房江の言葉に小さくかぶりを振り、夜、一時間か二時間弱店をあけても、自分のいちにちの労働時間はせいぜい合計で五時間ほどなのだと麻衣子は言った。

朝は十時に店に来て、その日のぶんの蕎麦を打つ。午後二時半にはいったん家に帰り、近所の人に預かってもらっていた栄子と一緒に風呂に入る。そのあと栄子を昼寝させるのだが、たいてい自分も一緒に添い寝してしまう。

七時ごろに夕食をとり、家の雑用をこなしているうちに九時になる。もういちど栄子を預けに行き、自転車で店へ行って準備をするともう十時だ。

栄子を預かってくれているのは、三軒隣の小川さんのおばあさんだ。子守り代として毎月五千円払っている。栄子もすっかり小川家のおばあさんになついてしまっていて、寂しがって泣くこともない。

小川家には、水産加工会社に勤める息子さんとその三人の子供たちがいる。中学一年生、小学五年生と三年生だ。奥さんは四年前に亡くなった。

みんな夜の十時には寝てしまう。戸口の右側の四畳半がおばあさんの部屋で、栄子はおばあさんの蒲団のなかで寝てしまう。

私はこの三日間、仕事を終えると小川さんの家にそっと入って行き、寝ている栄子を抱きあげて家に帰っているのだが、栄子がぐずったことはない。戸口の鍵は、玄関先に並べた五つの鉢植えの真ん中の下に置いてくれている。

蕎麦専門の店の商売は、まだ始めたばかりなので、月々どのくらいの収益があるのかわからないが、私は少し手ごたえのようなものを感じている。品書に天麩羅蕎麦や鴨なんばんなどの、別の料理を作らなければならないものを加える気はない。簀を敷いた陶製の皿に盛って出す冷たい蕎麦と、薬味は刻んだ青ねぎだけの温かいかけ蕎麦の二種類だけしか出さないつもりだ。温泉町のなかの蕎麦屋なのだから、それがいちばん正しい商売のやり方だと思う。

これから三ヵ月間は、一喜一憂せず、右往左往せず、旅館の主人や仲居や、観光協会の人たちに城崎蕎麦の「ちよ熊」を宣伝してくれるよう根気良く頼んでいくつもりだ。

麻衣子が話し終えたころには、母親の膝にまたがって人形と遊んでいた栄子は寝入ってしまった。

いつもは母親と風呂に入って昼寝をしている時間なのに、大阪から房江おばさんが来るので起こされていたのであろうと房江は思った。

「麻衣子ちゃんは度胸があって、芯が強いんやねェ。それも並の強さやないわ」

と房江は言った。

「人の噂も七十五日だ。それを絶対に忘れるなって、松坂のおじさんに凄い怖い目で言われたことがあるねん。栄子を産んだあと、その言葉が真実やってことを思い知ったわ。世間を揺るがすようなどんな大事件でも、人はすぐに忘れていく。とりかえしのつかん失敗をして、それを気に病んで心を痛めてるあいだは、まだまだ子供やってことがわかってん。そんな人の目や陰口を気にするなんて、つまらんことや」

麻衣子は言って、調理場の横に新たに造ったという三畳の間に栄子を寝かせた。

あんなふうに言ったが、麻衣子は自分が失敗したとは露ほども考えてはいないにちがいないと房江は思った。

金沢の井手秀之の裏切りも、井手家からの慰謝料によって償われた。離婚当初は、井手家の金は一銭も受け取りたくないと麻衣子は拒否したが、当然の権利なのだからと千代麿が井手の両親と交渉して支払わせたのだ。

和田山で三指に入る老舗の家具屋の息子の子を産んだのも、麻衣子は計算ずくだったのではないのか。その町会議員が妻と別れる気がないのを承知のうえで、麻衣子は栄子を産んだのだ。その証拠に、妊娠がわかるとすぐに麻衣子は城崎から去り、堕胎を迫るであろう男や男の両親が手も足も出ないようにして、金沢で子を産んだ。そして、手切れ金と栄子の養育費を得た。こういうのを何と言うのだ。そうだ、確信犯だ。大店の家具屋の息子を計略にはめたずるがしこい確信犯だ。

房江は、そんな自分の推理はほぼ当たっているだろうと思ったが、麻衣子に対して反感が湧かなかった。それどころか小気味良さを感じた。

ふたりの愚かな男からせしめた金で、麻衣子はこれからの女手ひとつでの人生を切りひらいていこうとしている。村社会の狭量な規範に臆していない。

男は家を守って、女が世の中を動かせばいいのだ。きっとそのほうが豊かな社会を築くことになる。

松坂家もそうなればいい。熊吾は商売を私にまかせて遊んでいればいいのだ。私なら、まず弁天町の営業所を閉める。社員は辞めさせるしかあるまい。あそこに置いてある数十台の中古車を仕入れ値で処分し、大淀の松坂板金塗装の看板も降ろす。そうすれば給料の高い大村兄弟は辞めていく。

借金の大半はこれで返せる。まずそうしておいて、ハゴロモの鷺洲店だけに力を注ぐ。一からやり直すのだ。双六の「ふりだしに戻る」というやつだ。

しかし、手ぶらで戻るわけではない。黒木と大淀店は持って行く。黒木はなにも四国や九州に中古車を仕入れに行く必要はない。関西一円で質のいい中古車を買いつけるだけで充分だ。そうなると神戸の海運会社に依頼して利鞘の少ない商いをつづける理由が失くなる。

仕入れが難しくなった中古車を地方都市に求めるという着眼は一時的には利益につな

がったが、配送代と人件費が次第に増えて、労多くして益少ない状態に陥っている。

関西とひとことで言うが、関西は広く、金の流れも大きくて、地方都市の十倍もの自動車で溢れている。こまめに足を運んで、中古車業者とのつながりを密にすれば仕入れに困るわけはないのだ。そのために黒木を雇ったのではないのか。

房江はそこまで大雑把に頭のなかで絵を描いて、近くで鳴いている鳥の声に聞き入った。麻衣子が笑みを浮かべて房江を見ていた。

「なに？」

と房江は訊いた。

「笑いながら考え事をしてるから、ずうっと房江おばさんの顔を見ててん。房江おばさんが笑いながら考え事をしてる顔なんて、私、初めて見たわ」

と麻衣子は言った。

「へえ、私、笑てた？」

「うん、にやにやしてたわ」

房江は掛け時計に目をやった。四時半だった。夜の九時ごろまで退屈するほど時間がある。ひとりで外湯めぐりでもしようか。

房江は所在なげに「ちよ熊」から出て、大谿川のほとりへ行き、柳の並木に目をやった。新芽は細長く伸びて、枝の幾本かは川面につかっていた。

人通りは少なく、道の左右では近所の年寄りたちが建物との段差に腰を降ろして世間話をしている。蟹の季節ではないので温泉客も少ないのであろうと房江は思った。

川を覗き込むと、めだかの群れが流れに逆らって泳いでいて、さして深くはない川底に繁茂した水草にまとわりつくように鯉や鮒がひとところでじっとしている。柳並木を縫って燕が飛び交い、そのうちの一羽が「ちよ熊」の筋向かいの民家の庇へ姿を消した。もう雛が孵っているらしい。にぎやかな鳴き声はあそこから聞こえていたのか。

房江は、月にいちどくらいは、こんなのどかなところで何をするでもなく川や空をながめ、夜には温泉につかるという日を持てればいいのにと思った。

もう少し近ければそれも不可能ではないが、大阪から城崎までは片道で五時間かかるので日帰りでは無理だ。伸仁はよく文句も言わず、冬の大雪のなかを日帰りしてくれたものだ。雨の日もあった。余部鉄橋でクレオに別れを告げた日だ。

なにも余部鉄橋まで行かずともよかろうにと思ったが、伸仁はヨネの遺骨を鉄橋から撒いたときのことが何か強い印象として残っていたのかもしれない。

房江はそんなことを考えながら川べりを地蔵湯の近くまで歩いた。麻衣子が乳母車を押しながらやって来て、円山川のほとりの家へ帰る前に魚屋に寄りたいと言った。栄子は目を覚ましていて、乳母車のなかに立って、母親に抱いてくれとねだった。

駅前につづく通りに魚屋はあり、麻衣子が朝頼んでおいたという二種類の刺身を見事な包丁さばきで作ってくれた。

「トビウオのお刺身は初めてやわ。おいしいと聞いてるけど新鮮なトビウオなんて大阪では手に入れへんから」

と房江は言った。

駅前まで来ると、京都からの列車が着いた直後らしく、旅館の客引きが旗や小さな幟を持って改札口のところに並んでいたが、降りて来る客はまばらだった。

線路に沿っている道へと曲がり、畑の雑草を抜いている老人に挨拶してから、

「房江おばさんは料理の天才や」

と麻衣子は言った。

「料理をするのが好きやからねェ。私は他に何の能もないねん」

「千代麿のおじさんの家で、たったの一時間で『ちよ熊』の城崎蕎麦のつゆの味を決めるなんて、天才やわ。私は、つゆの味を変えようと三週間も苦労したのに、いろいろと試せば試すほど変な味になっていくねん」

「田端屋さんのつゆがあったればこそや」

同じ言葉を千代麿の家でも言ったなと思いながら、房江は踏切の向こうの円山川の、ひと雨降れば堤を越えて溢れるのではないかと危ぶんでしまうほどの豊かな流れに目をやった。

麻衣子は豊岡の酒を買っておいたと言い、家に帰るなり封を切っていない一升壜(びん)を房江の前に置いた。

「私は、お酒が入ったら、もう何をするのもいやになるねん。『ちよ熊』の夜のお客さんを観察して、温泉につかって、またここに帰って来てから頂戴(ちょうだい)するわ」

麻衣子は無理には勧めなかった。丸尾家に行ったときに買ったという電気炊飯器のスイッチを入れ、二階の物干し場で洗濯物を取り込むと、房江がおみやげとして持参したクッキーの缶をあけて、それを栄子の両手に一個ずつ握らせながら、

「私、ときどき城崎大橋の真ん中へ行くねん。あそこから見るお月さんはきれいよ」

と麻衣子は言った。

「へえ、お月見をしに行くのん？」

房江の問いに笑みを返し、

「お墓参りや」

と麻衣子は言った。

その意味がすぐにわかって、房江は声をあげて笑った。城崎大橋の下には、伸仁が骨壺から誤って落としてしまったヨネの遺骨のひとかけらが沈んでいることを思い出したのだ。

実際には、遺骨はすぐに流されていったはずだが、房江はいまもとどまっているよう

な気がした。麻衣子もそう思っているのだとわかって、伸仁の間抜けな失敗を褒めてやりたくなった。

「ちょっとだけ飲んだら？　私はお酒は飲まれへんけど、房江おばさんは好きなんやろ？」

そう言って、麻衣子は小ぶりの湯呑み茶碗を持って来て、一升壜の封を切った。

「私、余部鉄橋の上で骨壺のなかを見たとき、あれ？　全部粉状になってる、なんでやろって顔でノブちゃんを見たのよ。夜、城崎大橋へぶらぶらと歩きだすたびに、そのときのノブちゃんの目を思い出して噴き出してしまうねん。誰が見ても、私が犯人でございますって目ェやったわ」

麻衣子の言葉で、房江はまた笑った。そして、酒をゆっくりと飲み、

「麻衣子ちゃんは知らんやろけど、ノブはあの日以外に二回、ひとりで城崎に来てるねん」

と言い、事情を話して聞かせた。

麻衣子は驚きの表情で房江を見つめた。それは房江が予想もしていなかった驚き様だった。

低い陰気な裏山が午後からの日差しを遮ってしまうので、麻衣子の家の周辺はいつも

翳って湿っているという印象を抱いていたのだが、房江は突然子供たちの遊ぶ声で賑かになった玄関先のほうに目をやり、午前中は日当たりがいいのかと麻衣子に訊いた。

「なんでわかるのん？　ここの三軒の家にはナメクジとゲジゲジしか住めんて本気で思う人がいてるのに。お陰で家賃が安いねん」

と麻衣子はまた驚き顔で言った。

健康な子供は、お天道さまが照らすところでしか遊ばないものなのだ。午後は日当たりが悪くても、子供たちの遊び場となっている場所には、午前中にちゃんと太陽の光が注いでいるものなのだ。これは伸仁を育ててきたこの十六年間で知った自然の法則のようなものだ。

その房江の言葉に、麻衣子は感心したように軽く声をたてて笑い、私はさっきから房江おばさんに驚かされてばかりいると言った。

「そんなに驚いたん？　ノブが雛のときから自分で育てた鳩を放す場所を余部鉄橋に選んだこと？　雨に濡れながら、すぐそこの城崎大橋の下で、男の人が帰って行くのをずうっと待ちつづけてたこと？」

房江の問いに、麻衣子はしばらく考えてから首を横に振った。

「房江おばさんが、楽しい思い出話みたいに話してくれたことにびっくりしたっちゃ。私をなじるような表情も言い方も、房江おばさんにはまったくなかった……。息子が城崎の麻衣子のところに泊めてもらうのをあてにしてたのに、雨のなかで長いこと待たせつづけて、大阪へ引き返すしかないようにしてしもたら、百人の母親が百人とも、私をなじるはずや。もしなじる言葉を口にせんかったとしても、表情のどこかに出るはずや。私は、知らんかったとはいえ、ヨネさんもムメばあちゃんも、美恵も正澄もおらんようになったこの家に、妻子のある男を引っ張り込んでたんやから。ノブちゃんにもびっくりしたっちゃ。そんなことがあったことを、私にはひとことも言えへん。栄子の出産祝いをここに届けに来てくれたときも、こないだ千代麿おじさんの家で逢うたときも、そのことは口にせえへん」

と麻衣子は言った。

あの子はあの子なりに、麻衣子には黙っていようと考えたのであろうと房江は思った。

「さっきの、子供たちが遊び場に選ぶ場所も、私はこれまでいちども房江おばさんのような考え方をしたことがないねん。そやけど、そう言われるとたしかに、近所の子供らは、道の奥の広い空地では遊べへんねん。そこは、裏山と竹藪に遮られて、いちにちじゅう、日が当たれへん。そやけど私の家から南側は、冬でもお天気のええ日は、湯気をあげて雪を溶かすくらいのお日さんに恵まれるねん」

ときおり金沢弁を交じえながら言ってから、麻衣子は三杯目の酒を勧めた。

「もう遠慮しとくわ。『ちよ熊』の夜のお客さんの様子を見に行くのが億劫になってしまうわ」

いいではないか。夜の営業時間までは余るほど時間がある。昼寝というには遅い時間だが、気持良く酔って寝てしまえばいい。私はそのあいだに栄子を風呂につれて行く。麻衣子がそう言って酒をついでくれたので小さな湯呑み茶碗だから、もう一杯くらいいいかと房江は笑顔でそれを受けた。それから、堂島川と土佐堀川が合流する地点での数年間や、尼崎市の蘭月ビルに住む熊吾の妹に伸仁を預けていたころのことを話した。

話しながら、房江は、自分とは二十四歳の開きがある麻衣子が、ずっと以前から互いにつつみ隠さず何でも語り合える仲だったような気がしてきた。

夜になると急に冷えるからと、麻衣子は押し入れから寝具を出してくれて、風呂へ行く用意を始めた。日が落ちる寸前くらいに円山川の河口からの風がにわかに冷たくなり、それが音をたてて押し寄せてくるという。冬は恐しいほどの強風で、駅まで歩くと、誰もがみな雪だるまのようになる、と。

房江は、便所の横の洗面台で口をすすぎ、鏡に自分の顔を映しながら、きょうは、口やかましい監視役の伸仁もいないし、ほとんど毎夜、一時頃に帰宅するようになった夫もいないのだから、麻衣子と栄子が風呂に入りに行ったら、あの豊岡の酒をもう一杯だけ飲もうと思った。

「きのうの夜は曇ってたから、お月さんもお星さんも見えへんかったけど、おとといの夜のお月さんはきれいやったわ。そやけど、満月とはちがうねん。熟した桃みたいな月。たぶん、きょう満月になるわ」

大きめの洗面器にタオルや石鹼（せっけん）やヘア・ブラシを入れ、別の竹製の籠（かご）に湯上がりタオルに包んだ着替えを持つと、麻衣子は乳母車に栄子を乗せた。

「お月さんはどっちに出るのん？」

と房江は川に面した窓をあけながら訊いた。そこからは大きな農家の朽ちかけた土蔵しか見えなかった。

「海のほうや。城崎大橋の向こう岸あたりが、ここらへんでは最高のお月見の場所やねん。近所の人らは、わざわざそこまで歩いて行ってお月見をしたりはせえへんけど」

熟した桃のような月か……。それも美しそうだが、実際にどんな色と形なのか、どうも具体的に心に描けないな……。

そう思いながら、房江は乳母車の車輪の音が円山川のほうへと遠ざかっていくのを聞いていた。

一升壜に目をやって、もう一杯飲もうかと思ったが、お前は酔えば酔うほど暗くなるという夫の言葉が浮かんだ。

魚が腐ったような目になると言うときの、伸仁の嫌悪（けんお）を隠そうとしない顔も浮かんだ。風呂から帰って来た麻衣子が、そんな房江おばさんを見たら、どう思うだろう。いっぺんに嫌気がさして、二度と城崎に来ないでもらいたいと言うかもしれない。

房江はそう考えて、蒲団に糊のきいたシーツを敷くとあお向けに寝転んだ。家の前で遊んでいた子供たちの声が消えた。もうそんな時間かと柱時計を見ると六時前だった。

よほど心に余裕があり、二、三時間は何もしなくてもいいというときに、たまに昼寝をすることはあったが、房江は四十分以上は眠れなかった。

それなのに、房江は麻衣子に起こされるまで深く眠った。

慌てて蒲団の上に正座して、手で髪の乱れを直しながら、房江は二時間半も熟睡したことに驚き、

「私が起きるまで晩ご飯を待っててくれてたん？」

と訊いた。

「栄子には、お風呂から帰ってすぐに食べさせたよ。もう何でも食べられるようになったから、この子に食事をさせるのはらくやねん」

そう笑顔で言いながら、麻衣子は卓袱台の上にちらばっている焼き海苔のくずやご飯粒を布巾で拭き、トビウオとカレイの刺身を運んだ。栄子は無器用な握り方でクレヨンを振り廻すようにして塗り絵に夢中になっていた。

「私、こんな時間に、二時間半も熟睡したなんて、七つのときから五十二歳のきょうまでで初めてやわ」

と言い、房江は卓袱台の前に坐った。

麻衣子は、ワカメと玉子綴じの吸い物も作っておいてくれたのだが、だしが薄くて塩からかった。麻衣子には、もう遠慮は不要だと思い、

「こんなにまずいお吸い物、どうやったら作れるのん？」

と房江はあきれ顔で訊いた。これほどまずく作れるのも天才だという伸仁の言葉もつけ加えた。

「ノブちゃん、私が作った料理、食べたことないくせに？」

房江は首を左右に振り、

「食堂で何かを食べてまずかったら、お金を払うてお店から出るときに捨てゼリフを残すねん。そのあと全速力で逃げるらしいわ。怒った店の主人に割り箸の束を持って追いかけられたことがあるから」

と言った。麻衣子は声をあげて笑った。母親の真似をして、意味もわからないのに栄子も笑った。

「割り箸の束？　怖いこともなんともないっちゃ。包丁を持って追いかけて来たら、私も必死で逃げるけど」

「顔が怖かったんやて。切られて死ぬときの仁木弾正みたいな顔やったそうやねん」

「ニッキダンジョウて、それ誰やのん？」

房江は、歌舞伎の「伽羅先代萩」のあらすじと、伊達藩の原田甲斐をモデルとした仁木弾正について説明しながら、台所へ移って、麻衣子に吸い物の作り方を教えた。

栄子を三軒隣の小川家のおばあさんに預けて、房江と麻衣子が「ちよ熊」へ向かったのは九時少し前だった。

準備を手伝ってやりたかったが、旅館の露天風呂が、急遽、今夜は十一時で閉めて、温泉の湯を落とし、浴場のすべてを消毒することになったのだ。そこはヨネの散骨の時に行った旅館ではなかった。

「きょうは、ひとりもお客さんがないかららしいわ」

駅前の通りを大谿川のほうへと歩きながら麻衣子は言い、みやげ物屋や雑貨屋や食堂の屋根に遮られてしまった月を探した。

「この食堂の鰻重、おいしいねん。お店は小さいし古いし汚ないけど、鰻重だけは天下一品。ここの鰻重を食べるために城崎へ足を延ばす人がいてるねん。私が、『ちよ熊』を蕎麦専門の店にしようと思いついたのは、この山形食堂の鰻重もヒントになってるねん」

「へえ、私、鰻が大好きやねん。あした、大阪に帰る前に食べていこうかなァ」

房江は、もう明かりを消してしまった山形食堂の前で立ち止まり、「うな丼、うな重も有ります」とだけ筆文字で書いてある小さな木の札に見入った。筆文字は色が褪せていて、近づいて目を凝らさないと判読できないほどだった。

食堂の歪んだ瓦屋根の上に猫が二匹、間隔を置いてにらみ合っていた。どちらも唸り声をあげて、背や尾の毛を逆立てている。近くに交尾の時期を迎えたメス猫がいるのであろうと思い、房江は山形食堂の屋根を見ながら歩きだした。

すると、二匹のオス猫の真上に金箔色の満月があらわれた。楕円形のさほど大きくない黒雲が、自分と満月とのあいだに居坐っていたのだと房江は知った。

「大きな満月……。大阪の街では見られへんわ。このあたりは、やっぱり空気がきれいやからやねェ」

房江がまた立ち止まってしまったので、

「城崎大橋からはもっときれいな満月が見られるわ」

と言い、麻衣子は少し急ごうと促した。

温泉街の中心部には射的屋やスマートボールの店があったが客はひとりもいなかった。外湯めぐりをする数少ない温泉客が浴衣を着て川べりの柳並木を散策しているだけで、すでに玄関の明かりを消してしまった旅館もあった。

房江は「ちよ熊」の近くで麻衣子と別れて、以前にいちど行ったことのある旅館の戸をあけた。建物は小さくて部屋数も少ないが、露天の岩風呂の大きいのが自慢の旅館だった。

風呂番の男が帳場でラジオを聴いていたが、房江が麻衣子の名を口にすると、大浴場まで案内してくれた。館内の明かりは必要なもの以外は消してあった。

男は、脱衣所や浴場の明かりをつけるスイッチの場所を教えてくれたが、房江は遠慮して、豆電球がひとつ灯っているだけの浴場で先に髪と体を洗い、木枠のガラス戸をあけて露天風呂に身をひたした。そして月を探した。

隣接する旅館の屋根に隠れてしまって、月は見えなかった。

半年にいちどぐらいは、麻衣子の家に遊びに来て、こうやってゆっくりと露天風呂につかる一夜を持ちたいと房江は思った。そのくらいの楽しみは許されてもいいのではないだろうか。夫は、そういうことに細かく文句をつける男ではない。ああ、行ってこいとこころよく送り出してくれる人なのだ。

ああ、しあわせだ。私の人生に初めて楽しみというものができた。ペン習字の練習も楽しかったが、勉強であるかぎりは義務感が伴うので、きょうはさぼりたいという気持と闘わなければならなかった。勉強をする経験を持っていない私には、それはときに重荷になってしまうこともあった。

ペン習字の練習のお陰で、私はたくさん言葉を覚えた。字が上手になりたかっただけなのに、立派な修了証書を貰(もら)ってからも、新聞や雑誌で知らない字を目にすると、それを書き写して、田岡や林田に読み方と意味を教えてもらって覚えた。

伸仁には意地でも教えてもらわない。あの生意気な息子は、いちど私に嘘を教えたことがある。「斟酌」という二文字の意味も読み方もわからなくて、伸仁に教えてもらったら「カンシャク」だという。なるほど「カンシャク持ち」とか「カンシャクを起こす」とはこう書くのかと私はすっかり信じ込んでしまった。

何かの折、夫がハゴロモの社員に腹を立て、あんなやつは辞めさせると怒っていたので、私は紙に「斟酌を起こさないで」と書いて渡した。夫はその紙を見もせずにズボンのポケットに突っ込んで出て行った。

夜遅くに帰ってくるなり、夫は不思議そうな顔で、これはどういう意味かと紙をひろげた。

「斟酌を起こすなっちゅうのは、取り様によっては、なかなか奥の深い言い廻しじゃが、考えれば考えるほど意味がわからんようになってきた。斟酌せずにさっさと辞めさせてしまえっちゅうことか？」

そして夫は、私が癇癪を斟酌と間違えたことを知ると、笑いながら斟酌の意味を教えてくれて、翌朝、伸仁を叱った。

あの生意気な高校二年生も「斟酌」の読み方や意味を知らなかったのだ。それなのに、知ったかぶりをして、似たような読み方を当て推量で言っただけなのだ。

だから国語の成績が悪いのだ。伸仁には二度と教えてもらわない。

房江はそう思いながら、岩風呂の縁に重ねて載せたタオルを枕にして星空をぼんやりながめつづけた。そのうちに笑いがこみあげてきた。

暗いので足元に気をつけて露天風呂から出ると、脱衣所で扇風機の風に当たり、房江はこんどは十月に城崎に来ようと決めた。帰ったらすぐに夫に頼んでおこう、早目に予約を取っておくのだ、と。

房江は、他に誰もいなかったので、風呂番の男に心づけを渡し、着替えを包んだ風呂敷包みをかかえて旅館から出て柳並木の傍を歩いた。

私の父は、女と出奔してそのまま行方知れずだ。私がまだ赤ん坊のときに母は死んだ。産後の肥立ちが悪くて、それが病気を招き寄せたらしいが、夫の裏切りが母の心身を痛めつけたのは明白だ。

そして私は幼いころから苦労をした。六つか七つのころに奉公に出されて以来、働きづめに働いてきた。働かなくともいいようになったのは松坂熊吾という夫を得てからだ。

だがあのころ、すでに戦争は迫って来ていた。

夫の郷里に疎開したときは、生まれて初めて畑仕事をしたし、慣れない肉体労働だったのでつらかったが、あんなのは働いたうちには入らない。自分たちが食べるものを作っていたに過ぎないのだ。

二度目の南予での生活は、食料に不自由する都会では伸仁は育たないと判断した夫が強行したのだ。そこには子と同じように食が細く腺病質な私の体を気遣う心もあった。

城辺町での夫は、退屈し苛立ち、常日頃よりも短気になり、酔うと私に暴力をふるうので、私はいつも夫の顔色を窺って、身を縮めて暮らしていた。

三年ほどで大阪へ戻ってからは、船津橋の「平華楼」という中華料理屋と雀荘の「ジャンクマ」を私が切り盛りした。朝から晩まで働いた。

そして突然富山での生活が始まった。わずか一年ではあったが、後半の半年間は、夕方になると襲ってくる喘息の発作に苦しみつづけた。

やっと大阪に帰ってすぐに私は宗右衛門町筋の小さな小料理屋で働き始めて、伸仁を蘭月ビルのタネに預けた。

夫は六十歳になっていて、タクシーの運転手や生命保険の勧誘員などできる人ではなかったので、私のわずかな給金ではどうにもならなくなっていった。あのころ、夜中の二時よりも早く床につけた日はかぞえるほどしかない。

もし柳田元雄がモータープール経営を決断し、それを夫に託してくれていなかったら、私たちはどうなっていたかわからない。伸仁は中学を卒業したら、働かなければならなかったであろう。

夫はいま苦労している。しかし、それが商売というものだ。ハゴロモが予想をはるかに超えて儲かったために小商いのままではいられなくなったのだ。

モータープールでの私の仕事は、朝が早くて夜は遅い。けれども、幼いころの奉公と比べればどうということはない。そしてそれも、ことし一杯で終わる。

私はらくをしたいとは思わないが、働くということに少々疲れた。六つか七つかのころからの疲れが出たのかもしれない。

母は、まだ三十半ばの若さで乳呑み児の私を遺して死ぬとき、どんなことを考えただろう。どんなにうしろ髪をひかれる思いのなかで自分の死と向かい合ったことであろうか。

だが私は五十二歳になり、何をしてかすかわからないおっちょこちょいの息子に振り廻され、六十六歳になっても懸命に商売に精を出す夫の体を案じつつ、城崎温泉の立派な岩風呂でのんびりと星空を楽しんでいる。母は喜んでくれていることであろう。

房江は、大谿川の水面で揺れる光を見ながらそんな感慨にひたって涙ぐんだ。

「ちよ熊」には浴衣姿の男の客が四人いた。麻衣子が店に来てすぐに打った蕎麦は十二人分だった。

房江は客のふりをして入口に近い席に坐り、かけ蕎麦を註文してから、四人の客たちを盗み見た。たったの四人か……。今夜の城崎は温泉客が少ないのだから、こんな日もあると考えるべきなのであろうが、それにしてもたった四杯のかけ蕎麦を売るために、わざわざ夜の十時から店をあけていては商売にならないな。

房江はがっかりしたが「商いは牛の涎(よだれ)」という言葉を胸のなかでつぶやいた。この四人のうちのひとりが、「ちよ熊」という店の城崎蕎麦はうまかったと知り合いに話したら、いつか別の人が食べに来てくれる。ひとりが三人に増え、三人が六人に増え、二、三年もたてば「ちよ熊」の蕎麦のうまさを千人が知る。それでも、ひとりの客もない夜もある。そんな夜が三日つづくときもあるかもしれない。だが、知る人ぞ知る店は強いのだ。麻衣子は「ちよ熊」をそんな店にしたいのだ。

房江はそう考えて気を取り直し、食べ終えた客のひとりが代金をテーブルに置くのを見ていた。

「うまかったわ。あっさりしてて、これやったらもう一杯食べたいくらいやけど、寝る前やよってになァ」

とその客は笑顔で言って出て行った。入れ換わるように三人連れの客が入って来て、すぐに中年の男女もやって来た。

これで九杯。まだ十時二十分だ。最初に打った蕎麦では足りなくなるかもしれない。もしそうなったら、麻衣子はどうするつもりなのだろう。

房江は心配になってきて、調理場へ入ると、麻衣子を手伝った。

「お蕎麦を打ったほうがええんとちがう?」

「これが全部出たら店仕舞い」

と麻衣子は言った。

「そんな横着なやり方をしてたら儲かれへんよ」

「きょう打った蕎麦をあしたに廻したりでけへん。香りが失くなるわ。そんな蕎麦をお客さんに出されへんわ」

「そしたら六人分だけ打って、残ったら捨てたらええ」

「ああそうか、そういう手があったね」

麻衣子は蕎麦を茹でるのも、器に入れてつゆをかけるのも房江にまかせて蕎麦打ち台へ移った。

「おいしいだしやなァ。蕎麦の香りも本物や。おばちゃん、ここの蕎麦はたいしたもんやで」

と度の強い眼鏡をかけた男が言った。温泉町の南側の、奥まったところにある旅館に泊まっていて、二組に分かれて麻雀をしているのだという。

「麻雀をしてはったら、夜中にお腹がすきますから、ちょっと休憩して、みなさんでお越しになったらどうです？　十一時まであけてます」

房江は、かけ蕎麦と皿蕎麦を中年の男女に運びながら言った。

「出前はしてくれへんのか？」

と客は訊いた。

「ひとりでやってますねん。私は今夜だけの臨時のアルバイトです。たぶん出前は無理やと思います」

そう言いながら麻衣子を見た。麻衣子は蕎麦を練るのに没頭していた。

房江は、温泉につかったあと旅館で麻雀をする客も多いのかもしれないと思い、その客に訊いてみた。

豊岡の会社に勤めているという男は、自分たちは麻雀用の部屋がある旅館に泊まって、得意先の人たちを遊ばせることが多いのだと言った。

「麻雀はうるそうて、他の客に迷惑やから、離れにそういう部屋を造ってあるんや」

「へえ、麻雀をするためにお越しになるんですか？」

「うん、温泉につかって、酒を飲んで料理を食べて麻雀もできるから、得意先は喜んで来てくれるで」

「そしたら、二、三荘終わってお腹がすくころにこの店に来てください」

「おばちゃん、麻雀を知ってるのかいな」

「昔、大阪で雀荘をやってましてん。メンバーが揃わんときは代打ちもしました」

「代打ち？　そらプロやぞォ」

男はひやかすように言い、浴衣の裾をからげて店から出て行ったが、十五分ほどたったころ、麻雀をやっていた同僚たちが接待相手を伴なって「ちよ熊」に入って来た。さっきの男に、早く行かないと店が閉まってしまうと言われて、卓上の牌(ぱい)をすべて伏せて大急ぎで川べりを歩いて来たのだという。

茶を淹(い)れて客たちに運び、蕎麦を打っている麻衣子の近くに戻ると、

「毎晩、こんなにお客さんがあったら、麻衣子ちゃんひとりでは無理やねェ」

そう言って、房江はタオルを渡した。麵棒を使っている麻衣子の額にも首筋にも汗が噴き出ていたのだ。

店を閉めたのは十一時半だった。新たに打った蕎麦はすべて出てしまった。洗い物だけ片づけて、房江と麻衣子は人の姿のまったくない駅前へつづく通りを歩いて帰った。どこに消えたのか、月はなかった。房江がときおり歩を止めて夜空を見ていると、城崎大橋からはちゃんと満月を楽しめると麻衣子は言った。

「蕎麦を打つのは力仕事やねェ」

と房江は言った。

「あんなに焦(あせ)って蕎麦打ちをしたのは初めてやっちゃ。背中がつりそうになったわ」

そう言ってから、麻衣子は声を殺して笑った。その笑いがあまりに長くつづいたので、

「何がそんなにおかしいのん？」

と房江も笑いながら訊いた。

房江おばさんがあんなに商売上手だとは思わなかった。蕎麦にかけては生き字引きで、

そのうえ麻雀はプロ並みで、花札のいかさまの手口に詳しくて、手八丁口八丁で、いったいどこからこの城崎へと流れて来た鉄火女なのかと客たちは思ったことだろう。きっと、今夜の客たちは、次は房江おばさんとの会話を楽しむためにやって来るにちがいない。私は房江おばさんを雇いたいと本気で思ってしまった。

麻衣子の言葉に、

「蕎麦の知識は麻衣子ちゃんからの受け売りで、花札のいかさまのやり方は、ノブからの受け売りや。戦争中、疎開してたとき、夜になると暇を持て余して、主人のお母さんと妹と三人で花札ばっかりしてててん。タネさんていう主人の妹は賭け事が好きで強いねん。そのタネさんが大阪に出て来てから知り合うた男は工務店の親方やけど、元は正真正銘の博打打ち。ノブはその人に、花札の裏に爪で印をつける手口を教えてもろてん」

と房江は言った。

「ノブちゃんは、いろんな裏のことを知ってる子ォやねェ」

「勉強はあかんけどねェ」

「そんな普通の子が知らんようなことが、いつか役に立つわ」

「そうやろか……。そんなことが役に立つような人生をおくってもらいとうないけど」

城崎駅の前を曲がり、線路に沿って歩きだした途端、冷たい風が円山川のほうから吹きつけてきた。房江は一瞬にして季節が変わった気がした。

もう乾いてしまった湯上がりタオルをショール代わりに肩に掛け、踏み切りを渡って城崎大橋の欄干のところに立ち、河口から日本海へとつづいているのであろう暗闇(くらやみ)に視線を向けて、房江は岩風呂に身を横たえながら考えたことを麻衣子に話して聞かせた。父や母のことも、自分が尋常小学校を二年で辞めて奉公に出たことも、二十歳で最初の結婚をして男の子を産んだことも話した。

長い橋の上をゆっくりと歩を運びながら、ノブちゃんは自分に父親の異なるお兄さんがいることを知っているのかと麻衣子は訊いた。

「うん、いつやったか話して聞かせたから」

「ノブちゃんは何て言うた？」

「お母ちゃんはその人に逢いたくないのかって。逢いたいと思たことはただのいちどもない。私の子供はお前だけやって言うたら、黙って何か考え込んでたけど……。その話はそれで終わってしもたわ」

遠くに街灯が灯っていたが、それは房江の周辺には届いていなくて、長い橋は一本の真っすぐな道に見えた。

「ほら、あそこまで傾いてしもてるわ」

麻衣子の指差す中空に満月があった。夜明けに近づくと西側にせり出している低い山に隠れて行くだろうと房江は思った。

長いこと無言で満月に見入っているうちに、風の音の源が、河口でも海でも山の麓でもなく、夜空全体であるような気がしてきて、房江は、私が捨てたあの子は幾つになったのだろうと考えてしまった。

私は、先夫と別れたい一心で我が子を捨てたのだ。私を恨んでいることであろう。だが私は、あの子を先夫のもとに残したことを後悔していないし、あの子に逢いたいとも思わないのだ。いったいなぜだろう。

「房江おばさん、城崎にしょっちゅう遊びに来てね」

と麻衣子は言った。

「うん、こんどは十月に来るわ」

「十月なんて言わんと、来月もおいで」

「そんなにしょっちゅうモータープールを留守にでけへん」

「ノブちゃんに留守番をしてもろたらええやっちゃ」

「主人のご飯もこしらえなあかんし……」

「松坂のおじさんは、どこかでおいしいもんを食べはるわ。房江おばさんがおれへんかったら、気がねなしに夜遊びできるやろ？」

「ああ見えて寂しがりやねん」

麻衣子は笑ったようだったが、風の音で声は聞こえず、月の光に頬だけを縁取られて、表情もわからなかった。

「私も私生児、私の子も私生児」

房江は麻衣子がそうつぶやいたような気がしたが、それも風が瞬時に後方に吹き飛ばしていった。

第七章

あの暴力団の使い走りのような男に手切れ金を払うと決めたときから、こうなることはわかっていたのだという自嘲と後悔の混じった思いを軽々と撥ね返すほどの欲情が、熊吾のいつもの歩幅をさらに大きくさせた。

森井博美は、男と暮らしていたアパートからは引っ越したがったが、ハゴロモの鷺洲店からもシンエー・モータープールからも歩いて行けるところに新しい住まいを求めた。

いまや博美にとって松坂熊吾は唯一の生きる拠り所であって、できるだけ近くにいてもらいたい存在なのであろうが、俺にとってそれは妻子の近辺に蟻地獄を作るようなものだと熊吾は思った。それなのに熊吾は、ハゴロモの鷺洲店とシンエー・モータープールのちょうど中間あたりの、国鉄福島駅から南西へ三分ほどの入り組んだ路地に建つアパートの二階の一室を借りてやった。シンエー・モータープールからは徒歩で五分だった。

けれども、その周辺は小さな貸し倉庫や、メリヤス工場や、梱包用品の卸屋が密集する地域で、アパートは倉庫の裏手に隠れるように建っている。軒を並べる卸屋の店先にはトラックや軽三輪車が道をふさいでいて、住人でさえ、幾分遠廻りになっても、買い物には表通りまでいったん出ることを選んでいる。

房江も伸仁も、ハゴロモの社員も、モータープールに出入りする人々も、よほどの用がないかぎりは利用しない路地が三、四筋、破れた蜘蛛の巣状に配されているのだ。

ダニのように取り付いて離れなかった赤井という男が、約束どおり完全に縁を切ってくれるとはかぎらないが、まさか博美が以前のアパートからさほど遠くないところに引っ越すとは考えないだろう。盲点というやつだ。

熊吾はそう思って、博美の希望どおりにしてやったが、以来、つねにそのアパートと女の存在は、喉に刺さった小骨のような不快感をもたらしてもいた。

下から四段目が外れかけていて、いつ真ん中から折れてしまっても不思議ではない階段をのぼりながら、熊吾は腕時計を見た。三時前だった。六時に、九州出張から帰って来た黒木博光と桜橋の鶏すき屋で逢うことになっていた。

昨夜、大阪駅に着いた黒木は駅構内から電話をかけてきて、他の社員に聞かれるとまずい事柄なので、ふたりだけで話をしたいと言った。

あしたの夕方まで待たせるな、いま言え。熊吾は苛立ってそう促したが、黒木は、社長に話す前に確かめておきたいことがあるのだと言って電話を切ってしまったのだ。

アパートの二階の奥からふたつめのドアをノックして、

「わしじゃ」

と熊吾は言った。部屋のなかからはミシンの音がしていた。引っ越してすぐに、博美は野田阪神の近くの洋裁学校に通い始めた。もっと高い技術を身につけなければ、今後、洋裁の仕事で食っていけないという熊吾の勧めで、あらためて洋裁学校の中級コースに入学したのだ。

だが、町の洋裁学校で習得できる技術はたかが知れていて、このまま上級コースへ進んでも、さほどの展望はひらけそうにないということは、熊吾にはもう見えていた。

一流のテーラーに無給で修業させてもらえる幸運に恵まれたとしても、一人前になるには十年以上かかる。熊吾は、博美にそこまでの覚悟と忍耐力があるとは思えなかった。

ドアの横の窓を細めにあけ、熊吾と確認してから、博美は笑顔で「おかえり」と言った。

熊吾は、以前のアパートとまったく同じ間取りの部屋に入ると、靴を脱ぎながら、おかえりなどと言うな、ここは俺の家ではないし、お前は俺の女房ではない、と言いかけて口をつぐんだ。

博美がことさら大きな声で「おかえり」と言って迎えたのは、同じアパートの住人に、ふたりが親子だと思わせるためでもあるだろうし、仕事の合間にやって来る俺をひととき でもくつろがせようとする浅知恵でもあると思った。

くつろぐどころか、俺は博美の体に溺れて、天性のものとしか思えない性の技巧に巻き込まれ、何もかもどうでもよくなってしまって、自堕落な疲労をここちよく感じながら、寄り道をして妻と子のもとに帰る日々をおくっている……。

まあ、それだけのお返しをしてもらってもいい。俺はこの女をたちの悪い男と手を切らせるために七十万円という金を払ったのだ。

そう思いながら、熊吾は自分のつまらない自己弁護で機嫌が悪くなってしまった。

「えらい汗をかいて……。きょうは外はそんなに暑いのん？」

博美は、熊吾の手首をそっと握りながら言って、ミシンの廻りにひろげた男物の背広をハンガーに掛けた。洋裁学校の先生から練習を兼ねて仕立て直しの仕事を貰ったのだという。

「大正駅をちょっと埋め立て地のほうへ行ったところに団地がある。その手前の商店街の裏筋のアパートに部屋があいちょるけん、そこに引っ越さんか」

と熊吾は用件を切り出した。

「六畳と四畳半に台所と便所もある。歩いて一分ほどのとこには銭湯もある。そやのに、ここと家賃は変わらん」

「私、ここにいたいねん。大正区なんかに移ってしもたら、お父ちゃんはもう私のとこへはけえへんようになるわ」

「ここは、わしの女房や十六歳の息子が住んじょるところからは目と鼻の先じゃぞ。わしは、そんなところでゆっくりとくつろげるようなあつかましい男じゃないんじゃ。それともうひとつ、お前がこれからどうやって生計をたてていくか、具体的に道筋をさぐらにゃいけん。お前の洋裁の技術では食っていけん。仕立て直しができるようになっても、ほんの小遣い稼ぎじゃ」

博美はミシンの前に横坐り(よこずわ)りして、畳に目をやって黙り込んだ。顔の右側を裏窓のほうへと向けている。

セルロイド製のキューピー人形が燃えて、右のこめかみから頬へかけて大火傷(おおやけど)を負って以来、いつのまにかケロイドのあるほうの顔を人に見せないように体の向きを変えるということが習い性となってしまったようだった。

「私には食べ物商売をやれる才はないし、厚化粧をして水商売をする気はないねん。洋裁で身を立てる以外に生計をたてる方法は考えつけへんわ。もし、昼間は仕立て直しの賃仕事をして、夜はキャバレーとかアルサロで勤めたとしたら、すぐに赤井にわかってしまう。お父ちゃんからの大金と引き換えに縁切りの証文を書いてくれたけど、そんなもんはあいつらにしたらただの紙切れや。私は自分が飢え死にしても、もう客の酒の相手はしとうないし、赤井の顔も二度と見とうないねん。赤井がまた私につきまといだして、お父ちゃんに金をせびったりしたら、私は死ぬ覚悟や」

日本人とは異なる明るい茶色の目は、その覚悟が口だけのものではないと感じさせる光を放っていた。

博美は立ちあがり、冷蔵庫からビールを出し、栓抜きを探した。熊吾はそれを制し、ゆっくりはしていられない、ハゴロモの鷺洲店に寄ってから桜橋で人に逢わなければならないと言って、窮屈な洗面所で手と腕と顔を洗った。水道の蛇口から出る水が烈しく撥ねて、ズボンの前が濡れた。

「パッキングが緩んじょる。ここで水を使うたびに服がびしょ濡れになっしまう」

熊吾が怒ったように言うと、博美は自分のハンカチを持って来て、ひざまずいてズボンの前を拭いた。

「私も濡れてる。ほんまやねん。さわってみる？」

博美は顔をもたげて、ささやくように言った。

「昼下りの情事っちゅう映画があったが、もうそろそろ夕方じゃぞ」

と言いながら、熊吾はネクタイを取り、脱いだ上着とワイシャツをミシンの上に放り投げた。

五時前に博美のアパートを出ると、熊吾は蜘蛛の巣状の路地のひとつを大阪環状線の福島駅へと歩きだした。路地は二階建ての木造の民家に挟まれてジグザグに延びていた。

シンエー・モータープールに暮らすようになって五年がたつが、あみだ池筋の西側にこんな一角があるとは知らなかったと熊吾は思った。

路地は阪神電車の踏切りの前で終わり、環状線の福島仮駅舎のかなり西側の踏切りにつながっていた。この道を行くとどこに出るのか。そう思いながら歩きつづけると、材木屋の作業所があり、その三軒隣は看板屋だった。

なるほど、この道へと出るのか。ここは、伸仁が柔道を習っていた看板屋だ。ハゴロモの看板も、松坂板金塗装のも、みんなこの看板屋が作って取り付けてくれたのだ。

ということは、伸仁は柔道の稽古の日は、あのアパートの前を通っていたかもしれない。伸仁が柔道をやめてしまったからいいようなものの、もしまだつづけていたら、アパートから出てくる父親を見るかもしれない。

あいつは博美を覚えているにちがいない。本名は知らなくても、ミュージック・ホールの売れっ子ダンサー・西条あけみの顔も芸名も忘れていないはずだ。火傷の跡と、それを隠すための髪型、それに数年間つづいた男の暴力で面やつれしていても、博美のはなやかな目鼻立ちと体形は人目をひく。

どんなにいやがっても、やはり大正区へ引っ越しをさせよう。俺も、博美との関係を一年間と決めよう。あいつに生きる術を作ってやるにはそのくらいの時間は必要だ。

熊吾は、そう心を定めると少し気がらくになった。しかし、ハゴロモの鷺洲店が近づいてくると、返済の期日が迫っている借金をどう片づけるかという焦りが生じてきた。

とりわけ、松田茂と松田の母親に借りた八十万円は、なんとしても約束の期日に間に合わさなければならない。

銀行に融資してもらった金の返済期日も迫っている。

中古車は順調に売れているのに利益率は下がりつづけている。たしかに、弁天町に借りた土地の賃貸料と、雇った社員の給料が重荷になっているが、板金塗装の会社のほうが厄介だ。うまく動かせていないのだ。このままでは、中古車屋が松坂板金塗装という別会社を設立した意味を為さなくなる。

大村兄弟は腕はいいが仕事が遅い。ドアの下の凹みを直すのに三日かかっているようでは商売にならない。

揃って坊主頭の純朴そうな風貌だが、あの兄弟のずるがしこさがやっとわかってきた。手の抜き方はしたたかで、板金塗装の工場が職人によって成り立っていることを知悉している。

俺たちの仕事のやり方が気に入らなければいつでも首を切るがいい。困るのはそっちだ。俺たちはもっと給料を払うという工場にすぐに移れるのだ。この業界における職人は、いまや引く手あまたなのだ。

大村兄弟は顔にも態度にも出さないが、腹のなかではそう思っている。

玉木則之には、あの兄弟をうまく使いこなせる胆力がない。性が合うか合わないかだけで人を判断して、性が合わないとなると口もきこうとはしなくなる。

その点では神田三郎のほうがはるかにおとなだが、いかんせん、彼は夜は大学で学ばなければならない。神田自身もその負い目があって一歩も二歩も退いている。さて、どうしたものか……。

あれこれと考えながら、鷺洲商店街を通ってハゴロモに着くと、玉木は若い夫婦らしき客に、並べてある乗用車の説明をしていた。

どうしてブルーバードを勧めるのか。若い夫婦にはもっと安い中古車のほうが買いやすいではないか。俺がパブリカ大阪北の所長から売ってもらったパブリカを勧めたほうがいい。

熊吾はそう思ったが、俺が横から口を出さないほうがいいと考えて事務所に入り、机に並べられた何枚かのメモを見た。

どれもたいした用件ではなかった。熊吾が玉木に目をやると、とくに緊急の案件はないと示すように頷(うなず)き返したので、通りを渡り、川井荒物店の近くでタクシーに乗った。

桜橋の鶏すき屋の二階にあがり、和卓の横に両脚を投げ出し、壁に凭(もた)れて煙草(たばこ)に火をつけると、主人がやって来て、

「黒木さんは十五分ほど遅れるそうです。さっき電話がありました」

と言った。

二階の奥の和卓では、近所の会社員らしい八人の男たちが賑(にぎや)かに盃(さかずき)を酌(く)み交わしていた。

「もうできあがっちょるのもおるのォ。まだ六時前じゃぞ」

熊吾の言葉に、

「送別会やそうでして、送られるお人が今夜の夜行で下関へ行くので早目に始めはりましてん」

と、小声で主人は言った。

熊吾はとりあえずビールを頼んだ。鶏すき屋の二階に坐ったときから、昼間の情交特有の倦怠感(けんたいかん)に包まれていた。

こんなことをつづけちょったら、わしは命を縮めるぞ。

熊吾は本気でそう思った。

よく冷えたビールをコップに二杯飲んだころ黒木博光が小さなタオルで顔や首筋の汗を拭きながらやって来て、熊吾と向かい合って坐った。

「真夏みたいな暑さですなァ。五月の末にはときどきこんな日がおますなァ」

と黒木は日に灼(や)けた顔に笑みを浮かべて言った。

「話したいことっちゅうのは何じゃ」

突き出しに運ばれてきた砂ずりの甘辛煮を口に入れながら熊吾は訊(き)いた。

黒木は笑みを消し、出入金伝票や金銭出納帳、それに銀行の通帳に目を通していると は思うが、それらに不審な点はないかと声を落として訊いた。

「帳簿や通帳はひと月に二度ほど見ちょる。伝票にはこの何週間かは判子を押しちょらんが、月々の帳尻（ちょうじり）が合うちょりゃあそれでええけんのお」

「帳尻は合うてるわけですな？」

そう念を押して、黒木はしばらく考え込み、私は今月何台の中古車が売れたかを大雑把には把握しているし、それらの仕入れ値と売り値も知っていると前置きしてから、詳しく説明を始めた。

先日、自分が広島で買ってきた一九六〇年型のルノーは七万八千円という価格をつけた。元の持主が凝り性で、ハンドルに革製の滑り止めを巻きつけてあった。引き渡しの際、そのハンドルカバーを持主に返すつもりだったが忘れてしまって、そのまま弁天町に入庫した。どうやら、弁天町の営業所ではハンドルカバーを付けたまま売ったらしい。

今回の九州出張の前日、知り合いのエアー・ブローカーから電話があり、ハゴロモはあのルノーを五万円で売るのかと怒ったように言った。

価格破壊という言葉があるそうだが、ハゴロモのやっていることはまさにそれだ。俺たちしがないエアー・ブローカーの息の根を止めるあくどいやり方でもあるし、店を持って商売をしている中古車業者をすべて敵に廻すぞという宣戦布告でもある。

これは松坂熊吾らしくない商いだ。黒木、お前が知恵をつけているのか。俺たちエアー・ブローカーも黙ってはいないぞ。

ルノー？　何年型だ？　どんな色だ？　ハゴロモでは、五万円で売れるルノーを仕入れたことはない。

私がそう言うと、相手は年式と車体の色を説明し、買ったときから革のハンドルカバーが付いていたそうだと言った。

私は、ああ、あのルノーだと思い、あれには七万八千円の値をつけたと言いかけてやめた。そんなはずはない、調べてみるとだけ言って電話を切った。

そのとき、ことしの二月ごろからの急激な売り上げの下落についての疑惑が甦（よみがえ）った。そんなはずはないのだ。私はハゴロモの中古車のすべてに値をつける役目を担（にな）っている。経費や利益率を、算盤（そろばん）を弾（はじ）いてきちんと計算している。

開業当時の、ハゴロモの独占状態のときのようにはいかないが、商品は動いている。社長が知り合いから個人的に金を借りなければ資金繰りができない状況になるはずがない。

しかし、私は月のうちの三分の二を出張に費していて、鷺洲店と弁天町店という商いの現場からは離れているし、金の出入りは玉木則之が責任者なのだ。帳簿も通帳も、社長は目を通している。

いったいどうしてだろう。私は合点がいかないまま、九州から帰って来て、弁天町店へ行ってみた。

どの中古車のフロントガラスにも、私がつけた値が書かれたボール紙が貼ってある。若い社員に訊くと、売り上げ伝票も帳簿も必ず玉木が持ち帰るという。

最も目立つところに展示してあったグレーのトヨタ・クラウンはどうしたのかと訊くと、弁天町に入庫して三日目に売れたとのことだった。博多の土建会社の社長車として二年間使っただけで、かすり傷もなく、ワックスで磨きあげられている。私は十四万五千円の売り値をつけた。

そのクラウンを買おうかどうか決断がつきかねている客に、玉木は一括払いなら十万円にすると持ちかけるのを若い社員は近くで見ていたというのだ。私は、土建会社から十万円で買った。

もし同じことを玉木が何ヵ月も前からやっていたとしたら、ハゴロモの経営が苦しくなるのは理の当然だ。――

熊吾はいぶかしげに首を横に傾け、

「ちょっと待て」

と黒木の話を遮った。

「そんなことをして、玉木に何の得があるんじゃ。十四万五千円の車を十六万円で売って一万五千円を自分の懐（ふところ）に入れるっちゅうんならわかるが、その反対のことをやっても意味があるまい。理屈に合わん話じゃ」

「十万円を全部懐に入れてたらどうなります？　うちは中古車の出入りが多いです。どの車がいつ売れたかを帳面に記載してるのも玉木です。つまり玉木は経理と在庫管理を一手に握ってるわけです。何月何日にAという中古車を十万円で仕入れて、それが何月何日に十三万円で売れたと帳面に書くのは玉木ですよ。売れたのに、売れたと書かずに、金だけを盗（と）ったら、出入金伝票にも帳簿にも数字としてはあらわれません。そやから、銀行通帳の残高はぴったり合うことになります」

「わしに、鷺洲店と弁天町店に日参して、あの車は売れた、この車はまだ売れんと毎日調べろっちゅうのか」

　熊吾は、社長の怠慢だと暗になじられている気がして声を荒らげた。

「いや、社長がそんなことをする必要はおまへん。そのために社員がいてるんですから。私の責任です。ハゴロモが仕入れる中古車はすべて私が値をつけるんですから、それがどんな売れ方をしてるかをつねに把握しとくのも私の仕事です」

　そう言って、黒木はやっとビールをひと口飲んだ。

　熊吾は、去年の夏、神田三郎が玉木の机のなかに架空の出入金伝票を見つけたことを話して聞かせた。

「おかしなことをしちょるなとは思うたが、その意味がまったくわからんかった。わしの判子がなけりゃあ経理上では無効じゃけんのお。それ以来、玉木が週にいちど出入金伝票をわしのところに持って来るたびに気をつけちょったが、べつに怪しい点はない。消しゴム一個、インク一壜、看板の塗り替え代、全部几帳面につけちょる。入金伝票もそうじゃ。そのうち、おかしな出入金伝票のことは忘れっしもた。細かい数字を書くときに手が震えると言うちょったから、震えんように書く練習をしちょったんじゃろうと思うたんじゃ」

若い女の従業員がビールを二本運んで来て、鶏すき鍋の用意を始めたので、熊吾も黒木も話をやめた。

従業員がガスコンロに火をつけて階下へ降りていくと、

「いまはまだ憶測でして、玉木がたしかに不正経理で会社の金を着服してるっちゅう証拠はおまへん。あらぬ疑いをかけられてるとわかったら、玉木はハゴロモを辞めるしかおまへんやろ。私が、あの博多の土建会社から買うたクラウンはどうなったかと訊くことが先決です」

黒木は言って、煙草の煙を深く吸った。

個人商店に過ぎないのに、ハゴロモは月賦販売によって売掛金が多く、そのために金の動きがわかりにくくなっているのだと熊吾は思った。

先月も三台の二トントラックを買ってくれた水道工事屋が夜逃げをして行方をくらました。代金はあと二回分が未払いとなり、損金処理をしなければならないと玉木は腹立たしげに俺に報告した。

だが、夜逃げをしたということは玉木から聞いたに過ぎない。

あの浪速区の水道工事屋の社長は、河内モーターの社長とは旧知の仲で、そのつながりでハゴロモに中古の二トントラックを求めて訪ねて来たのだ。

河内モーターの社長からも電話で、よろしくお願いすると頼まれて、俺はこころよく六ヵ月の月賦払いを了承した。

十五のときから水道工事屋で真面目に奉公をつづけて、おととし自分の店を持ったのだ。もう隠居してもおかしくない年齢で自分の店を立ちあげ、人もふたり雇ったのだから、きちんと給料を払えて、なんとか食べていければそれでいいと言っていた。その言葉どおりに堅実な商売に徹して、水道局と直接取引きのある工事会社から仕事を貰っていた。

あの水道工事屋が、突然店をつぶして夜逃げをするだろうかと思ったが、河内モーターの社長には話さなかった。義理固い男だから、松坂熊吾に合わす顔がないと気に病んでいるだろうし、俺も博美と赤井との手切れ金の一部を借りて、まだ返していないことへの負い目もあったのだ。

熊吾はそう考えながら、煮えあがった鶏すきを食べていたが、黒木にその水道工事屋の話をしてから立ちあがり、階下に降りて電話を借りた。

「ご無沙汰(ぶさた)しまして。儲かってまっか」

河内モーターの社長は、いつもと同じ屈託のない大きな声で言った。

「儲かっちょったら、借りた金を返しに行くんじゃがのお」

「いつでもよろしいがな。私に内緒の金が入用になったら、返して下さいっちゅうて電話しまっさ」

熊吾が、水道工事屋のことを話し始めると、

「夜逃げ？　そんなあほな。誰がそんな嘘(うそ)八百を流してまんねん？　きょうも昼に私の店に寄って、出前のうどんを一緒に食べながら、ゴールデンウィークに家族で有馬温泉に行った話をしてましたがな」

と河内モーターの社長は言った。

「わしには、盗(ぬす)っ人(と)を社員に持つという宿命があるようじゃ」

熊吾はそう言って電話を切り、二階の座敷席へ戻った。

「玉木に電話をかけはったんですか？」

と黒木は訊いた。

「いや、河内モーターの社長じゃ。お前の玉木への疑いは邪推やなかった。あの水道工

事屋は夜逃げなんかしちょらせん。ちゃんと商売をつづけちょる。河内モーターの社長はびっくりしちょったぞ」

黒木はしばらく無言で熊吾を見つめてから、

「どないします？」

と訊いた。

「どうするもこうするも、真偽を明らかにせにゃあなるまい。玉木から説明してもらおう。しかし、どうも解せんのぉ」

「何がです？」

「やり口が杜撰というか、間が抜け過ぎちょるというか、行き当たりばったりというか……。売れた車を報告せずに代金を自分の懐に入れたり、客の会社がつぶれて夜逃げしたことにして、残りの売掛金をねこばばしようと企んだりしても、そんなのは遅かれ早かればれるに決まっちょるじゃろう。玉木はそれがわからんほどの馬鹿か？　ハゴロモの金を盗むにしても、やり方があまりにも幼稚じゃ」

熊吾の言葉に、黒木は首をかしげながら腕組みをしてまた考え込んでいたが、立ちあがって背広の上着を着ると、とにかくいまから玉木と逢って話をしようと促した。

熊吾は、二件の不審事だけでは動かぬ証拠を押さえたことにはならないと思った。

売れた中古車の件は、忙しくてまだ入金伝票にも帳簿にも記載していなかったと釈明できる。水道工事屋の夜逃げにしても、誰かの噂を鵜呑みにして社長に報告したが、さっき本人に連絡を取ってみて、根も葉もない流言だとわかったと弁明されれば、それ以上追及はできない。

この一年間くらいのハゴロモにおける中古車の動きを調べるのが先ではないか。そのためには二、三日は必要だ。いま泡を食って玉木を問い詰めるのは、あまりいいやり方ではない。

熊吾がそんな自分の考えを言うと、黒木は、最近の二件だけでも、経理担当者としては失格で、会社が定めた価格を勝手に値引きしたことは越権行為どころか背信行為に相当すると言った。

「社長、膿は早いこと出してしまわなあきまへん。とりあえず、私ひとりで松坂板金塗装の二階へ行って、玉木と話をします」

「気がかりなことは、いまのところ二件しかないんじゃぞ」

「あのクラウンが売れて、かなり日がたってます。在庫状況は、玉木はその日のうちにノートにつけてます。それを見たら一目瞭然ですやろ。売れた中古車の記録のなかに、あのクラウンだけがなかったら、入金伝票にも帳簿にも十万円が記載されてなかったら、それが動かぬ証拠です」

熊吾は、黒木が次第に激昂していくさまを見て、これはもはや止められないなと思った。黒木の意見はもっともだ。俺は、広島の原爆で放射能を浴び、腎臓（じんぞう）に持病を持つ脚の不自由な玉木則之に猶予（ゆうよ）を与えてやりたいという思いがあるが、それは単なる私情だ。もし玉木が、他にも経理上の操作で多額の着服をつづけてきたとすれば、社長としての能力が問われるのを俺は怯（おび）えてもいるのだ。

熊吾はそんな自己分析をしてから、

「よし、今夜中に片づけるか」

と言って立ちあがった。

タクシーで大淀区の松坂板金塗装の近くまで行き、少し歩いて、降ろされたシャッターの前に立つと、熊吾と黒木は二階の窓を見あげた。明かりは消えていた。

「出かけたんですかなァ」

と黒木は言った。

「ちょうどええ。帳簿を見て、買うた車と、それが売れた日付を書いてあるノートとを照らし合わせるか」

熊吾は、隣家との狭い隙間（すきま）を通って工場の裏へと廻り、くぐり戸の鍵（かぎ）をあけた。工場の明かりをつけるために、黒木がマッチを擦った。

二階にあがると、熊吾の机のスタンドランプだけが灯っていた。玉木が消し忘れたらしかった。

黒木は軽くノックをして玉木の部屋のドアをあけ、

「いてまへんなァ」

と言い、事務所の蛍光灯の紐を引いた。

金庫のなかには、金銭出納帳と銀行通帳と銀行印が入っている。奥にしまわれているのは会社の定款だった。

熊吾が自分の椅子に坐り、帳簿をひらいたとき、階下でくぐり戸のあく音がした。工場の明かりはつけておいたので、玉木には誰かがいることはわかったはずだった。

こういうやり方は、俺の性に合わんなと思いながら、熊吾は煙草に火をつけて、階段をのぼり始めた玉木の足音を聞いていた。

玉木則之と目が合ったとき、熊吾は、誰が何のために二階にいるのかを、こいつは裏口の戸をあけた瞬間に悟ったなと思った。そして、腹をくくって階段をゆっくりとのぼって来たのだ、と。

玉木は事務机を挟んで熊吾の前に立ったが無言だった。黒木は椅子を持って来て、そこに坐るよう穏やかに促し、玉木が腰掛けてしまうのを見届けてから階段のところで通せんぼをするように立った。

「解せんことがあってのお……」

熊吾はそう切り出して、七万八千円の値をつけたルノーを、客が五万円で買ったと話していることをまず話した。トヨタ・クラウンのことも、水道工事店のことも口にしなかった。

　玉木は熊吾の斜めうしろの板壁に視線を向けたまま黙りつづけた。

　熊吾には、その頑なな沈黙の意味が最初はよくわからなかった。どう説明しようかと言葉を組み立てているのかもしれないと考えて、玉木が口をひらくのを根気良く待ちつづけたが、やがて、そうか、だんまりを決め込むと腹をくったのだとわかった。

　熊吾は帳簿をひらき、十四万五千円なのに玉木が十万円に値引きして売ったトヨタ・クラウンが記帳されているかと調べたが、どこにもなかった。

「お前は、黒木が博多から仕入れてきた十四万五千円のクラウンを勝手に十万円に値引きして売ったそうじゃが、それはこの帳簿のどこに載っちょるんじゃ」

　熊吾の問いに、玉木はひとことも答えなかった。口を固く結んで板壁の一点を見つめる目は動かなかった。

「中古車の出入りを記録しちょるノートを持って来い」

　熊吾はそう言ったが、玉木は椅子から立ちあがろうとはしなかった。

「お前、黙ってて済むと思うのか。商品を仕入れた日付と仕入れ値と、それが売れた日付と売り値を書いてあるノートを持って来い」

　と黒木が大声で言い、玉木の部屋に入って行った。以前は階下の工場に置いてあった玉木の事務机の抽斗を乱暴にあける音が響き、黒木はノート類や出入金伝票の束をかかえて来て、それらを机の上にぶちまけるように置いた。

「なァ、玉木、わしは事を荒立てとうないんじゃ。お前も警察に突き出されたりしたら、黙りつづけちょるわけにはいかんぞ」

そう言って、熊吾は玉木則之の青白い顔とこころなしか腫れぼったい瞼を見つめた。それでもなお、玉木は板壁に目をやって黙り込んだまま表情を変えなかった。

熊吾の問いにも説得にもひとことも答えず、身じろぎもせず椅子に坐ったまま、玉木は十二時を過ぎても無言だった。

病的な頑固さだなと熊吾はあきれるしかなかったが、いや、これは頑固なのではなく、捨て鉢になった人間のひらきなおりだ、さあ、煮るなと焼くなと好きにしろと全身で伝えているのだと思い、ノート類や伝票や帳簿をすべて空のダンボール箱に入れた。そして、あしたまだここにいたら、俺と一緒に警察に行ってもらうと言い、ダンボール箱を黒木に持たせて階段を降り、松坂板金塗装の建物から出た。

夜道を福島西通りへと歩きながら、空のタクシーがやって来るのを待った。

「逃がしてやろうっちゅうんですか？」

と黒木が訊いた。

「あした、警察へつれて行くんじゃ」

「そやけど、あんな言い方をしはったら、わしがあした来るまでに姿を消してしまえってほのめかしたんとおんなじですがな」

「あいつにどう償えるっちゅうんじゃ。どれだけ会社の金を懐に入れたのかはこれから調べてみにゃあわからんが、大方は使うてしもたじゃろう。何でも人まかせにする横着な社長が悪いんじゃ」

「あいつはいまごろ、へえ、俺を逃がしてくれるんかい、お人好しの社長のお陰で助かったで、ってほくそ笑んでまっせ。あいつがねこばした金を貯め込んでたら、こっちはそれを取り返さなあきまへん」

「盗っ人は盗んだ金を貯めちょいたりはせんのじゃ。分不相応な金を銀行に預けちょいても、どこかに隠しちょっても、それが動かぬ証拠になるけんのお。『あぶく銭、身につかず』で、盗んだ尻から使わんではおれんのじゃ」

「そやけど、あいつが何に使います？　酒は飲めへんし、腎臓が悪いから、うまいもんをたらふく食えるわけでもないし……」

「残るは女と博打じゃのお」

　熊吾は黒木博光と会話しながら、経理事務だけでなく、売り物の中古車の出入りも、銀行での入金や引き出しも、玉木にすべてまかせたことが会社経営の基本に背くことだったのだと思った。

この三つは、社員三人に分散させなくてはならない。人員不足でそれができないなら、経理事務以外のどれかを経営者が握っておかなければならない。

しかし、佐田雄二郎は自動車の運転以外は無能といってもよくて、三つのうちのどれも安心してまかせられない。いまだに使い走りのような仕事しかできないのだ。

神田三郎は、公認会計士を目ざして勉強していて、夕方の五時には大学の講義を受けるために会社を出なくてはならなかった。

弁天町に常駐するふたりの社員は若すぎて、いまはまだこっちの中古車をあっちへ、あっちの中古車をこっちへと陸送する仕事で精一杯だ。弁天町店の周辺は工場と倉庫ばかりで、夜はぶっそうな地域なので、誰かが必ず事務所に寝泊まりしなければならないから、ふたりの若い社員は三日置きに交代でその役を務めている。

黒木は、九州や四国や山陽地方で中古車を買いつけるのが仕事だから、月のうち半分以上は出張で、事務仕事は無理だ。

といって、あらたに人を雇うための体力は会社にはなかった。

神田も佐田も、集金してきた金はすぐに玉木に渡していたが、帳簿どころか出入金伝票も見られなかった。玉木がそれをいやがっていることをそれとなく感じ取ったのであろう。ふたりとも、玉木への遠慮があったのだ。

結局は、この俺が杜撰だったのだ。中古車の売買のために、社長自らが先頭に立って動き廻っていたが、そのために肝腎かなめの金の動きは、いつのまにか玉木が一手に握ってしまった……。

熊吾はそう思いながら浄正橋の交差点に立ち止まって空のタクシーがやって来るのを待ったが、どれも客を乗せているか回送車かだった。

「腹が減りましたなァ。私も社長も、鶏すきをほとんど食べてませんから」

と黒木は言い、ダンボール箱を歩道に置いて腕をさすった。

「昔はそこに屋台があって、握り飯なんかも作ってくれたがのお」

熊吾は、福島天満宮のほうを指さして言った。

あれはもう何年前になるのだろう。美恵がいま小学六年生、十一歳だから、十二年前ということになる。あのとき、屋台で商売をしていた米村喜代（よねむらきよ）と丸尾千代麿とのあいだに美恵が宿ったために、浦辺ヨネと正澄親子の城崎での生活が始まったのだ。やがて、麻衣子がそこに加わっていく……。

喜代も、その祖母のムメも、浦辺ヨネも死に、美恵と正澄は千代麿夫婦の子として育っている。麻衣子は妻子のある男の子供を産み、城崎で蕎麦（そば）の専門店を開店して商売に精を出している……。

熊吾は、浦辺ヨネや正澄や、丸尾夫婦や美恵や、麻衣子や栄子の、奇縁なつながりが、あそこで始まっていったのだと言っても過言ではない気がして、福島天満宮の横の暗がりに見入りつづけた。

やっと空のタクシーがやって来た。熊吾は黒木に、あしたの朝、このダンボール箱を持って松坂板金塗装の二階へ行き、神田とふたりで一年間の伝票と帳簿とを調べてくれと言い、シンエー・モータープールの裏門へとつづく路地を歩いて行った。

もう十二時四十分だったが、柳田商会の寮ではテレビがつけっぱなしになっていた。どの局も放送は終了したはずだから、テレビを消すのを忘れて全員寝入ってしまったのだろうと思い、熊吾は磨りガラスを嵌め込んだ引き戸をそっとあけて、いまは八人の男たちが寝ている畳敷きの部屋にあがった。そして、テレビのスイッチを切り、しっぽを振って待っているムクのところへ行った。

伸仁の部屋のカーテンからは勉強机の上の電気スタンドの明かりが洩れていた。伸仁は三ヵ月ほど前から本気で受験勉強を開始して、中学を受験するときに勉強を教えてもらった近くの青年の家に通っている。中学受験のころ、青年は京都大学の学生だったが、いまは卒業して建設会社に勤めていた。

廊下を歩く足音で夫だとわかったらしく、房江は寝巻を着て部屋から出て来ると、小谷先生が夕方インシュリンと注射器などを届けてくれたと言った。

「おお、そうか。それはありがたい。これで安心して、うまい日本酒が飲めるのお」

熊吾の言葉に、房江は微笑みながら、

「それがいちばん怖いんやて小谷先生は心配してはった」

と言った。

「しばらくは、朝食後すぐに一回注射するだけ。量はここまで」

房江は注射器の目盛りを指で示した。

「なんか食う物はないか。夕方、黒木と桜橋の鶏すき屋で仕事の打ち合わせをしたんじゃが、半分も食わんうちに急用ができて大淀の工場へ行ったから、腹が減っちょる」

そう言いながら、熊吾は一升壜からコップに日本酒を注ぐと、立ったまま半分ほど飲んで、伸仁の部屋を覗いた。玉木の件は、当分は房江には黙っておくつもりだった。

伸仁は鉛筆を持ったまま椅子から立ちあがり、熊吾の側に来て、岸田さんに勉強を教えてもらうのは無理になったのだと言った。

「うん、岸田さんはもう大学生やあらせんけんのお。会社勤めの身じゃ。いつも決まった時間に家に帰ってはこられんじゃろう」

「静岡に転勤やねん」

「そうか、この近所に大学受験のための勉強を支えてくれそうな人はおらんのか」

「岸田さんの後輩の大学生が玉川町にいてはんねん。刈田さんの家の近くや。岸田さんが頼んでくれはったけど、いま返事待ちやねん」

そう言ったあと、自分は数学がまったく駄目なので、国公立などは受験できないが、私学の文系なら数学の試験はないのだと説明した。

「私立大学か。なにかにつけて金のかかるやつじゃ」

笑いながら言って、残りの日本酒を飲み干すと、熊吾は房江が温めた味噌汁(みそしる)をご飯にかけて、むさぼるように食べた。


三十万円、多くて五十万円。熊吾は玉木則之が自分のものにしたハゴロモの金をそのくらいに予測していたが、黒木と神田が二日間をかけて調べた結果は二百三十二万円だった。

さして巧妙で複雑な手口ではなかったが、頻度が多かったので約一年にわたる横領は、熊吾が愕然(がくぜん)とするほどの額に達していたのだ。

「この出金伝票にはまったく誤魔化しはありません」

神田三郎は、ことしの三月末までの出金伝票と領収書を束にして机の上に置いてから言った。

「そやけど、入金伝票は二種類あります」

と黒木はつづけた。

こっちは本物、こっちは偽物(にせもの)、と黒木は言い、銀行通帳や帳簿や、中古車の売買を記録したノートと一緒に、二束に分けた入金伝票を並べた。

ことしの三月末までの入金伝票には熊吾の判子があった。しかし、実際には三万円の入金なのに伝票は二万円となっている。四万六千三百円の場合は四万二千三百円と記されていて、銀行口座には偽物の入金伝票に記載された金額が振り込まれていた。帳簿にも同じ数字が書かれている。

「伝票、帳簿、銀行通帳の残高。どれもぴったり合うはずですなァ」

と黒木は言い、大きな封筒のなかから、焼け焦げた競馬の予想紙を出した。

熊吾と浄正橋で別れたあとも、黒木は気が済まなくて、タクシーでいったん自分の家に帰ったが、夜中の二時ごろに居ても立ってもいられなくなり、再びタクシーで大淀区の松坂板金塗装へと戻った。

工場の前の路上で、玉木が何かを燃やしていた。大村兄弟が焼却炉として使っているドラム缶で、下のところに空気を調節する開閉式の蓋が付いている。玉木はそのドラム缶のなかに競馬の予想紙を何十部も放り込んで火をつけたのだ。

夜中の路上だったので大きな声を出すわけにもいかず、とにかくバケツの水で火を消して、玉木と二階の事務所へ行った。

しかし、玉木は朝の五時までひとことも喋らなかった。さすがに黒木も疲れ切って、家に帰って少し眠り、十時ごろ工場へ行ったが、すでに玉木の姿はなかった。

部屋には、蒲団も、自炊用の鍋や食器、電気炊飯器、テレビもあったし、衣類も少し残していたが、玉木が出て行ったことはあきらかだった。押し入れの奥に本物の入金伝票と帳簿があった。その帳簿はことしの三月末分までしか記帳されていなかった。

黒木はそう説明してから、

「五千円、一万円、二万円とちょろまかしながら、月に一台の割合で売れた中古車の金額をそっくりそのままポケットに入れてました。その合計が合わせて二百三十二万円です」

と言った。

「競馬かァ。あいつが馬券に狂うちょるなんて、しょっちゅう顔を合わせちょったのに誰も気がつかんかったのお。そんな素振りも見せよらんかった。あのおかしな出入金伝票は、これじゃったのか……」

熊吾は神田の顔を見ながら、偽物の入金伝票の束を人差し指でつついた。

「大村の兄弟は知ってたみたいです」

と黒木は少し間を置いて言った。

聖天通り商店街に居酒屋に毛がはえたような小料理屋がある。日曜日、そこは馬券のノミ屋の根城となる。上客になると、百円の馬券が九十円で買える。千円負けても百円が返ってくるのだ。配当額はそのままだ。玉木はその上客のひとりだったらしい。大村兄弟は、昔、同じ板金屋で修業していた男から、玉木がそのノミ屋の上客だと教えられたが、自分たちとは関係のないことだと思って、誰にも話さなかったらしい。

黒木の説明を聞いている途中から、熊吾はうなじに汗が噴き出るような感覚に襲われた。

聖天通りの、居酒屋に毛の生えたような小料理屋？　あのしわがれ声のばばあの店。博美が働いていた店？　だとすれば、ノミ屋の胴元は、赤井とその兄貴分の属するヤクザ組織ということになる。

熊吾はいやな予感がして、まさかと思いながら、ことしの三月以降の帳簿をもういちど調べてくれと神田に頼んだ。

すると黒木は、三月、四月の二ヵ月間は手口が大胆になり、例のトヨタ・クラウンも含めて、売れた中古車のうちの五台が代金まるごと盗まれていて、その合計は四十二万近いと言った。今月の分はまだ調べ終えていない、と。

熊吾は階段を降りて、塗装を剝がしてグラインダーで磨いた車体の一部を木槌で打っている大村兄弟に、玉木が上客だったというノミ屋の根城のある居酒屋の店名を訊いた。それは博美が働いていた店に間違いなかった。

熊吾は、自分の読みは浅かったのかもしれないと思った。三月の伸仁の誕生日の夜、俺は赤井と話をつけるために博美のアパートへ自分から訪ねて行った。だがすでにあのとき、赤井たちは松坂熊吾がハゴロモと松坂板金塗装の社長で、玉木はそこの経理を一手にまかされた男だと知っていた可能性が高い。

博美が川井荒物店から道を隔てた向かい側のハゴロモの事務所で電話をかけている俺を見たのは去年の夏の終わりごろだ。松坂熊吾がシンエー・モータープールの管理人だけではなく、「中古車のハゴロモ」の経営者でもあることを、博美はあのとき知ったのだ。

阪神裏の古着屋にいた博美が、通りかかった俺を呼び止めたのはその一月ほど前だった。男と別れたい、助けてほしいと博美がすがるように頼んだので、俺は持っていた金のほとんどを与えて、とにかく東京行きの夜行列車に乗れと言ったが、博美は決心がつかなかった。

しわがれ声の女が房江に電話をかけてきたのは去年の暮れ。博美が意を決して東京へ逃げたのはことしの二月。

三月六日、伸仁の誕生日に、刺青の男がシンエー・モータープールにやって来た日、俺は赤井と話をするためにアパートを訪ねた。

おそらくあのころ、玉木は競馬で負けつづけて抜き差しならなくなっていたことであろう。

俺はノミ屋で馬券を買ったことはないが、客が現金を持ってその根城へ行ったりはしないはずだ。電話をかけて口頭で買いたい馬券を伝えるのだろうから、氏名も住所も連絡先もノミ屋には明かしているにちがいない。そうでなければ、ノミ屋は金を回収できないのだから。

　赤井は、あの夜、八十万円の手切れ金を要求したが、あっさりと七十万円に引き下げた。俺はそれでやはり赤井を小物の使い走りだと思ったが、赤井とその兄貴分にとっては、十万円くらいはどうでもよかったのだ。もっと大きな金額を、玉木を介してハゴロモから吸い上げられるからだ。

　おそらくそれよりももっと前、負けがこんできた玉木に、帳簿と出入金伝票の不正操作を焚きつけていたのかもしれない。

　まさか、博美もやつらとつるんでいるのではあるまいな。

　熊吾は二階の事務机に戻って、無言で自分を見ている黒木と神田の何か言いたげな顔から視線を外し、煙草をくわえた。怒りで手が震えた。博美への猜疑心は膨らみつづけた。

「社長、これはもう見過ごすわけにはいきません。ハゴロモの収益になるはずやった二百三十万円もの大金を不正経理で横領されたんですよ。いまから警察へ行きましょう。私も一緒に行きます」

　と黒木はたまりかねたように言った。

「うん。その前にたしかめたいことがある。神田、車でわしをシンエー・モータープールまで乗せて行ってくれ」

熊吾の言葉で、神田は階段を降りていった。

一時間ほど待っていてくれと黒木に言い、熊吾は売り物のバンに乗ると、阪神電車の踏切りを渡ったところで神田に車を止めるよう指示した。

「お前も大淀の工場で待っちょってくれ。わしはタクシーで戻るけん」

「モータープール、もうそこですけど」

「ええんじゃ。そこの喫茶店でひとりになって、警察に訴え出るかどうか、じっくり考えてみる」

何か言いたそうな表情をしたが、神田は、はいと返事をして、熊吾を降ろすと車をUターンさせ、松坂板金塗装へと帰って行った。

熊吾は周りに目を配り、阪神電車の横の小道へと入り、博美のアパートへ向かった。

熊吾のきつい表情で、いったい何事かと驚いたようだったが、博美は話を聞き終えると、深い溜息（ためいき）をついて目を畳に落とし、じつは去年の八月の末に荒物屋に洗濯物を干すための短いパイプを買いに行ったとき、赤井も一緒だったのだと言った。

私が道の向こう側の中古車屋で松坂熊吾が電話をかけているのに気づいて、あの口髭（くちひげ）の人は中古車屋さんの人かと荒物屋の奥さんに訊いてしまった。赤井は店の奥にいたので聞こえないと思ったが、アパートへの帰り道、ハゴロモの社長をなぜ知っているのかと問い詰められた。

　ミュージック・ホールの時代に少し世話になったことがあるとだけ答えた。赤井も、珍しくそれ以上は聞かなかった。

　しかし、四、五日たって、あのハゴロモの経理をまかされている男は鴨がネギをしょって来るようなもんだと赤井は言った。私には何のことなのかわからなかった。

　あの小料理屋の二階でやっているのは競馬のノミ屋だけではない。花札賭博も月にいちどひらく。ノミ屋も花札も日曜日だけなので、私はその日は店には絶対に足を向けないようにしていた。だから、その玉木という人とも顔を合わせたことはない。

　ハゴロモの経理担当の人も、花札賭博で巻き上げられているのかと思ったが、私は赤井からどうやって逃げるかで頭が一杯だったのですぐに忘れてしまった。

　その経理担当の人にハゴロモの金を横領する方法を指南したのは赤井ではない。あいつにそんな知恵はない。梅津という組織の参謀格の男だと思う。といっても、彼等の属するヤクザ組織の序列では上から五番目くらいで、先月、恐喝と暴行で逮捕されたと夕刊に載っていた……。

　熊吾は、どんな嘘も見逃さないぞと表情を見つめながら話を聞いていたが、博美の力を失ってしまったような口調には芝居がかったものはなかった。

「ごめんね。私のことでお父ちゃんの会社にまで迷惑が及んでしもて……」

博美はうなだれたまま言った。

迷惑どころの話ではない。このままではわしの会社はつぶれる。

そう言いかけたが、熊吾は出かかった言葉を止め、来た小道を歩いて、あみだ池筋に出るとタクシーに乗った。

腕の外側が痛くて、熊吾は今朝で三回目になるインシュリン注射の跡を掌で揉んだ。思いっきりブスッと刺せと注射をうつたびに言っても、房江はこわごわにゆっくりと注射針を刺すので、痛くてたまらないのだ。

あしたからは伸仁にうってもらおう。そのためには、一緒に朝飯を食べなければならない。伸仁に合わせるためには、俺はいつもより三十分近く朝飯を遅らさねばならないのだ。

しかし、まだたったの三日だが、インシュリン注射によってたしかに体調は良くなった。体が軽くなり、覇気が戻ってきた。玉木のことがなければ心身ともに爽快だろうに。

玉木が横領した二百三十万円はもう戻ってこない。あいつの懐にはなにほどの金も残っていないはずだ。甘い口車に乗せられて花札賭博にも手を出していたとしたら、馬券でたまに儲けても、それはそっくりそのまま胴元にまきあげられてしまったことだろう。

玉木を警察に訴えるのは簡単だ。しかしそうなると、銀行にも商売仲間にもすぐにハゴロモの不祥事が知れてしまう。

噂話に尾ひれ背びれが付き、ハゴロモとの取引きは少し様子を見ようとする得意先も出てくる。

警察には、玉木のノミ屋とのつきあいも話さなければならなくなる。そうなると、聖天通り商店街の東のはずれにある居酒屋のことも教えるはめになる。

警察が本気になれば、あのヤクザたちは一網打尽だが、このての犯罪は現行犯でなければ逮捕しても起訴できないはずだ。現場に踏み込んでも、現金が実際に飛び交っていなければ警察は手も足も出ない。

もし警察が本格的な捜査に乗り出し、あの居酒屋の張り込みから開始したのをやつらが察知したら、たれこんだのは誰かと考えるだろう。怪しいやつは山ほどいる。負けがこんで払えなくなった客はすべて怪しい。

そのなかでも、玉木は二ヵ月ほど前に手切れ金を払って森井博美を赤井と別れさせた松坂熊吾の会社の社員だった。あいつが逃げたのとほとんど同時に警察が動きだしたのだから……。

熊吾はそこまで考えて、下手をすれば博美に災いが及ぶ可能性は高いという気がした。それだけは避けなければならない。そうでなければ、何のための手切れ金だったのかということになる。

熊吾は、どうするべきか結論を出せないまま、大淀の工場の前でタクシーから降りた。

ちょうど昼の休憩の時間で、大村兄弟は近くの食堂に行ったらしかった。二階には神田もいなくて、黒木だけが老眼鏡をかけて、帳簿やノート類の気になる数字を書き写していた。

「社長が出かけはってすぐに玉木に電話がありました。おんなじ男から三回も。名前を訊いても名乗りません」

と黒木は言った。

「ノミ屋の下っ端じゃろう」

「たぶん、そうですやろ。三回目の電話のときに、じつは玉木は三日前から姿を消したんですが、おたくさん、玉木のお知り合いなら、どこへ行ったか心当たりはありませんかって訊いてやったんです」

「そしたら？」

「なんにも言わんと電話を切りよりました」

熊吾は、近くの食堂に電話をかけて、天麩羅蕎麦をふたつ出前してくれと頼んでから、タクシーのなかで考えたことを黒木に話した。博美の件だけは口にしなかった。

黒木は煙草に火をつけ、それをせわしく吸い終わるまで考え込んでいたが、自分を納得させるように二、三度小さく頷いて、

「警察に訴え出たら、これ全部をしばらく押収されますしねェ。細かい数字をいちいち

説明せなあきまへん。そうなったら、社長も私も、十日ほどは仕事になりまへんしなア」

と言った。

「わしの怠慢じゃ。帳簿と銀行通帳の残高が合うちょるけん、それでよしとして、どんな車を幾らでいつ買いつけて、どの車がいつ幾らで売れて、その代金がいつ入ったかを確認せんなんて、そんなのは経営者じゃあらせんのお」

「さっきわかったんですけど、チョコレート屋の木俣さんに貸した金、木俣さんは毎月決まった日に律義(りちぎ)にハゴロモの鷺洲店まで返しに来てはったんですけど、それは全部、銀行口座には入ってません」

黒木は、言いにくそうに言って、少しためらってから、金庫から別の帳簿を出した。

「月の締めのときに、玉木が社長に見せてたのはこっちです。この偽物の帳簿では、四月末の銀行残高は百二十六万三千円。しかし、本物の帳簿は三十二万八千円です。一月分までは偽物も本物もおんなじ数字が並んでますが、二月、三月、四月、それから五月十日までの分の数字は、まったくの嘘っぱちです」

熊吾は自分の顔が青くなっているのか赤くなっているのかもわからなかった。

ことしの三月末からは、玉木が持って来た帳簿に目を通し、説明を聞くだけで、銀行通帳と照らし合わすことを怠っていたのだ。

玉木を信頼していたし、疑いもしなかったのだが、四月の終わりごろから博美の体に溺(おぼ)れ込んで、心ここにあらずといったありさまに陥っていたからだと熊吾は自分のなかで認めざるを得なかった。

「わしの会社には、いま三十二万八千円しかないのか？」

熊吾は初めて声を荒らげた。今月の社員への給料や、仕入れた中古車代金、それに三つの店の家賃、水道、光熱費、その他雑費を支払ったら、銀行の残高はほとんどゼロになるではないか。

銀行から受けた融資の月々の返済はたいした額ではないが、今月の末には松田茂と松田の母親から借りた八十万円を返さなければならない。

さしあたって百万円ほどは必要だ。しかし、どこでどうやって調達するというのか。

熊吾は、金を用立ててくれそうな懇意な知人の名を手帳に書いていった。ためらいながらも、丸尾千代麿の名も加えた。

食堂で働く「シンゾウくん」と呼ばれている十五歳の少年が岡持ちを持って階段をのぼって来て、天麩羅蕎麦をどこに置いたらいいかと訊き、

「これは今月のぶんです」

そう言いながら請求書の入っている茶封筒を出した。その食堂は毎月十五日の締めで、つけで食べたぶんの集金をすることになっている。

茶封筒は四通だった。熊吾と大村兄弟と玉木へのものだ。

熊吾は、自分と玉木への請求額に目を通した。ふたりの合計は八百五十円だった。

熊吾はズボンのポケットから千円札を出し、ことしの春、集団就職でやって来た快活な少年に、

「釣りの百五十円はシンゾウくんにあげるけん取っちょけ」

と言った。


旧知の中古自動車部品業者三人から、それぞれ十万円ずつを借りて、計三十万円をハゴロモの銀行口座に入れたのは、玉木則之の横領が発覚して六日目だった。

ひとりは明石市で商売をしていたので、熊吾は事情を説明するためと、貸してくれる金を受け取るために二回明石へ足を運んだ。

三人とも、この二、三年で経営が苦しくなっていて、中古車部品業が儲かっていた時代は遠くに去り、もはや商売としては過去のものになったことを熊吾はあらためて思い知った。

河内モーターの商いが、三年ほど前から、中古車部品三割、中古車七割に方向転換したことは三人とも知ってはいたが、ではどうすればそっちへ舵（かじ）を切れるのかわからないのだ。

関西一円のエアー・ブローカーたちを廃業に追い込むためには、正規の中古車業者を増やさなければならないと考えていた熊吾は、ハゴロモの弁天町店に眠っている三十台のうちの半分ほどの中古車を格安でその三人に廻すことを条件に金を融通してもらったのだ。

いまはとにかく現金が欲しい。黒木博光が苦労して買いつけてきた良質の中古車を、仕入値とあまり変わらない額で売るのは忍びないが、これから先、市場にはいくらでも中古車が出廻ってくる。黒木にはこの急場をしのぐために我慢してもらうしかない。

熊吾はそう思ったし、それを黒木に伝えもした。

黒木も自分の蓄え二十万円をハゴロモのために出してくれたが、それはひとり娘を嫁入りさせるときのための大事な金だった。

五月末、熊吾は大淀区の松坂板金塗装の帳簿の過去半年分に目を通し、この会社にもっと力を注がなければならないと考えた。外部からの仕事を増やして、ハゴロモで買いつけた中古車の凹（へこ）みや傷などはよその板金屋に廻したほうがいいのではないのか。

この半年間、外部からの仕事は三割程度だが、七割に及ぶハゴロモの仕事よりも利益率ははるかに高い。

それは当然のことで、別会社といっても松坂板金塗装は、ハゴロモが仕入れた中古車を修理するためにあえて設立したので、通常の板金塗装代とは異なる料金設定になっているのだ。

玉木が松坂板金塗装の金には手をつけなかったのは当然だ。儲かっていないのだから。

中古車を売るためにと作った会社は、じつは金の生る木なのだ。いま、板金塗装屋は仕事が多すぎて困っている。車体のどこかがわずかに凹んで、すり傷がついても、自動車の持主は、板金塗装屋に修理にださない。下手をすれば、順番待ちで一ヵ月近くも車が帰って来なくて商売に支障が出るからだ。そのうえ、職人が足りなくて、大村兄弟にもあちこちから引き抜きの声がかかっている。

板金塗装屋は、わずかな機械と道具、それに職人の腕さえあればいいのだ。商品を仕入れて売るのではない。元手がかからない。

熊吾は、出張を取りやめて、きょうは弁天町店で在庫の中古車を調べている黒木に電話をかけようとして思いとどまった。

いま松坂板金塗装に力を注ぐ場合ではない。足元の火を消すことが先決だ。松田茂とその母親に借りた八十万円をなんとしても用意しなければならないのだ。

松田の母親は、若いころに夫に先立たれて以来、岡山の瀬戸内海沿いの町で魚の行商をして子供たちを育ててきた。小さな荷車を引いて、女手ひとつで肉体労働をしながら蓄えてきた金を貸してくれたのだ。俺は、行商というものがどんなにつらい仕事かを知っている。誇りとか羞恥心とか世間体とかをかなぐり捨てなければできない仕事だ。

熊吾はそう思い、八十万円をどうやってこしらえようかと考えた。個人商店や小さな会社に融資してくれる金融機関はないのだろうか。町の高利貸しなどではなく、低金利の、公的な金融機関があるはずだ、と。

東京オリンピックは来年に迫っていて、競技場やさまざまな施設や交通網の整備で、関西の土木会社や工務店も駆り出されている。大会社の下請けだろうと孫請けだろうと、この日本で初めてのオリンピックという好機を逃す手はないと、社をあげて東京へ向かっているという。

そんな中小企業も資金に窮して動けないとすれば、国は何等かの支援をしなければならない。オリンピックは国の威信を賭けた大事業なのだ。予定された工事は開会の日までに断固やりとげなければならないはずだ。

そう考えながら、熊吾は貰った名刺をしまってあるプラスチックの箱を出した。そのなかに徳沢邦之の名刺があった。六年前逢ったときに受け取ったもので、当時はまだ大臣になっていなかった政治家の事務所の住所と電話番号が印刷されてある。

熊吾は、玉木がいなくなって、いまは神田が使うようになった部屋に行き、

「徳沢さんが新しい連絡先をしらせてきたはずじゃが、それはどこじゃ？」

と訊いた。

算盤を弾いていた指を止め、

「社長の机のいちばん下の抽斗に連絡ノートがあります。そこに書いておきました」

と神田は言った。

いまや神田は、中古車のハゴロモと松坂板金塗装には必要欠くべからざる社員になってしまったなと思いながら、熊吾は連絡ノートを出した。

――徳沢様よりＴＥＬ。五月二十七日、午前十時二十分。新しい連絡先――

熊吾はそこに律義な字で書かれた住所と電話番号を手帳に控えてから、

「大阪駅まで送ってくれ」

と神田に頼んだ。

徳沢がゴルフ場建設のために設けた事務所は阪急電車の宝塚線の石橋駅から山側へ行ったあたりらしかったので、熊吾は電車に乗るほうが早いと考えたのだ。

神田は帳簿や伝票を片づけて階下へ降りて行った。

徳沢邦之が「親分」と呼んで敬愛している政治家は、次の内閣改造ではどうなるかわからないものの、いまは現職の大臣なのだ。一般にはあまり知られていない公的金融機関を熟知していることであろう。大臣の口ききがあれば、煩瑣な手続きもすみやかに進むはずだ。徳沢から「親分」に頼んでもらえないものか。

熊吾はそう思いついたのだが、大臣に百万円の融資先を紹介してもらおうなどと考えるのは、よほどの甲斐性なしだなと自分で自分を笑いたくなった。何千万円の単位ではないのだ、と。

神田三郎の運転するバンの助手席に乗り、

「お前の学業がおろそかにならんようにせにゃあいけんが、いまは経理の経験者を雇う余裕がないんじゃ。去年の夏、お前があのおかしな出入金伝票を見つけたときに、しっかり調べちょいたら、こんなことにはならんかったんじゃのお」

と熊吾は言った。

「偽物の出金伝票の出番はなかったんですねェ。手口が一気に荒っぽくなって、小銭をちょろまかすなんてあほらしくなってしもたんやと思います」

神田はそう言いながら、阪急電車の梅田駅に近いところで車を停めた。

朝、大淀の事務所で経理事務に専念し、昼からは自動車を運転して鷺洲店や弁天町店へ行く。忙しい日は、鷺洲店から弁天町店へ、弁天町店から鷺洲店へと二度も三度も往復する神田は、夕方、必ずその日の中古車や金の動きを連絡ノートに記載するのだ。

あしたの朝でいい、早く大学へ行けと熊吾が言っても、自分の仕事を終えるまでは神田は事務机の前から離れようとはしない。

ハゴロモの窮状は神田もよくわかっていて、せめて十万円か二十万円は自分も調達して急場をしのぐ手助けをしたいと思い、友だちや親戚（しんせき）に金を借りようとしているらしいのを、熊吾は黒木から今朝聞いたばかりだった。

「お前の気持は黒木から聞いたがのお、お前は借金なんかしちゃあいけんぞ。お前が金をこしらえて持って来てくれても、わしは受け取らんぞ」

熊吾は神田の肩を叩いて言い、阪急電車の宝塚線のホームへと急いだ。雑踏を縫うようにして歩を運びながら、博美に使った金が命取りになるような気がしてきた。手切れ金も含めて約八十万円。つまりは、松田茂と彼の母親とに借りた金は、博美のために使ってしまったのと同じなのだ。

切符を買ってから徳沢に電話をかけて石橋駅からの道筋を教えてもらい、熊吾は次に弁天町店にいる黒木と電話で話した。

「きょう、私と若い者とで三台ずつ運びました。約束どおり現金で支払うてくれはりましたから、合計六十二万八千円。いまから大淀の事務所へ帰って、神田に渡します。神田はすぐに銀行へ行きますやろ」

「お前が苦労して九州、四国、広島、岡山と駆けずり廻って、経費も何もかもを入れて五十八万円で買いつけてきた中古車九台が、たったの四万円の利益か……。富岡海運への支払い分にまだ追いつかんのお」

「支払い日はあしたですから、そんなことは言うてられません。とにかくハゴロモの台所を立て直して、一から出直しましょう。商売そのものにがたがい来たわけやありません。泥棒に盗まれて運転資金がなくなっただけです。商売をしてたら、こんなこともありますやろ」

　電話を切り、宝塚線の急行に乗ると、黒木の言葉は本来は自分が口にすべきなのだと熊吾は思った。

　たかが百万円や二百万円が銀行の口座から一時的に消えたからといって、それが何だというのだ。銀行口座を健全にしておくために商売をしているのではない。どんな会社でも大なり小なり社内での事故というものは起こる。中古車は確実に売れる時代なのだから、突発的な不測の損失は損失として本業に邁進すればいい。そうしているうちに、財政は元に戻っていく。

　だが、それを頭ではわかっていても、威勢よく黒木や神田を安心させる言葉をかけられないのは、自分に罪悪感があるからだ。

　仕事にかこつけて忙しそうに外廻りをしているふりをして、俺は博美のアパートに入りびたり、昼日中からあの白い体をむさぼっている。

　俺がお大尽ぶって博美に八十万円近い金を使う前から、信頼していた経理係は着服をつづけていて、あの赤井の兄貴分や組織のトップに吸い上げられていた。

　玉木はことしの三月あたりから手口が大胆になり、着服する金額も大幅に増えたそうだが、それは俺が手切れ金を赤井に払った時期と符合する。あるいは玉木は、自分の会社の社長が女に金を使っていることを赤井から聞いたのかもしれない。

ヤクザの下っ端の情婦に大枚をはたきやがって……。そんななさけない社長が儲けた金なんか使ったってかまわない。警察に突き出すなら突き出してみろ。俺は女のことをぶちまけてやる……。

玉木がそう考えていたとしたら、あのあきれかえるほどの頑強な黙秘を支えた心の内が見えてくる気がして、熊吾は自分がなさけなくなってきた。

熊吾は、玉木を警察に訴えなかったのは、自分が博美のことを房江と伸仁に知られてしまいかねない可能性をいささかなりとも作りたくはなかったからだということを自覚していた。その不安は、ノミ屋の根城が、博美の勤めていた小料理屋だと知ったあと、博美のアパートへ行って確かめたときに生じたのだ。

すでに玉木は姿を消していたが、赤井たちとのつながりが切れていなかったら、逆に俺を脅しにかかるかもしれないという懸念は大きくなっていた。たとえ社員の横領で会社が左前になったとしても、資金不足の根本の原因が女だったと知ったら、黒木も神田も失望することだろう。

熊吾は、そんなことを考えつづけているうちに乗り過ごしてしまいそうになり、石橋駅で慌てて降りた。

駅前の小さなビルの屋根に「S国際ゴルフクラブ　第一次会員募集開始」と書かれた大きな看板がかかっていて、「S興産株式会社　石橋営業所」への矢印もあった。

ゆるやかな勾配の道をのぼっていくと生け垣や手入れの行き届いた植え込みに囲まれた住宅の並ぶ地域へと入った。

阪急電鉄が開発した新興の高級住宅地であろうと思い、熊吾は電柱にも取り付けてある赤い矢印の方向へと曲がった。住宅用の更地にプレハブの建物があり、駅前のと似た文言の立て看板の横が出入口になっていて、事務机のところに徳沢邦之が坐っていた。

「わざわざお越しくださるとは……」

徳沢邦之は熊吾を事務所の奥のソファに案内し、自分で茶を淹れてくれた。いつもは近所の奥さんがアルバイトで雑用をやっているのだが、きょうは娘さんの学級参観で昼から休みを取っていると徳沢は言った。

「徳沢さんのお知恵を拝借せにゃあいけん事態が起こりまして」

と前置きし、熊吾は単刀直入に用向きを話した。

「商工中金という政府系の金融機関があります。正式には商工組合中央金庫ですが、民間の銀行とよく似た業務で、中小企業への融資だけでなく、預金の受け入れも手形を使っての短期金融も扱ってます。昭和十年代にできましたから、松坂さんもご存知だと思いますが」

と徳沢は言った。

「名前は知っちょりますが、あそこは中小企業団体に所属しちょるところにだけ融資をすると聞きました。ということは、私の会社はその資格を持っちょらんのです」

「大阪支店に、私の昔馴染みがおります。たいした役職にはついておりませんが、彼なりに便宜は図ってくれるでしょう。相談してみたらどうです？」

徳沢はそう言いながら、自分の机の抽斗を乱雑にかきまわすようにして一枚の名刺を探し出した。徳沢の友人の名は原田憲二で、総務部二課の主任となっていた。

「長いこと私の親分の運転手を務めてきまして、目が悪くなったので自動車の運転には自信がないというので、親分がここに転職させてやったんです。現職大臣の元秘書というふれこみでね。ですから、周りからは妙に大物扱いされながら、べつに仕事らしい仕事もせずに給料を貰ってるって笑ってましたよ」

熊吾は礼を述べ、原田憲二の名と勤め先の住所や電話番号を手帳に書いてから、徳沢の新しい名刺を貰った。「S国際ゴルフクラブ　副支配人」となっている。

「ここに営業所をひらいたっちゅうことは、ゴルフ場は近くですか？」

と熊吾は訊いた。

松坂商会の時代には、小切手や手形で何度も苦い目にあっていたので、ハゴロモも松坂板金塗装も現金商売に徹してきたが、こんどのような不測の事態が、べつの事情でいつ起こるかわからないことを考えれば、小切手や手形決済もやむを得なくなるなと考えながら、熊吾は半ばうわの空で徳沢の説明を聞いた。

ゴルフ場用地はここから車で二十分ほどだ。土地買収も法的手続きも立ち退きも予定よりも早く完了し、いまはおおまかなコース設計に則って山を崩し、木を切り、畑や田圃を整地する作業にかかっている。

池や小川をコースにどう生かすかは専門のコース設計者が現場に日参して考えるらしい。

クラブハウスの設計もまだ本決まりではない。しかし、竣工式は四年後の四月一日と決まったし、ゴルフ場の営業開始日も四月十日をめざしている。自分の仕事は竣工式で終わるが、残りたければ残れるようにしてやると親分は言ってくれている。自分の歳を考えると、五年くらいはゴルフ場の芝生や樹木のなかでのんびりしながら給料を貰う生活もいいかもしれないと思うようになった。

親分を大臣にしたことで自分の夢も叶った。もうこれ以上は望まない。情に厚い、面倒見のいい、政治家にしては善人すぎる親分だが、総理総裁の器ではないし、それは本人もよくわかっているのだ。

そんなわけで、自分はこのゴルフ場建設と会員募集、それに無事にオープンにこぎつける仕事を終えたあと、副支配人という名前だけの役職におさまって給料を貰う生活に入るのだから、ゴルフを始めようと思った。

ゴルフ場の副支配人なのにゴルフのことはまったくわからないではメンバーにも社員

たちにも馬鹿(ばか)にされると危惧(きぐ)したからだ。

しかし、練習場で二十球ほど打っただけであきらめてしまった。足元に置いてある静止しているボールに、振り降ろした九番アイアンが当たらないどころか、かすりもしない。

稀(まれ)に当たっても、ボールはどこへ飛んでいくかわからない。近くで練習していた人の頭をかすめてボールが飛んで行ったときには肝を冷やした。

俺がゴルフをしたら、そのうち誰かを殺すと本気で怖くなって、それきりやめてしまった……。

熊吾は、徳沢がおかしそうに語りつづけるのをときどき笑顔で聞くふりをしながら、そんなことよりも早く商工中金の友人に電話をかけてくれと思った。

そうしているうちに、政府系の金融機関の融資は迅速には進みそうにないという気がしてきた。所詮(しょせん)は役所仕事なのだ、と。

徳沢は、熊吾がゴルフの話には何の興味も示さないのを見て取ったのか、

「息子さんは、もう高校を卒業されましたか？」

と話題を変えた。

「いや、まだ高校二年生です。やっと本気で受験勉強を始めたようなので、こないだ勉強机の上を見たら、女の裸の写真がぎょうさん載っちょる雑誌が英語の参考書の奥に隠

してありまして……。まあそれは大目に見るとしても、『赤毛のアン』ちゅう小学生の女の子が読む小説もあったので、なんぼなんでも高校二年生にもなってこんな小説を読みふけるのは、かなり精神的に遅れちょるのやないのかと心配になって、ページをぱらぱらっとめくってみたんです。そしたら、こういう一行がありました。『アンにものごとを冷静に受けとれということは、性格を変えろということになるだろう』。この文章の意味を解せるおとなは少ないでしょうな。息子はそこに鉛筆で線を引いちょりましたが、その一冊の本をよほど何度も読んだらしくて、あっちこっちに線が引いてあって、本もぼろぼろになっちょりました。あの『赤毛のアン』ちゅうのは、おとなが読む小説かもしれません」

熊吾は、話しているうちに、なにを言いたかったのかがわからなくなり、いま火をつけたばかりの煙草を揉み消して立ちあがり、プレハブの建物から出た。

入口のところに立って、徳沢は、商工中金の友人には、あしたにでも電話で話を通しておくと言った。

住宅地の坂道を降りていきながら、伸仁とはもう長く外で食事をしていないなと思った。ことしの三月六日の誕生日の埋め合わせをしなければならないが、どうも伸仁は父親を避けているようなので、その機会を得ないまま日が過ぎたのだ。

十六歳か。親を疎（うと）ましく感じる年頃だ。俺にもうしろめたいところがあるので、伸仁が父親を避けてくれるのはありがたかった。今夜はひさしぶりに誘って、梅田の洋食屋でビフテキでも食わせてやるか。ビフテキと聞けば喜んで梅田まで来るだろう。

そうだ、「赤毛のアン」は、大阪へ帰って来ることになった伸仁を富山に迎えに行ったときに買ったのだ。退屈してデッキに出たり、列車の車輛（しゃりょう）という車輛を探険するために行ったり来たりする伸仁を席につかせておくには本を読ませておくのがいちばんいいと房江が言ったからだ。

富山駅の近くにあった本屋で二冊買ったな。「赤毛のアン」と「名馬風の王」だ。伸仁は七時間の列車の旅で「名馬風の王」を読んでしまったが、「赤毛のアン」は尼崎のタネの家には持って行かず、船津橋のビルの三階に置いたままだった。女の子用の小説は、男の子にはおもしろくないのだなと思ったことを覚えている。

あのころは何の収入の道もなく、俺は戦前戦中の知己を訪ねて金を借りて、富山に仕送りをしていた。関の孫六兼元の国宝級の名刀を海老原太一に土下座して五十万円で買ってもらったのもあのころだ。

五十万円で活路がひらけた。「関西中古車業連合会」を考えついて、その実現に向けて動きだすことができた。しかし、あと一歩か二歩で本格的な事業を開始できるというときに、久保敏松（くぼとしまつ）にすべての資金を盗まれた。久保は賭け将棋に大金を投じていたのだ……。

植木屋に剪定してもらう時期は過ぎたのにと案じるほどに新芽を伸び放題にさせている金木犀がブロック塀の向こうに見えた。その立派な瓦屋根の家の角を曲がり、熊吾は石橋駅への信号を渡った。俺は、同じ失敗をこれでもかと繰り返す男だなと熊吾は思った。

梅田行きの電車を待ちながら、おとといは雨だったし、きのうもきょうも薄曇りだ、梅雨入りはまだのはずだがと空を見やり、熊吾は妙に心に残りつづけている「赤毛のアン」の一行をもじって、それを心のなかで文章にしてみた。

――松坂熊吾に同じ失敗を繰り返すなということは、性格を変えろということになるだろう。――

熊吾は、やって来た電車に乗って座席に腰を降ろすと、同じ失敗とは、商売における金銭への杜撰さや、信頼しすぎて社員まかせにしてしまうことだけではなく、親分風を吹かせて身の丈以上のことを請負って、いい気持になってしまうことだと思った。それはたぶん俺にとって、たまらない快楽なのであろう、と。

梅田の東通り商店街にある「明洋軒」に入ると、伸仁は先に来て待っていた。明洋軒の主人は、ノブちゃんに逢うのは三年ぶりだが、あの小さかった子がまさか自分よりも背が高くなるとはと笑顔で言った。

熊吾は、まずビールを註文してから、メニューを持って来た主人に、洋食の料理人になりたがっている十五歳の男の子がいるが、この明洋軒で使ってみる気はないかと言ってみた。駄目でもともとという軽い気持だったが、

「どんな子ォです？」

と主人は真顔で訊いた。

「鳥取の農家の子じゃ。ことしの四月に集団就職で大阪に来たんじゃが、自分が学びたいと望んじょった料理とはまったくかけ離れた食堂で出前持ちをさせられて意気消沈しちょる。うどんとか丼物とかしか作れん町の小さな食堂じゃけんのお。元気で快活で、とにかく見た目が明るい。この明洋軒で雇うてもろうて、料理を学べるとなったら、喜ぶがのお」

熊吾は言いながらビールを飲んだ。

「その子は誰？　どこの子？」

と伸仁は訊いた。

「松坂板金塗装の三軒隣の……」

「えっ、シンゾウくん？」

「知っちょるのか？　お前はもう四、五ヵ月あの食堂には行っちょらんじゃろう。シンゾウくんが来て、まだ二ヵ月しかたっちょらんぞ」

熊吾の言葉に、ことしパブリカ大阪北に集団就職でやって来た五人のうちのひとりがシンゾウくんの同級生なのだと伸仁は答えた。

同じ列車で鳥取から大阪に出て来て、駅の構内で別れたきりだったのだが、二週間ほど前に阪神電車の福島駅の近くでばったりと再会し、それ以来、ほとんど毎晩パブリカ大阪北の寮に遊びに来てピンポンをしているのだと伸仁はつづけた。

「お前の諜報能力もなかなかあなどれんのお。まあ小さいときから、見んでもええこと聞かんでもええことばっかりこまめに仕入れてくるやつじゃったが……蘭月ビルでは忍者みたいじゃった」

「シンゾウくんやったら、ぼくも推薦します」

と伸仁は明洋軒の主人に言い、ポタージュスープとビフテキと温野菜のサラダを註文した。

「大将はタンシチューでっか？」

「うん、ポタージュスープも貰うが、ビールをもう一本じゃ」

「うちも、集団就職やおまへんねんけど、知人の紹介でことし中学を卒業した子を雇いましたんです。二週間で音をあげて、奈良の実家へ逃げ帰りよりました。調理場の掃除がつらすぎる、っちゅうてね。松坂の大将とノブちゃんがふたりで推薦してくれるんやったら、そのシンゾウくんを雇いますよ。面接させてもらうから履歴書を持って、休みの日に来てくれって伝えてください」

「わしらは、あの食堂の親父（おやじ）に恨まれるのお」

　熊吾は主人が調理場へ行ってしまうと、伸仁に小声で言った。

「シンゾウくんは、ほんまに明るいねん。ぼくはこのごろ暗いけど」

「なんでじゃ」

　伸仁は、中学時代からとりわけ仲の良かった三人が退学になってしまったのだと言った。退学させられるほど悪いことをしたとは自分も周りの友だちたちも思っていない。だから、目立たないよう死んだふりをして学校生活をおくり、とにかくいっときも早く卒業してしまいたい。自分は、茨木市に移転してからの学校が嫌いでたまらない。大淀に校舎があったころとはまったく違ってしまった……。

　伸仁の言い方は、たしかに暗かった。

「三人は何をやったんじゃ」

　と熊吾は訊いた。

「スクールバスの座席の背凭（せもた）れに付いている金属製の灰皿を外しよってん」

　と伸仁は言った。

「スクールバスになんで灰皿が付いちょるんじゃ」

「観光バスをスクールバスに使うてるからや。運転手も観光バスの会社の人や」

「たかが灰皿でも、盗んだら立派な窃盗じゃぞ」

しばらく黙り込んだあと、伸仁は、いちばんうしろの座席に坐って見ていたことを説明した。

真ん中あたりに坐っていた三人が、ドライバーを使わずに灰皿を背凭れから外せるかどうかと競い始めた。

ふたりはできなかったが、ひとりが親指の爪を使ってネジを外すことに成功した。自分は、運転手がバックミラーでうしろのほとんどすべてを見ることができるのを知っているので、小声で三人に「やめろ、早く元に戻せ」と言ったが、周りの騒音で「早く隠せ」と聞こえたらしいのだ。

運転手はやはりちゃんと見ていた。突然、バスを停め、恐しい剣幕で怒鳴り、運転席から出て、三人のいるところへとやって来た。三人はその灰皿を鞄に隠してしまった。うしろから松坂が「隠せ」と言ったからだ。

灰皿を外した理由を言えば、職員室に呼ばれて叱られるだけで済んだと思う。でも、鞄に隠してしまったことで盗んだと判断されたのだ。

三人は、学校が退学処分を決定したときもうしろの席で松坂が「早く隠せ」と言ったことは黙っていた。そんなことを喋ってしまったら、松坂までが退学させられると思ったと、あとから聞いた。三人は商業科に進んだので、高校を卒業したら家業を手伝う。

しかし、松坂は進学組だ。退学になったら大学に進めなくなる。だから、松坂が言った言葉は、決して誰にも話すな。三人はそう約束しあったという……。

聞き終えると、熊吾はビールを飲み、煙草に火をつけて、これは笑い事ではないなと思った。

「お前は、隠せとは言わんかったんじゃな？」

「うん、元に戻せって言うたんや。近くにおったやつらは、みんな知ってる。バスのなかはうるさかったから、ぼくは三人に声なんかかけんほうがよかったんや。そやけど、運転手さんに聞こえるような声は出されへんやろ？」

「しかし、三人は灰皿のネジを爪で廻して座席の背凭れから外したんじゃ。お前が悪いんじゃあらせん。自分のせいで三人が退学になったなんて考えんでもええぞ」

そう言いながら、熊吾は、なんと温情のない処罰であろうと思った。ちょっとしたいたずらにすぎないではないか。退学処分を決めた教師は日教組にちがいない。私学にも日教組がはびこっているのだ、と。

ポタージュスープを飲み、ビフテキをむさぼるように食べ始めた伸仁の肩が小刻みに揺れているので、熊吾はその顔を覗き込んだ。

糸を引くような声を洩らして、伸仁は泣いていた。

「お前なァ、こんな上等のビフテキをむしゃむしゃ食いながら泣くな。やっちょることと食うちょるもんとが合わんぞ。人生に理不尽と苦労はつきもんじゃ」

熊吾は言って、タンシチューの半分を伸仁に与えた。それをたいらげ、温野菜のサラダでライスを二皿食べながらも、伸仁は周りの客に見られないよう顔を伏せて泣きつづけた。

明洋軒の主人に商店街の入口まで送られて帰路についたが、熊吾は口直しに何か甘いものを食べたくなり、梅田新道の不二家パーラーに行こうと伸仁を誘い、曾根崎警察署の前に出た。

御堂筋を並んで南へと歩いていると、

「お母ちゃんは、麻衣子ちゃんとえらい仲良しになってしもて、十月の満月を城崎で見るのをいまから楽しみにしてるねん」

と伸仁は言った。

「うん、わしにもしつこいくらいになんべんもことしの十月の満月はいつやろって訊きよる。満月の夜が何月の何日とわかっちょっても、そのとき曇っちょったり雨でも降ったりしたら、月見はできんけんのお」

そう言って、熊吾は夜空を見上げた。雲の切れ目から半月が見えたが、すぐに姿を消した。雲は西から東へと動いていた。

不二家パーラーの前につながる信号を渡ったとき、伸仁は、あっと言って立ち止まり、人通りの多い道の向こうを指さした。

「あの人や」

熊吾は、伸仁が誰を指さしているのかわからなくて、

「あの人？　誰じゃ。どこにおるんじゃ」

と訊いた。

伸仁は父親の上着の袖をつかみ、歩を速めて淀屋橋の方向へと歩きだし、

「あのおっちゃんや。『柳のおばはん』の店をひとりでばらばらに壊してしもた人や」

と言った。

柳のおばはん？　熊吾はすぐには誰のことなのかわからなかったが、縁日で買ったお面をかぶって歩いていた伸仁に「そのお面は、坊によく似てござるな」と声をかけてきた頬髯の大男のことだと気づいた。

「どこにおるんじゃ」

「もっとずっと向こう」

なぜ伸仁が、あの人間離れした怪力の大男のあとを追おうとしているのかわからないまま、熊吾も人混みをかき分けて、夜の御堂筋を淀屋橋のほうへと小走りで追った。

曾根崎新地の本通りを過ぎたあたりで、三、四十メートル向こうに、周りの通行人よりも頭ふたつ分ほど背の高い、異様に肩幅の広い男のうしろ姿が一瞬目に入った。熊吾

は、うん、あの大男に間違いないと思ったが、あれから十年近くがたつのに、あいつはいまでも「柳のおばはん」を探して大阪中を歩いているのだという気がして歩調をゆるめた。

「わしらとは歩幅も倍ほど違うんじゃ。走らにゃあ追いつかんぞ」

熊吾の言葉で、伸仁はひとりで走りだした。熊吾はいつもの歩調に戻して歩いていきながら、あの大男が何の道具も機械も使わず、己の腕だけで「柳のおばはん」のバラックを壊したのは、近江丸事件の前の年の暮れだと考えた。

伸仁はまだ小学二年生だった。いまから九年前ということになる。あのころはいろんなことがあったが、いま俺にはすべてが過ぎ去った事柄だ。しかし、近江丸から火が出て、あの小さな木の船が烈しく燃えながら土佐堀川の真ん中で回転しているのを見たときの身も心も凍りつくような絶望感は、まだ心の奥で生きている。

あのとき、伸仁がもし近江丸のなかにいたとしたら、いま俺はどうしているだろう。

熊吾は、脳裏に火だるまになった近江丸を描いたまま、蹣跚と大江橋のたもとまで歩き、橋の真ん中に立っている伸仁を見つけた。大男の姿はどこにもなかった。

「追いつかんかったか。もし追いついたらどうするつもりじゃったんじゃ」

熊吾の言葉に、伸仁は、さあと首をかしげたまま、欄干に凭れ、堂島川の下流を見つめた。

「この川を下って行くと船津橋じゃぞ」

「うん」

「お前は、この堂島川と土佐堀川が重なるところで育ったんじゃ。土佐堀川に行ってみるか」

「うん」

熊吾と伸仁は大江橋を渡り、さらに南に歩いて土佐堀川に架かる淀屋橋の真ん中へ行った。そして欄干に凭れて、黒い流れに見入った。

「ここから月見をしようと思うたが、今夜は曇っちょるのお。雲は切れそうにないぞ。今夜のわしらには月見の運はなかったが、房江の城崎での月見のための厄落としじゃ。見えん月を見るのも月見じゃけんのお」

「京都の能楽堂で観(み)た『月見座頭』やろ？」

と伸仁は言った。

「うん、そうじゃ。口直しの能狂言と思うて観ちょったが、あれは凄(すご)かったのお」

「あの狂言をやってるあいだ、お父ちゃんは寝てたやろ？　いびきを止めようと思うて何回も脇腹(わきばら)をつついたんやで」

「いねむりをしながらも心眼で観ておったのでござるよ」

川風は寒いくらいだった。

この土佐堀川を下ると、平華楼のあった三階建てのビルの真下から端建蔵橋へと達する。土佐堀川はそこで堂島川と合流して安治川になる……。

いまさら教えなくても伸仁にはわかっていると承知しながらも、熊吾はあえてそれを説明した。

「三つの川は、お前のなかで血管になって流れちょるかもしれん。あそこはお前のふるさとみたいなもんじゃけんのお」

その言葉のあとに、近江丸の火事を覚えているかとつづけかけて、熊吾は口をつぐんだ。

姿は見えなくても、近江丸も伸仁の血管のなかを巡っていて、いつか大きな役割を果たしてくれそうな気がしたのだ。

あとがき

「流転の海」第七部「満月の道」を書き進めているあいだに、私はこの小説における「松坂熊吾」の年齢に追いつき、そしてわずかながらも追い越した。

　待ちに待っていたときが来たのに、筆は進まなかった。同年齢に達して、逆に熊吾という人間がわからなくなり、戦後十六、七年を経て東京オリンピックを間近にした日本全体の気分といったものも正確に読むことができなかった。

　さまざまな文献を調べ、当時の記録映像にも触れたが、結局は私自身のなかに眠っている映像を掘り起こすことが最も正しいと気づくのに時間がかかった。

　この「満月の道」は、第六部の「慈雨の音」から次の第八部へと向かう重要な「道」を意味している。

　満月を見つめるのは松坂熊吾ではなく房江である。房江にはこれから先、じつに苦しみの多い時期が到来するのだが、そこへとつながる道が満月の光のなかにあったことを、私は題名の奥に暗喩として沈めなければならなかった。

すでに私は第八部の「長流の畔」を書き始めた。一九八一年、三十四歳で筆を興した「流転の海」は第九部で完結する。読者の方々のご愛読を切にお願いする次第である。

「満月の道」連載中は「新潮」編集部の松村正樹氏に、単行本化に際しては新潮社出版部の清水優介氏にお世話になった。心より感謝の意を表させていただく。

平成二十六年三月六日

宮本　輝

解説

堀井憲一郎

「流転の海」の第七部「満月の道」である。

これを読めば、残りあと二冊。

九部で完結する。

当初の予定よりもどんどん長くなっていったが、ようやく全九巻、これですべてのようである。

いきなりこの七部から読み始めた、という不思議な人もいるかもしれないが、大半の読者は、第一部「流転の海」から読み継いできた人たちだろう。本が出るたびに読み継いで、ついに数十年にわたり読み続けてここまでやってきた人から、机の上にずらっと並べて一気に読んでいる、という人たちまで、その形はいろいろだろうが、みな、熊吾(くまご)と伸仁(のぶひと)と房江(ふさえ)の生活を追ってきたことになる。

一気に読んだとしても、一日で七巻を読めるものではない。

そんな読み方はしないほうがいい。

読みやすい文章で綴られてはいるが、話の筋だけ辿って勢いで読み進むたぐいの小説ではない。作者が丁寧に紡いだ世界は、やさしいながらも複層的構造を持っており、ゆるりと読み進んだほうがその全貌を把握しやすい。どうやらそれがこの長いお話を楽しむ最善の方法のようである。だから、繰り返し読んでも、そのつど新たに面白い。

結末にむかって一直線で進んでいく芯の部分が圧倒的に面白く、同時にその周縁の話が奇妙な魅力に満ちていて目が離せない。浮かび消える人間存在を、いくつも追いつづけることになり、知らず、読者の視点も移りゆく。気が付くと多くの人生と少し昔の社会を広く見渡している心持ちになる。

ゆっくり、何度も読むことができる小説である。

あまりに長く、そして広い物語なので、あらためてここで、第一部から第六部までのおおまかなあらすじを紹介しておきたい。いきなり七部だけを読む、という不思議な感覚の人以外は、思い出すよすがになるかとおもう。

このあらすじはあくまで「一度読んだけど細かいところまでは覚えてない」という人向けのものと考えてほしい。未読の人がすべてを理解できるようには書いてはいない。

なお、それぞれの〝終戦直後大阪編〟〝南宇和編〟等というのは、ここで便宜的に命名したものである。正式な呼び名ではない。

第一部「流転の海」〝終戦直後大阪編〟

昭和二十二年春から二十四年春まで。
熊吾五十歳から五十二歳。伸仁誕生から二歳まで。

戦争中、故郷の愛媛に疎開していた熊吾は、戦後、大阪に戻り、中古車部品販売業の松坂商会を再開する。進駐軍からタイヤなどの自動車部品を横流ししてもらい、それを売りさばいていた。また五十歳にして、初めての子・伸仁を授かる。戦前「中国貿易の関西での旗頭」と言われたころに頼りにしていた番頭の井草正之助を、会社再開のために田舎から呼び戻し、経理を任せる。ところが井草は、熊吾を裏切り、会社の金を持ち逃げして遁走する。かつて社員だった海老原太一が、熊吾に強い恨みを抱いており、井草の裏で糸を引いていた。

ひとり息子の伸仁の身体が弱く、これは故郷の愛媛の自然のなかで育てたほうがいいだろうと決心し、昭和二十四年の春に淀屋橋の松坂ビルの跡地を売り、妻子とともに愛媛の南宇和に引っ込んだ。

第二部「地の星」〝南宇和編〟
昭和二十六年春から昭和二十七年春まで。
熊吾五十四歳から五十五歳。伸仁四歳から五歳。

愛媛の南宇和に戻った熊吾は、身内の男を助けるために、衆人環視のなか獰猛な突き合い牛の眉間を銃で撃ち抜いて殺し、騒動となる。人殺しのやくざとなった〝上大道の伊佐男〟は熊吾と同年輩で、十四のときに熊吾に投げられ足が不自由になったことを恨み、熊吾をつけ狙っている。

熊吾の金を持ち逃げした井草正之助が、金沢で死の床に就いていると聞き、熊吾は会いにいく。そこで〝戦前の中国貿易時代の親友、周栄文〟の子、谷山麻衣子十七歳と会い、麻衣子の進む道筋をつけてやる。

突き合い牛騒動で親密になった魚茂こと和田茂十が県会議員に立候補することになり、熊吾はその選挙参謀を引き受ける。しかし、魚茂が癌だとわかり立候補できなくなった。妹タネとその男・政夫のためダンスホールを建てるが、開業前に政夫が二階の窓から転落して死ぬ。井草正之助も金沢で死んだ。

上大道の伊佐男は、舎弟に裏切られ、命を狙われ、熊吾と最後に言葉を交わし、母の墓の側で猟銃自殺する。

あまりにも多く人が死ぬ。南宇和にこれ以上とどまるべきではない、と決意し、昭和二十七年春、熊吾は中之島の土地を買うことにして、大阪へ戻る。

第三部「血脈の火」〝大阪・土佐堀川編〟

昭和二十八年春から昭和三十年五月まで。

熊吾五十六歳から五十八歳。伸仁六歳から八歳、小一から小三。


大阪に戻った熊吾は、消防ホースの修繕会社と雀荘と中華料理店を始める。雀荘と中華料理店は妻の房江に多くを任せる。

愛媛に残してきた母と妹一家がいきなり上阪してくる。妹タネはすぐに新しい男（寺田権次）を家に引き込む。母ヒサは愛媛に帰りたがり痴呆状態となり、ある日、房江が目を離したすきに家を出て、その後、杳として行方がわからなくなった。

三つの仕事のうえ、同郷だった杉野（熊吾の最初の妻・貴子の兄）とプロパンガス販売代理店を設立する。

ただ昭和二十九年の洞爺丸台風で、ホース修繕用の接着剤四トンをすべて水没させ大損害を被り、再建にも奇妙な邪魔が入り、会社を断念する。また、プロパンガス代理店も杉野に任せて身を引き、〝きんつばの店〟と〝立ち食いカレーうどんの店〟を始めた。

周栄文の娘・麻衣子は、十八で離婚し、大阪に出てきて、丸尾千代麿(ちよまろ)の運送会社で働く。その丸尾千代麿の子（美恵）を産んだ丸尾の愛人の米村喜代(よねむらきよ)は、出産して一年で急死する。上大道の伊佐男の子（正澄）を産んだ浦辺ヨネが、喜代の遺児と祖母を引き受け、城崎(きのさき)に移り住んだ。そこへ麻衣子も合流することになり、幼子二人と、麻衣子、浦辺ヨネ、幼子の曾祖母(そうそぼ)という五人の不思議な家族を形成する。

土佐堀川沿いで暮らしているうち、伸仁は川を行き来するポンポン船の乗員たちと仲良くなる。船上生活している近江丸に届け物をしたときに、夫婦喧嘩(げんか)が始まり女房が船に火を付け、炎上、沈没した。伸仁たちはすんでのところで逃げ、沈み行く船を茫然(ぼうぜん)と見つめるしかなかった。

第四部「天の夜曲」〃富山編〃

昭和三十一年三月から同年九月まで。
熊吾五十九歳。伸仁九歳、小四。

熊吾の経営する中華料理店の出した弁当を翌日に食べた客が食中毒を起こし、三十日の営業停止となり、また、プロパンガス会社共同経営の杉野が倒れてしまった。房江までが気鬱(きうつ)になる。富山の中古車部品商の高瀬からの〃富山で自動車部品会社を興(おこ)したいので共同出資して欲しい〟との誘いに乗り、大阪での仕事を始末して親子三人で富山に移り住む。しかし高瀬は会社経営者の器ではないことに気付いた熊吾は、妻子を残し、大阪へ戻り一人暮らしをしながら「関西中古車業連合会」を結成する仕事に奔走する。久保敏松という実直そうなブローカーと分担して仕事を進める。

たまたま出遭ったヌード・ダンサー西条あけみと縁日の夜店に寄ったとき、あけみの不注意からセルロイド人形にロウソクの火が引火、あけみは頭部に大火傷を負い、顔にケロイド状の跡が残る。責任の一端を感じ、長崎大学の病院に診察してもらうために熊吾が同行し、長崎で男女の仲になる。

やくざの観音寺のケンの女、百合が妊娠したので、富山に住まわせ、三年面倒を見て欲しいと頼まれるも、半年もしないうちに百合は失踪。

信用して仕事の金などをすべて任せていた久保敏松が、あるだけの金を掻き集めて遁走する。

金に困窮し、富山に送金もままならないなか、富山で房江が喘息を患う。房江だけを大阪に呼び戻し仕事を手伝わせることにした熊吾は、息子の伸仁を富山の高瀬宅に預け、両親と別れて、半年を過ごさせることにした。

第五部「花の回廊」〝尼崎・蘭月ビル編〟

昭和三十二年三月から昭和三十三年夏まで。
熊吾六十歳から六十一歳。伸仁十歳から十一歳、小五から小六。

小学四年の三学期が終わるまで待てず、伸仁は富山から両親のいる大阪へ戻るが、電気も水道も通っていない船津橋のビルに住ませるわけにいかず、尼崎の妹タネのところに預ける。この尼崎の蘭月ビルは、一種の魔窟であった。伸仁は、住み始めてすぐに〝張本のアニイ〟の父が息を引き取るところに立ち会い、また「唐木のおっちゃん」が自死するとき、部屋にカギを掛ける役を託され、腐爛して発見されるまで、誰にも言わないという約束を守り、黙していた。

熊吾は、ビリヤード店「ラッキー」を根城にして中古車のエアー・ブローカー業を続け、房江は宗右衛門町の小料理屋「お染」で夜遅くまで働いている。

夫と愛人のあいだにできた子・美恵を、引き取ることを決心した丸尾ミヨは、熊吾に相談のうえ、城崎から大阪の家に迎えることにした。その育ての親の浦辺ヨネが末期癌に冒されていることがわかる。

熊吾の母ヒサとおぼしき白骨死体が、香川と徳島県境近くの山奥で見つかったという報告があり、熊吾も房江もその死を受け入れる。

熊吾は、大阪福島にある女子高が移転することを知り、そこに巨大なモータープールを作ることをおもいつく。シンエー・タクシー社長の柳田元雄にその話を持ちかけ、「シンエー・モータープール」の開設に漕ぎつける。熊吾一家は、そのモータープールの管理人として、かつて校舎だったところに住み込みで働くことになり、久しぶりに親子三人で住めるようになった。

蘭月ビルでは、妻が高級娼婦グループで働いていることを知った「人買い」津久田清一が、仲立ちした女を包丁で刺し、中二の娘・咲子を送ってきたチンピラをハンマーで殴り殺し、伸仁の同級生のあっちゃんの首を刺して捕まった。

第六部「慈雨の音」〝大阪福島・シンエー・モータープール編〟

昭和三十四年四月から昭和三十五年八月まで。

熊吾六十二歳から六十三歳。伸仁十二歳から十三歳、中一から中二。


四月、関西大倉中学校に入学した伸仁を連れて熊吾と房江は城崎で死んだ浦辺ヨネの葬式に出かける。遺言により、余部鉄橋より骨を撒く。

伸仁の身体を丈夫にするために小谷医院へ通わせ、その支払い額が大きく、熊吾は中古車ブローカーの仕事を始めた。

京都駅で遭ったヤクザ観音寺のケンに、海老原太一が熊吾の金を横領した証拠となりうる名刺を渡す。衆議院に立候補を表明していた太一は、愛媛道後温泉で首つり自殺を遂げ、新聞報道で熊吾はそれを知る。

伸仁と同級生で、蘭月ビルに住んでいた月村敏夫と妹が、母が朝鮮人と結婚したために北朝鮮に渡ることになり、見送りのため熊吾と伸仁は淀川で鯉のぼりを振り、別れを告げた。

伝書鳩の雛をもらった伸仁は、人の手では育てられないと言われているところ、奇蹟的に飼育に成功するも飼いつづけることができなくなり、余部鉄橋でその鳩を放つ。

昭和三十五年の夏、熊吾は鷺洲に土地を借り「中古車のハゴロモ」を始めた。熊吾は再び事業者としての道を歩み出した。

これが一部から六部までの概略である。

昭和二十二年から三十五年まで、伸仁が誕生して中学二年生になるまで、物語は進んできた。

七部は、〝大阪福島・中古車のハゴロモ編〟となった。熊吾たちの活動の場所は六部と七部では、そんなに動いていない。

つづいて登場人物を整理しておく。

この「満月の道」の巻だけでも、多くの人が出てきている。この巻に出た人たちを紹介していくことにする。

初めて出てきた人は、この文庫を読めば大丈夫なので（初）と記して簡略な紹介にとどめてある。また、この七部で巻き起こった大きな事象については、基本、記さない（七部で死んだ人をここでは死んだとは書いてない、というほどの意味）。

登場してきた順で、最初にページ数を示して紹介してある。索引のように利用していただければ、とおもう。

松坂熊吾、その妻の房江、その子の伸仁については省いている。

第一章

5　佐田雄二郎（初）ハゴロモ社員。22歳。

5　関京三　六部から登場。エアー・ブローカー。糖尿病。

5　玉木則之（初）ハゴロモの事務職員。45歳。

8　柳田元雄　一部から登場。自転車で細々と中古車部品を一人で売る商売から叩き上げた経営者。中古車部品販売業を成功させ、タクシー会社を買い取り、熊吾の提案によって〝大阪一巨大な駐車場〟の経営に乗り出して熊吾の仕事とする。

8　辰巳（初）シンエー・タクシーの運転手。熊吾に頼みごとをする。

11 **黒木博光**　六部から登場。中古車エアー・ブローカー。シンエー・モータープール事務所への出入りを関とともに許されている。

18 **田岡勝己**（初）シンエー・モータープールの新しい社員。20歳。

19 **海老原太一**　一部より登場。昭和元年に熊吾を慕って大阪に出て来た、もと松坂商会社員。のち独立し、空襲を免れ戦後いち早く商売を始め、朝鮮動乱でも儲け「エビハラ通商株式会社」を設立。そのあとさまざまな業種に事業を広げ、関西財界に重きをなす経営者となる。人前で熊吾に罵倒されて以来、熊吾を強く恨んでおり、松坂商会の番頭・井草正之助を使って熊吾の金を奪った。熊吾はその証拠となる名刺をヤクザの観音寺のケンに託した。衆議院議員選に出馬を正式表明した翌月、昭和三十五年五月（六部）、自殺する。

21 **亀井周一郎**　五部から登場。カメイ機工の社長だった。熊吾と同い年で戦前より付き合いがあり、熊吾の事業を助けようとしたが、昭和三十五年十二月、癌で死去。

21 **神田三郎**　六部から登場。シンエー・タクシー福島西通り営業所の留守番係。29歳。

24 **ジンベエ**　六部から登場。飼い犬のムクの子。生まれたとき瞼が開かなかったので伸仁が辛抱強く毎日毎日、ホウ酸で拭き、目を開かせる。名前の由来は「ジンベエザメ」に似てるから。

33 **松野すうちゃん**（初）聖天通りの商店街の二階屋にいる三歳の女の子。

34 **森井博美**（西条あけみ）三部から登場。もとOSミュージックのトップダンサー。ダンサー名が西条あけみ。ダンサー時代は伸仁と顔見知り。四部で、熊吾と夜店を歩いているおりに、不注意から頭部に大火傷、その治療のために長崎へ出かけ深い仲になる。昭和三十一年秋に別れる。五年ぶりの再会。37

木俣敬二（きまた） 六部から登場。ハゴロモ鷺洲店の場所に工場を持っていた「キマタ製菓」の社長。雇っていた女を妊娠させてしまい、別れ話のあと工場裏で縊死（いし）したので、引き払ったあともハゴロモ鷺洲店事務所裏の青桐に毎月、お参りにきている。37

川井浩 六部から登場。ハゴロモ鷺洲店むかいの荒物屋店主。37

マカール・サモイロフ 四部に名前が出る。森井博美の曾祖父（母の母の父）。ロシア人。長崎の外人墓地に墓がある。39

ムク 五部より登場。亀井周一郎からもらった柴犬（しばいぬ）とシェパードの雑種の犬。モータープールで飼われている。人なつっこくて滅多に吠えない。ジンベエの母。42

トクちゃん（初） 水沼徳（みずぬまとく）。能登出身16歳。修理工。50

ホンギ 五部から登場。洪引基（ホンホンギ）。尼崎の蘭月ビルに住んでいた。茶の湯者。熊吾の世話でカメイ機工で働いている。日本語があまり得意ではない。56

守屋忠臣（もりやちゅうしん）（初） 京都の螺鈿（らでん）工芸師。60

池内兄弟 六部より登場。モータープールの向かいに住むメリヤス店の兄弟。弟は伸仁と同年、兄は三歳上。伝書鳩を飼っていて最初、伸仁もその育成を手伝って仲良くしていたが、途中、伸仁は馬鹿にされていると知り、対立する。60

65 **丸尾千代麿**　一部より登場。丸尾運送の社長。

65 **麻衣子**　谷山麻衣子。一部より登場。熊吾の戦前の親友・中国人の周栄文が日本の女に生ませた子。京都で一度、所帯を持つがすぐに別れ、城崎で暮らす。

66 **クレオ**　六部に登場。名はクレオパトラから。病気なのに池内兄弟が騙して伸仁に託した伝書鳩の雛。伸仁の飼育によって奇蹟的に育つも、飼育を続けられなくなり、伸仁が余部鉄橋まで一人で行って、野に放った。

68 **周栄文**　一部より登場。中国人。日中戦争激化後、中国に帰国したままなので、登場はすべて回想シーン（手紙が一度だけ届く）。熊吾の十三歳下の親友。麻衣子の父。彼との約束で、熊吾は麻衣子の父代わりとして彼女の世話を焼く。

第二章

75 **林田信正**　五部より登場。モータープール利用者。不破建設社長の若い運転手。モータープールで待機する時間が長く、車両移動などをよく手伝ってくれる。

76 **佐古田**　六部より登場。モータープールに作られた作業場でいつも一人で「柳田商会」に持ち込まれた車両の解体作業をする柳田商会社員。おそろしく無愛想だが、腕は一流。

80 **石井**（初）　柳田商会独身寮に住む若者。寮長格。32歳。

87 **河内モーターの社長**　死んだ河内モーター前社長・河内善助の甥、河内佳男。四部で善助の死を知らせてくれた。名前が出るのは八部になってから。

90 **直子**　一部より登場。房江の姪、姉あや子の次女。房江の七つ下。子供二人。夫はサイパンで戦死。御影に住んでいる。

90 **白川美津子**　一部より登場。房江の姪、姉あや子の長女。房江の六つ下。女学校時代に「放浪記」にすべてルビを振って房江に字を教えてくれた。連れ子二人があった白川益男と結婚するも益男は死去。北海道在住。

96 **浦辺ヨネ**　二部より登場。南宇和育ち。やくざの上大道の伊佐男とできてしまい伊佐男の自死後、その子（正澄）を生む。熊吾の世話で、千代麿の愛人が生んだ子と、その曾祖母、および麻衣子とで城崎に住み、料理店を開く。昭和三十四年（六部の冒頭）癌で死去。

98 **刈田喜久夫**　五部より登場。モータープール近くの大工の棟梁。65歳（昭和三十三年時点）。三人の息子はみな戦死。鹿児島出身。十姉妹を飼ってる。

99 **栄子**（初）麻衣子の子。昭和三十六年五月生まれ。

99 **城崎の町会議員**　六部より登場。栄子の父。名前は出ない。

113 **桜井峰子**　蘭月ビルに住んでいた津久田咲子（五部より登場）の新しい名前。高校卒業後、光鵬興業の秘書課に勤めている。19歳。

118 **桑野忠治**　五部より登場。カイ塗料店の配達員。モータープールにいることも多く、いろいろと手伝ってくれる。二十代の若者。

132 **小谷医師**　三部より登場。熊吾の糖尿病治療にあたった医師。もと京大病院内科医長。健康保険制度に反対して大学を辞め個人医院を開く。保険が適用されないため医療費はとても高くつく。

第三章

150 **カンベ病院院長**　六部より登場。神戸司郎。モータープールにほど近い病院の院長。
155 **森井博美の勤める小料理屋の女店主**（初）八部になって名前は「沼津」だと判る。
162 **富岡仙一**（初）神戸の海運会社「富岡海運」社長。
173 **高瀬勇次**　三部から登場。富山の中古車部品商。一時、熊吾がともに中古車部品の店を共同経営しようとした男。富山在住時の松坂家がいろいろ世話になる。

第四章

226 **紀村晋一**（初）伸仁の高校のクラス担任、英語教師。
227 **井田淳郎**　六部に登場。中学一年と二年のときの伸仁の担任。大学では考古学を専攻していた。伸仁が崇拝していた教師。
230 **大村信一**（初）板金塗装工。松坂板金塗装の社員。兄。名が出るのは282頁。
230 **大村孝二**（初）板金塗装工。松坂板金塗装の社員。弟。名が出るのは282頁。
238 **沼地珠子**　六部より登場。名前がわかったのは七部のこのシーン。食堂「お多福」の住み込みの出前持ち。夜遅くシンエー・モータープールの壁にもたれて流行歌を歌って休んでいるのを房江が何度か目撃している。島根出身。

238 **リーゼントの少年**（初）修理工。珠子と仲がいい。名前は菊村進一、キクちゃん（名が判るのは八部になってから）。

239 **東尾修造**（初）もと大手都市銀行の支店長。パブリカ大阪北の専務。

244 **岡松浩一**（初）新たに雇われたモータープール専従の事務員。

245 **鶴峰**（初）神田三郎のあとにシンエー・タクシー福島営業所の事務員として雇われた男。

246 **松田茂**（初）柳田商会の古参社員。

249 **三河武吉**（初）外車を専門とする中古車ディーラー。三河自動車の社長。

第五章

292 **徳沢邦之**　五部より登場。衆議院議員の愛川民衆の私設秘書。熊吾とは上海時代に会ったことがあり、恩義を感じている。

294 **赤井**（初）森井博美の男。ヤクザの使い走り。

298 **武部彦次郎**（初）周栄文の知り合い。能勢に在住。

310 **山川**（初）中古車エアー・ブローカー。

361 **高瀬桃子**　四部から登場。高瀬勇次の二十五歳下の妻。

362 **高瀬のボブ、ミッキー、トム**　四部から登場。高瀬家の三人兄弟に伸仁がつけたあだ名。本名は孝夫（たかお）、弘志（ひろし）、憲之（のりゆき）。それぞれ伸仁の二歳、三歳、六歳下。

第六章

364 **月村敏夫**　五部から登場。蘭月ビルに住んでいた伸仁の同級生。昭和三十四年十二月に大阪を発（た）ち家族で北朝鮮に向かった。

364 **月村光子**　五部から登場。敏夫の五歳下の妹。

371 **三国保（みくにたもつ）**（初）丸尾運送の古参社員。

372 **丸尾正澄**　三部から登場。上大道の伊佐男と浦辺ヨネとの子。昭和二十七年十一月生まれ。城崎で暮らすも、母浦辺ヨネの死後、丸尾家に引き取られる。

373 **丸尾美恵**　三部から登場。丸尾千代麿と愛人（米村喜代）との子。昭和二十七年二月生まれ。昭和三十二年の五歳のとき、育ての親の浦辺ヨネのもとを離れ、丸尾の子となる。

374 **丸尾ミヨ**　二部より登場。千代麿の妻。なさぬ子である美恵、正澄を育てる。

377 **田端（たばた）**（初）出石蕎麦（いずしそば）「田端屋」のおやじ。71歳。

397 **小川のおばあさん**（初）城崎の麻衣子の三軒隣に住むおばあさん。

399 **井手秀之**　二部に登場。親に奨（すす）められた女と結婚していたが、離別して十八歳の麻衣子と再婚。だがふたたびその先妻と付き合っているのを知り、麻衣子は激怒して離別した。金沢の有名料理店のぼんぼん。

第七章

452 **米村喜代**　二部に登場、三部で死去。大阪福島の屋台のおでん屋の女主人。丸尾千代麿の愛人で、美恵の実母。身内は祖母のムメだけ。城崎で美恵を出産して、おでん屋を始めるも、昭和二十八年三月風呂場で心臓麻痺で急死。

454 **岸田**　六部から登場。伸仁の中学受験のときの家庭教師。当時は京大生だったがいまは建設会社勤務。

462 **梅津**（初）組の参謀格のやくざ。森井博美の男・赤井の兄貴分。

467 **シンゾウくん**（初）15歳の岡持の少年。鳥取の農家の子。フルネームは瀬口進三（八部で名が出る）。

482 **久保敏松**　四部に登場。熊吾が「関西中古車業連合会」設立の手助けをしてもらうために組んだエアー・ブローカー。熊吾と同年で孫が二人いる。連合会設立の準備金をすべて持ち逃げして賭け将棋に注ぎ込み、逮捕された。

以上、名前の出ていたおもだった登場人物にしぼって紹介した。

これ以外にも、いろんな人が登場している。

たとえば。

最後になって出てくる「『柳のおばはん』の店をひとりでばらばらに壊してしもた人」(490頁)。

彼は三部「血脈の火」に出てきた。「柳のおばはん」のバラック小屋を素手で十五分ほどでばらばらに解体してしまった謎の大男である。登場はワンシーンかぎりだけれど、通して読んでる人なら、「ああ、あの」とおもいだされるだろう。

自然の脅威とも言うべき暴力性に満ちた男であるが、不思議な言葉遣いと、怪異な立ち居振る舞いによって、ただの恐ろしいだけの男ではなく〝そこにたしかに生きている奇妙な人間〟として、読んでいる私たちに深く印象づけられる。

熊吾という一人の男に寄り添って描くこの小説は、一瞬だけ交差するさまざまな人間たちの姿を他者として捉えるのではなく、生々しい人生の断面に短くも鋭く切り込んでいくため、間口は狭くはあるが、その奥に予想もしない深い風景を見せてくれる。これは、おそらく松坂熊吾の生きかたに沿って描かれているからこそ、見えてくるものなのだとおもう。

たとえば、本巻8頁に出てくる〝辰巳〟という運転手。熊吾の旧知のタクシー運転手であるが、日本国内で発売された女性用生理用品を熊吾に買ってくれないか、と頼んでくる。昭和三十年代の世相がくっきり見えてくる一方で、妻に先立たれ、年ごろの娘を育てている男の何とも言えない生活が見えてくる。

また183頁の会話の中に出てくる〝朝井〟というタクシー運転手は、衝突してきたクルマが営業所勤めの神田三郎の運転だと知って「お前、免許証、あんのか？　無免許やったら、ポリが来んうちに、早よう福島営業所まで行けェ」と叫んだ。えもいわれない不思議な、そして大阪らしい人情味を感じるシーンである。

以下、物語の冒頭から「一瞬しか登場しないのだが、とても印象に残る人たち」を少しだけ挙げてみる。

○物語の冒頭、昭和二十二年三月には、死んだ妹を背負ったまま三ノ宮駅前の闇市（やみいち）を徘徊（はいかい）している浮浪児がいた。「お前の妹はのお、死んどるんじゃ。早よう降ろして、葬（ほうむ）ってやらにゃあいけんのや」と熊吾は諭すが、走り去っていった。

○名刀〝関孫六（せきのまごろく）〟を売りに来たのは「どこか繊細な、氏素姓の良さそうなものを感じさせた」熊吾と同年配の男だった。彼には難病の息子がいた。

○有馬温泉へ行く途中で遭遇した闇商品を売っている若い男は、温泉に着くなり戦犯として逮捕された。彼が売ろうとしていた品物を熊吾が代わりに運んでやった。

○魚茂の戦死した長男は、出征前に、魚茂牛が殺されたら宇和島のカフェーの女給を妻にする、と一筆をしたためていたので、熊吾が魚茂牛を撃ち殺したあと、誓約書を持ってその女がやってきた。
○杉野信哉宅の裏の神社では、境内にラムネ瓶が突き刺され、自転車のタイヤが賽銭箱の上に吊してあったが、そこの神主は熊吾に「花は枯れたが、いい種が残ったのであげましょう」とラムネ瓶を手渡した。
○炎上した近江丸で死んだ船長青木、彼の父もまたアル中で、その治療院にいるときに箸を尖らせてそれで心臓を突いて死んだ。
○熊吾のきんつば屋の最初の客は、油まみれの作業服を着て、自転車の荷台に機械の部品を積んだ十六、七歳の少年で、一度通り過ぎてから戻ってきて「一個でも売ってくれるかなァし」と伊予弁で聞いてきた八幡浜から来た子だった。

以上、ほんのごく一部である。

彼らの言動が描写されるだけで、その人の人生の奥深くまで、一瞬、のぞいてしまった気になる。

人を、決して風景のように見ることはなく、自分と同じ血と涙と重さを持った存在として感じて生きている熊吾の覚悟が、読者にもどんどん流れ込んでくるようだ。

浦辺ヨネの父は、日露戦争後の提灯行列のおりに留守の家に盗みに入った男で、彼ら一族には盗癖があった、という描写が六部三章にある。熊吾の遠い記憶をたどる形で、さほど長くはない描写ながら〝遠く昔から村社会が抱え込んでいた陰惨な風景〟がぼんやり示されている。明確な言葉にされないぶん、かえってその根の深さが感じられ、それはまた近代社会となった昭和三十年代の社会の底にも流れているのだ、とおもいいたることになる。

いくつもの〝他者の人生〟が、おもいがけず自分たちと交わっていくさまが重ねて描かれることによって、人だけではなく社会そのものが描き出され、そのうねりも現前させているかのようだ。小説でしか描けない世界である。

しかも、この小説はやたらとおもしろい。そこがすばらしい。

私は、この無駄とおもえるほどの膨大な人物が出てきて、しかもそれぞれの〝業(ごう)〟まで描いているところがとても好きである。どんな人が出てきたのか、ついつい人名一覧を作ってしまうほど(それはそれで、ひとつの業のようで申し訳ないのだが)惹(ひ)かれてしまう。

道で行き違ったような淡い出会いの人たちに、すごく魅力を感じる。きんつばを買った愛媛出身の少年は、そのあと物語には出てこないのだが、その後、いったい彼はどうなったのだろう、とつい考えてしまう。そういう描写の力がすごい。大勢の人が出てくる小説はたくさんあるが、すべての人の人生には何かしらの傾斜がついていて、それはどうしようもないことなのだ、とここまで感じさせる小説は、ほかには知らない。

もちろん、熊吾と深く関わった人たちにも、とても惹かれる。

上大道の伊佐男の最期（さいご）のシーンが、猟銃の音とともに忘れられない。熊吾が音として覚えてしまっているので、読者としても音が残っている。聞いたはずもない音が聞こえてくる。

海老原太一は、本当はそうは言ってないのだが「熊おじさん、お願いですけん、これは世の中には出さんでやんなはれ」としきりに熊吾に頼んでいるシーンがおもいうかび、ひたすら、胸を突かれる。

六部までに、多くの人が死んだ。

井草正之助。野沢政夫。魚茂こと和田茂十。上大道の伊佐男。近江丸の船長。松坂ヒサ。米村喜代。津久田香根（かね）。亀井周一郎。海老原太一。浦辺ヨネ。

すべて印象深い。

おそらく、人の死を見続ける流れは、最後まで続くはずである。それは熊吾の、伸仁が二十になるまでは死ねない、という言葉で裏返しに語っていることである。

物語の芯は、熊吾である。

彼は人生の終盤にはいり、その終末に向けて進んでいる。

そしてその芯に太くからまっているのが伸仁の人生である。中学生から大人に向けて人生を駆け出そうとしている。その盛と衰が、あざなえる縄のごとく、二重の太い芯となり、物語は終わりに向かって突き進んでいく。

富山にいたとき（つまり四部）熊吾が伸仁に唱えさせた〝人生にとって大事なこと〟をあらためてここに並べておきたい。

「約束は守らにゃあいけん」
「丁寧な言葉を正しく喋（しゃべ）れにゃあいけん」
「弱いものをいじめちゃあいけん」
「自尊心よりも大切なものを持って生きにゃあいけん」
「女とケンカをしちゃあいけん」
「なにがどうなろうと、たいしたことはあらせん」

熊吾の教える人生にとって大事なこと、である。
すべての男の子に唱えさせたい言葉である。
とくに、なにがどうなろうと、たいしたことはあらせん、という言葉は、すごいとおもう。人生がつらいとき、大きなピンチを迎えているすべての人が、唱えたほうがいい。

これらは、熊吾が、伸仁に向けて「生きろ！」と全力で叫んでいる言葉である。〝生〟の過半を費やした男が、これから本格的な〝生〟へ乗り出していく男に向かって、心に刻め、と贈った言葉だ。

意味などわからなくていいから、とにかく覚えておけという、この素読にも似た人生の教えは、いかにも明治の男の教育らしく、心を打つ教育のありようである。


最後に。

まったく話題が変わってしまって恐縮であるが、この長編小説における「落語」について少し触れてみたい。この物語には、そこかしこに「落語」が登場してくる。これが落語の歴史についてのひとつの文化史的な証言になっている。

伸仁は昭和二十九年の正月に、道頓堀（どうとんぼり）の角座の正月興行に行っている。

また、昭和三十一年の三月、富山の商人宿（あきんどやど）の風呂で「鴻池（こうのいけ）の犬」を演じる。

「お寒いなかのお運び誠にありがとうございます。鴻池の犬という、まあ言うたら、しょうもないような、しょうもないこともないようなお話でご機嫌をうかがいます」

これはきちんとした上方の落語である。

落語には、上方発祥の落語と、江戸発祥の落語があり、この二種類しかない。伸仁の演じている「鴻池の犬」は生粋(きっすい)の上方の噺(はなし)である。どうやら現役の演者が演じたもので覚えたようである（本来は記すべきではない想像であるが、おそらく作者宮本輝自身が本当に「鴻池の犬」を演じたのだろうとおもい浮かべてしまうシーンでもある）。

そのあといくつか落語タイトルが出てくる。

「らくだ」「二階ぞめき」「もう半分」「粗忽(そこつ)長屋」「高田の馬場」「茶の湯」「羽衣の松」「中村仲蔵」。七部までに出てきた演題はこの九つである。

「らくだ」は、もとは上方噺であるが、明治期に東京方にも移り、東西どちらでも演じられる大ネタである。

ただ残りの七ネタ、「二階ぞめき」「もう半分」「粗忽長屋」「高田の馬場」「茶の湯」「羽衣の松」「中村仲蔵」は、これは見事に東京の噺である。上方らしい部分はこれっぱかしもない生粋の東京噺ばかりが並んでいる。

愛媛や富山に住んだことはあっても、あきらかに関西人である伸仁が、行ったこともない東京の言葉で話される落語を覚えている。

あらためて、そこまで当時の上方落語は追い詰められていたのか、と感慨深い。

明治末に全盛期を迎えた上方の落語界は、戦争が終わった昭和二十年代、ほぼ人材が払底(ふってい)していた。その名前だけで人を呼べる〝大看板〟は五代笑福亭松鶴(しょかく)と、二代桂春団治のたった二人しか残っておらず、それも昭和二十五年と二十八年につづけて亡くなった。当時、関西に住んでいた谷崎潤一郎は二代春団治の死を受けて「真の大阪落語というものはやがて後を絶つことになりはしまいか」と新聞に書いた。

残されたのは円都、文団治などの幾人かの老人と、キャリア十年にもならない若者だけだった（のちに、中堅にあたる染丸が加わり少し層が厚くなる）。

そこから若手の六代松鶴、米朝、小文枝、三代春団治の奔走が始まり、二十年の時をへて上方落語ブームを起こすのであるが、伸仁が落語を聞いてどんどん覚えていた時代は、まさに「上方落語どん底の時代」だったのである（どん底、というのは、あまりにもメンバーが少ない、という意味でしかないのだが）。

伸仁が最初に覚えた「鴻池の犬」は、昭和二十九年ころのものだとすると、のちの六代松鶴、当時は枝鶴の演じたものだったのではないか、とおもったが、正確にはわからない。桂米朝の可能性もある。米朝によると、この噺をきちんと口伝で教わった者はおらず、五代松鶴（六代松鶴の実父）が書き残した速記本を見て、復活口演したようであり、その文章から見ると米朝の可能性もある。たしかに昭和四十年代の録音での米朝のマクラも、寝坊して会社に遅刻したために、というもので残っているのだが、さてさて、のちの上方落語の両雄どちらの音だったのか、米朝だと二十九歳のころの口演となりかなり若い。三十六歳で、おそろしく勢いのあった松鶴のものではないか、と一人想像するまでである。

東京方のほうは、だいたい古今亭志ん生か、三遊亭金馬（三代）のもののようだ。当時の志ん生と金馬の人気がよくわかる。やはり文楽、円生よりも、この二人なのだ。どちらも声がきれいではない。野太く、濁声（だみごえ）である。声が変なほうが受ける。全国レベルではそうなのだ。そのほうがドサ受けがいい、ということなのだろう。

そのあたり「昭和時代の空気」をさりげなく、しかしリアルに実感させる小説として、やはり見事だと言わざるをえない。


落語テイストが含まれた本文で、好きなところを二つ。

ムクの生んだ子犬の名前をジンベエにすると聞いて、母房江が「ジンベエって落語の甚兵衛さんか」と聞き返したところ（6部225頁）。読んでいて、おもわず噴き出してしまった。おもしろいかどうかというよりも、房江の柔らかな気配が伝わってきて、おもわず知らずおもしろい、という、この表現じたいが落語ぽくて、そこんところに強く惹かれる。

もうひとつは、本巻271頁、お経ぐらいわしがあげると言う熊吾が、どんなお経があげられるのかと聞かれ「適当でええじゃろう。てけれっつのぱー、とか」と言い放つところである。志ん生の得意ネタ「黄金餅（こがねもち）」の読経シーンでこのセリフが飛び出てくる。数ある志ん生の落語の中でも、このお経はナンセンスの極地にあり、この模倣者は数多くいるが（落語は模倣が基本なのでそれでいいのだが）、志ん生と同じ域に達したものは、その後、六十年を越えていない。そういう極北のフレーズである。そのままで、ただおもしろい。ある意味、ずるい。このひと言で、落語好きをぐぐと惹きつけてしまう。

かくも左様に、この小説について語りだすと止まらない。

一巻よみおわるごとに、毎回、ただ茫然としてしまう小説というのは、そうあるものではない。

だから、繰り返し読むと、この小説の深さがわかってくる。本物の物語である。

（平成二十八年七月、エッセイスト）

この作品は平成二十六年四月新潮社より刊行された。

宮本輝著

流転の海

第一部

理不尽で我儘で好色な男の周辺に生起する幾多の波瀾。父と子の関係を軸に戦後生活の有為転変を力強く描く、著者畢生の大作。

宮本輝著

地の星

流転の海 第二部

人間の縁の不思議、父祖の地のもたらす血の騒ぎ……。事業の志半ばで、郷里・南宇和に引きこもった松坂熊吾の雌伏の三年を描く。

宮本輝著

血脈の火

流転の海 第三部

老母の失踪、洞爺丸台風の一撃……大阪へ戻った松坂熊吾一家を、復興期の日本の荒波が翻弄する。壮大な人間ドラマ第三部。

宮本輝著

天の夜曲

流転の海 第四部

富山に妻子を置き、大阪で事業を始める松坂熊吾。苦闘する一家のドラマを高度経済成長期の日本を背景に描く、ライフワーク第四部。

宮本輝著

花の回廊

流転の海 第五部

昭和三十二年、十歳の伸仁は、尼崎の叔母の元で暮らしはじめる。一方、熊吾は駐車場運営にすべてを賭ける。著者渾身の雄編第五部。

宮本輝著

慈雨の音

流転の海 第六部

昭和34年、伸仁は中学生になった。ヨネの散骨、香根の死……いくつもの別れが熊吾達に飛来する。生の祈りに満ちた感動の第六部。

満月の道

流転の海 第七部

新潮文庫　み－12－56

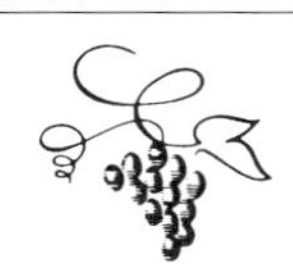

平成二十八年十月一日発行
令和四年十一月二十日五刷

著者　宮本輝

発行者　佐藤隆信

発行所　株式会社新潮社

郵便番号　一六二―八七一一
東京都新宿区矢来町七一
電話　編集部(〇三)三二六六―五四四〇
　　　読者係(〇三)三二六六―五一一一
http://www.shinchosha.co.jp

価格はカバーに表示してあります。

乱丁・落丁本は、ご面倒ですが小社読者係宛ご送付ください。送料小社負担にてお取替えいたします。

印刷・大日本印刷株式会社　製本・加藤製本株式会社

© Teru Miyamoto 2014　Printed in Japan

ISBN978-4-10-130756-5 C0193